Su Hermano

Desearás lo

Prohibido

Magela Gracia

EDICIONES PERVERSA

Cuando escribí esta historia la primera vez, hace muchos años, todo el mundo me preguntaba por Víctor. Por mi hermano.

La historia cambió, los personajes cambiaron y luego me preguntaron por el hermano de mi amiga. Y si mi amiga me había perdonado. Y no. No tengo un hermano mayor, aunque me hubiera gustado. En su defecto, tengo una hermana pequeña a la que quiero con locura, que me quiere de la misma manera.

Aunque no me deje darle sino tres besos al año.

Racionados, como las cosas buenas de la vida.

Para ella es este libro, porque sin su apoyo y sin su comprensión cuando me estreso y me deprimo no sería posible que siguiera escribiendo. Cuando estoy agobiada, cuando estoy decaída. Por eso algo bueno tenía que llevarse... ya que no me acepta los besos.

Gracias, perversa. Para ti.

Te quiero.

Las Palmas de Gran Canaria
19 de Julio de 2016

AGRADECIMIENTOS

Empezar a dar las gracias en este libro va a ser un no parar, así que espero que no dejes de leerlos porque para mí es una parte fundamental del libro.

Gracias a Marcos por ser mi motor todos los días, por empujarme a seguir, por leerlo con ojo crítico en vez de ojos lujuriosos, como hacías antes. Buscándole fallos, mimando el detalle, y después maquetándolo. Siendo todo lo que necesito al lado para seguir escribiendo. El complemento perverso que toda perversa necesita.

Gracias a Kris Buendía por la maravillosa portada. Por estar ahí cuando la necesito o cuando me entró la ansiedad porque no lograba transmitirle lo que necesitaba en la tarjeta de presentación del libro. Por ser paciente y no morderme. Por ser mi gemela allá al otro lado del pequeño charco que nos separa.

Gracias a Pilar por buscarme. Por encontrarme. Por animarme a seguir escribiendo una historia que yo en principio pensaba que era flor de un día y que no llegaría a cuajar del todo. Por abrirme las puertas de mucho más de lo que imagina, por enseñarme cómo ser una escritora de hoy en día.

Gracias a Naitora por ser mi bruja de la guarda. Por estar ahí para obligarme a escribir aunque se me quiten las ganas del agotamiento, por preparar mil y una historias para sacarme una sonrisa y que este trabajo me parezca menos duro. Por querer hacerme grande cuando yo me veo pequeña.

Gracias a MIS PERVERS@S. Y sí, digo mías. Porque pasan más tiempo en mi casa, "Pervers@s con Magela Gracia" que en la suya. Porque se toman el café conmigo a primera hora, porque espían con ganas a los vecinos y porque me dan las buenas noches justo cuando me voy a la cama. Porque están siempre deseando leer todo lo que sale de mi mente perversa. Porque sin lector@s una escritora como yo no lograría llegar a nada. Porque gracias a vosotr@s es una alegría entrar en Facebook, porque nunca me siento sola.

Gracias a Víctor y a Bea por ser como son, por haberse ganado al público, por haberme dado la vara con sus ganas de que se contara su historia, por ser los mejores personajes que se puede desear. Buena gente... y perversos.

Y gracias a Oziel... Él sabe por qué.

A todos, a cada uno, mil besos perversos.

Y ahora, ¡a leer!

Que ya hay ganas.

ÍNDICE

¿Por qué siempre queremos al hombre que no podemos tener?

¿Qué tendrá... lo prohibido?

Aunque sea su hermano...
Magela Gracia

Aunque Sea Su Hermano...

"Yo no quería mirarlo... pero
¿cómo no hacerlo si me lo pusieron delante?"

Prólogo.

Sonó nuevamente el despertador. Hacía sólo cinco minutos que lo había apagado, pero imagino que no debí hacerlo muy bien porque volví a escucharlo con la insistencia de hacía un rato. O, tal vez, me había equivocado al presionar la función *"Snooze"* en vez de la que desconectaba la alarma hasta el día siguiente. Fuera como fuere me irritó lo suficiente como para que me entraran ganas de darle su merecido. Lo golpeé con el puño y fue a parar al otro lado del cuarto, rodando por el suelo.

No me importó si acabó con las pilas por un lado y la carcasa por el otro.

Enterré la cabeza debajo de la almohada, pidiendo volver a quedarme dormida.

O dormir algo…

Había pasado otra noche en blanco.

Y me esperaba otro horrible viernes por delante.

Víctor me quitó la almohada de encima de la cabeza y me sacudió la espalda, como quien despierta a una mascota para llevarla de paseo a la calle. Me quise morir porque me sentía exactamente eso, un perrillo perdido que no hacía sino seguir la mano de su dueño. Lo malo era que no tenía, y que me empeñaba en lo que fuera alguien que no quería serlo.

Me quise morir por eso… pero era en lo que pensaba todas las mañanas en las que ese hombre me pillaba en la cama.

Así era imposible hacerse la dormida. Y menos cuando el despertador continuaba sonando en el suelo. ¿Cómo coño lo hacía?

— Venga, dormilona. Que luego siempre llegas tarde.

Tuve ganas de decirle que se olvidara de mí, que no pensaba levantarme, que se fuera él a la facultad y me dejara allí, regodeándome en mi sufrimiento, en mi dolor de cabeza y en el malestar de mi cuerpo. Tuve ganas de decirle que no soportaría un viernes más, sobre todo si era a su lado.

Tuve ganas de responderle que gracias a que él me metía prisa nunca llegábamos tarde a ninguna parte. Era el perfecto estudiante, el perfecto cuidador y el perfecto hermano mayor.

Lo que fallaba en esa lista era que yo siempre había sido hija única.

Y por eso seguía teniendo ganas de morirme cada vez que llegaba un nuevo viernes.

Con dieciocho años era lo que ocurría, ¿no? Se sufría la incomprensión de los mayores sin la esperanza de que las cosas fueran a mejorar. Ese pesimismo era el sentimiento reinante. ¿O no todas las adolescentes se sentían hechas una porquería cuando abrían los ojos y se encontraban rozando ya el fin de semana? ¿No era eso lo que pasaba? Tal vez la que estaba completamente loca era yo y el resto del mundo se alegraba de que llegaran un par de días de descanso. Sábado y domingo. Beber hasta perder el sentido, dormir hasta tarde y encontrarte de pronto que estaban amaneciendo en un nuevo lunes.

Yo nunca había encontrado el valor de hacerlo pero tenía que reconocerme a veces me tentaba la idea de emborracharme un viernes y despertarme en lunes. Así no tendría que sufrir lo que sufría. Así no tendría que pasar por lo que estaba pasando. Así no me sentiría insignificante y pequeña en mi propia casa, con mi hermano postizo.

Tenía que hacerme mirar aquel pequeño problemilla por alguien especializado.

Y por especializado quería decir psiquiatra.

Ese seguro que podía hacerme un diagnóstico claro: locura no transitoria.

Lo peor de todo era que las circunstancias no sólo no mejoraban con el paso de las semanas, sino que se empeñaban en empeorar constantemente.

Sobre todo los putos viernes. Los viernes siempre empeoraba mi vida.

Mucho.

Y Víctor era el único culpable.

— Salimos en media hora, mocosa —me dijo, destapándome y dejando al descubierto el horrible pijama que llevaba puesto. De esos que me compraba mi madre porque pensaba que seguía siendo una niña aunque había cumplido ya la mayoría de edad. De esos que le hacían gracia a Víctor cada vez que me veía vestida de esa guisa—. No me hagas meterte en la ducha yo mismo...

<<*Ojalá...*>>

Primera parte.
La polla que vivía en mi casa

Odiaba los viernes.

¿A quién no le pasa?

Los fines de semana se hacían largos y tediosos en mi casa. Debía de ser la única chica en el primer curso de mi facultad —o de cualquiera de ellas, ya puestos— que no deseaba que llegara el viernes. Al menos eso podía deducir de los saltos de alegría del resto de los alumnos y de los folios que volaban en clase cada vez que sonaba la ansiada campana a las tres de la tarde. Yo casi ni me movía de mi pupitre, agachando la cabeza, deseando que me tragara la tierra.

Pero nunca me tragaba. Eso de esperar un terremoto que abriera el suelo bajo los pies sólo pasaba en las películas que ponían a última hora un viernes por la noche. De esas que yo siempre me veía hasta el final porque era imposible que conciliara el sueño. Mientras esperaba.

Ninguna otra chica de mi clase lo hacía, lo de agachar la cabeza, por lo que entendí que los viernes sólo los odiaba yo. Yo era la rara.

De lunes a jueves seguía una rutina que adoraba, o al menos así había sido durante el período que había pasado en el instituto. Sus apuntes de matemáticas y los exámenes a primera hora, competiciones en gimnasia, los malos humos en la clase de laboratorio y las largas sesiones de poesía en los ratos de literatura adornaban y simplificaban mis horas. Había sido incluso feliz en mi época de estudios secundarios.

Creo que también era la única chica que los echaba en falta.

Porque debía de reconocer que desde que había empezado la universidad todo se había complicado. Mucho. Y en casa la convivencia no se había simplificado en los últimos años, que digamos.

Aunque la facultad debía de darnos a los jóvenes cierta estabilidad y libertad no había sido mi caso. La sensación de que por fin estábamos estudiando y formándonos para algo que nos gustaba y en lo que disfrutábamos invirtiendo tiempo y esfuerzo para mí se había convertido en un suplicio desde que cambiara de amigas y descubriera lo que les rondaba la cabeza.

O me lo confesaran, más bien.

Sí, echaba de menos el instituto, aunque no precisamente el último año. Ese también había sido patético si me ponía a recordar. El resto no habían sido el paraíso en la tierra pero en comparación con lo que estaba viviendo me lo parecía.

¡Si hasta había disfrutado de los ratos en los que me ponía delante del tablero de ajedrez en las actividades extraescolares! Esas a las que mis padres me apuntaron para que tuviera algo que hacer después de las clases, porque no tenían tiempo para recogerme antes en la puerta del instituto. Por culpa de sus interminables jornadas laborales me había visto aprendiendo ballet, guitarra y macramé. Y como no les gustaba que fuera sola en autobús o andando hasta casa me obligaban a quedarme en clases mientras ellos se organizaban para sacar el trabajo adelante y acordarse de que tenían una hija. Eso, y porque tampoco les gustaba que estuviera delante del televisor en el salón de casa, sin supervisión de un adulto, dejándome la vista y llenándome la cabeza de tonterías.

Víctor no podía estar conmigo a todas horas.

<<*Ojalá...*>>

— Demasiados *"ojalá"* en una sola mañana, ¿no te parece? — me dije, sacudiendo la cabeza.

Las clases le daban a mi vida algo de estabilidad, porque cuando entraba por la puerta de casa toda mi atención acababa centrada siempre en lo mismo.

Y había sido por culpa de ellas…

No eran las mismas de la época escolar, ni las que me habían acompañado cuando dejamos de usar uniforme con falda de tablillas y polos recatados. Ahora vestían tacones, medias de rejilla y escotes que quitaban el hipo.

Por no hablar de las malditas minifaldas.

Caras nuevas, pero los mismos intereses.

Había llegado un punto en el que estaba hasta las narices de mis amigas, las del instituto y las de la facultad. Las del colegio no, pero apenas si las recordaba después de tantos años. Las del instituto, con sus aires de expertas y sus sostenes con relleno, empezaron a hacerme preguntas que me dejaron sin palabras a la hora de buscarles las respuestas. Con la boca abierta, sin ganas ni capacidad para contestar.

Que se fueran un poquito a la mierda. Eso les habría contestado yo si llego a lograr emitir algún sonido entre bocanada y bocanada de aire.

¿Acaso no se daban cuenta de que hablaban de Víctor?

Nunca se me había dado demasiado bien lo de las relaciones sociales. Me costaba mucho iniciar conversaciones en el colegio, y creo recordar que mi madre llegó a decirme una vez que ya era así en la guardería. Nunca quise averiguar cómo era mi comportamiento en el jardín de infancia porque a poco que me pusiera a pensar en ello me imaginaba siendo el único bebé con pañales que no jugaba con otros niños ni compartía lo de chupar cualquier cosa a todas horas, independientemente de quién lo hubiera chupado antes.

Un chupete, no seamos mal pensados.

No había cambiado mucho la situación en el instituto, y no había motivo para que fuera a ser de otro modo al llegar a la universidad.

Sólo había conservado una verdadera amiga de mi época colegial y vivía a tantos kilómetros de distancia en la actualidad que ambas, algunas veces, nos habíamos dado por vencidas al intentar mantener la relación a flote. Por suerte siempre encontrábamos nuevamente las ganas tras una noche de insomnio echándonos de menos y llorando a moco tendido, dejando perdido el forro de la almohada.

Y en la basura un puñado de pañuelos de papel hechos una enorme bola.

Con los constantes correos electrónicos en la adolescencia, y alguna que otra reunión de nuestros respectivos padres en la época de verano habíamos salvado la horrible distancia. Sus padres y los míos habían sido amigos desde jóvenes y habían mantenido la amistad al cabo de tantos años. Ese era el motivo principal por el que yo conservaba la amistad con ella, ya que lo ser tímida me imposibilitaba relacionarme mucho con las niñas de mi edad. Pero como había crecido viendo a la hija de los amigos de mis padres casi a diario en las reuniones familiares —y de paso, a su hermano— habíamos desarrollado un cariño sincero la una por la otra.

Y la distancia no había logrado romperlo.

Hasta el momento.

Que todavía nuestra amistad tenía que enfrentarse a la mayor y más difícil prueba de todas.

Mi amiga, mi única amiga, Laura.

Habíamos cursado primaria juntas y fuimos inseparables en el colegio hasta que sus padres, antes de terminar el curso escolar un fatídico mes de febrero, tuvieron que mudarse a la otra punta del país por motivos de trabajo. De eso, haciendo ahora cuentas, hacía demasiados años como para que la amistad no se hubiera visto resentida.

Hacía más de un año que no la veía.

Me había adaptado a tener, solamente, relaciones superficiales con las compañeras de clase que le siguieron. Esas a las que nos empeñábamos —por la edad e inexperiencia— en llamar amigas... aunque no lo fueran.

En el colegio no fue más fácil que en el instituto, y en la facultad la cosa sencillamente fue a peor.

Pero, de pronto, en el último curso antes de las pruebas de selección para entrar en la universidad, habían sido ellas las que me habían buscado a mí. Amigas por todas partes; chicas que, asombrosamente, deseaban pasar tiempo conmigo y hasta visitarme por las tardes en mi casa, cuando no estaban mis padres.

Amigas a las que no vi venir, pero que luego mostraron sus intenciones.

Luego las siguieron las chicas universitarias, tan novatas como yo en el campus. Las había conocido hacía poco más de unos meses en el inicio del curso académico y se perdían al igual que yo cada vez que tratábamos de llegar a la cafetería. Esas chicas, que empezaban a tener sus primeros escarceos con el alcohol y el sexo y que veían tutoriales en "Youtube" para aprender a maquillarse la cara y llegar perfectas un lunes por la mañana a clase.

Esas chicas...

Esas chicas que había metido en mi alcoba y que pudieron ver las pegatinas de "Los Osos Amorosos" que seguían adornando las puertas del armario donde guardaba mi ropa, casi toda pasada de moda.

Esas chicas que ni repararon en que la colcha que cubría mi cama era rosa y la cruzaba de izquierda a derecha un enorme arcoíris que salía de un mar de esponjosas nubes. Y por el que corría un unicornio violeta.

Esas chicas...

Esas chicas se dedicaron a preguntarme, primero con sutileza y luego con total descaro, sobre cosas que nunca en la vida me había planteado. Por el tamaño de la polla de Víctor. Sí, por esas cosas me preguntaron.

¿Pero Víctor podía tener polla?

Y sus huevos... ¿Eran redondos y duros, le colgaban mucho? ¿Se depilaba?

— ¡Y yo qué coño sé! —les contesté al principio, cuando sus interrogatorios me cogieron por sorpresa. Al fin y al cabo pensar de esa forma en el hermano de mi única amiga me parecía de lo más deshonroso, por no decir que hasta me produjo un poco de asco—. Nunca le he mirado la polla. No te digo ya los huevos...

Por descartado, ellas no pudieron creerme. Que las mirara con la cara desencajada cuando hablaban de lo mucho que les gustaría desnudar a mi compañero de piso no les parecía normal. Y yo, algo desorientada ante el giro drástico que habían dado las conversaciones en nuestro círculo de amistades, no les pude dar más explicaciones. Tampoco tenía mucho más que decir, por supuesto. Que no me hubiera fijado nunca en el tamaño de la polla de Víctor, que al parecer había sido la sensación del instituto sin darme demasiada cuenta de ello, tenía que ser pecado como mínimo.

¿Desde cuándo mis amigas se habían vuelto locas?

— Amigas no. No son mis amigas.

Tuve la esperanza de que todo quedara en una anecdótica pregunta hecha al azar tras una noche en la que a una de ellas se le presentó en sueños un tío muy parecido a Víctor. No por nada la cosa había surgido después de ir a ver una película en el cine, donde el actor principal salía más desnudo de lo que yo estaba acostumbrada a ver en cualquier largometraje, y la cosa se fue enredando y degradando hasta que empezamos a hablar de tíos desnudos de carne y hueso. De esos a los que habíamos visto nosotras.

<<De esos a los que habían visto ellas, que yo no había tenido el placer

todavía.>>

Pero pronto me di cuenta de que si había sido cosa de una ensoñación todas habían tenido el mismo, y de pronto se habían obsesionado con él. Y eso no podía ser fruto de la casualidad.

O era una enfermedad contagiosa y yo corría el riesgo de acabar portando el mismo virus en la sangre o iba a tratarse de algo que escapaba totalmente a mi comprensión. ¡Era como si me preguntaran por los atributos varoniles de mi padre!

No tuve la suerte de que todo quedara en una simple pregunta.

Víctor había pasado a ser el hombre más interesante de la cuidad para aquellas locas y salidas universitarias.

Del país, si se terciaba.

En ese momento, para mis amigas de facultad, el hermano de Laura era toda una delicatesen. No por nada, cuando aún yo no había cumplido la mayoría de edad y andaba terminando el último curso del instituto, el interés de mis antiguas compañeras me había parecido raro. Pero como estaba demasiado ocupada con los exámenes finales, preocupada en conseguir las mejores notas posibles para poder optar por una buena carrera universitaria, no hice mucho caso de las miradas que casi las hacían quedarse ciegas por falta de parpadeo. O del rastro de babas que iban dejando cada vez que se lo cruzaban cuando iba a buscarme al centro. Si llego a prestarle atención a esos detalles —y no tan detalles, que la cosa era bastante obvia— tal vez yo habría espabilado antes y hubiera empezado a intuir con tiempo lo que se me iba a venir encima.

Que no era otra cosa que tener a un hombre de lo más deseable viviendo en mi casa.

Y, para completar la historia que no eran capaces de creerse, tampoco se me habían abierto los ojos nunca como a ellas cuando se desnudaba delante de mí.

Pude entender en días posteriores que mis llamadas amigas de instituto lo encontraron irresistible en su momento, algo así como el típico protagonista de una novela rosa, caballeroso e irresistible, que siempre se llevaba de calle a la más guapa del baile. A mí también me había tenido durante unos meses algo enamorada, pero había durado tan poco y me había dejado tan claro que no le interesaba en absoluto, que el sentimiento tan pronto como llegó se marchó.

— No mientas. Tardaste un poco en sacártelo de la cabeza — me dije, molesta con mi necesidad de camuflar mis recuerdos con otros que me resultaran más fáciles de aceptar.

Víctor se convirtió, de la noche a la mañana, en el chico más interesante de los que rondaban por el instituto. Era más adulto, más alto y bastante más guapo que nuestros compañeros de clase. Un hombre hecho y derecho. Nosotras, al alcance, sólo teníamos al profesor de matemáticas, que casi rondaba los cincuenta años y doblaba esa cifra en kilos de grasa y algo de hueso.

Podía entender que entonces cualquier hombre nos llamara la atención. Incluso a mí me había llegado a gustar en su momento, incitada por los comentarios de mis compañeras que babeaban y decían que era el chico más atractivo que habían visto nunca. Eso había sido antes de cumplir los dieciocho. Pero había una gruesa línea marcando la separación entre mirarlo a los ojos y decirse a una misma que era un hombre muy guapo y entre mirarlo a la braguita y estar deseando ver qué tamaño cogía la polla de Víctor cuando de pronto se ponía cachondo.

Pero que me comentaran algo de él mis actuales compañeras, ya adultas, cuando había tanto chico mono suelto entre todas las facultades del campus, era demasiado para mí. Eso era tener muy mala leche. Era como si de pronto se hubieran fijado en un verdadero hermano mío y quisieran hacerme rabiar con ello. Y lo habían conseguido. Cada vez que una de esas chicas me nombraba lo bueno que estaba el hermano de mi amiga en vez de referirse a él con algo de respeto a mí se me cortaba la digestión.

Y mira que yo era capaz de digerir muchas cosas, y no precisamente digeribles.

Me había entrenado a conciencia con mi madre.

De todos modos, Víctor era suficientemente mayor como para que nunca nos fuera a mirar como a las mujeres en las que nos estábamos convirtiendo... Teníamos la guerra perdida antes de comenzar siquiera a luchar, y eso daba rabia.

<<¡Pero si a ti no te gustaba Víctor!>>

Bueno, mujeres en las que se estaban convirtiendo ellas, en verdad, porque yo parecía anclada en la edad en la que las pegatinas en la puerta del armario y un arcoíris en la colcha de la cama eran todo lo que se necesitaba para ser feliz. Una mentalidad demasiado infantil que no concordaba mucho con mi aspecto físico. Aunque, a decir verdad, tampoco era que tuviera un cuerpo voluptuoso y sensual.

No aparentaba la edad que tenía, pero tampoco la que no tenía.

Era seria para los estudios, sensata en el respeto a mis padres y muy cuerda a la hora de tratar con la gente. Adulta para todo, y una cría a la hora de pensar en el sexo contrario.

O simplemente en sexo.

Pero ellas no lo eran. Mis amigas ya habían empezado a probar de todo y antes de preguntarme por Víctor ya me restregaban sus conquistas. Ellas veinte, yo cero. Así no había forma de igualar un partido.

Mis amigas ya eran mujeres.

Mujeres que se morían por poner los labios sobre su tremenda polla, comerla hasta hacerlo correr, probar su leche espesa...

Ellas, no yo. Mis queridas y odiadas amigas. Que yo todavía era lo bastante tonta y poco espabilada en temas sexuales como para no haberme dado cuenta de que tenía un tío bueno y muy follable viviendo en mi casa, con su cama pegada justo al otro lado de la pared donde se apoyaba la mía. Al menos podían haberme comentado primero algo de sus ojos, sus labios, su apuesto y varonil rostro...

Su voz seductora...

¡Por el amor de Dios, que estaban hablando de Víctor! ¿Cómo se les ocurría nombrarme su polla?

¿Y cómo se me ocurría a mí volver a encontrar su voz seductora?

Me había costado mucho trabajo dejar de pensar en él como el chico atractivo del que se habían prendado mis ojos. Enamorada de forma infantil, idolatrando al paladín que siempre se había encargado de mí. Era normal y me lo había repetido cien veces. Es guapo, es listo y ha sido siempre muy atento conmigo. Era normal que acabara necesitando darle un beso. Era normal que a él se le quedara cara de espanto al intentarlo. Yo era una niña y él un hombre.

Yo era la mejor amiga de su hermana.

Él era el hijo que mis padres nunca habían tenido.

Y por eso la cosa nunca fue más allá. Porque tenía dos dedos de frente, porque sabía lo que era, y que tan pronto como empezara a salir con chicos de mi edad de me pasaría la sensación de que estaba enamorada de Víctor. Con diecisiete años una se enamoraba hasta de una piedra.

Pero Víctor no era de piedra... aunque mis amigas pensaban que la polla la tenía que tener tan dura como una.

— ¿Qué coño haces otra vez pensando en su maldita polla?

Segunda parte.
La polla en la que nunca debí fijarme

Por suerte no había dejado que mi enamoramiento fugaz e infantil por Víctor me obsesionara en el instituto.

<<*Salvo en el "incidente". No obvies ese momento, que fuiste muy patética.*>>

Terminé el instituto, Víctor se alejó de casa para disfrutar del verano y todo quedó en eso, *"un incidente"* que no iba a lograr olvidar por más que me dijera que no había pasado. Pero había pasado, justo el día en el que yo cumplía los dieciocho años.

Y luego, en la universidad, después de que mis compañeras empezaran a hablarme y a preguntarme sobre la polla de Víctor, volvieron a revolverme el estómago las mismas emociones que hacía un año. Tampoco me había fijado en la verga de los otros chicos, ni de mi edad ni de la del hermano de mi amiga.

Podía decirse que era un poco mojigata.

Probablemente esa era la palabra que a todos les aparecía en la cabeza cuando pensaban en mí, pero había muchas otras que también encajaban a la perfección. Y el hecho de que siendo mayor de edad no hubiera tenido nunca algún tipo de escarceo sexual con ninguno de mis compañeros de clase o chicos del barrio donde vivía era extrañísimo para todos.

Menos para mis padres. Para ellos seguía siendo la pequeña e indefensa Bea. Tal vez Víctor me veía de la misma manera. Al fin y al cabo era mi niñera.

Y por seguir haciendo una lista con las palabras que me calificaban, indudablemente, había que nombrar que era resignada.

Me faltaban, seguramente, muchos años antes de conseguir probar una polla tirando a normalita, ya no digamos una de las características que le atribuían mis amigas a la de Víctor.

Seguía llamándolas amigas…

Resignada, sí, y realista.

Tercera característica.

Una polla del montón, para empezar…

Nunca había sido del grupo de las chicas guapas de clase, ni siquiera se podría decir que fuera resultona. Normal sí, y hasta con un poco de aspecto de niña tonta. Tal vez era la mejor forma de describirme, vergonzosa y tímida, del montón. La niña apocada y falta de estilo que se ponía colorada cuando un chico le miraba las tetas. Supongo que en eso había influido la falta de la presencia de mi madre en mi vida. Ella seguía viéndome como a su niña pequeña, la que llevaba al parque para que se balanceara en el columpio sin que le llegaran los pies al suelo.

Y me compraba la ropa como tal.

Me trataba como si no cumpliera años —tal vez incluso porque nunca tenían demasiado tiempo para celebrarlos— y nunca me dio una charla de esas que se le dan a una hija cuando se supone que empieza a tener la edad peligrosa en la que comienzan las relaciones sexuales.

Fuera cual fuese ese momento ideal para tener ese tipo de conversaciones.

Mi madre no lo vio venir, y yo tampoco.

Dos días antes tenía a mi mejor amiga al otro lado del país, a su hermano como única figura adulta en casa y a mis padres trabajando día y noche para sacar el negocio adelante y poder pagar la hipoteca todos los meses. A nadie se le ocurrió que tal vez a mí se me iban a despertar las hormonas tarde o temprano. O me las iban a despertar mis amigas al nombrar de forma tan pecaminosa la polla de Víctor.

Y había sido, más bien, tirando a tarde.

Pero habían explotado en vez de empezar a hervir a fuego lento.

Yo no había espabilado en el instituto a pesar de que me fijé todo lo que pude en cómo se comportaban las otras chicas. Al no tener una madre que se diera cuenta de que tal vez las braguitas de *"Hello Kitie"* ya no eran apropiadas para mí, me vi sin ser capaz de medirme con las chicas de mi clase.

Luego me enamoré de Víctor de forma completamente inesperada, y se me ponía la sonrisilla de tonta cada vez que lo miraba.

Hasta que me di el trompazo el día del *"incidente"*.

Luego se me quitaron las ganas de mirarlo.

Cuando estuve a punto de cumplir los dieciocho mis padres por fin se dieron cuenta de que algo no encajaba en mi imagen y se permitieron un derroche sin precedentes en lo que concernía a mi vestuario. Y, aunque había tratado de seguir la corriente que habían impuesto el resto de las compañeras en el instituto y vestía, me peinaba y me maquillaba como ellas, era tarde y no fue suficiente. En las fotos de grupo parecía siempre que no pertenecía a la misma edad que el resto. La imagen de la orla era patética y rogaba para que todos mis compañeros se olvidaran de que hubo una vez una alumna que se llamó Bea y que cursó un par de años en la misma clase que ellos.

Aunque dudaba de que fueran a poder recordarme por algo, ya que apenas hablaba en clase. Y sólo había salido una vez con un chico.

Yo era del montón, y me lo repetía todas las mañanas. Cuando mis mañanas eran todas iguales y no temía tanto a que llegaran los viernes.

Era todo lo contrario que Laura y su hermano, el maravilloso Víctor, terminando Arquitectura después de tantos años de intensos estudios. Con ellos parecía que se habían alineado los astros. Conmigo, sin embargo, recién cumplidos los dieciocho, no se habían esforzado nada.

Más bien, habían hecho que se me estampara una estrella en la cara y me dejara con gesto de susto.

Víctor me sacaba diez años, aunque parecían muchos más por el porte que tenía. Era normal que mis amigas de instituto lo miraran —igual que había hecho yo, con ojos soñadores y rostro bobalicón— y tenía que reconocer que era hasta normal que lo hicieran.

Al final se me fueron los ojos a los suyos, a su sonrisa seductora y a su cuerpo deliciosamente esculpido. ¡Cómo para no hacerlo! ¡Si parecía un puñetero modelo!

La naturaleza de mí se olvidó el día que mis padres decidieron que necesitaban una hija, pero a él le cogió cariño desde el principio, en el seno de una familia tan poco acomodada como la nuestra. Recuerdo a Laura sonriendo en las fotografías que nos hacían nuestros padres cuando éramos unas niñas, mientras que yo siempre salía con la mirada atravesada y una mueca de disgusto en los labios. Víctor era igual. Siempre quedaba bien en las fotos de final de curso, en las de Navidad y hasta en las de la Primera Comunión, en las que todos salíamos con cara de lelos. Laura era una chica bastante mona, y aunque no la había visto en el último año salvo por Skype suponía que no habría cambiado al empezar la universidad.

A ella se la rifaban los chicos.

Yo, al lado de su hermano, era la criaturilla asustadiza y anodina en la que nadie reparaba. No era fea pero tampoco había nada en mí que llamara especialmente la atención. Sin embargo, su sonrisa encandilaba a todas las ancianitas amigas de mi abuela cuando me llevaba a la residencia para que la viera, mientras que ella les tenía que recordar a todas que la niña que estaba al lado de Víctor era su nieta, y no el chico que me acompañaba y hacía de niñera.

Llevaba una eternidad ejerciendo ese papel conmigo.

Los mismos que llevaba estudiando Arquitectura.

En verdad, casi no podía recordar mi vida antes de que pasáramos a ser cuatro en vez de tres, o mejor dicho, a ser él y yo en vez de mis padres solamente conmigo.

Porque mis padres habían aprovechado la ocasión que les brindaba el tener a alguien en quien confiar en casa y habían cedido la responsabilidad de cuidarme. De criarme. De hacer de mí una mujer.

Los míos habían hecho un gran favor a los padres de Laura y Víctor al acoger a su hijo en los años de carrera universitaria. Llevaba viviendo con nosotros una buena temporada, ya que no podían costearse un piso sin que él trabajara para pagarlo a la vez que estudiaba, y tanto sus padres como los míos no pensaban permitir que ese niño que ya era todo un hombre pasara penalidades para sacar una carrera. La facultad de nuestra ciudad era mil veces mejor que la de la suya, según nos había explicado Víctor en su momento, y aunque era muy complicado conseguir una plaza en sus aulas el hermano de Laura era un buen estudiante y no tuvo problemas para hacerse con la nota necesaria.

Aún recordaba la conversación de los adultos, cuando yo ni rozaba la adolescencia, una tarde de verano cerca de la playa, tras el almuerzo.

— No se hable más —había sentenciado mi padre—. Víctor se viene a casa con nosotros. El cuarto de la plancha se puede transformar en su dormitorio.
— Además, pasamos tanto tiempo fuera que seguro que a Bea le viene bien tener algo de compañía durante el día. Estoy convencida de que Víctor será una buena influencia para ella. Siempre quiso tener un hermano mayor.

Quien dice un hermano dice tener a alguien con quien hablar en casa, pero no quise corregir a mi madre, que tan ilusionada estaba con la idea de acoger al "pequeño" Víctor —aunque no fuera ya tan pequeño— bajo su protección.

Víctor me miró aquella tarde con cara de pocos amigos, intuyendo lo que se le venía encima al trasladarse a vivir con nosotros. Al final había entendido que tendría que ejercer de cuidador más tardes de las que le iba a apetecer, y eso, cuando acababa de cumplir la mayoría de edad, no era un panorama nada agradable para un estudiante universitario.

Yo apenas contaba con ocho años.

Yo apenas si sabía manejarme sola en casa sin provocar un incendio.

Estaba disgustado, pero peor era la opción de trabajar de camarero por las noches para poder costearse una residencia en la que mal dormir para sacarse el título universitario.

Y así se vino a vivir con nosotros al llegar Septiembre. Se trajo una pequeña maleta, una buena colección de libros y a partir de entonces los trastos de la plancha fueron a parar a la cocina.

Aunque al final nadie planchaba tampoco en casa. No había tiempo para ese tipo de cosas.

Tampoco se hacía buen uso de los fogones.

Por suerte, mientras estuve en el colegio, ninguna de mis amigas me sugirió que Víctor era el hombre de sus sueños. Imagino que a esa edad no se les ocurrió pensar en lo bueno que estaba o en lo mucho que les gustaría desnudarlo...

...Como tampoco se me ocurrió a mí en el instituto.

Al inicio de mi andadura en secundaria —ni al final tampoco— yo no me fijaba en sus atributos físicos; no se me iban los ojos ni a su paquete ni a su culo. Lo veía como supongo que se ve a un hermano, y cómo mucho sentía cierta envidia de que fuera tan perfecto, si es que una mujer podía envidiar el atractivo del género masculino. Había conseguido llevarme muy bien con él, aunque no había sido una tarea fácil, y estaba orgullosa de tener un amigo tan responsable y cariñoso conmigo. Luego llegó el último curso y me enamoré. Todo cambió.

Pero nuestra relación no siempre fue maravillosa.

Imagino que las peleas que tuvimos al principio fueron causadas por la diferencia de edad y la diferencia también de sexo. Aunque nos conocíamos de toda la vida no era lo mismo que, de pronto, fuéramos a compartir mucho más que el asiento de atrás del coche de mi padre. Diez años eran muchos años, y tener que hacerse responsable de mí como si de pronto una antigua novia hubiera llegado a su puerta conmigo de la mano para informarle de que era mi padre y tenía que encargarse de cuidarme no tuvo que ser un trago agradable.

Ni para él ni para mí.

Las ausencias de mis progenitores no nos lo pusieron muy fácil.

Creo que no fue hasta que llegué al instituto que la cosa se suavizó. Víctor dejó de considerarme una mocosa y empezó a tratarme como a la adolescente que tenía delante. Supongo que él también maduró y asumió que se le había encomendado la tarea de cuidarme, para bien o para mal, y que no iba a mejorar la cosa aunque se resistiera. Cuanto antes se adaptara a que ese era el precio que tenía que pagar para librarse de trabajar a destajo por un sueldo base y lograr terminar sus estudios mejor para todos, y por fin un día lo comprendió.

Y yo también con él...

Quedaron atrás las peleas y asumió un rol de hermano que hizo que por fin reinara la paz en casa. Y mis padres se relajaron aún más.

Sí, llegó a ser verdaderamente un buen amigo, tanto como lo era su hermana. La diferencia de edad no se impuso a partir de ese momento, y Víctor asumió un papel protector que consiguió que, llegados a ese punto, me volviera a sentir muy a gusto en casa. Al final había ganado un hermano.

Como había anunciado mi madre.

No por nada lo conocía desde que tenía uso de razón, y aunque el haber estado separados luego en su época del instituto cuando sus padres se mudaron había hecho que sintiera cierto pudor al iniciar la convivencia, el enorme parecido que guardaba con mi mejor y única amiga era tan grande que el sentimiento que le profesaba a ella se extrapoló sin reservas hacia su hermano. Todos suspiraron aliviados, incluso él lo hizo.

Se convirtió en mi mejor amigo.

Dejé de echar de menos no tener una confidente a la que comentarle todo lo que me rondaba por la cabeza a la salida de clase.

Dejé de comportarme como una niña maleducada cuando estaba él delante.

Dejó de comportarse como el adolescente malencarado que no pensaba asumir responsabilidades.

Y todo fluyó...

Fueron unos años maravillosos para ambos. Él consiguió compaginar sus estudios con mis horarios de clases en el instituto y se empeñó en que no me viera nunca sola. Supongo que ese cambio de actitud se produjo al ver que de pronto yo trataba de encajar en el nuevo ambiente en el que me había tocado lidiar y desentonaba más que un elefante en una cacharrería. Se apiadó de mi torpeza, de mi falta de carisma y de lo infantil que parecía al lado de mis otras compañeras de catorce años.

Eso, o que mis padres y los suyos le dijeron que si no lograba llevarse bien conmigo la convivencia tendría que romperse, ya que nos habíamos pasado los últimos años discutiendo como el perro y el gato.

Como dos hermanos.

Y el instituto dio paso a la universidad y él estaba a punto de acabar sus estudios mientras que yo volvía a estar perdida en un ambiente que era nuevamente hostil. La universidad era un nido de víboras y todavía no había empezado a comprobarlo.

Pero seguía siendo mi hermano, y eso me reconfortaba.

El *"incidente"* había quedado atrás antes de empezar la universidad aunque era cierto que algo se había roto entre nosotros. Se distanció un poco, lo justo para que yo me diera cuenta de que no era accesible y él se percatara de que yo no era la mocosa a la que había casi criado.

Pero tantas veces me lo pusieron delante mis compañeras —esas a las que llamaba a la fuerza amigas— con sus ojos lascivos y palabras obscenas, que acabé cayendo.

Acabé mirándolo... como lo veían ellas.

Y ellas lo miraban mucho...

Y lo deseaban más.

Supe que se masturbaban pensando en Víctor; supe que se lo follarían si tuvieran la más mínima oportunidad. Estaban salidas; cosa de las hormonas y la efervescencia de la adolescencia, aunque pasada la mayoría de edad imagino que esas emociones no eran tan nuevas para ellas. Para mí sí, claro está, que yo aún tenía en los cajones de mi ropero braguitas con dibujos infantiles. Lo de descubrir que alguien podía estar tan obsesionado con el sexo contrario me abrió los ojos y me hizo darme cuenta de que tal vez no estaba viviendo en la edad que me correspondía.

Víctor las volvía locas.

Tanto como a mí me había enfurecido cuando se trasladó a vivir con nosotros.

Y el hermano de Laura, además de estar muy, pero que muy bueno, era un buen partido. Arquitecto en breve y con buenos contactos para colocarse en un interesante puesto de trabajo en cuanto tuviera el título en las manos. Ya casi tenía el contrato firmado. ¿Qué más podía necesitar una universitaria para fijarse en un chico?

Pero Víctor no era un chico, ya era todo un hombre. Que nosotras tuviéramos la mayoría de edad no nos convertía en mujeres. Al menos a mí. Era mayor, y con eso supongo que les bastaba. También lo de que tuviera coche ayudaba a que se sintieran intensamente atraídas, ya que ninguna tenía independencia en el medio de transporte. Y eso, a nuestra edad, parecía ser muy importante. Pero, claro está, también me di cuenta mucho después, ya que daba por descontado que mi medio de transporte era él y no necesitaba nada más para llevar mi vida tranquila y pacífica de hija y estudiante modelo.

Nunca me planteé buscar novio para ser independiente.

Mis padres y los suyos se habían dejado un buen dinero en regalarle un coche hacía un par de años, y Víctor era tan perfeccionista y metódico que lo mantenía como el primer día. Incluso había llegado a decir que olía igual que el día en que se lo pusieron en la puerta de casa.

Y desde ese momento ninguno de los dos tuvo que volver a coger un autobús. Además de mi niñera, Víctor se convirtió en mi chofer.

Imaginaba que mis amigas se veían, las muy cerdas, follándoselo en el asiento delantero, sacando la cabeza por la ventanilla del pasajero y ofreciéndole el culo mientras él las ensartaba con fuerza desde el otro lado, agarrado a sus caderas.

Ocupando ese asiento en el que yo me sentaba cuando Víctor era el encargado de llevarme de un lado a otro, a expensas de unos progenitores que no tuvieron tiempo para hacerlo. Había supuesto que por eso a mis padres les había dolido mucho menos el hecho de pagar el precio del coche, a todas luces, superior a lo que se podían permitir sin recortar en el presupuesto de las vacaciones de verano.

En verdad, y ahora que lo pienso, ese año no tuvimos vacaciones.

Les venía bien que alguien se encargara de llevarme y traerme cuando ellos no podían hacerse cargo. Es decir, casi siempre.

Pero al menos habían ganado en tranquilidad. Ellos podían seguir sacando su negocio adelante y yo ganaba un chofer que se encargaba de que a mí no me pasara nada en el trayecto entre el instituto y nuestra casa. De pronto el autobús era el invento más maquiavélico que había puesto el hombre sobre la tierra y podía ser considerado casi pecado que yo pretendiera desplazarme en un vehículo tan poco civilizado.

También podía decirse que consiguieron que no me relacionara con nadie salvo con Víctor. Tras muchos años de soledad sin conseguir congeniar con nadie salvo con Laura que me llevara tan bien con su hermano era toda una lotería para ellos. Lo de que me llevara y me recogiera en todas partes no ayudaba a que mis compañeros me encontraran una chica normal, ya que todos volvían a casa en autobús o en tren, lo hacían juntos y charlaban y bromeaban para olvidar el mal trago de las clases y los exámenes. Nunca pude disfrutar de esos momentos. Yo era la chica que tenía niñera, y que estaba muy buena.

— Muy bueno, Víctor lo que está es muy bueno.

Mis padres, tratando de hacer que se ocupara siempre de mí, también parecían haberse empeñado en ponerme a Víctor delante... aunque de otra forma. Como mis amigas.

Y el coche vino a ser una excusa más para que mis compañeras de instituto lo desearan, aunque yo no lo supiera. Sólo cuando fui universitaria entendí que mi asiento al lado de Víctor era uno de los lugares más codiciados del campus.

Habrían pagado millones por ocupar mi sitio.

Me habrían matado si eso les hubiera proporcionado una oportunidad para ocupar el asiento que yo me preocupaba por no manchar todos los días. Exactamente desde que mis viernes se habían convertido en un infierno. Exactamente desde que mis amigas habían nombrado la polla de Víctor.

Mis amigas siempre estaban fantaseando.

Yo también lo hacía.

Al final, había acabado pecando.

No recuerdo cuál fue el momento exacto en el que a mi mente vino su imagen perfecta al desnudarse sólo para mis deseos. Su primera mirada lasciva que pude llamar mía, su primera caricia o su primer beso. Sólo sé que simplemente pasó en mi cabeza, y que una fantasía llevó a la otra y de pronto ya me lo follaba el cualquier parte y a cualquier hora.

Se convirtió en enfermizo, igual que para ellas.

Me lo imaginaba montándomelo con él en su puñetero coche, donde tantas veces me había sentado para que me llevara, primero al instituto y después a la facultad. Antes de que él se fuera a sus clases. Antes de que mis amigas me dijeran que tenía una suerte enorme por poder espiarlo en casa.

Fantaseaba. Y mucho.

Lo hacía estando él delante o ausente, en la intimidad de mi cama o mientras lo acompañaba en el coche. Más de una vez temí dejar la marca de mi excitación mojando la tapicería del asiento, ya que las faldas que solía llevar puestas no eran precisamente largas. Algo había que potenciar de mi físico, aunque fuera vistiendo como el resto de mis amigas.

Sí, como una puta. Con la falda tan corta que a poco que se nos cayera el bolígrafo al suelo teníamos a cinco alumnos detrás haciendo fotografías con el teléfono móvil para luego compartirlas en sus grupos de whatsapp. La tecnología había hecho mucho daño a la tierna adolescencia.

Menos mal que mi padre no me veía salir de casa con aquella ropa.

Y menos mal que Víctor sólo había hecho un par de comentarios al respecto del largo de mi falda cuando empecé a usarlas tan cortas.

— Escuché anoche al hombre del tiempo decir que iba a hacer frío esta mañana, pero creo que tú vas a pasar más que el resto de los habitantes de la cuidad.
— Menos mal que tu coche tiene calefacción para que no se me pongan los pelos de punta.

— Ya llevas los pelos de punta. Creo que para eso llegamos tarde.

Lo que no fui capaz de responderle era que estaban así porque pensaba demasiadas veces en él, y no precisamente con ropa puesta.

Allí, sentada en el asiento del acompañante, viéndolo cambiar las marchas, mientras hablaba con sus amigas por el manos libres, me imaginaba empalada por su polla a un ritmo frenético, como había visto en algunas de las pelis que guardaba en el ordenador de su dormitorio y que yo espiaba las noches que salía de marcha y sabía que no iba a regresar temprano.

Los putos viernes.

También a eso había llegado: a espiarle el ordenador, y hasta el ropero.

Si... Deseaba a Víctor, aunque fuera el hermano de mi mejor amiga de la infancia. De mi única amiga, en verdad.

Hacía meses que lo deseaba...

Los besos que le imaginé dándome antes del "incidente" dieron paso pronto a las acometidas salvajes, a los desgarrones en la ropa y a las embestidas bruscas que había visto en las películas porno. Me salté la parte romántica del asunto cuando me metieron por los ojos su polla, y en vez de descubrirme nuevamente enamorada en la universidad de un hombre mayor, me encontré encaprichada con su polla, con el hecho de desear separar mis piernas para que él tomara posiciones entre ellas y me mostrara lo que llevaba tantos años perdiéndome.

Sin preliminares.

Como si nos faltara tiempo.

Me masturbaba pensando en él. En su polla, o especificando, en su polla jodiéndome el coño de forma bestial.

Ojala hubiera surgido de otra forma, o con menos intensidad. Pero no podía controlar lo que de pronto, de la noche a la mañana, se había apoderado de mí. Lo deseaba sin más, y no conseguía ni me apetecía apartarlo de mi cabeza. Era demasiado excitante como para no dejarme llevar y disfrutar de él, aunque sólo fuera en mi mente.

Ojalá me hubiera vuelto a enamorar de él, pero el espantón que me había llevado la primera vez me había dejado sin ganas de enamorarme de él para los restos. Así que, como sabía que me consideraba una mocosa, en vez de pensar en él en forma de novio lo imaginaba en forma de amante.

Y para follar no era importante la diferencia de edad. ¿O sí?

Tercera parte.
La Polla que se traía a sus amigos los viernes

Y allí estaba yo, como siempre cuando llegaba el viernes: con sus amigos en su cuarto.

Chicos universitarios, hombres desde cualquier punto de vista. Tan cercanos y a la vez tan lejanos. Se los traía a casa al terminar las clases cuando daban por finalizada la semana de estudios y se quedaban la mayoría de las veces hasta que salían de copas.

Y Víctor no regresaba hasta la mañana siguiente.

Ese ritual no me había molestado un año antes pero ahora me sacaba de quicio.

Ninguno de ellos me miraba. Yo era sólo la chica retaco que vivía en la misma casa que uno de sus colegas, intocable e invisible para no traspasar un código no escrito donde se especificaba que no se podía desear a las hermanas de un colega.

Ese código que mis amigas no conocían...

Pero yo no era la hermana de Víctor.

Tampoco era que yo le estuviera haciendo demasiado caso a ellos, bien pensado.

Víctor tampoco me miraba, aunque estaba claro que era porque no le gustaba.

Vaya mierda de código.

Los oía hablar de chicas desde mi habitación. Se contaban unos a otros sus correrías de fin de semana anterior. Era extraño que se las tuvieran que rememorar, como si no pasaran esas noches de juerga juntos entre un bar de copas y otro, o no se vieran ligar con las chicas en las barras o en la pista de baile. Estaba segura de que se retaban unos a otros para entrarle a la mujer más guapa del local a fin de ganar una apuesta y que más de una vez se habrían llevado un bofetón por comportarse como críos al reírse entre ellos mientras buscaban el premio de un beso de la chica escogida.

Pero era mucho suponer, por supuesto. Tal vez, a los bares, iban todos ya con sus parejas escogidas.

Había visto demasiadas películas de universitarios.

Al final supongo que los estudios en la facultad eran lo suficientemente duros como para que no pudieran hablar entre ellos en otro momento antes de llegar el viernes, y aprovechaban la oportunidad de tener nuestra casa vacía, sin mis padres ni el estorbo de mis amigas, para reunirse como cuartel general desde el que planificar la siguiente estrategia de ataque. Eso, o que no cursaban las mismas carreras y al ser facultades diferentes coincidían bien poco de lunes a jueves.

Sabía bien poco de los amigos de Víctor. Era un tema del que siempre me había mantenido apartada.

— Mis amigos no te interesan, Bea. Y espero que ellos nunca se interesen en sentido contrario, para que no tenga que saltarles alguna que otra muela.

Pues allí iban a contarse sus batallas. Porque, imagino, cuando cada uno se llevaba a una chica para levantarle la falda y separarle las piernas, no estaban los otros presentes. O eso esperaba. Y, al final, esas conquistas les apetecía contarlas. A todos los hombres les gustaba hablar de sus ligues y hazañas sexuales, aunque no llegaran a ser verdaderas hazañas.

Podía definirse ese fenómeno como el dicho con el que se burlaban de la red social *"Instagram"*: *"Si no subes una foto es que no lo has hecho"*.

Tampoco era que mi agenda le permitiera mucha vida social a Víctor por las tardes. Lo de tener que ir a buscarme a la salida de las prácticas para llevarme la mitad de las veces a la biblioteca y la otra a clases de Inglés no era lo que podía llamarse el sueño dorado de cualquier estudiante.

Pero aquellos viernes por la tarde se desquitaban de todo.

Aquellos viernes por la tarde me hacían odiarlo y desearlo más.

Porque me descubrían al verdadero Víctor, al que yo sólo podía espiar a través de la puerta entornada y el delgado muro que separaba nuestras habitaciones. Porque para mis padres y para mí dejaba la fachada de perfecto hombre responsable y caballeroso mientras que para sus amigos y sus conquistas reservaba otra bien distinta. Porque rozando casi la treintena era imposible que no hiciera las cosas que le imaginaba haciendo, que salieran de su boca las palabras que yo no le escuchaba susurrando contra mi piel o mirándome de la forma tan descarada en la que necesitaba que lo hiciera.

Que no lo demostrara no quería decir que no fuera un simple mortal.

Y muy perverso...

El hermano de Laura no era ningún santo.

A través de esas conversaciones de puerta entornada y rap de fondo le había escuchado más de una historia —y de diez también— que yo luego reproducía en mi cabeza a voluntad, tomándome la licencia de intercambiar los personajes principales. Como no... yo siempre era una de las protagonistas, y el galán no podía ser otro que Víctor.

Se me daba bien hacer de directora de cine.

Había tenido varias novias a lo largo de aquellos últimos años; alguna de ellas habían llegado a entrar en casa y habían cenado con mis padres y conmigo de casualidad cuando habíamos cuadrado de milagro. Incluso, juraría que hacía unos años había traído a una chica a dormir a casa —y a lo que no era dormir también, que la cama servía para muchas cosas— pero había sido de madrugada y yo estaba con tanto sueño que apenas si reparé en los ruidos que se escucharon al otro lado de la pared de mi cuarto.

En aquella época yo ni pensaba en sexo.

En aquella época yo no sabía ni lo que era el sexo.

Suerte que mi madre no estaba, que le habría dado un soponcio si llega a enterarse de que su hija adolescente tenía que soportar ese tipo de cosas.

Aunque no era del todo faltón ni indiscreto con respecto a sus aventuras, de vez en cuando se le soltaba la lengua y decía más de la cuenta. Eso ocurría, sobre todo, si había alcohol del mini bar de mis padres de por medio. Y mis padres no aparecían ningún viernes por casa, por lo que las botellas no tardaban en hacer el viaje desde el salón al dormitorio de Víctor.

Otra de las premisas para que hablara de sexo con sus amigos era que la chica en cuestión no fuera una de las que consideraba como estable. Nunca le escuché hacer ningún tipo de comentario sobre una novia o una de las que trajo a cenar a casa. Si se le ocurría confesarse con sus colegas era porque la muchacha en cuestión era una de esas damas que sólo le duraban un día, o a lo sumo dos si habían tenido tan mala suerte como para que se les olvidara algo en casa del otro y tuvieran que verse para recuperar lo perdido.

Yo, si podía, lo escuchaba con suma atención.

Y me lo imaginaba a él entre mis piernas.

Y me mojaba...

A Víctor, descubrí en esas ocasiones, le gustan borrachas...

Siempre que se le llenaba la boca contando sus batallas coincidía, casualmente, con las ocasiones en las que sus amantes —follamigas las llamaban— bebían más de lo que debían o simplemente necesitaban. Por norma general Víctor era de decir bien poco. Vitoreaba los comentarios de sus amigos y pedía —o exigía— más detalles cuando ellos se ponían en modo vecina charlatana, de esas que hay en todo patio de vecinos. Unos se vanagloriaban de sus conquistas más que otros, y había aprendido a reconocerlos por la forma de hablar más que por el aspecto que tenían.

Era lo que pasaba cuando solamente me los cruzaba en el pasillo o en el salón a la entrada o la salida, que no había forma de que me quedara con la cara de ninguno.

Al principio creí que Víctor no hablaba demasiado porque le cortaba que yo pudiera estar escuchando al otro lado del pasillo. Eso habría tenido arreglo si hubiera cerrado alguna vez la puerta, el muy malnacido. Sus amigos le preguntaban constantemente y no soltaba prenda. Se hacía el duro, realizaba comentarios evasivos, y con poco más solía salir bastante airoso de esas encerronas de sus colegas. Nada más.

Pero cuando la noche en cuestión a la que aludían, la chica de turno había bebido, parecía que Víctor se ponía como loco; se le soltaba la lengua y no podía reprimir el instinto de hacerse el machito frente a sus colegas. Nunca había logrado entender el motivo. Eran casi siempre cuatro, contándole a él. Todos estudiantes universitarios de los que no tenía ni un solo dato, salvo un futuro abogado. Ninguno había cruzado conmigo más de diez palabras en aquellos años de carrera, entrando en mi casa cuando mis padres faltaban. Uno, incluso, el abogado al que conocía por el nombre de Oziel, me había revuelto el pelo más una vez al pasar por mi lado en el pasillo cuando iban directos al dormitorio de su amigo, nuestro antiguo cuarto de la plancha.

Como si se hubiera encontrado a un perro, mascota de la casa, que mereciera un premio por portarse tan bien.

<<*Eso es, buena chica. ¿Una galletita?*>>

Empecé a odiar bien de joven a los abogados...

Aquel seguro que era especialmente canalla en sus andaduras como libertino. Debía de haberme fijado más en él en vez de hacerlo en el hermano de mi amiga, ya que probablemente era del tipo de tío que era fácil llevarse a la cama. Y yo, en esos últimos meses, sólo pensaba en sexo. Pero lo único que me vino a la mente por aquel entonces fue pensar en que acabaría viviendo demasiado lejos, ya que según le había escuchado comentar estaba deseando mudarse y empezar a viajar, aprovechando que su familia era adinerada y se podía permitir el lujo de mantenerlo un tiempo. Cambiando de trabajo cada vez que se lo permitieran las posibilidades y encontrara un bufete cerca de la playa.

¡Cómo para poder mantener una relación larga!

¿En qué andaba yo pensando? ¿Era mejor, acaso, ilusionarme más con la idea de acostarme con Víctor que con mantener una relación esporádica con uno de sus amigos? ¿Para qué coño quería yo una relación seria a los dieciocho años, cuando cualquier tío me daba veinte vueltas?

<<*Si son como Oziel me da cincuenta.*>>

Víctor también se marcharía en cuanto tuviera la posibilidad, ya que su familia estaba al otro lado del país y allí seguramente también hacían falta buenos arquitectos. Que el contrato que le habían ofrecido fuera casualmente en nuestra ciudad no tenía que implicar que se fuera a quedar toda la vida por aquellos lares.

<<*Eso, a seguir pensando que nuestra relación va para largo.*>>

Me lo tenía que hacer mirar por un psiquiatra...

<<*¡Pero qué relación ni qué ocho cuartos!*>>

Tal vez mereciera la pena que no perdiera al abogado de vista... Era alto, bien parecido, atlético, y tan canalla y obsceno como el hermano de mi amiga.

¿Por qué siempre volvía a pensar en Víctor?

Lo cierto era que seguramente les tenía prohibido hablar conmigo. No por nada en más de una ocasión me había comentado que sus colegas eran demasiado mayores para que yo estuviera cotilleando lo que conversaban. Supongo que alguna vez me había pillado escuchando sus mamarrachadas de los viernes, aunque me diera vergüenza reconocerlo. No era que me pusiera con la oreja pegada a la pared, más que nada porque no hacía falta. Pero no podía ignorar las ocasiones en las que me había encontrado cerca de la puerta, tratando de captar mejor las palabras, mientras simulaba que buscaba mejor cobertura para mi teléfono móvil.

¡Pues que hubiera cerrado la puerta o me hubiera mandado a jugar al parque! Que como me trataban como a una cría en esas ocasiones bien podía ponerme a deslizar por un tobogán donde se me quedara atascado el culo. Para lo que él me lo miraba…

En el fondo me había llevado muy bien con Víctor, y el hecho de que quisiera seguir protegiéndome, cuando hacía meses que me había convertido en una mujer adulta, tenía su gracia. Era como el perfecto hermano mayor que no tenía, diligente a la hora de preguntarme por el chico que me había acompañado hasta la puerta del coche con tono inquisitorio, hasta que a mí no me quedaba más remedio que confesar que simplemente estaba interesado en conseguir que le pasara mis apuntes de la asignatura de turno de la que había hecho pellas. Entonces Víctor se relajaba y arrancaba el coche, dejando atrás mi instituto, o la facultad ahora, y a todos mis compañeros que no sentían ni el más remoto interés por mis tetas o mi culo.

Y, cómo no, a mis encantadoras e interesadas amigas…

Había sido muy amiga del hermano de Laura… hasta que su cuerpo perfecto y sus palabras obscenas empezaron a ocupar demasiados sueños por la noche, y fantasías por el día. Entonces, y acosada por mis instintos, había empezado a tener problemas para mantener una conversación normal con él, e imagino que también él conmigo.

Eso lo complicó todo. Eso hizo seguramente que se diera cuenta de que yo había crecido y que necesitaba poner distancia entre ambos.

Y lo había hecho.

Aquella noche de viernes, yo con los deberes de Inglés sobre la mesa de mi escritorio, intentando no hacerle demasiado caso a los relatos de la juerga del fin de semana pasado de sus amigos —¿a quién quería engañar?— mirando las letras desordenadas en otro idioma, me descubrí prestando suma atención a uno de ellos, el tal Oziel, que describía como se había follado por el culo a una universitaria de Erasmus. Cuando me quise dar cuenta había dibujado una enorme polla en la hoja cuadriculada...

¡Joder! A repetir toda la puñetera tarea...

Y entonces, uno de ellos, al que conocía como íntimo de Víctor, se rió y dio un golpe en algún sitio duro del dormitorio. El resto le acompañó con el tamborileo, porque seguro que sabían de qué iba el chiste. Se escucharon movimientos y ruido de la silla de escritorio al rodar por el suelo, redistribuyendo la disposición de los cuerpos. El dormitorio de Víctor no era mucho más grande que el mío, y siempre había imaginado que cuatro hombres sentados entre una silla, un taburete y una cama, no tenían que dejar mucho espacio en el centro para sus largas piernas estiradas.

— El que lo tuvo que pasar bien la otra noche fue Víctor —le escuché decir—. Inés estaba completamente borracha.

Comentarios de aprobación, palmas que animaron y unos cuantos vítores. Mi peculiar compañero de casa se rió entre dientes. Conocía esa expresión de su cara, la que seguramente tenía puesta en ese momento; nervioso, excitado. Seguro que se le había puesto dura nada más mentarlo. Esperé, expectante como ellos, con el corazón en un puño y sintiendo los latidos en la parte baja de mi abdomen.

Pero Víctor bajó un poco la voz antes de decir nada... y a eso no estaba acostumbrada. Me iba a ser complicado seguirle toda la conversación si mantenía ese volumen al hablar.

A esas alturas yo estaba tan excitada como él.

— Se la tragó todita, la muy cerda —comentó entre susurros, como si nada—. Le di polla hasta la garganta y creí que vomitaría de tanto alcohol que llevaba encima. Pero aguantó como una campeona, y se tragó toda la corrida. Me puso como una moto. Estaba completamente salida—. Imaginé a la tal Inés con el rímel manchándole la cara, el sudor pegándole el cabello a la piel y el rostro contraído en una mueca mientras hacía su trabajo en los bajos de Víctor—. La agarré de los pelos mientras me la mamaba... viendo como sus mofletes se inflaban cada vez que le daba un pollazo.

Más risas de sus amigos y más palmadas animando a que siguiera con la tórrida historia. Yo me descubrí conteniendo la respiración, siendo capaz de contar los latidos de mi corazón martilleando en ambas sienes. Era la primera vez que escuchaba a Víctor una conversación tan obscena y sentí una enorme vergüenza al darme cuenta de que necesitaba más palabras suyas en aquel tono, completamente desinhibido. En verdad, nunca había escuchado hablar a nadie de esa forma, ni siquiera en las películas que solía robarle de su ordenador, más que nada porque eran en inglés y no tenía demasiada soltura en el idioma como para ir traduciendo en mi cabeza lo que se iban diciendo los actores entre tanto gemido y blasfemia.

Supe que debía de tener la cara tan roja como si me acabara de llevar dos buenos guantazos, y rogué por no tener que salir corriendo de mi dormitorio porque se incendiara la casa con aquellos signos de excitación reflejados en el rostro.

Y en la entrepierna.

Acababa de mojar la silla del escritorio.

Los guantazos me los tenía que haber dado alguien para que dejara de imaginar tantas tonterías mientras seguía espiando. Pero no pude evitarlo. Seguí la conversación, acercándome lo más que pude a la puerta de mi dormitorio, abierta de par en par.

— ¡Joder, qué buena mamada me hizo la muy borracha! —exclamó, alzando un poco la voz y bajándola luego casi al final de la frase, entendiendo que podía escucharlo si continuaba con ese tono—. No aguanté mucho, pero me salió tanta leche que le rebosó de la boca cuando se la incrusté al final, y casi creí que volvería a casa con los pantalones manchados con lo que se había comido aquella noche. ¡Cómo para explicárselo a Ana! Me sorprendió cuando consiguió tragársela casi toda, y agarrarme los huevos para estrujármelos mientras me chupaba la puta punta del nabo.

Ana era mi madre, y en verdad no veía a Víctor entregándole los pantalones manchados para que se los lavara, teniendo que explicar cómo había llegado tal cantidad de vómito justo a la braqueta de la prenda.

Junto con alguna mancha de semen escondida en la tela, ya de paso.

Me llevé la mano al coño, aún virgen, que latía con fuerza allí donde me tocaba para correrme por las noches pensando en la pollita de aquel chico al que no reconocía en sus palabras. Siempre la había imaginado normal y ahora se me antojaba enorme, venosa y brillante. La vi metida en la boca de la zorra de Inés y me dieron ganas de darle un bofetón en esa cara sudada y corrida.

No se merecía la enorme polla de mi querido Víctor, ninguna otra mujer la merecía...

Me descubrí más mojada que nunca.

Me dolía el coño; sí, dolía...

El lenguaje soez del hermano de mi amiga me había cortado la carne, me había hecho ver lo que habían visto sus ojos y ahora no quería dejar de imaginar que eran los míos los que lo miraban con los cojones hinchados a la altura de la barbilla, la boca llena de su polla sudada por estar tanto tiempo en la braqueta y mi estómago revuelto por el alcohol que no sabía beber...

Y su leche espesa... resbalando por mi boca, iniciando el descenso hacia el cuello y refugiándose en el canalillo de mi pequeño escote. La mano de Víctor agarrando mi cabeza contra su pelvis y yo gimiendo mientras sentía llegar mi orgasmo...

Las risas de sus amigos me devolvieron a la realidad. Me había estado masturbando; a punto había estado de correrme con la puerta abierta de mi cuarto y no sabía si había estado jadeando ni si me habían escuchado al otro lado. Me latía la vulva como nunca, dolía a rabiar la sensación de vacío que sentía allí donde necesitaba que me ensartara su polla. Sudaba y jadeaba. Había manchado la silla con lo que expulsaba mi coño y mis dedos estaban rígidos por el machaque que le había dado a la punta de mi clítoris edematizado. Quería seguir... pero con la polla de Víctor delante.

Bueno... Tal vez no precisamente delante...

Necesitaba ser la putita borracha de mi querido Víctor.

Y, por suerte, sabía dónde guarda mi padre el whisky barato.

Cuarta parte.
La polla que se había ido alejando de mí

Recuerdo con cierta tristeza el día en el que cumplí los dieciocho años.

El día del *"incidente"*.

Se suponía que iba a comenzar mi época dorada: libertad, madurez, experimentación... Estaba ilusionada con el hecho de llegar a la mayoría de edad, cosa que no todo el mundo creía posible. Mi madre, en más de una ocasión, había comentado que yo me iba a morir un día de vergüenza antes de cumplir los dieciocho. Y no le había faltado razón para ello, ya que la táctica de la avestruz la tenía muy interiorizada.

Mis padres ese día cerraron la tienda durante toda la tarde, algo inaudito para el ritmo de trabajo que estaban llevando en los últimos años. Habían reservado en un restaurante de esos de toda la vida, donde el camarero te conoce por tu nombre, sabe exactamente lo que vas a pedir y cuánto vas a dejar de propina cuando te levantes de la silla. Lo malo de esos sitios es que el camarero también se acordaba del día en el que había cumplido cinco años y me había orinado encima mientras me empeñaba en abrir todos los regalos que me habían puesto sobre la mesa, o de cuando, con quince años, me revolvió el estómago tomar un sorbo de vino de la copa de mi madre y vomité sobre el mantel de cuadros rojos y blancos.

Se entiende que mi madre no creyera que fuera a llegar a los dieciocho...

— El baño está donde siempre, Bea. Al fondo a la izquierda. No me pongas perdida la mesa —comentó el camarero, un tipo grande y peludo al que conocíamos por el apodo de *"El Marino"* por los tres tatuajes que adornaban la piel de sus brazos. Exactamente un ancla, una sirena y las velas extendidas de un velero.

— Trataré de recordarlo —respondí agachando nuevamente la cabeza y evitando que pudieran ver el azoramiento reflejado en el rojo de mis mejillas.

Víctor me tomó de los hombros y me empujó hacia adelante, dándome ánimos por el pasillo de entrada.

— Ánimo, Bea. Que yo estoy aquí para que no te vuelva a pasar lo del vino.

Claro está, Víctor se encontraba en aquella ocasión terminando su postre sentado delante de mí. Le quedaba el fondo de su jarra de cerveza y la mitad del crepe de plátano y caramelo por terminar cuando a mí me dio por vomitar sobre la mesa, arruinando todo lo que había sobre ella. Después de eso el hermano de Laura se había propuesto enseñarme a beber, para que no me volviera a ocurrir nada parecido.

— Hoy ya puedo darte alcohol en casa —susurró contra mi oreja, para que mis padres no pudieran escucharlo decir que iba a incitar a su hija a beber a escondidas.

Y a mí esa sugerencia me erizó la piel de la nuca.

Y la de todo el cuerpo, para qué engañarnos.

Víctor no debía que tener en la cabeza ninguna idea libidinosa al respecto de lo de enseñarme a beber, pero a mí, que sabía perfectamente que él se endurecía cada vez que su aspirante a "follamiga" llevaban algo más de alcohol en sangre de lo recomendable, me pareció más una promesa a descubrirme los placeres ocultos que una invitación real a enseñarme a desenvolverme con las bebidas espirituosas.

Me excité.

Y era una sensación completamente nueva para mí, que sólo lo miraba con ojos de corderito degollado pensando en sus besos y sus caricias románticas.

Y permanecí de esa guisa, mojando las braguitas blancas de algodón durante todo el almuerzo.

Tarta de fresas y nata sobre la que "El Marino" colocó dieciocho velas rojas. Cuando todos me instaron a que pidiera un deseo mi mente se llenó con una petición. Y me hizo estremecer mientras que de un soplido apagaba las pequeñas llamas que coronaban con sus movimientos sinuosos lo alto de las velas.

Que Víctor no me retirara los labios esa noche cuando los míos buscaran su boca.

Mis padres nos dejaron a ambos en casa tras el almuerzo y la sobremesa para volver a abrir la tienda. Era sábado y no se podían permitir el lujo de tenerla cerrada sino medio día. Víctor no había descansado demasiado porque el día anterior había salido de juerga con sus colegas y yo tampoco lo había hecho porque me había pasado toda la noche pensando en si estaría enamorado de la chica con la que se estaría morreando.

Llevaba tiempo nerviosa. No tenía mucha experiencia en romances y lo de sentirme celosa por los escarceos de Víctor me había cogido de novata. Pero no hacía sino imaginarme la escena, tratando de robarle un beso, o mejor que él tratara de robar uno mío. Siempre pasaba de la misma manera. Yo cerraba los ojos y nuestros labios se unían sin reservas, como en las películas románticas que ponían en la televisión por la noche.

Algo se removía en mi interior cuando me imaginaba que me besaba.

Algo más...

Eso de que de repente me molestara el roce de la ropa interior allí donde sentía un calor intenso era muy desagradable para mí. Traté de relajarme con una ducha pero no sirvió de mucho. Al final me había quedado dormida leyendo, sin que Víctor regresara a casa, y no lo sentí acostarse cuando volvió de madrugada.

Yo no podía competir con la chica con la que estaría pasando la noche. Al fin y al cabo tenía aún toque de queda y aunque fuera a cumplir la mayoría de edad —¡por todos los santos, ya había pasado la media noche, ya era adulta!— la diferencia de edad era muy importante.

Víctor las quería de su edad y yo sólo era la hija de la pareja que lo había acogido en su casa. La chica de la que había tenido que hacer de niñera y que al final se había convertido como en una hermana para él.

Me entraban ganas de llorar.

— ¿De verdad me vas a enseñar a beber? —le pregunté, envalentonándome en el ascensor a nuestro regreso a casa, mientras él pulsaba el botón de nuestro piso. Mejor hacerlo allí a tener que ir a buscarlo a su habitación cuando ya tuviera un pantalón de pijama puesto y el torso desnudo, echado en la cama, leyendo algún libro.

Llevaba en las manos los regalos que me habían hecho aquella tarde. Víctor me había regalado, junto con un peluche, un bono de autobús, aprovechando que se suponía que ya era lo suficientemente madura para ir a coger uno sola. Muy gracioso.

Pero a mis padres no les gustó un pelo la broma.

En verdad... a mí tampoco. Me sonó a indirecta que traté de ignorar con la mayor elegancia que pude mostrar.

— Sabes que tus padres pueden enfadarse mucho si lo hago, ¿verdad? —comentó, divertido, siendo nuevamente mi confidente.

<<*Más se iban a enfadar si llegan a enterarse de lo que*

44

verdaderamente tengo en la cabeza.>>

Pero claro, no se me ocurrió decirle eso en voz alta.

— Llevas años diciéndome que mi primera copa me la voy a tomar contigo...
— Llevo años tratando de que no te tomes ninguna copa con nadie. Esa era la estrategia —respondió, guiñándome un ojo.

¿En eso consistía todo? ¿En mantenerme alejada del alcohol para protegerme de los peligros que conllevaba beber sin la supervisión de un adulto responsable? Me estaban entrando ganas de llorar y no precisamente de alegría. Iba a considerarme toda la vida una mocosa.

— ¡Venga ya! Si quieres ser la niñera más aburrida que he tenido nunca sigue comportándote de esa manera —le ataqué, sabiendo que odiaba que lo llamara niñera—. Las he visto con más iniciativa que tú.
— Discrepo —respondió, sacándome la lengua mientras abría la puerta de casa—. Hace años que no tienes a nadie que te cuide salvo yo... Y creo que ha llegado el momento de que te las apañes solita. Ya eres toda una mujer, ¿no es cierto? Puedes meter la pata votando al político corrupto de turno y todo —comentó, haciéndome burla.

Le hubiera sacado yo también la lengua pero no volvió a mirar hacia atrás. Se metió en su cuarto y yo fui directa a la cocina para servirme un vaso de agua. Ahogar mis penas en algo que no fuera alcohol iba a resultar complicado, pero al menos iba a intentarlo.

Aunque acabara pasando toda la tarde en el baño.

Mejor sería que metiera la cabeza en el fregadero para quitarme el enfado.

Me dirigía al salón con el segundo vaso de agua y un trozo de mi tarta de cumpleaños para endulzarme la boca cuando Víctor apareció por el pasillo, portando una botella de ron entre las manos, mostrándome la etiqueta.

— Lo que tus padres llaman bebida no creo que merezca ese calificativo —comentó, entregándome la botella. El chiste consistía en que tampoco encontrábamos que lo que mi madre llamaba comida lo fuera verdaderamente.— Feliz cumpleaños.

— ¿La tienes escondida en tu cuarto? —pregunté, pensando que tal vez era de lo que bebían últimamente sus amigos cuando llegaban los viernes a casa.

— La compré hace un par de días para invitarte a una copa y celebrar tu mayoría de edad. Imaginé que el peluche con chupete que te regalé en el restaurante no te iba a gustar demasiado. Y que a tus padres tampoco le iba a hacer mucha gracia que te regalara alcohol.

— ¡Pero si es un amor! —dije, burlándome de él, sacando de mi mochila el citado osito y abrazándolo como una niña pequeña—. No te atrevas a meterte con Susi, que tiene los sentimientos a flor de piel.

Víctor se partió de risa y yo con él. No me había hecho mucha gracia el regalo del osito pero porque me había hecho sentir un poco insegura, ya que no podía afirmar que no pensara precisamente que me hacía falta un osito. Por muy mayor de edad que me hubiera convertido para él siempre sería la pequeña Bea.

Una mocosa.

— Entonces, ¿mi regalo de verdad es una botella de ron?

— No, sólo una copa. Que la botella es muy cara —respondió, volviendo a sonreír.

Y yo volví a sacarle la lengua.

Pero pasadas las bromas iniciales me sentí temblar como una hoja. Para mí era maravilloso que se acordara de que una vez me dijo que la primera copa me la iba a tomar con él. Y ahora que lo tenía delante, con dos vasos chatos, un par de piezas de hielo en cada uno y una lata de refresco de cola abierta para compartir, me parecía que servir el ron en cada uno y probar suerte era la acción más arriesgada de mi vida.

> — Por la chica adulta —me dijo, levantando su vaso para entrechocarlo contra el mío en un brindis.
> — Por no vomitarte encima.

<<*¿Qué coño de brindis era ese, por todos los santos?*>>

Tenía que estar mal de la cabeza para haber terminado diciendo esa tontería en vez de decir algo como *"por el hombre que no será más nunca mi cuidador"* o *"por una nueva relación sin que tengas que vigilarme más"* o *"por poder demostrarte que soy la mujer que te hace falta en tu vida pero para la que todavía no estás preparado"*.

<<*Por el primer beso que pienso tratar de robarte con la excusa de estar borracha.*>>.

También habría sido un buen brindis. Cualquier cosa menos el que había pronunciado.

Víctor rió nuevamente de buena gana y con la punta del dedo índice apoyado en la mejilla me hizo girar la cabeza hacia un lado.

> — Apunta para allá.
> — Muy gracioso.
> — Me lo has puesto a huevo.

Y los dos bebimos de nuestros vasos sin tener muy claro en qué iba a acabar mi primera experiencia seria con el alcohol.

> — ¿Qué tal?
> — Asqueroso —respondí, regañándome completamente cuando el cubata llegó a mi boca, luego a la garganta y por fin calentó el estómago—. ¿De verdad que bebéis esto por gusto?
> — Realmente nos obligan pero nos da vergüenza reconocer que hay alguien al otro lado de la barra del bar donde nos lo sirven con una pistola encañonándonos todo el rato —respondió, terminando de dos tragos más su bebida y dejando que los cubitos de hielo llegaran hasta sus labios

carnosos, rodeados por una sexy barba de una semana.

— Yo que vosotros cambiaría de bar.

— En todos pasa lo mismo.

— Ya. Bueno, pues entonces cambiaría la forma en la que invertir las noches de viernes —comenté, llenándome la cabeza con las imágenes que se me aparecieron pensando en los encuentros sexuales que tenían lugar en el asiento trasero de su coche cuando salía por la noche. Casi me atraganté con el siguiente trago por culpa de algunas de las fantasías.

— No dirás lo mismo cuando comiences a salir de noche y tenga que estar vigilándote para que no te metas en líos.

<<¿Lo prometes?>>

— Como que vamos a frecuentar los mismos bares —comenté, realmente apenada de que no fuera a ser así.

— A las dos en la puerta del local, jovencita. No quiero que me tengas esperando mientras estás pegándote el lote con alguno de tus rollos de la noche.

Volví a atragantarme. Bebí rápidamente mi cubata mientras buscaba las palabras adecuadas para reponderle sin meter la pata. Cuando llegué al final del vaso aún no se me había ocurrido nada.

— ¿Y qué vas a hacer tú regresando a las dos a casa? —pregunté yo, llevándome las manos a la cara y dejándomela helada por los hielos que habían enfriado el cristal del vaso.

— Yo nada. Te dejo en el portal y me vuelvo a la zona de copas.

Una pena que no pensara llevarme de juerga con él. Sólo se iba a asegurar de que no acabara en la cama con ningún desconocido.

<<Tranquilo, Víctor. Que nadie va a fijarse en que estoy en el local.>>

Le saqué nuevamente la lengua y sonreí con gusto. Ojalá fuera a ser así siempre con él y no como había comenzado a sentirme desde que mis amigas del instituto me habían dicho que era el tipo más guapo que conocían. Todavía yo por entonces no estaba loca por él ni obsesionada con la posibilidad de llevarme su polla a la boca, pero había comenzado a mirarlo como a un hombre en vez de cómo a un hermano.

El principio del fin.

En pocos meses iría a la universidad y conocería a las chicas que el único tema de conversación que iban a tener conmigo era sobre su cuerpazo o sobre las elucubraciones sobre su forma de follar.

Pero esa tarde, con el ron ardiendo en mi estómago y empezando a recorrer mis venas poco acostumbradas a sus efectos, Víctor era simplemente el hombre al que yo había comenzado a espiar cada vez que se metía en el baño para darse una ducha. Un hombre con veintiocho años a punto de terminar Arquitectura y que, por avatares de la vida, había acabado viviendo en mi casa. Un hombre del que creía estar enamorada.

Y empezaba a descubrirme que había mucho más allá de una mirada o una sonrisa.

— Digo yo que merezco un beso de felicitación de cumpleaños…
— ¿Y no te lo di ya?
— El alcohol hace que tenga pérdidas de memoria —bromeé, envalentonada por los efectos de la bebida.
— Ya. Mal beber. ¿Dónde habré escuchado yo eso?

Por entonces yo no sabía que a Víctor le gustaban borrachas. Si llego a conocer ese pequeño detalle habría bebido tres vasos de ron antes de atreverme a lanzarme sobre sus labios.

Porque eso fue exactamente lo que hice.

Y lo que hizo exactamente Víctor fue pararme en seco, poniendo las manos contra mis hombros cuando vio que iba directamente a besarlo en los labios.

— ¿Qué coño estás haciendo, Bea?

Y ahí lo teníamos. Mi embarazoso "incidente".

Por descontado, ese fue el detonante que hizo que Víctor comenzara a apartarse un poco de mi vida y que yo me encontrara pocos meses después en la universidad con unas amigas que consiguieron que lo mirara verdaderamente con otros ojos.

No con los que había empezado a mirarlo por mis compañeras de instituto, que eran mucho más cándidas que las zorras con las que tuve la desgracia de tropezarme en la facultad. Ellas me mostraron al hombre de carne y hueso que tenía delante, no al príncipe en el que lo había convertido con mis fantasías de niña tonta.

Y les interesaba —por descontado— mucho más la carne que los huesos.

Yo traté de olvidarme de todo y casi que lo conseguí, más que nada porque ninguno de los dos volvió a mencionarlo jamás de los jamases y él aceptó mi excusa de que el alcohol se me había subido a la cabeza y había querido probar más cosas nuevas.

Creo que se apiadó de mí, pensando en lo inexperta que era la chica con la que compartía casa.

Enfadada conmigo misma y enfurruñada con la reacción de Víctor, dejé de verlo como el hombre al que había encumbrado como el amor de mi vida y traté de seguir con mis estudios, con mi patética vida y con mis noches a solas esperando a que regresara tras encandilar con su presencia a todas las chicas del bar de copas.

Pero, como no pude prever, la cosa se complicó demasiado, cuando de verdad pensé en lo que guardaba dentro del pantalón.

Y, cómo no, los viernes se convirtieron en un infierno.

Porque mi tortura no había hecho sino comenzar.

Quinta parte
La polla de la que no podía hablar con Laura

Era viernes, otra vez.

¿He comentado ya que no me gustan los fines de semana?

Un maldito viernes por la noche, de esos en los que me quedaba sola en casa porque mis padres tenían turnos incompatibles con la vida familiar en su trabajo. Que eran el mismo, para más detalles, ya que regentaban un único establecimiento. Había cenado sola en el salón delante de la televisión algún alimento que no recordaba. Cualquier cosa era mejor que lo que había dejado preparado mi madre en la cazuela que reposaba sobre la placa vitrocerámica. De entre todas las virtudes que tenían mis padres no podía destacar en ninguno de ellos el gusto por la cocina.

Tampoco era que estuvieran mucho en casa para poder practicar, o vigilar que me comiera lo que guisaban.

Tal vez, por eso, me empeñaba en cenar delante del televisor, como a ellos no les gustaba que hiciera. De alguna forma tenía que vengarme...

Llevaba esa rutina cada vez que me encontraba como la única ocupante de la casa. Entre semana Víctor me acompañaba a la mesa, ya que no salía sino los viernes y los sábados. El fin de carrera le estaba resultando especialmente duro y no se permitía el lujo de trasnochar de lunes a jueves.

Tampoco lo hacía los domingos. Como mucho iba al cine con alguna pelandusca.

Pero nuevamente había llegado el viernes...

Y el glorioso hermano de mi amiga había salido de juega con sus colegas, para variar.

Como no —y para mi eterno pesar— seguramente habría alguna golfa de por medio. Eso era lo que mi mente se empeñaba en repetirme. Víctor tenía la edad y la mentalidad ideal para no desear una novia seria a su lado. Como le había escuchado repetir en varias ocasiones, no era el momento para dedicarle tiempo a una relación.

Y para complacerlo ya estaban sus amantes.

Eso me mataba. Me hacía hervir la sangre, y no había nada que pudiera hacer para evitarlo o controlar mi ira. Tampoco era que deseara que tuviera una novia formal a la que poder clavar las agujas en su muñeco vudú correspondiente, pero imaginé que era más fácil mantener controlada a una única fulana que a una distinta cada fin de semana.

Me imaginé contándole eso a Laura, y a Laura gritándome desde el otro lado de la cámara que conectábamos para hablar por Skype.

— ¿Estás idiota?

Cuando lo vi salir de su dormitorio, arreglado para pasar la noche fuera, me quedé mirándolo como si se me escapara la vida con él por la puerta. Yo estaba arrebujada en el sofá, viendo la tele, con mi pijama de Minie Mouse por todo sexy y provocativo vestuario, y las piernas que reposaban sobre la mesa del salón me temblaron de excitación al verlo pasar. Acababa de estar chateando un rato con Laura, y tras intercambiar los saludos de rigor de un lado a otro de la pantalla, nos habíamos centrado en hablar sobre el nuevo novio que se había echado mi amiga.

— ¿Y para cuando me hablas tú de algún tío?

Laura nunca iba a entender que mis pensamientos estuvieran siempre girando en torno al cuerpo de su hermano. No era algo que se pudiera contar así por las buenas, aunque no hubiera tenido la culpa de que aquellos sentimientos afloraran. Imaginaba que siempre era más llevadero decirle a una amiga que te habías enamorado de su hermano en lugar de decirle que estabas loca por tirártelo. Y yo, en principio, estaba casi segura de que lo que sentía no era precisamente amor.

El amor se me había escurrido al suelo en el mismo momento en el que Víctor me había hecho la cobra.

Estaba obsesionada por el sexo que me estaba perdiendo con su hermano.

— Creo que todos los tíos buenos se han ido a vivir a tu lado del país, chica. Aquí se han quedado sólo las ratas de biblioteca y los capullos integrales.

Y recordando la conversación con Laura, Víctor pasó delante del televisor de camino a la puerta. Se había arreglado tanto aquella noche que no me quedó ninguna duda sobre lo que iba a acabar ocurriendo.

No importaba si iba a ser en su coche, en un hotel, o en la calle.

O en la habitación de la chica en cuestión...

Lo que importaba era que no iba a pasar conmigo.

Pantalón vaquero ceñido a sus estrechas caderas, camisa blanca abotonada dejando libre parte de su torso, chaqueta de cuero marrón para la madrugada...

Lo odié por salir a la calle tan guapo.

Lo odié por apenas dedicarme unas escuetas palabras de despedida y un triste y casto beso en la mejilla. Desde mi cumpleaños la relación no había vuelto a ser la misma.

Me hubiera encantado afirmar que Víctor podía hacer lo que quisiera con su jodida polla, cualquier día a cualquier hora, pero ya había aceptado a esas alturas que era malo engañarse a uno mismo. No lo sentía, y no me salía decirlo en voz alta.

Ni tampoco en voz baja. No me salía decirlo de ninguna de las maneras. Deseaba a Víctor y no había vuelta de hoja.

Se podría haber dicho que a mis dieciocho años recién cumplidos no tenía experiencia suficiente en la vida como para tener pensamientos como aquellos, pero resultaba que me había visto en la necesidad de madurar demasiado pronto ante la falta de mis padres en casa. Me había hecho demasiado daño esperando que fueran capaces de organizarse para llegar a mis fiestas en el colegio, a mis actuaciones de ballet a final de curso, o incluso a las reuniones de padres. Mis cumpleaños se habían celebrado siempre cuando a ellos les cuadraba un día libre, y me vi sin poder soplar mis velas en la tarta si no coincidía con un domingo.

Había aprendido a no engañarme. Mis padres no iban a llegar nunca a tiempo.

Por eso era mucho más realista que el resto de las chicas de mi edad.

Por eso no tenía sentido engañarme con Víctor. No iba a conseguir nada de él salvo respuestas cada vez más frías a medida que pasaran los días. Hasta que uno de ellos, tras la graduación, desapareciera de mi vida.

Casi podía decirse que llevaba cuidándome Víctor desde hacía diez años. Me había resignado a renunciar a unos padres en pos de crear una sólida relación con el hermano mayor de mi mejor amiga. Pero ésta también se estaba resquebrajando con el tiempo, con el paso de los meses, con el hecho de convertirme en mujer y que él ni siquiera lo hubiera notado.

O que él lo hubiese notado y hubiera pensado que había que hacer algo al respecto. Y lo que parecía que había encontrado como solución no me gustaba un pelo.

Que estuviera a punto de abandonar la casa que compartíamos en cuanto tuviera su puesto de trabajo tampoco ayudaba mucho. Era algo que todos teníamos claro que pasaría. Mis padres habían comentado en más de una ocasión que iban a echarle mucho de menos y que su presencia en nuestras vidas había sido la excusa perfecta para huir por fin de la esclavitud que suponía la plancha.

— Desde que vives aquí en esta casa no se compra ropa que se arrugue con facilidad...

Él sonreía, aceptando de buena gana las burlas cariñosas que le prodigaban mis padres. En el fondo se había comportado como un buen hijo, y ellos, aunque no estuvieran nunca en casa, como unos padres más que aceptables.

Que Víctor esa noche fuera a tirarse a cualquier putón borracho me mataba, aunque en el fondo me mataba que se tirara a cualquiera, borracha o no. Imaginarlo fundir sus carnes en las de otro coño que no fuera el mío no era una opción aceptable para mí. Odiaría a toda chica que le pusiera un dedo encima al hermano de Laura. No decir ya a las que le ponían el coño en la boca...

Las odiaba a todas, incluyendo a mis amigas. Había empezado a sospechar desde el instituto que se mostraban tan agradables conmigo para poder estar a mi lado cuando Víctor llegaba a recogerme a la puerta. Por ello, y porque me volvían loca con sus palabras y sus fantasías, también a las de la universidad había dejado de invitarlas a merendar a casa cuando sabía que Víctor iba a quedarse estudiando en su alcoba. En verdad había dejado de invitarlas, estuviera o no presente.

Ya bastante tenía con mis propias fantasías...

Ese detalle Víctor me lo había agradecido mucho.

— No sabes lo molesto que era intentar estudiar con tanto alboroto en tu cuarto, Bea —me había comentado él una noche, cenando, cuando hacía semanas que no llevaba a nadie a casa—. No sé cómo soportas a algunas de ellas.

No quise decirle que, muy probablemente, el tono de sus voces era tan alto porque competían entre ellas para hacerse notar más. Todas querían captar la atención de Víctor, sin darse cuenta de que lo que verdaderamente conseguían era irritarlo mientras trataba de preparar sus exámenes finales.

Sonreí al entender que estaba agradecido, y él sonrió también, disfrutando del silencio que se hacía entre los dos mientras cenábamos cualquier cosa, mientras la comida que había preparado mi madre iba directa a la basura.

Mis amigas —esas que sospechaba que no eran tales y que me querían simplemente por interés— me preguntaban, desde que había suspendido las meriendas, todas las mañanas, si podrían venir a estudiar por las tardes a casa, con la excusa de que se acercaban los exámenes finales. Al siguiente año académico cada una lo cursaba en una universidad distinta, y me imaginaba que llegaría a ver a más de una estudiando Arquitectura simplemente por el hecho de poder toparse con Víctor por los pasillos. El gozo les iba a durar bien poco, a no ser que ocurriera la desgracia de que él tuviera que permanecer en la facultad un año más.

Ese hecho no consiguió reconfortarme. Que mis "no amigas" fueran a perder un año de sus vidas por babear por los pasillos detrás de Víctor me hizo pensar que yo estaba haciendo exactamente lo mismo en casa.

Y yo estaba perdiendo mucho más tiempo que ellas...

¡Lo obvio que habría sido darse cuenta de que sólo se interesaban en si estaría el hermano de Laura cuidando de nosotras aquellas tardes de estudio!

¡Cómo si alguna necesitara ya que la cuidaran!

Aquella había sido la última vez que me iba a permitir ser una ingenua.

Me centré en los exámenes finales del instituto y todo volvió a la normalidad. O casi.

Mis padres eran los únicos que no se daban cuenta de que yo había crecido y que ya no necesitaba una niñera, porque Víctor lo había entendido casi al soplar las velas de mi dieciocho cumpleaños, y se había hecho a un lado.

O lo había hecho yo a un lado al espantarlo al intentar besarlo.

Que ellos se sintieran culpables por desatender todas sus obligaciones como progenitores había llevado a que el hijo de sus mejores amigos tuviera un coche nuevo —y bastante más caro que la media de sus compañeros de universidad, si excluíamos a Oziel— sin que él dispusiera de dinero suficiente para poder mantenerlo. Habría sido más fácil dejar que yo regresara por las tardes en metro o en autobús desde el instituto, pero la cuestión se había zanjado participando en la compra conjunta del coche.

Que mis padres no hubieran estado en casa a la hora de irme a la cama había hecho que se estableciera una intimidad entre Víctor y yo que ahora me atormentaba. Me había visto desnuda cientos de veces —más antes de entrar en la adolescencia que tras venir a vivir a nuestra casa— me había visto tontear con mis amigas en mi dormitorio otras tantas, y llorar tras los primeros desengaños amorosos cuando apenas si sabía en lo que me estaba metiendo. Allí no había estado mi madre para consolarme, sino mi solícito y atípico compañero de penurias, extendiéndome un pañuelo de papel y preguntándome si tenía que ir a partirle las piernas a alguno.

Siempre me había hecho reír.

Mi primera cerveza sin alcohol me la había tomado con él, con la promesa de que cuando cumpliera los dieciocho me vigilaría mientras lo probaba.

Y la primera con alcohol... también.

Me había regañado ante el sabor de la cerveza, al igual que lo hiciera con el ron. Y recordaba como mucho más amargo el gusto del alcohol en la tarde de mi dieciocho cumpleaños.

Tal vez... por cómo había terminado la tarde.

Había sido muy duro sentir que me dejaba a mi aire, y que salvo por los ratos en los que me hacía de chofer y de cocinero, ya poco teníamos que decirnos.

Y tal vez esa distancia fue la que propició que empezara a verlo como el hombre que era y no como el amigo protector en el que se había convertido. O el príncipe azul al que quise besar.

En las últimas semanas, después de que tomara la determinación de que deseaba y necesitaba sentirme perforada por la polla de Víctor, en modo taladro percutor, mi vida se había convertido en un auténtico infierno. Me molestaba la visión de aquel hombre vestido rondando por los pasillos, pero también me molestaba verlo en calzoncillos. Calzado o sin zapatos, con camiseta o sin ella. Simplemente, me molestaba mirarlo, que existiera era ya un completo martirio.

Y más martirio todavía... que para él yo no existiera como mujer.

Así que había convertido internet en mi recurso supremo en materia de ligue con chicos que casi podían doblarte la edad. No me había podido creer a la de chicas a las que le gustaba acostarse con hombres mucho mayores que ellas. Me hacía pensar que era un poco menos rara y pervertida de lo que en principio me creía, aunque bien mirado estaba empezando a aceptar que había ciertos deseos que por más que los reprimiera iban a ir a buscarme a la tumba, si hacía falta.

Y yo, antes de morirme, quería follarme como una condenada a mi queridísimo Víctor.

Tirármelo en el coche, en la ducha... en su cama y en la mía. Joder como animales con la tranquilidad de saber que la casa era toda nuestra ya que mis padres siempre estaban ausentes. Aprovechar incluso la cama ancha de matrimonio de mis progenitores para dar rienda a nuestras oscuras pasiones...

No. Volvía a engañarme. Las pasiones oscuras eran sólo mías.

Él no sentía ningún impulso hacia mí, ni oscuro ni de color rosa chicle.

En internet encontré de todo, y te explicaban con pelos y señales cosas que yo nunca antes había vigilado. Cosas que ni sabía que podían ser espiadas, también... Fotos, consejos, foros y blogs relacionados con follar con personas con las que te separaba una diferencia de edad importante fueron, a partir de entonces, mis aliados en el desconsuelo de mi coño. Y borrar el historial del navegador *"desde el inicio de los tiempos"* mi nuevo *"pan nuestro de cada día"*.

Lamentaba enormemente que me hubieran preguntado alguna vez por su polla, pero el daño estaba hecho. Lamentaba que se hubiera instalado esa obsesión en mi mente, pero había cosas que sólo dejaban de obsesionar cuando se probaban y superaban.

<<*Pasarle la lengua por encima...*>>

Por suerte tenía internet para asesorarme. Miles de cosas en las que fijarme...

Las llamadas poluciones nocturnas eran una de ellas...

Esa misma mañana de viernes, mientras él se daba una ducha y mi madre se había ido ya al trabajo casi antes de que amaneciera para ayudar con las tareas de primera hora a mi padre, me había colado en su cuarto. Llevaba haciéndolo toda la semana, buscando y olfateando sus sábanas, pasando la mano, buscando rastros de humedad... Hasta ese día no había encontrado nada. Pero precisamente esa mañana, tras destaparme y llamarme mocosa, lo había visto pasar por delante de la puerta de mi habitación mientras me vestía. Acababa de darme mi baño matutino, en primer turno de forma extraña ya que Víctor no solía remolonear más en la cama que yo aunque yo andaba durmiendo lo suficientemente inquieta como para que me molestaran las sábanas si permanecía mucho tiempo acostada. Me había escuchado salir del baño y como un autómata acudió a ocupar el plato de ducha.

Iba en calzoncillos... y estaba empalmado.

Me ardió el coño como nadie se imagina.

Su enorme verga marcada dentro de la ropa interior blanca, ladeada hacia la derecha, llegando más allá de la ingle… Oscura la piel bajo la tela, dibujado el glande con toda claridad y mojada la prenda en esa punta donde terminaba, gloriosa. Se había parado frente a la puerta de mi dormitorio, rascándose la cabeza, todavía adormilado.

— ¿Ya estás lista?

Si no babeé fue de milagro.

— Desayuno en dos minutos —había conseguido articular, ya que mis ojos habían acaparado todas mis funciones cerebrales y pocas neuronas me habían quedado disponibles para otros menesteres. Esa enorme polla aprisionada en el calzoncillo me había mojado enormemente las bragas y sabía que tendría que cambiarlas antes de subirme a su coche, para no manchar nada.

La idea de lanzarme en ese momento sobre él me mantuvo tensa unos segundos. Mi mente calenturienta de adolescente virgen se precipitó sobre su paquete, queriendo recorrer con la yema de los dedos la dureza que sabía que existía pero que mis ojos no podían corroborar sin más pruebas. Y mi lengua también quería formar parte de esa pequeña orgía. Quería agarrar el calzoncillo blanco y bajárselo hasta las rodillas, observar lo que Víctor entregaba a sus novias sin reservas, estar tan cerca de su polla que el calor irradiara hasta la piel de mis labios y su olor me golpeara las fosas nasales.

Quería saber cómo apestaba la polla del hermano mayor de mi amiga.

Y probarla…

— Quince minutos y salimos…

Asentí y se apartó de mi vista, entrando en el baño.

Nunca cerraba la puerta… aunque desde que intenté besarlo al menos la entornaba.

Y aunque mis necesidades de ver cómo Víctor se quitaba la prenda y quedaba desnudo y fuertemente empalmado delante de mis ojos estaban más que justificadas, aquella mañana me reclamaron sus sábanas. Así que, corriendo, llegué a su habitación, no sin antes echar un pequeño vistazo al interior del baño. Víctor orinaba ya sin el calzoncillo en la taza del inodoro, de pie, ofreciéndome el grandioso espectáculo de sus nalgas duras de deportista mientras el sonido del chorro de orina chocando contra el agua del fondo me inundaba los oídos...

Esas nalgas prietas que imaginaba cada noche bombear duro contra mi coño caliente; esa polla endurecida que no sabría tratar pero de la que estaba dispuesta a aprender... Restregarme contra su boca para que me lo comiera de forma salvaje, mojándole la barbilla y la nariz con mis flujos excitados. Sentir sus manos fuertes aferrar mis caderas para empujar duro contra mis entrañas ardiendo, entregando mi virginidad al miembro durísimo y sediento de un follar distinto al que había tenido hasta ahora...

Tenía que dejar de ver tanto porno...

¿Podía, acaso, ofrecerle a ese hombre algo que no le hubieran dado ya? Eso me desolaba, porque sabía que no estaba a la altura de las mujeres con las que compartía cenas y juergas nocturnas. Ellas eran universitarias de último curso, divertidas y enormemente guapas. Algunas incluso ya tenían puestos de trabajo interesantes y hasta podían invitar ellas a las copas. Yo acababa de entrar en la universidad y los chicos apenas si se fijaban en mí dos minutos.

Y esos dos minutos se fijaban sólo para valorar si podrían sacarme las respuestas de los ejercicios que había marcado el profesor en clase.

Pero tenía esa necesidad y mi ímpetu de adolescente no me dejaba tirar la toalla cuando el juego casi acababa de empezar.

Emborracharme para mi querido Víctor...

Corrí hasta su dormitorio. Mientras lo hacía llevé los dedos a las bragas y noté como la tela estaba completamente mojada, y que si presionaba sólo un poco sobre los labios mayores se filtraba a través de la prenda. Los dedos se quedaron pegajosos, preparados para una buena sesión de autosatisfacción para la que no tenía tiempo.

Me arrodillé junto al lateral de su cama, aún sin hacer, y retiré la colcha hasta los pies. Allí, casi en el centro, estaba la marca que andaba buscando; la prueba de que Víctor esa noche había estado pensando en tirarse a alguien, o directamente lo había soñado. Poco me importaban los detalles... yo sólo quería probarlo.

A punto estuve de ir a tocar la mancha de su humedad con los dedos que aún conservaban el olor de mi coño. Por suerte los hice retroceder a tiempo mientras avanzaba la otra mano. Mis yemas de la mano izquierda tocaron la sábana húmeda, el surco dejado allí por sus líquidos calientes mientras pensaba en vete a saber qué guarra... Humedecí mis dedos en la mancha, recorrí la zona donde casi desaparecía, perfilando la figura que se me antojaba tremendamente grande. Llevé los dedos bajo mi nariz y aspiré el aroma, fuertemente.

Ese olor no era como esperaba.

Era la primera vez que olía a polla.

Me senté en el borde de la cama y llevé mi cara hasta el colchón. Olí la esencia de Víctor sin saber si era corrida u otra cosa. La curiosidad me embargaba pero la inexperiencia me podía... Estaba loca por googlear la pregunta y ver si alguien aliviaba la duda.

Pegué la cara a la mancha...

Abrí la boca y la probé, pasando la lengua desde un extremo a otro, abarcándola toda. Oliendo, degustando... Mi primer contacto con el semen masculino, con la corrida de un hombre.

¿Se habría masturbado aquella mañana mientras me duchaba, pensando en la chica con la que iba a acostarse aquella noche? ¿Me habría visto meterme en el baño y se habría imaginado que corría a acompañarme, para frotar su torso atlético contra mi espalda enjabonada?

<<*Sigue soñando...*>>

No recuerdo el momento en el que, me imagino que por el descontrol de mis sentidos por aquella nueva experiencia, me llevé la mano al coño y empecé a masturbarme con saña. De veras que no recuerdo cuantos minutos pude estar tocándome y pellizcándome, penetrándome y dejando mis bragas y mi mano completamente empapadas. Gemía contra la sábana sin darme cuenta de lo que hacía, aferrada la otra mano a la colcha como si en aquel instante me empalaran y necesitara apoyo para no resbalar. Jadeaba y se me secaba la garganta contra la mancha de la cama, mientras sentía como comenzaba a ser inminente mi orgasmo. En mi mente sólo tenía una imagen... Víctor contra la taza del váter regándome la cara con su leche, esa leche que olería como aquella sábana. Esa polla que me golpearía los cachetes cuando hubiera terminado, restregando la punta de su capullo contra mis labios, moldeando la elástica resistencia de las paredes internas de mi boca para introducir la corrida y poder saborearla a placer, notando todavía sus espasmos...

Todas las imágenes que había visto en las películas que el hermano de Laura guardaba en su ordenador pasaron por mi mente. Todas las películas que veía cada vez que él salía por la puerta los viernes por la noche. Sexo morboso y prohibido, sexo que no estaba segura de que fuera real, pero el único que conocía hasta el momento...

Su polla.

Su bendita polla, su maldita polla...

Me corría irremediablemente... y me gustaba horrores.

— ¡Víctor, me corro! —me escuché susurrar contra las sábanas...

Y estallé empapando las bragas, la mano, los muslos. Creo que habría mojado hasta el suelo si no llego a estar medio sentada en la cama. Mi puño todavía se aferraba a la tela y yo jadeaba mientras mi espalda se tensaba y relajaba acompañando a los espasmos que nacían de mi encabronado coño cuando escuché una voz que me llamaba.

— Bea...

¡Dios! Era él desde la puerta...

Sexta parte.
La polla que se entregaba a otras...

Si, un puto viernes.

Otro...

Todavía no conseguía olvidar la expresión de mi querido Víctor cuando me pilló en su cama, con la mano dentro de las bragas y la cara pegada a la mancha que su polla había provocado aquella noche. No podía dejar de rememorar el momento en el que me corrí gimiendo su nombre, mientras él me observaba parado contra el dintel de la puerta. Su cuerpo, rígido y húmedo aún tras la ducha, con una toalla a la cintura y el torso desnudo, mirando sin decir nada, atónito...

El cabello revuelto y los ojos abiertos como platos.

Juraría que también llevaba la mandíbula desencajada, pero no estaba del todo segura. Enseguida había bajado la mirada, de pura vergüenza que sentía... hasta que llegué a su polla.

Allí me quedé trabada, sin conseguir apartar más la vista, aunque mi juicio me decía que estaba completamente loca por seguir provocándolo de aquella manera.

Me quedé con la vista clavada en la entrepierna cubierta del hermano de mi amiga, haciendo el ridículo más espantoso que podía imaginar.

Era un bulto que empezó a dejarse notar bajo la toalla blanca. Entendía muy poco de erecciones, pero lo que si podía notar claramente es que aquello que le colgaba a Víctor entre las piernas tendía a aumentar de tamaño. Y lo estaba haciendo...

Muy deprisa...

La verga de mi compañero de casa se endureció mientras me miraba allí, con las piernas separadas y la entrepierna expuesta, mi mano aferrada aún a mis carnes mojadas y la cara separada apenas dos dedos de sus sábanas. El olor de su polla aún me perforaba las fosas nasales y mis dedos embadurnados en el flujo cremoso se habían quedado enterrados entre los labios menores, sin atreverse a moverse.

Esa enorme polla...

Sentí los ojos de Víctor llegarme desde los tobillos a las ingles, mientras un intenso calor me golpeaba las mejillas. Me quise morir y dejé caer la frente contra el colchón para esconder la cara.

Pero la polla de Víctor no me dejaba...

Mis ojos querían seguir jugando un poco más con la fantasía de que ese hombre me deseaba.

> — ¿Has terminado? —preguntó, recuperando un poco la compostura. Casi habría preferido que me echara la bronca, que me gritara, que se enfadara.

¿Qué clase de pregunta era esa? ¿Cómo se podía preguntar si ya había terminado cuando pillabas a una chica masturbándose en tu cama con la cara pegada a una de tus corridas? ¿No era acaso evidente que necesitaba un poco de intimidad para reponerme?

No pude articular palabra.

Se acercó a mí y me tomó del brazo, sacando la mano que escondía dentro de mis bragas. La levantó y observó mis dedos húmedos y arrugados... Y hubo un instante, con mi mano extendida frente a su cara, él medio arrodillado y su polla al alcance de mi boca, en que me lo imaginé oliéndome los dedos y observando la textura de los líquidos de mi coño justo antes de probarlos, llevándoselos a la boca.

La lengua de Víctor haciendo exactamente lo que yo acababa de hacer: probar su esencia.

Y creo que él pensó exactamente lo mismo, porque sus ojos desaparecieron un momento bajo los párpados, lo justo para darme a entender que se estaba dominando. Tuvo que cerrar los ojos para no mirar mis dedos empapados. Podía ver su erección delante de mi cara, presionando la toalla; casi podía olerla tan bien como olía la sábana. Casi sentí su lengua envolver mis dedos y sus labios apresarlos para introducirlos más fuerte, mientras que su otra mano apartaba la toalla, y aferrando mis cabellos guiaba mi cabeza hasta su polla tiesa y caliente para acompañar mis movimientos mientras disfrutaba de mi primera mamada.

Si eso se estaba imaginando... yo también lo estaba haciendo.

Mis muslos se frotaron involuntariamente al sentir los latidos atenazando esa zona que tanto placer me daba cuando pensaba en Víctor. ¡Dios! ¡Cómo dolía! Su lengua, allí necesitaba su lengua ahora. ¡Qué me comiera el coño, que me metiera la polla! Dos dedos... tres... toda la mano, me daba igual. Tan salida estaba que creía que caería al suelo si su mano endiablada no me metía al menos un dedo...

<<*Sólo uno... ¡Por favor!*>>

¿Cómo podía ser mi necesidad tan imperiosa si acababa de disfrutar de un magnífico orgasmo? Era una locura...

Y él, allí. Esperando...

Su polla igualmente tiesa bajo la toalla...

Volvió a abrir los ojos y los clavó en los míos, enojado. Era la segunda vez que me miraba de aquella manera. La primera había sido tras intentar besarlo el día de mi cumpleaños.

— Por lo mojados que están yo diría que sí —comentó, desenfadado, soltándome la mano y volviendo a levantarse.

Se me vino el mundo encima. Lo había tenido tan cerca y lo veía de pronto alejarse. Se burlaba de mí tras encontrarme en la posición más indecorosa en la que se podía encontrar a una chica.

A una mujer...

<<*No, a una niña.*>>

Conseguí incorporarme a duras penas, sentarme en la cama erguida y recomponerme las faldas. Lo miré con el pelo delante de la cara, pero él me dio la espalda. Se acercó al ropero y mientras se llevaba las manos a la toalla y las dejaba sobre sus perfectas nalgas volvió a burlarse de mí. Miraba ropero donde se reflejaba mi imagen en una de las puertas, cubierta con un gran espejo.

— Voy a vestirme... Y para eso me tengo que quedar en bolas...

¿Era un ofrecimiento? Mi corazón se alteró tanto que casi me sentí atragantar con mi propia saliva. Lo vi agarrar la toalla por el lateral, donde el borde se entremetía para sujetarla, y sacarla de su sitio. Dándome la espalda, esa grandiosa espalda de nadador que mi querido Víctor tanto cultivaba, vi como abría la toalla por delante e iniciaba el descenso de la felpa rozando sus nalgas. Casi pude oír el sonido de la piel al dejarse acariciar por la tela. Loca de deseo me vi observando, petrificada, mientras me perdía en la escena de cómo bajaba la toalla.

Miré al espejo buscando la pelvis masculina quedar al descubierto. Se me hizo la boca agua.

— ¿No vas a irte? —me preguntó, volviendo la cabeza para mirarme. Tenía los cabellos rubios desordenados sobre la frente, goteando hasta mojarle los hombros. Pude ver en sus ojos una invitación, pero no estaba segura de que fuera exactamente eso.

No pude resistir la idea de imaginarme metida allí delante, donde sabía que no había nada, arrodillada entre sus fuertes piernas, para tomar su polla entre mis manos y meterla en mi boca... Así, como tantas veces hacía ahora con el mango del cepillo del pelo, practicando por si llegaba el momento de vérmelas con la verga de

Víctor.

Cosas de adolescentes que también había aprendido en internet, y a las que ahora no les encontraba demasiado sentido. Aprender a mamar una polla usando el mango de un cepillo era de locos.

Otra cosa para confesarle a mi futuro psiquiatra.

— Me quedo.

Me sorprendí hasta yo al decirlo. En la vida había tenido la cara dura de contestarle así a nadie. Víctor casi se atragantó al escucharme, pues me conocía tanto que tampoco se esperaba esa respuesta por mi parte. Parecía mucho más sorprendido que contrariado. Se envolvió nuevamente en la toalla y se dio la vuelta. Me miró, desafiante. Sus ojos estaban llenos de fuego. No pude descifrar si en verdad estaba excitado o disgustado por aceptar su desafío, pero me dolió pensar que podía haberse enfadado conmigo.

No podía creer cómo me estaba mirando.

— Fuera, mocosa.

Séptima parte.
La polla que habría querido ver de otra manera

Sí, un puto viernes...

Sola en casa, en mi habitación. Avergonzada y apaleada, rechazada por el hermano de Laura en el momento más excitante de mi vida.

Con el coño mojado en el coche de Víctor de camino a la facultad. Con el coño mojado en clase, con el coño mojado almorzando...

Con el puto coño mojado todo el puto día.

Jodido viernes.

Lo que peor llevaba era saber que Víctor estaba realmente disgustado conmigo. Si la relación que habíamos tenido ya estaba bastante deteriorada después de que él hubiera decidido poner tierra de por medio —metafóricamente hablando, ya que sólo nos separaba una pequeña pared de ladrillo por la noche— aquella situación iba a terminar de romper lo poco que aún podíamos compartir, y me entristecía y enfurecía a partes iguales.

Había sido una completa imbécil por no tener más cuidado aquella mañana.

Había estado hablando a última hora con Laura, tras ver cómo se marchaba Víctor por la puerta sin apenas hacerme caso. Pero eso no había hecho que me pusiera de mejor humor.

En verdad, tener a mi mejor amiga al otro lado del ordenador y no poder contarle nada de lo que me me torturaba el alma me enfurecía aún más.

— ¿Me vas a contar lo que te pasa?

<<No, no puedo porque dejarías de hablarme.>>

— Sólo estoy cansada, Laura. Ando con mucho estrés por los exámenes. No pensé nunca que la facultad fuera a ser tan dura.

El rostro de mi amiga dibujó una mueca burlona, con lo que dejaba claro que no creía ni un ápice de lo que le contaba. Al final ella sabía perfectamente que el curso me había parecido bastante sencillo y que no me iba a costar mucho esfuerzo aprobar los exámenes finales.

— ¡Venga ya! ¿Qué te ocurre? ¿Es por un chico? ¡Dime que es por un chico, por favor!

Había llegado a pensar que Laura creía que yo era lesbiana. Lo imaginaba porque la única cita que había tenido con un chico había acabado en desastre, y tras aquella ocasión no había vuelto a poner mis ojos en nadie antes de hacerlo sobre el trasero de Víctor.

— No. No es por un chico...

<<Si yo te contara que es por un hombre...>>

Mis padres se volverían locos si llegaban a enterarse de que habían metido al mismísimo pecado en casa, y los padres de Laura no se perdonarían que Víctor, aun siendo un hombre adulto con buen juicio, hubiera hecho que yo cayera en la tentación.

Ninguno entendería que era la que andaba buscando al hermano de mi amiga, y probablemente Laura dejaría de hablarme si llegaba a enterarse de que lo deseaba como ella deseaba a su novio, o incluso con mucha más intensidad. Que yo el sexo no lo había probado ni de lejos y ella hacía ya más de un año que se acostaba con sus rollos de una noche o con sus novios de quince días.

— Tengo que dejarte. Voy a ver si termino los deberes y me

preparo la cena. Me dijo Víctor que llegaría tarde...

— ¡Sí! Me dijo que hoy tenía una cita con una chica que le molaba mucho. Dale un beso de mi parte...

<<*Después de arrancarle los ojos a la chica, desde luego que le daría un beso a él. De lo que no estoy tan segura es de que te gustara ver cómo pensaba dárselo.*>>

Nos despedimos sin que ella se diera cuenta de lo amarga que se me había quedado la boca, prometiendo que ese verano teníamos que hacer lo indecible para pasar un par de días juntas. Tal vez si eso implicaba que fuera Víctor el que me llevara a pasar una semana a casa de sus padres mereciera la pena ir tanteando lo que opinaban los míos al respecto.

Pero sabía que eso no iba a ocurrir. Víctor no se dejaría embaucar para ser mi chofer durante las más de cuatro horas de viaje entre una ciudad y otra después de lo que acababa de presenciar esa misma mañana.

Y allí estaba ahora, tirada en el sofá, viendo pasar las horas.

Desesperada por tener un orgasmo, de eso no cabía duda. ¡Y por mis cojones —que no tenía—, que iba a destrozarme el coño mientras me masturbaba! Si Víctor no se había atrevido a llevar sus dedos a mi entrepierna en vez de limitarse a observar lo arrugados que se habían quedado los míos, él se lo perdía. Yo era tan buena opción como cualquier otra golfa arrodillada al lado de su cama, con los ojos abiertos como platos a la espera de la imagen de su grandiosa polla envarada, ofrecida. Si Víctor no sabía apreciarlo podía irse directamente a la porra.

Necesitaba masturbarme. Necesitaba una película.

El único material conocido para tal menester se escondía en el disco duro del ordenador de su dormitorio. Allí había descubierto y visto porno en muchas ocasiones, y esa noche lo necesitaba como respirar. Así que a esas horas, las dos de la mañana en concreto, enfilé hacia el dormitorio de Víctor y me senté en su silla de escritorio. Su ordenador tenía clave, pero era tan tonta que no había tardado apenas sino dos intentos en descubrir cuál era, hacía ya unos cuantos años. En eso, mi querido compañero de noches en vela, había sido un poco descuidado.

Por suerte para mí, seguía sin cambiarla.

"Arquitectura".

La pantalla se iluminó y mientras yo me despojaba de mis pantalones de franela, horrorosos para la libido de cualquiera, saltó el mensaje de la contraseña. Temblé un poco al teclearla, ya que me daba siempre algo de miedo el que se hubiera dado cuenta de que le espiaba el ordenador y tener que buscarme porno en cualquier otro lado. Antes de lo de aquella mañana, realmente, me daba vergüenza pensar que Víctor descubriera que sabía que guardaba porno, pero tras vernos en aquella situación tan indecorosa en su dormitorio, ese pequeño detalle era lo menos que debía producirme desasosiego.

No era fácil para mí obtener el material que él se guardaba con tanto celo, aunque de todos modos el recuerdo del culo de Víctor, y sobre todo de su polla apretada contra la toalla, me tenía tan excitada que no creía que fuera a necesitar muchas escenas para disfrutar de mi orgasmo.

Me había agenciado del famoso cepillo.

Y sabía cómo usarlo.

<<Voy a tener que ir a una de esas tiendas eróticas a buscar algo más parecido a una polla.>>

Pensaba chuparlo mientras me pellizcaba el clítoris, visionando alguna película donde la chica se la chupara muy bien y muy lentamente al actor. Fui directamente a la carpeta donde sabía que las guardaba, una de esas que pones bajo un nombre falso para que nadie se imagine que ahí es donde guardas la cosas guarras que no quieres que nadie encuentre jamás. Algo así como "Estudio de la reproducción del calamar gigante" o "Arcos de media punta para experimentar fuera de las iglesias".

Apasionante.

Me había entristecido al principio darme cuenta de que le iban más la temática del sexo oral y el sexo anal que cualquier otra cosa, cuando era mi coño encharcado el que en ese momento clamaba ser tenido en consideración por la polla de Víctor. No era que le hiciera ascos a ninguna de las imágenes que me habían arrancado las ganas de dormir, aunque lo de no encontrar la típica película donde el profesor de universidad acosaba a la alumna o el médico desabrochaba más de la cuenta la blusa a la adolescente me había sentado mal. Películas donde la diferencia de edad fuera importante.

Como entre Víctor y yo.

Algo en lo que el hombre no pareciera un pervertido y la chica una mojigata asustada. Era normal que con aquellos antecedentes en las películas a todo el mundo una posible relación entre nosotros resultara aberrante.

Como a Víctor, sin ir más lejos.

Y mientras se abría el explorador de Windows y se escuchaba la musiquilla que daba la bienvenida al iniciar la sesión, saltó un mensaje a la bandeja de entrada del Hotmail, avisando en la barra inferior del escritorio.

Un mensaje de correo de una tal Verónica.

Odié ese nombre en el mismo instante en el que lo leí.

— Verónica —escupí, sentándome en la silla delante de la mesa.

Mi mano no me obedeció cuando le dije que no lo abriera. Mi mente no quería saber lo que la susodicha Verónica tenía que decirle a mi Víctor a esas horas de la madrugada. Al clickar sobre él ya sabía que me arrepentiría… pero por más que quise negarlo supe que lo necesitaba. Tal vez esa tipa pudiera descifrarme algo del hermano de Laura que podría hacerme falta. Tal vez ella sabía cosas de él que podría aprovechar en otras circunstancias si conseguía que ese hombre volviera a mirarme a la cara.

Tal vez era sólo una amiga que lo saludaba.

Pero nada de lo que pensé podía asemejarse a la realidad.

No estaba preparada.

El asunto del mensaje rezaba con la siguiente frase: "*Para que no olvides esta noche*".

Eso ya no presagiaba nada bueno. Si esa noche se refería a esa misma noche en particular la tal Verónica era la chica de la que había hablado Víctor con Laura. Esa que le gustaba mucho.

Estaba enviado desde un dispositivo móvil y contenía un vídeo de algo más de dos minutos de duración. Al pasar el ratón por encima del contenido apareció el nombre del archivo. Lo habían llamado: "*Mamada a Víctor*".

Temblé.

Allí, en ese vídeo, estaba la tan ansiada polla de aquel hombre, introducida en la boca de una guarra en vete a saber qué sitio. Su polla, la boca ajena. Sus jadeos, su leche espesa...

La saliva de la puta mezclada con la piel endurecida...

Una mamada. Una mamada con una boca que no era la mía.

Respiré hondo y cargué el vídeo. Tardó un poco, imagino que porque la conexión de *wifi* que teníamos en casa no era demasiado buena, pero probablemente fuera más mi impaciencia que el tiempo real que tuve que esperar. Se me antojó una eternidad. Mi corazón pareció detenerse cuando la pantalla se quedó en negro y apareció el reproductor de vídeo ocupando todo el espacio. Me dispuse a darle al *play*, olvidando todo mi planteamiento inicial; mi coño, mi cepillo, mis dedos y mi lengua. Tampoco me importaba ya mucho el no haber tenido nunca la previsión de pasar por una tienda erótica para comprarme un consolador como Dios mandaba.

<<*Si es que a Dios le parecía bien que me comparara algo así.*>>

Sólo había ojos para la pantalla y mis dedos se aferraban a la mesa como si pudieran arrancarle un pedazo de madera. Bocado de tiburón a una tabla de surf.

Y allí apareció ella. Rubia, con cola alta, maquillaje bastante corrido, sudada... La visión de la tal Verónica era la de la típica tía a la que se estaban follando, que estaba disfrutando como una loca. Que estaba a punto de tener un orgasmo. Que estaba disfrutando de las atenciones de un hombre como mi querido Víctor. Que no tenía vergüenza.

Que estaba borracha...

La imagen que le había escuchado y le gustaba describir a Víctor en su dormitorio, con sus amigos al otro lado de la cama.

— Quiero terminar en tu boca, zorra...

Reconocí la voz de Víctor.

El escenario era su coche; los asientos delanteros por lo que se veía. Él grababa con el móvil de ella, imagino, porque el suyo se veía en el sillón del acompañante, a un lado de la imagen. Ese asiento que yo había ocupado esa mañana y que podía haber manchado tras haberme corrido minutos antes de salir de casa en dirección a la facultad.

Ropa esparcida por el suelo. Cristales empañados...

Jadeo de ambos.

Desnudos.

Ella asintió con esa cara de tonta borracha que se tiene únicamente cuando se han bebido más de cinco copas, y la vi arrodillarse más si cabe en el asiento que normalmente ocupaba yo al ir a la facultad. Ese que consideraba mío. Ese que habían pagado mis padres y los suyos.

Ese que temí mojar aquella mañana tras el bochornoso espectáculo en el dormitorio que antes había sido el cuarto de la plancha de mi casa. A ella no se la veía preocupada por manchar la tapicería, y supuse que a Víctor le pasaba exactamente lo mismo. Yo era la única estúpida que me estresaba con la idea de manchar la tela del puñetero asiento.

Iba a tener que regalarle para su cumpleaños un limpiatapicerías.

No sabía cómo mantenía tan pulcramente limpio el coche si follaban de esa forma dentro.

Se acercó su cara al plano. Vi los dedos de él entrar en su boca y hacer como si se la estuviera follando con la polla. La asfixió, le tiró de los labios, le sacó las babas y le corrió más si se podía el lápiz labial. Ella se dejó hacer, con cara lujuriosa. Sonrió cuando su mano le golpea la mejilla, cuando le restregó las babas por la cara, cuando le dio una tela y se la apretó contra los dientes, forzándola a engullir parte del trapo.

Y allí, en segundo plano... apareció.

Su polla.

Se me cortó el aliento. Se me cortó todo el cuerpo.

Grande, rosada, gorda como no la había imaginado nunca. No podía distinguir si larga, pero gorda lo era un rato. Un capullo bien formado, mojado y brillante, se perfiló cerca de la cara de la tipa, con alguna gota saliendo de la punta de la uretra. Venosa, fuerte, dura. La polla de Víctor era una maravilla...

La imaginé caliente entre mis dedos; pensé en morderla y rozarla con la lengua. Me vi cerrando los labios alrededor de su capullo y estrangulándola en ese punto. Chuparla como un caramelo, o como quiera que se chupara una polla como esa. Aunque, debido a su grosor, creí que no me resultaría nada fácil hacerlo.

Me había vuelto a mojar las bragas...

— Chupa, zorra. Chupa hasta que me corra.

Más mojada. Latidos, temblores en mis piernas. Víctor hablando en ese tono de desenfreno total que sólo le había escuchado en su cuarto con sus amigos, voz ronca por el deseo... o el vicio. Su voz era diferente a cuando trataba conmigo y su actitud mucho más morbosa de lo que hubiera imaginado. Ver su mano agarrar la polla y golpearle a la chica con ella en la cara fue tan estremecedor que me vi haciendo lo mismo con el cepillo, recibiendo el impacto en mis labios y en mis mejillas.

Y me gustó imaginarme siendo golpeada de esa forma tan íntima. Polla contra mejilla. Preciosa imagen.

Se la metió a la fuerza en la boca. Bombeó con rabia contra sus carrillos, contra el paladar y la garganta. La agarraba de los pelos y la obligaba a mirarlo, tirando de su cabeza hacia atrás mientras la perforaba con la polla. Una vez, y otra, y otra más. Fuerte, duro... hasta el puto fondo de la boca llegaba. Arcadas de la chica y gemidos de él para acompañar las embestidas. Jadeos, jadeos desenfrenados, y el sonido de su polla entrando y saliendo de una boca cargada de saliva.

Magnífica estampa.

Yo llevaba rato chupando el mango del cepillo...

La imagen se movía demasiado como para que resultara fácil seguir el vídeo pero yo me propuse no perderme detalle aunque me estuviera mareando con la proeza.

Se aceleró su respiración y el destrozarle la boca a la chica se hizo más intenso. Jadeos más fuertes, más movimiento en la cámara que grababa. Se iba a correr y no era capaz de enfocar bien mientras lo hacía.

— No te la tragues, puta. Échala aquí...

Otra vez apareció la tela en escena, la que le había metido en la boca antes. Víctor imprimió mucho más ritmo a sus caderas, presionando con rabia. Se la folló a conciencia y no supe decir si era porque solía hacerlo así o porque estaba más excitado y frenético que de costumbre. Ella cerró los ojos, casi llorando de la fuerza y probablemente también con algo de náuseas. Y lo escuché correrse entre estertores y gritos, y mi cabeza se llenó del retumbar de su orgasmo.

Me atraganté con el cepillo.

Salió la polla roja de su boca y la mano del hermano de Laura le llevó la tela a los labios de la puta de Verónica. Borracha, lo miró orgullosa por haber conseguido retener toda su leche entre el paladar y la lengua y escupió sinuosamente la corrida blanca y pastosa. La tela la recogió, la mano la sujetó y la limpió toda de su boca babosa.

Escupí de igual forma en la camiseta del pijama de franela, mimetizada con la amante de mi querido Víctor.

La imagen de la cámara del móvil subió hasta estar por encima de la polla, con la tela en las manos, desapareciendo Verónica. Yo seguía limpiándome la saliva con un pañuelo de papel que por allí tenía Víctor —y del que no tenía muchas ganas de conocer su procedencia— y mientras lo hacía seguí observando la tela y la corrida.

Estaba agotada, pero satisfecha. Pero de pronto mis ojos se clavaron en su mano y en la leche que manchaba la prenda.

La reconocí al instante.

Y me quedé con más cara de pasmo que si me hubieran abofeteado en ese mismo momento.

Eran unas braguitas de mi cajón de lencería...

Octava parte.
La polla por la que quería emborracharme

Un maldito, horrible y jodido viernes.

No, perdón... Ya era sábado. Cosas del no dormir.

La idea de un whisky me tenía consumida. Era una necesidad apremiante echarme algo ardiente a la garganta, quemarme la lengua con el líquido, perder la cabeza por unos momentos bajo los efectos del alcohol. Emborracharme, dormir. Porque sabía que si no bebía pasaría la noche recordando las imágenes que me habían regalado entre ambos.

Víctor y Verónica.

Y masturbándome, eso también.

Mis bragas...

Las últimas bragas que me había comprado mi madre, en uno de esos ataques de mamitis aguda que le daban los domingos cuando abrían los centros comerciales. Una de las primeras que ya parecían de mujer, con algo de encaje en la parte de arriba, donde se ajustaban a las caderas, y sin animalitos dibujados en la tela. Algodón blanco, sencillas y elegantes. Tenía pocas de ese estilo y por ello las reconocía con tanta facilidad. Suponía que cuando llegara a los cuarenta no sería capaz de diferenciar mis bragas de las de la vecina tendidas en la azotea, pero de momento para mí eran especiales. No eran aniñadas como las que había usado hasta hacía un maldito año. Me había ruborizado al verme esas braguitas puestas y me encantaba que mi querido Víctor las hubiera escogido.

Porque las había escogido.

¿Pero, cuándo había sido?

No recordaba haber echado en falta nunca ninguna pieza de ropa interior.

¿Por qué ahora? ¿Lo había hecho en otras ocasiones o su hurto había sido consecuencia de haberme visto masturbarme aquella mañana en su cama?

¿Por qué las había usado luego de una forma tan obscena?

<<*Obsceno es haberlo espiado de esa forma y no que él ande robándome bragas cuando me ha visto masturbarme a los pies de su cama.*>>

Pero sí, era obsceno que las usara para limpiarle una corrida a la chica con la que acababa de follar. Lo mirara por donde lo mirase no estaba bien visto, y cualquiera habría opinado lo mismo.

La cabeza me daba vueltas y el coño me ardía con rabia. No entendía lo que sentía. Las emociones se entremezclaban en mi cuerpo sin conseguir digerirlas y no podía afirmar que fuera sólo en mi cerebro o en mi entrepierna donde sentía puntadas. Mi pecho, por nombrar uno, también era un lugar que sentía muy vivo en ese momento.

Una copa, de lo que fuera... Necesitaba una copa.

Era una pena que el ron que había bebido la primera vez con Víctor no estuviera disponible. Era lo único que había probado salvo una cerveza sin alcohol, también con él, y el poco de vino en aquella fatídica ocasión del vómito en el restaurante. Pero de la botella no había vuelto a saber nada y sospechaba que no habían tardado en dar buena cuenta de ella sus amigos y él al poco de intentar besarlo en los labios.

Me habría encantado que en verdad hubiera sido ese mi regalo. El problema residía en dónde guardar la botella sin que mi madre la descubriera tarde o temprano.

— Pues habría que haberla bebido rápido —me dije, pensando en que eso era lo que había hecho Víctor precisamente.

Necesitaba algo de alcohol aunque no supiera beber. Necesitaba emborracharme como el náufrago que lleva días en el mar rodeado de agua salada y que de pronto encontraba una playa en la que desembocaba un río de agua fresca.

Al dirigirme al mueble bar, en el salón, pasé por delante del horrible espejo que mi madre tenía adornando el pasillo y no pude reprimir el impulso de observarme. Sin el pantalón de franela ni las bragas, con la camiseta de manga corta roja que me llegaba al inicio de las caderas, muy estrechas. Esa fue la imagen que me devolvió el espejo. Casi una niña todavía. Mayor de edad pero con tan pocos atributos femeninos que cualquiera afirmaría que no llegaba a los dieciocho años. Con pelo en el coño, y ardiendo cómo nunca, pero sin la imagen voluptuosa de mis compañeras de facultad.

Una talla infantil. Mi madre me consolaba, cuando tenía tiempo, con la manida frase de que ya me llegaría la hora. Pero esa hora no llegaba y me parecía eterno el tiempo que tenía que esperar hasta conseguir rellenar por fin un sujetador de talla media. Era normal que Víctor no se hubiera fijado nunca en mí. Era normal que ningún chico se hubiera sentido atraído por mis caderas estrechas y mi pecho casi plano.

Abrí el mueble bar y no encontré ni whisky ni ron. ¡No podía creerlo! En su lugar varias botellas de ginebra llenaban un pequeño espacio, compartido con un tequila malo, vermut, y un par estilosas de vino.

Ginebra... ¿Cómo coño se bebía la ginebra?

Me di cuenta, mientras me reía con una risa bastante histérica, de que me daba igual lo que bebiera; mientras más me quemara la boca más me ayudaría a soportar el ardor que acompañaba al resto del cuerpo. Así que con un vaso lleno hasta la mitad, tomado de un estante del mueble bar, me senté en el sofá y me decidí a tener mi primera relación directa y solitaria con el verdadero alcohol. Nada de moñadas de una cerveza amarga tomada a medias con Víctor. Nada de sentirme vigilada mientras compartíamos un cubata que acabó en tragedia.

Nada del sorbo de vino que marcó un almuerzo y que se recordaría durante toda mi vida mientras Víctor siguiera hablándome.

Si era que volvía a hacerlo.

Aquello de beber ginebra ya era algo mucho más serio.

Quise hacerlo como en las películas que había visto en la tele: de un tirón. Pero el fuerte olor me impidió acercarme tan rápido el cristal a la boca. Así que entró despacio y a poquitos en ella, sorbiendo lentamente, disgustada por el sabor. Sabía que las muecas de mi rostro tenían que ser de chiste, pero estaba dispuesta a hacer desaparecer mis penurias con aquel líquido que me inflamaba la lengua y me la dejaba áspera y seca.

Y, sin darme casi cuenta, había vaciado el vaso.

Ahora me ardía, además del coño, la boca.

Necesitaba alivio, y pronto.

Salté del sofá y llegué al mueble bar en dos zancadas. Cogí la botella del brebaje con el que me había propuesto olvidar mis penurias y regresé a mi asiento. Por allí andaba también mi cepillo y el mando del televisor, que a esas horas no mostraría otra cosa que no fuera teletienda.

Me llevé la mano a la entrepierna, mientras que con la otra libre me volví a servir otro trago de ginebra. Mis labios menores estaban mojados por completo y los mayores calientes, y los sentía abultados bajo mis dedos. Dejé la botella a un lado, y aunque sabía que si volvía a llenarme el vaso sería ya para dormir la mona, no la alejé demasiado. Estaba deseosa de perder el sentido y ocupar mi mente con otra cosa que no fuera la visión de Víctor con mis bragas en la mano. Para no seguir sintiendo la desesperación tan agobiante que tenía preso mi cuerpo y mi cerebro. Desconectar, una opción tan válida como cualquier otra un viernes que había pasado a ser sábado.

Era una mala idea caer inconsciente en el sofá, con la botella y medio desnuda, a sabiendas de que Víctor regresaría en algún momento y me echaría la bronca por comportarme como una gilipollas. Pero si era la única forma que tenía de llamar la atención de ese hombre, que así fuera. Total, ya estaba lo suficiente enfadado conmigo como para que aquel pequeño percance fuera a estropear aún más la relación.

Me quedaría dormida en el sofá para que me viera si hacía falta.

Pero antes... quería correrme.

En la tele no iba a encontrar nada interesante a esa hora... y por interesante me refería a pornográfico, claro. Mensajes de anuncios, de esos para que llamaras y te descargaras escenas de sexo explícito en el móvil, pero los había visto tantas veces a esas mismas horas que ya no me excitaba nada observar dos caras conocidas diciéndose siempre las mismas guarradas. Pero lo que verdaderamente me cortaba era que la compra quedaría reflejada en la factura del teléfono, y ya bastantes problemas tenía como para que mis padres me fueran a interrogar una mañana de domingo sobre lo que hacía con el saldo de mi teléfono móvil.

Tal vez un día tuviera que pagar el precio del mensaje para guardar una cosa así a la que poder echar mano... para emergencias. Pero sería con una tarjeta prepago que no controlaran mis padres.

Estaba terminando el segundo vaso de ginebra cuando me di cuenta de que podía reenviarme el correo de la odiada Verónica, con el vídeo que acababa de ver, al mío. Luego siempre podía borrar todas las huellas. No tenía claro si iba a ser buena idea hacerlo, y menos cuando el alcohol ya campaba a sus anchas por mis venas, pero siempre me quedaba después la opción de borrarlo. Tal vez a la mañana siguiente ya no estuviera donde lo había encontrado.

No podía perder la ocasión y me fui directa al dormitorio de Víctor. Me senté con la botella de ginebra y el vaso casi vacío en su silla de escritorio.

Mi cepillo también me acompañó hasta su mesa.

Había dejado el ordenador encendido tras el shock del vídeo.

¡Qué descuido, joder!

Podía escuchar la voz de la tipa en la tele, incitando a la gente a bajarse los vídeos más calientes para el móvil, pero no le hice caso. El vídeo más caliente estaba precisamente guardado justo en aquella habitación. Volví a abrir el correo mientras me terminaba el alcohol del vaso, y directamente pensaba en llevarme el cuello de la botella a la boca. Miré el reborde de cristal y me imaginé pasando la lengua en círculos. Mientras arrancaba el programa del correo me levanté, aparté la silla e incliné la cabeza sobre la botella, colocándola en el estante inferior del teclado para acceder con más comodidad. Al mismo tiempo separé las piernas y llevé el mango del cepillo entre mis pliegues, mojándolo...

Preparándolo para penetrarme con él mientras mamaba la botella y me torturaba el clítoris con la yema de los dedos.

Aquello era una locura.

Me excitó verme así, inclinada, como si dos tíos me tuvieran ocupada. La verga de mi querido Víctor en la boca, la de cualquier otro a punto de perforarme el coño. Se me antojó que podía ser la de su amigo Oziel, ese que me revolvía de vez en cuando el cabello, como si saludara a una mascota simpática que estuviera buscando cariño por los rincones de la casa.

Estaba segura de que era lo suficientemente pervertido como para disfrutar compartiendo una chica con su colega del alma. Estaba segura de que a Víctor no le importaría compartirme ya que no le importaba nada. Estaba segura de que a mí dos pollas me iban a hacer falta, y más después de lo que había visto y oído y de lo que había conseguido beber.

El cepillo entró con facilidad de lo mojada que estaba. Era estrecho y pequeño, y en principio, aunque no sabía lo que se sentía tampoco con una verga de verdad ensartada, lo que sí me alivió fue poder presionar la musculatura y sentir que se cerraba sobre algo que no fuera un vacío horrible. Esa sensación me hizo sentirme plena, aun a costa del tamaño. Lo sujeté con la vagina, fuertemente, mientras con la mano lo introducía y lo liberaba, haciendo tope cada vez lo movía contra el fondo. Puse en marcha el vídeo nuevamente, casi de forma automática. Quería y necesitaba escuchar otra vez los gemidos de Víctor. Mis labios rodearon la botella y me la metí lo más que pude en la boca, y la recorrí como una guarra imaginando que no era frío cristal lo que chupaba. Mis dedos, tras darle al botón de inicio en el ratón, habían vuelto a mi clítoris y empecé a tocarme con obscena dedicación.

Quería correrme; me sentía borracha, estaba loca por acabar desmadejada envuelta en las sábanas de mi cama hasta las doce del día siguiente. O más tarde si nadie hacía ruido en el salón o en la cocina.

O en aquella silla, de donde seguramente me caería al suelo y de donde me tendría que recoger luego Víctor.

Mi lengua jugó con la botella. Era lo que más gusto me daba; imaginármela una polla.

Fui incrementando el movimiento de mis manos mientras sentía que mi excitación aumentaba. Tuve la necesidad de apartar la que sujetaba el cepillo y hacerlo desde atrás para no estorbarme, y lo que hice fue simplemente fijarlo al fondo y presionar duro, no dejándolo escapar. Mis dedos se equivocaron constantemente en mi coño, por lo mojada que estaba y por la borrachera que llevaba. El peor de mis problemas era que intentaba abarcar demasiadas cosas a la vez, tratando también de mirar el vídeo de la mamada a Víctor, y no podía concentrarme en todo.

Tenía que reconocerlo. Sabía que estaba siendo la cagada más grande para masturbarme, pero no podía remediarlo.

Por algún extraño motivo necesitaba sentir mis agujeros ocupados...

Menos mal que todavía no sentía curiosidad por el sexo anal.

Y en eso, mientras gemía contra la botella sólo por el placer de escucharme gemir, vi posicionarse unos pantalones vaqueros muy conocidos a mi lado.

— Bea... tenemos que hablar.

Sentí caerse el cepillo al suelo antes que vergüenza...

La cual llegó inmediatamente después.

— Víctor... ¡Joder, no me digas nada!

Él se arrodilló y recogió el cepillo del suelo. No pude saber si lo hizo para mirarme el culo y el coño abierto de cerca, ya que en cuando noté su presencia había cerrado los ojos inmediatamente tras apartar la boca de la botella. Quería ponerme tiesa, pero la cabeza me daba vueltas y no podía dejar de imaginarme que, al menos, en esa postura, si Víctor quería podía hacerme suya sin el más leve inconveniente.

<<Para eso tenía que querer, imbécil.>>

Lo imaginé llevándose a la boca el cepillo para probarme, dejarlo debajo de su nariz para olerlo o volviendo a ponerlo justo de donde se había caído. Fueron tantas las imágenes que me asaltaron que volví a gemir sin darme cuenta de lo que hacía, y que lo hacía delante de Víctor.

La mano del hermano de mi amiga dejó al lado del ratón el cepillo y cerró el vídeo de su mamada a continuación. Lo oí suspirar y reclinarse a mi lado, apoyando las manos también en la mesa, como yo lo hacía ahora. Entreabrí los ojos para mirarlo a la cara. Estaba encendido, aunque no supe descifrar si de vergüenza también o tal vez excitado.

— ¿Por qué has venido hoy tan pronto? Nunca llegas hasta la mañana—. Hablaba la rabia borracha que me estrangulaba por dentro al haber sido descubierta en tan deslucida escena. No se me ocurrió nada más inteligente que acusarlo de llegar en el momento más inadecuado. Como si eso fuera lo más grave de la escena.

Víctor resopló con fuerza, apartando de ese modo uno de sus flecos de la cara. Fui capaz de levantar la mirada para mirarlo durante un breve instante, pero volví a esconder la cara.

> — Joder, Bea. Subí a por condones —se excusó, como si en verdad le hiciera falta hacerlo—. Los colegas están esperando abajo. Tenemos a varias tías en los coches. Nos íbamos a un motel a follar—. Las últimas palabras sonaron amargas en sus labios, con un enorme pesar.

<<*Así que follaban normalmente todos juntos cuando salían de marcha.*>>

Como si eso en verdad importara.

<<*¿Pero no acaba de follarse a la tal Verónica?*>>

Supongo que se me tuvo que quedar la cara a cuadros con su declaración, porque se revolvió el cabello, arrepentido de haber seguido hablando.

> — Y esto no debería estar contándotelo, ¡mierda! Eres como mi hermana pequeña, Bea. Eres de la misma edad que mi hermana. Eres como ella...

Tragué saliva. Peor no podían ir las cosas.

> — Pero no tonta... —le comente—. Y aunque lo parezca yo no soy tu hermana. Además, no te olvides de que soy adulta. No me llames pequeña como si tuvieras otras hermanas con amigas más aceptables a las que hablar sobre estas cosas. Que sea más joven que tú es el menor de mis defectos ahora...

Otro suspiro. Víctor miró la mesa como si en ella buscara respuestas. Yo me envalentoné y lo miré directamente a la cara, aprovechando que él no me miraba. El alcohol tenía ese efecto y ayudaba a hacer cierto tipo de cosas a las que estando sobria no me habría atrevido ni muerta. Como tratar de besarlo, por ejemplo. Y enfrentarme a Víctor tras la patética escena que acababa de presenciar era la proeza más grande que iba a realizar en toda mi vida.

Supongo que mis palabras no salieron de mi boca, ni mucho menos, como yo quería articularlas, pero Víctor no se quejaba. Supongo que estaba tartamudeando o gagueaba a causa de la ginebra, pero yo no me lo notaba. Tal vez él estaba igual de bebido que yo, aunque no apostaba por ello sabiendo que tenía el coche esperando en la calle y lo responsable que solía ser siempre aquel hombre.

No, no podía estar borracho si iba a beber y si tenía la cabeza fría para recordar que se había dejado atrás los preservativos.

Pensé en acercar mi rostro al suyo, tentarlo para averiguar lo que pasaría...

Pero no lo hice.

— ¿Por qué mis bragas?

La espalda se le puso tiesa. Entonces entendió que yo había llegado a ver el vídeo hasta el final, que no era la primera vez que lo veía y al mirarme él a mí nos vimos como me parece que no nos habíamos imaginado nunca: como dos cómplices de un oscuro secreto.

De pronto no era yo sola la que sentía vergüenza.

Tragó saliva y comenzó a sudar. Cerró los puños y se retorció las manos con un nerviosismo imposible de ocultar.

— Me pusiste malo esta mañana —comentó, sin lograr sostenerme la mirada—. Aunque sé que no es excusa.

Habló de pronto de frente, y aunque yo apestaba a alcohol pude percibir que también él había bebido algo, aunque fuera simplemente una inocente cerveza. No sabría decir a esas alturas si había visto a Víctor alguna vez borracho, pero podía imaginar que en aquella ocasión completamente lúcido no estaba. Aunque sólo fuera por la excitación del momento sabía que tenía los sentidos algo nublados.

Echó mano a su pantalón vaquero y sacó mis bragas de su bolsillo. Me las enseñó brevemente y casi creí que se las llevaría bajo la nariz para olerlas por la cara que puso al hacerlo. Perversa mente obcena la mía, que no me dejaba tener imágenes más tranquilas. Siempre se me llenaba de guarrerías.

Pero no; las encerró en su puño y volvió a mirar hacia la mesa.

— No debí cogerlas... eres mi amiga.

Sus palabras fueron losas sobre mi cabeza. Aquello iba de mal en peor. Amiga, mocosa y borracha. Además de salida. Fuerte cuadro.

— No debí masturbarme en tu cama... Eres el hermano de mi mejor amiga —contesté entonces, con rabia y abatida, sintiendo que había perdido la partida.

Podía haberle dicho que era también mi amigo... pero no me salió. Lo que me vino a la cabeza fue *"perro guardián de mis padres"* pero quedaba tan patético que preferí omitir ese comentario. Ya teníamos suficiente los dos. Mejor hermano de mi mejor amiga, aunque sonara como si no sintiera nada por él.

Apretaba mis bragas con fuerza, con los nudillos blancos haciendo juego con la tela. Su cara, sin embargo, continuaba estando completamente roja. Y no solamente por la vergüenza.

— ¿Desde cuándo, Bea? No me había dado cuenta. Pensé que lo de tu beso fue simplemente por el ron y por lo contenta que estabas tras cumplir los dieciocho. Quise creer que era por tu inexperiencia y porque pasábamos demasiado tiempo juntos. Creí que te estaban confundiendo los sentimientos.

Me entraron ganas de reír. Que la conversación fuera a girar en torno al momento exacto en el que me habían entrado ganas de acostarme con él se me antojaba tremendamente patético a esas horas de la noche. Que considerara de verdad, con la edad que tenía él, que yo con diecisiete años me había lanzado directa a su boca porque estaba confundida también era muy triste.

<<*Pues la excusa que le diste de los efectos del alcohol y la inexperiencia era igual de mala, bonita.*>>

— No hace mucho, no te creas. Cosas de la vida —solté, quitándole importancia a la fecha, como resignada y despreocupada con el derrotero que habían ido siguiendo de los acontecimientos. Siempre me venía a la mente la palabra resignada, y me parecía una buena forma de hacerme entender—. Me harté de mirar pollas en el instituto que ni puto caso me hacían. Al menos, la tuya, la tengo cerca.

<<*Espero que no se acuerde de que nunca me ha interesado mucho ninguna.* Que sabe perfectamente que no he tenido novio en la vida>>

No creí que tuviera algún sentido hablarle de las preguntas y conversaciones de mis queridas amigas. Si había algo que quería evitar en ese momento era que Víctor empezara a sentir curiosidad por las chicas que estaban deseando abrirle las piernas y que habían acudido en tropel a casa todas las tardes en las que yo las recibía en la puerta, como una tonta. O que considerara que tenía tan poca personalidad que me dejaba influenciar por las gilipolleces que eran capaces de soltar por sus bocas mis compañeras universitarias.

Pero me había pasado lo mismo en el instituto. Me habían entrado ganas de besarlo por culpa de mis compañeras, aunque en esa ocasión la cosa fue bien distinta. No había salido tan mal parada.

<<*Mis ganas. Fue igual de patético.*>>

— ¿Ninguna polla? —rió por lo bajo, dándose cuenta de cómo me refería yo a los hombres. Los catalogaba simplemente como miembros—. Quiero decir, ¿ningún chico?

Entonces reí yo. Sí que era patética mi forma de referirme al sexo contrario.

— Ninguno.

Pude ver que Víctor me miraba el trasero de soslayo. No sé si lo hizo para hacerme sentir mejor o fue que realmente mi culo en pompa le parecía atractivo. Tal vez era un simple gesto para dejarme claro que no entendía el motivo y, ya de paso, levantarme la moral. Se lo agradecí infinitamente en silencio. Lo cierto fue que volvieron de pronto las ganas de tirármelo, teniéndolo tan cerca como ahora lo tenía, con una sonrisa la mar de provocativa al mostrarse tan descarado al mirarme el trasero. Yo le correspondí echando un vistazo a su bragueta, que aunque medio la ocultaba su muslo me indicaba que su polla algo hinchada debía de estar. Víctor se dio cuenta del interés que me despertaba y creo que lo vi recolocarse para que pudiera observarla mejor, o al menos eso imaginé.

Dos amigos descubriéndose por primera vez.

Sentí un enorme regocijo por entender que lo de aquella mañana, y lo de instantes antes también, podía quedar en una simple anécdota que recordar cuando fuéramos ancianos y nos diera por hablar de los mejores años de nuestra vida. A nuestros nietos no, claro está, pero podríamos recordarlo para nosotros solos.

¿Nietos? ¿Acaso estaba pensando en boda, hijos y envejecer a su lado? Estaba completamente ida, no me cabía la menor duda. Las pocas neuronas que me quedaban se había ido a dormir, algunas las habría matado con los dos vasos de ginebra y las otras se habían quedado extasiadas con la imagen de la polla de Víctor haciéndose más patente en sus pantalones vaqueros.

Pero de pronto se dejó caer sobre el escritorio y lo golpeó con el puño, enfadado.

— Joder, Bea. Esto está mal…

Y se apartó de mí para encaminar sus pasos hacia la puerta del dormitorio.

Había vuelto a perder.

Aun así pude ver que en verdad estaba empalmado. No sabía si por mí o por la guarra de Verónica que lo esperaba abajo. En ese momento tuve una mejor perspectiva de su pantalón vaquero hinchado a la altura de la pelvis, donde los botones de su bragueta mantenían a duras penas la tensión de la tela.

Pero tenía que ser por mí... Si no, no estaría tan enfadado y molesto al alejarse.

Me estremecí al observar que aún sujetaba mis bragas en el puño y que al apartarse los cabellos de la frente se las llevaba contra la cara. Me enderecé, no sin cierta dificultad ya que se me habían dormido las piernas en aquella postura, y quedé parada frente a la mesa, deseando quitarme la camiseta y ofrecerme desnuda a Víctor, tan cerca de su cama.

— Recoge todo antes de irte a dormir. No quiero que tus padres se enteren de toda esta movida cuando lleguen por la mañana. No se lo merecen...

Víctor se dio la vuelta y avanzó dos pasos por el pasillo en dirección a la entrada de nuestra casa, pero un instante después volvió a entrar en su cuarto y me quedé nuevamente paralizada. Él también, bajo el dintel de la puerta. Me miró con la respiración agitada. Lo miré conteniendo la mía.

Y un instante después se llegó hasta su cama para rebuscar en los cajones de su mesilla de noche y llenarse los bolsillos de preservativos.

— ¿Tantos te hacen falta? —le pregunté, molesta, imaginando la de veces que tendría que follarse a Verónica para gastarlos.

Y que conmigo no iba a emplear ni uno.

Resopló ante mi descaro y se atrevió a volver a mirarme a los ojos justo cuando yo avanzaba hacia él, quemando mis últimos cartuchos. Se cuadró delante de mí, evitando mirarme por debajo de la cintura, donde la falta de tela le torturaba su fuerza de voluntad.

<<No te resistas. Sabes que lo estás deseando.>>

— Creo que para bajarme el calentón de esta noche no voy a

tener suficientes...

Sonreí, ilusionada. Aquella confesión era mucho más de lo que esperaba de su parte. Me tembló todo el cuerpo ante las implicaciones de esa frase. Le puse una mano sobre el pecho pero se retiró retrocediendo un paso, dejando mis dedos huérfanos de su contacto.

— No ha sido Violeta la que te ha puesto la polla tan dura...
— Verónica.
— Para mí siempre va a ser la guarra del vídeo. Mañana seguro que tampoco te acuerdas tú de su nombre.

Se pasó la lengua por el labio inferior, casi con ganas de reconocerme que era verdad. Pero quedó sólo en un casi.

— Lo que te tenía tan cachondo hace un rato era manchar mis bragas, aunque no te atrevieras a hacerlo directamente sobre mi piel y tuvieras que usarla a ella para eso.

<<*¿Cómo cojones me he atrevido a decir eso?*>>

Nuevamente se le encendió el rostro. Nuevamente se me encendió la entrepierna. Había demasiado espacio entre nosotros y sentíamos que sobraba aire y calor en la habitación.

— Estás demasiado borracha para hacerte cargo de lo que dices. Mañana todo esto se te habrá pasado.

Me enfureció tanto su respuesta que también retrocedí un paso para mirarlo con perspectiva. Ciertamente no enfocaba bien por culpa del alcohol, pero aparte de la falta de pudor que me había inundado de pronto no lograba localizar en mi cuerpo más efectos que se le pudieran achacar al alcohol.

— ¿Y a ti?

Víctor miró al suelo tratando de dominarse un momento antes de recorrer los dos pasos que nos separaban. Me tomó del mentón al llegar a mi lado, con la mano que hasta hacía un momento guardaba mis bragas y su corrida. Me miró a los ojos de la forma más intensa que se podía mirar a una mujer, o al menos de la forma más intensa en la que me había mirado nadie jamás. Me dejó sin aliento.

Se me habían acabado las palabras.

—   Yo voy a intentar que se me pase esta noche...

Y se marchó de casa, dejándome con el coño empapado, la vergüenza a flor de piel y los ojos encharcados en unas lágrimas que no tardaron en hacer su aparición.

<<*Pues sí que pudo resistirse, el muy cabrón.*>>

Me dejó nuevamente sola... en un viernes que ya era sábado.

Novena parte.
La polla que se me escapó de entre los dedos

¿Por qué tenían que volver tan pronto a mi vida los viernes?

La facultad cada vez estaba más vacía, acercándose los exámenes finales. La estación se había vuelto rápida y despiadadamente calurosa, como si nos quisiera recordar que nos quedaba poco tiempo para estudiar, y los alumnos habían abandonado las aulas para buscar la tranquilidad y el frescor de las bibliotecas.

Dejé de ser la única que la habitaba mientras esperaba a que Víctor fuera a buscarme.

Todavía en la universidad los estudiantes seguían pensando que se podían adquirir los conocimientos de todo un curso en un par de días, como habían hecho en primaria o en el instituto en algunos casos.

Patético.

La noche en la que mi compañero de casa se marchó con los bolsillos llenos de preservativos —y con mis braguitas guardadas de forma estratégica también en uno de ellos— no regresó a casa hasta la noche siguiente. Podría mentir y decir que no me había preocupado en absoluto pero no era verdad. Víctor no era del tipo de tío que desaparecía una noche de copas y no regresaba a casa pasadas más de veinticuatro horas. Pero como mis padres tampoco regresaron a casa, ya que los sábados y los domingos era cuando más ventas tenían en la tienda, no supe bien qué hacer ante la ausencia de todos los adultos de mi vida.

<<Mierda, yo también soy una adulta.>>

No conseguí reunir el valor suficiente para llamarlo al móvil aunque al llegar la tarde y seguir sin aparecer le envié un mensaje. Me moría de ansiedad debido a su ausencia y era la única forma que tenía de enterarme de si estaba todo bien. No me parecía lógico preocupar a su familia preguntándole si sabían algo sobre su paradero, y como no tenía tampoco el teléfono de ninguno de sus amigos no me quedó más remedio que escribir apresuradamente un mensaje cuando reuní el valor suficiente para hacerlo.

Y él tardó una hora en ver… y otra hora en contestar.

"Espero que estés bien. Me tienes preocupada".

Y Víctor, por toda la respuesta, escribió un "Estoy bien" que, aunque me supo a muy poco, me dejó mucho más tranquila.

Sospecho que eso de llegar luego a las tres de la mañana del sábado lo hizo para tratar de no encontrarme despierta y tener que enfrentarse a mí, aunque yo, después de haber permanecido la noche anterior en vela —con la esperanza de que regresara a casa pronto, me tomara de las mejillas con ambas manos y me estampara un húmedo beso en los labios entreabiertos— no tenía muchas ganas de enfrentarme a nadie.

Y menos a él.

Al final, entre la vergüenza y la rabia, no había tenido mi orgasmo y me dolía el cuerpo tanto por la mala noche como por la necesidad de desahogo. Y la tensión por su ausencia el sábado no había hecho sino empeorar las cosas.

Lo intercepté en el pasillo tras debatirme durante unos segundos entre hacerme la dormida o gritarle, ofendida por su abandono. Pero no logré hacer ninguna de las dos cosas y simplemente conseguí quedarme parada cortándole el paso, tratando de mantenerle la mirada pero sin demasiado éxito.

Sus ojos seguían llameando como la noche anterior.

— Me tenías preocupada —logré decirle, tartamudeando al

iniciar la frase.

— A la cama, mocosa —me ordenó, deteniéndose en el pasillo y apoyándose en una de las paredes. En esa ocasión sí que estaba segura de que estaba borracho porque había avanzado hasta mí tambaleándose—. No veo el motivo de estar controlándome las entradas y las salidas.

— Yo no...

Pero no logré terminar la frase. Víctor pasó a mi lado sin rozarme siquiera —sin tener muy claro cómo lo había logrado, ya que precisamente equilibrio no le sobraba— y se metió en su habitación dando portazo que fue del todo inapropiado para la hora de la madrugada en la que nos encontrábamos. Algún vecino tenía que estar acordándose de la madre de mi niñera.

— ...te estoy controlando nada —terminé diciendo, cuando me metí en la cama y me tapé hasta las orejas con la colcha, tratando de protegerme del frío que se había instalado en mi cuerpo por culpa de la lejanía que le había notado al maldito de Víctor.

Pero no dormí nada, y seguí pasando mucho frío aunque estuviera, a ratos, ardiendo por dentro.

Y el dormitorio ardiera también, que estábamos casi en verano.

Víctor había encontrado excusas durante toda la semana para no llevarme a clases, ni para recogerme de ellas tampoco. Por supuesto, no se lo había confesado a mis padres, porque sospechaba que no les habría hecho ni pizca de gracia enterarse del descuido de mi niñera. Y había guardado también el secreto aunque me había dicho a mí misma en varias ocasiones que no se lo merecía. Ya me parecía suficientemente humillante que me hubiera rechazado por considerarme muy joven para él como para tener encima que quedar aún más niñata ante sus ojos, acusándole delante de mis padres de descuidar las tareas que le habían encomendado.

Mi niñera.

Así no iba a recuperar a Víctor...

Aunque no tenía muy claro para qué quería recuperarlo si había decidido dejar a un lado nuestra amistad para intentar que me llevara a la cama.

Tampoco pasó las tardes en casa, y regresaba tan tarde que yo ya estaba acostada para cuando eso ocurría. No por necesidad de dormir para estar fresca por las mañanas y rendir mejor a la hora de preparar los exámenes finales, sino para que no me encontrara esperándolo —y controlándolo— cuando cruzaba la puerta. Sentía mi orgullo herido e iba a tardar en recuperarme, estaba muy claro.

O, tal vez, con un simple beso y un "te deseo" lo habría olvidado todo de golpe.

Aunque con Víctor dudaba de que algún beso fuera a ser sencillo...

Cené sola todas las noches, y más de una acabé comiendo lo que había preparado mi madre. Y esas noches también tuve dolor de estómago y algo de náuseas, pero eran los efectos secundarios que producían los alimentos que ella tocaba

A mis padres les contó que estaba haciendo un último gran esfuerzo para terminar el proyecto de fin de carrera y que por eso no estaba cumpliendo con sus labores de chofer aquella última semana, pero yo sospechaba que no tenía valor para mirarme a la cara y enfrentarse a lo que había pasado entre nosotros con mis braguitas de por medio. Por eso había dormido en otra parte el viernes. Por eso no había pasado por casa el sábado.

Porque estaba avergonzado.

O porque, llanamente, no le apetecía hacerlo.

A decir verdad, a medida que pasaron los días y no me dirigía la palabra me fui convenciendo de eso último.

Aquel viernes traté de levantarme antes que él, pero fue en vano. La rabia, el jueves por la noche, había hecho que tirara el cepillo del pelo a la papelera de mi cuarto. ¡En algo tenía que descargar mi furia! Cuando me levanté por la mañana, esperando haber sido lo suficientemente madrugadora, descubrí que Víctor lo había sido aún más y que ya se había tomado su rápido desayuno —café bien cargado que solía prepararle yo mientras él se daba su ducha, junto con un par de piezas de fruta— y se había marchado de casa.

Pero mi cepillo estaba perfectamente colocado en mi mesilla de noche.

Víctor había estado en mi dormitorio mientras yo dormía.

También cabía la posibilidad de que hubiera sido mi madre la que, creyendo que se me había caído accidentalmente, lo hubiera colocado en ese lugar, pero dudaba que ella fuera a acercarse a mi papelera buscando nada. Sin embargo, sí que consideraba que Víctor podía haber estado rebuscando entre los papeles que tiraba a la basura, tratando de encontrar pistas que le desvelara el motivo por el que de pronto lo deseaba.

El viernes de tarde se presentaba de lo más aburrido delante del televisor. No estaba de humor para ponerme a estudiar ni tampoco para hablar por Skype con Laura y contarle lo patética que se había tornado mi existencia, pero en verdad tampoco me hacía demasiada falta ninguna de las dos cosas. Estaba convencida de que los exámenes finales no iban a presentar un problema para mí, y eso me daba cierto margen de confianza para gansear los fines de semana. Y también de que Laura estaba convencida de que mi vida era una auténtica mierda.

Era una chica inteligente, al menos para los estudios. Pero no sabía como sacarle partido a mis días, y menos sin ella.

Habría estado bien poder concentrarme en algo que no fueran las imágenes de la polla de Víctor, que me asaltaban cuando más tranquila estaba. Tal vez iba a ser buena idea ponerme a repasar alguna asignatura, aunque fuera simplemente por postureo. Si al final no sacaba buenas notas me acordaría de todos mis antepasados, y probablemente de los de Víctor por llevarme hasta ese estado de desgana permanente.

<<Me he llevado yo solita. No tengo que echarle la culpa a nadie.>>

Estaba zapeando con el mando, aburrida de mi vida y de mi falta de motivación para ponerme a hacer según qué cosas —como estudiar, por ejemplo— con las piernas sobre la mesa y en ropa interior por el calor, cuando encontré un programa en uno de los canales que podía hacerme olvidar todo durante un rato. Que se fueran a pelear los tertulianos en un plató revitalizaría mi lado beligerante y al menos no me haría sentir tan sola. Era el primer viernes de los últimos meses en el que no me pasaba espiando a Víctor y a sus amigos en su cuarto.

Por eso mismo había colonizado el salón, quedándome en paños menores.

Pura rebeldía adolescente.

<<Te jodes, Víctor. Vas a tener que buscarte la vida porque esta casa es mía.>>

Si estaba teniendo que pedirle a sus amigos que lo acogieran durante las últimas semanas hasta que comenzara a ganar dinero me traía sin cuidado. Si iba a ser tan arrogante y orgulloso para no tratar de solucionar las cosas conmigo me importaba una mierda. Él se iría, yo me quedaría sola otra vez y así al menos el hecho de volver a ver la plancha en su dormitorio no sería tan traumático.

—   Te puedes ir a la mierda —le dije en voz alta, varias veces, cuando llegaba a su cuarto por la mañana y lo encontraba vacío.

Pero luego me entraba la llantina y me iba a clases con el estómago encogido, sabiendo lo mucho que había tenido y había perdido. Un amigo, un hermano. Alguien que se preocupaba por mí.

Volvía a no prestarle atención a la televisión, escuchando insultos aburridos y monótonos de un contertulio a otro —¿de verdad la gente se podía tragar semejante basura?— cuando sentí abrirse la puerta.

Víctor...

No estoy segura de si llegué a razonar lo que hacía, pero en un intento desesperado por conseguir que simplemente me mirara y que no pasara por delante del televisor haciendo como que no existía, me puse de pie y solté el enganche del sujetador, para exhibir mis pequeños pechos y los pezones, que de repente se habían puesto completamente erectos.

El sujetador cayó de mis hombros en el momento en el que la cerradura cedía y la puerta se abría de par en par.

No me esperaba que Víctor fuera a llegar a casa aquella tarde convertida casi en noche, tras evitarme durante toda la semana. Era lo más interesante que había vivido después de encontrarme mi cepillo del pelo nuevamente en la mesilla de noche tras tirarlo. Tragué saliva y separé los brazos, poniéndolos en jarra. Mostrando mi enfado. Mostrando mi desnudez. Mostrando que existía.

Había vuelto a latirme el corazón de forma desbocada.

<<*Estoy como una regadera.*>>

Pero menos me esperaba que fuera a llegar con sus amigos.

La imagen del hermano de mi mejor amiga parándose en la entrada y mirándome estupefacto, con Oziel justo a su lado, y un poco más retrasados sus otros dos compañeros de juergas, me dejó igual de petrificada que la mía desnuda a ellos. Tardé una eternidad en reaccionar y cubrirme los pechos con las manos, aunque ese gesto fue todo lo que fui capaz de hacer mientras los cuatro seguían allí en la entrada, de pie, en silencio.

<<*Gilipollas. Eres gilipollas.*>>

¿Cómo no lo había pensado antes? Los viernes siempre venía con sus amigos. ¿Por qué actuaba de forma tan impulsiva y sin ningún tipo de criterio cuando de Víctor se trataba?

— Hace calor, ¿eh? —consiguió comentar Oziel, rompiendo el tenso ambiente que se había creado en torno a mi desnudez—. Yo también estaba pensando en desnudarme...

— Deja de mirar a Bea, capullo.

Los otros dos se habían puesto de puntillas, mientras tanto, para no perderse ningún detalle de mi cuerpo. Por mi parte había comenzado a temblar, y no precisamente por el frío. Tenía también ganas de llorar pero lo único más patético que se me ocurría después de quedarme en bolas delante de Víctor y de sus amigos era comenzar a llorar como una niña pequeña.

Como una mocosa.

— ¡Por el amor de Dios, Bea! ¿Quieres ir de una puñetera vez a tu alcoba a vestirte?

A la mierda. Se me pasaron las ganas de llorar en un instante.

La rabia me inundó al escucharlo tratarme como a una cría delante de sus amigos, y con todo el despecho del que fui capaz, bajé las manos. Destapando nuevamente mi cuerpo. Exhibiendo mis pequeños atributos que seguramente tenían que causarles más risa que interés. Pero eran mis pechos. Y Víctor no los había visto desde que empecé a usar sujetador, allá por los quince años.

— ¡Eres tú el que acaba de llegar a casa con tus amigos sin llamar a la puerta! Podrías haber avisado...
— ¡Nunca llamo a la puerta! ¡Esta es mi casa también! ¡Siempre estás vestida!
— ¡No es tu casa, es la mía! ¡Y ya va siendo hora de que entiendas que puedes encontrarte a esta mocosa desnuda en el salón a partir de ahora!

No me di cuenta de que los dos habíamos ido avanzando mientras nos gritábamos, y que en ese punto de la conversación estábamos a un escaso metro el uno del otro. Podía sentir la rabia de Víctor inundarlo, al igual que me pasaba a mí.

Podía sentir la excitación de ambos...

— Si os vais a pelear por nosotros no tengáis cuidado. Creo que a ninguno nos molesta que Bea ande en bolas...

Víctor fulminó con la mirada a Oziel, entendiendo que uno de sus amigos estaba dispuesto a coquetear conmigo saltándose la regla primigenia de no considerar a las hijas de quien te aloja y te da de comer parte del coto de caza. De su coto de caza. De todas las chicas a las que les había hecho probar su polla.

Me gustó ver una pizca de celos en sus ojos. Al fin y al cabo, Oziel sí podía permitirse el lujo de llevar sus labios a mi entrepierna y probar mi piel antes de follarme. Él no le debía ningún respeto a mis padres, aunque sí podía haberlo demostrado por Víctor. Y por el hecho de que yo fuera la mejor amiga de su hermana pequeña y estuviera a su cargo mientras mis padres permanecían ausentes. Otra cosa era que estuviera bien visto que un casi abogado de veinticinco años estuviera intentando coquetear con una chica a la que le sacaba unos cuantos. Pero, desde luego, estaba mejor valorado que lo que acostarse con la amiga de tu hermana. O con la chica que casi parecía tu hermana.

Era mejor plan para Víctor dejar que su amigo se aprovechara de mi inocencia, pero por algún extraño motivo no podía contemplarlo como posibilidad. Era una buena forma de que a mí se me quitara su polla de la cabeza y dejara de tentarlo por los rincones de la casa. Probar otra, descubrir el sexo, disfrutar de los pecados que me podía ofrecer un hombre experto.

Y eso Víctor lo sabía...

Y le dolió.

— ¡Cómo le faltes el respeto a Bea te parto la cara, Oziel! —le gritó, volviéndose para encararlo.
— No le he faltado el respeto a nadie —se defendió, alzando las manos detrás de él, dando a entender que no quería problemas—. Trato de que no os vayáis a liar a guantazos aquí por un poco de ropa de menos. Es una tía desnuda, ¡vamos! No nos está enseñando nada que no hayamos visto ya.

Víctor se volvió hacia mí y con ojos coléricos me ordenó que me dirigiera inmediatamente a mi alcoba. El gesto de un padre a su hija, un brazo extendido hacia el pasillo, con pulso firme y tajante. Ni una palabra más, ni una mirada menos.

Y me quedé exactamente igual de plantada que unos segundos antes. No sé de dónde saqué la entereza para hacerlo.

Víctor gruñó, completamente furioso, y bajó el brazo con el gesto más brusco que pudo realizar. Cerró los puños y creí que en ese momento me llegaría un guantazo, también a modo de padre impartiendo disciplina.

Pero no…

— Vaya, que la niña no quiere hacer caso a los mayores…

<<*Ese hombre no tiene ningún aprecio por su vida.*>>

Odié a Oziel por el comentario. Odié a Víctor mientras él me odiaba a mí por desobedecerlo. Y odié a los otros dos por quedarse callados, pero sin quitarle la vista de encima a mis pechos expuestos.

Por suerte había dejado de temblar.

Acto seguido Víctor le propinó un puñetazo en la nariz a Oziel, que lo hizo tambalearse hacia atrás, chocando con los otros dos espectadores. Supe que le había pegado a él en vez de darme a mí en pleno rostro, descargando su frustración por lo embarazoso de la escena.

Me dio mucha pena por Oziel, ya que no tenía la culpa de que yo estuviera desafiando a Víctor. Pero él se lo había buscado con sus comentarios jocosos. Podía haber tratado de ser más comedido a la hora de encarar la situación y tranquilizar a Víctor.

No pude reprimir un grito y salí corriendo, temiendo que la siguiente en recibir un golpe pudiera ser yo. Que me hubiera librado del primero no quería decir que Víctor se hubiera quedado conforme dando solamente uno. Estaba llegando a la puerta de mi cuarto cuando escuché las protestas de los tres en su contra, tratando de calmarlo. Estaba fuera de sí y no atendía mucho a razones. Oziel maldecía por lo bajo, diciendo que no había necesidad de llegar a las manos por una simple broma. Víctor insultaba a sus amigos como nunca antes lo había escuchado, llamándolos malnacidos por no respetar la casa donde lo acogían, ni a sus padres por extensión, que confiaban plenamente en que él no se comportaría nunca como un capullo. Escuché ruido de muebles, tal vez el sofá al moverse en un forcejeo.

Me puse un vestido corto de algodón y volví a salir al pasillo. No podía perderme la escena que estaba montando el hermano de mi amiga; me sabía responsable de lo sucedido y quería estar presente. Y ya que estaba segura de que iba a llevarme una buena reprimenda en cuanto estuviéramos a solas no podía quedarme esperándolo en mi alcoba. No había sitio en la casa, ni en el planeta, donde poder esconderme de aquel Víctor tan enojado.

Aunque, bien pensado, esperarlo en la cama no tenía que ser mala opción.

<<*Se me da bien hacer el tonto.*>>

Me reí de lo absurdo del pensamiento y llegué a la entrada del salón en un par de zancadas largas.

Oziel se presionaba la nariz con un pañuelo bastante manchado de sangre y los otros dos sujetaban a Víctor para mantenerlo alejado del perjudicado futuro abogado. Seguían gritándose entre ellos, como si hubieran olvidado por completo que alguna vez salieron juntos a buscarse a un par de chicas con ganas de marcha.

Cuando se percataron de que había vuelto al salón se hizo nuevamente silencio y Víctor me hizo arder en las llamas que desprendían sus ojos.

Llamas que podían significar muchas cosas...

Llamas que no podía controlar, y que me encantaba que se escaparan a su control.

— Vuelve a tu cuarto, Bea —me ordenó, con la voz más fría que le había escuchado en la vida. Nada tenía que ver con el calor que irradiaban sus ojos.

— No soy una niña para que me trates así —le espeté, sabiendo que mi mensaje iba mucho más allá de su necesidad de apartarme de la vista de sus amigos y preservar mi integridad, y de la suya propia.

— Eres una mocosa...

— Víctor, ¡ya vale! —le gritaron sus amigos, sin entender a qué diablos venía el mal humor de su amigo.

— Bea no ha hecho nada malo —comentó Oziel, volviendo a ponerse en pie en medio de nosotros—. Hemos llegado en un mal momento y no nos esperaba. No la tomes con ella.

Que Oziel me estuviera defendiendo hizo que me enterneciera, ya que pensaba que tras haber recibido un fuerte golpe por mi culpa lo que menos tendría ganas era de saber que yo seguía existiendo.

Los miró.

Me miró...

Y, para asombro de los cuatro, Víctor enfiló hacia la puerta de entrada y salió de la casa, dando un sonoro portazo. Se me cayó el alma a los pies, ya que había conseguido precisamente lo que menos quería: seguir alejando a mi deseado Víctor de mi vida.

— ¿Podrías darme algo de hielo? —me pidió Oziel, sentándose en el sofá donde hacía una semana había mantenido mi primera relación carnal con la ginebra.

— ¿Qué coño de mosca le ha picado a este? —se preguntaron entre ellos, mientras yo asentía e iba en pos de una bolsa de guisantes congelados, que recibirían mejor final que el que les esperaba en uno de los guisos de mi madre.

Supe que no podía decir nada a sus amigos y que ellos imaginarían que el tema iba sobre todo conmigo, aunque no pudieran asegurarlo. Le llevé a Oziel la bolsa de guisantes e hice los honores de sujetarla contra la nariz hinchada mientras él me daba las gracias. Por suerte había dejado de sangrar.

Tuve la posibilidad de observar el atractivo rostro de Oziel mientras lo hacía. Era, como poco, igual de apuesto que Víctor, y algo más alto. La camisa blanca que llevaba puesta no le iba a servir para salir de juega aquella noche porque las manchas de sangre destacaban demasiado en el cuello y el inicio de la botonadura, pero sospeché que era del tipo de tío que podía lucir unas marcas como aquellas con mucha hombría, orgulloso de poder decir que las chicas encontrarían la excusa perfecta para acercarse a él a preguntarle.

— ¿Es grave? ¿Quién te ha hecho eso? ¿Duele? ¿Necesitas una ducha y que te laven la camisa?

Me entraron ganas de reír al imaginarme la escena.

— Yo que tú trataría de no enfurecer más a Víctor —me comentó el lesionado—. No sé qué bicho le ha picado pero tanta mala leche por un simple desnudo no es normal.

<<Si yo te contara...>>

— Creo que será mejor que nos vayamos antes de que le dé por volver y se dé cuenta de que estamos hablando aquí contigo —comentó uno de ellos, prefiriendo evitar acabar con el mismo aspecto que su compañero de batallas—. No sabía que Víctor tenía un derechazo tan certero.
— Si llego a saberlo tampoco habría bromeado —comentó Oziel, haciéndose cargo de la bolsa y dándome las gracias por mis cuidados.

Pero algo me decía que, aunque lo hubiera sabido, se habría comportado igual.

Se pusieron todos en pie y los acompañé hasta la puerta. Oziel fue a devolverme la bolsa de guisantes, pero insistí en que se los llevara. Mi madre hacía una caldereta de guisantes con chorizo que siempre quemaba, por lo que no me daba ninguna pena que desaparecieran del congelador. Cuando iban saliendo de casa el futuro abogado me dio mi primer beso en la mejilla tras tantos años saludándome como un autómata al pasar a mi lado por los pasillos.

Nada de revolverme el cabello. Nada de tratarme como a la mascota de la familia.

— No eres una mocosa... Ya no.

Tuve ganas de intentar hacer que Oziel se quedara. Si iba a ser eternamente rechazada por Víctor tal vez mereciera la pena olvidarlo poniendo a otro en su lugar. Pero ese hombre no me gustaba, por muy bien parecido que fuera y por mucho que me sonriera ahora. Era Víctor el que seguía guardando mis bragas en su bolsillo —al menos que yo supiera, que no habían vuelto a mi cajón de lencería, ni lavadas ni con su corrida adherida en ellas— y el que hacía que durmiera mal por las noches.

— Gracias —contesté, respondiendo a su beso con otro aún más casto.

Y en eso se abrió la puerta del ascensor y nos encontró Víctor, inclinado uno sobre el otro, con la bolsa de guisantes sin taparnos demasiado.

— Fuera...

No hubo que repetirlo dos veces. Oziel pasó al lado de Víctor con cierta precaución ante la idea de recibir otro golpe, pero aquél ni siquiera se dignó a mirar a la cara a su amigo.

Sin embargo, cuando se giró para mirarnos a ambos vi que en su rostro había una mueca divertida. Podría ser que los efectos del golpe le estuvieran haciendo reírse hasta de su sombra pero la pinta de canalla de Oziel me hizo pensar que sospechaba algo de lo que sucedía y que estaba empezando a jugar con la idea en la mente.

Mientras, Víctor me estaba fulminando a mí con la mirada.

Sus colegas se montaron en el ascensor, Oziel me guió un ojo tras la espalda de su amigo y las puertas se cerraron de inmediato. No esperamos a escuchar los motores del habitáculo ponerse en marcha. Ninguno de los dos pensaba que fueran a bajarse e intentar resolver las cosas esa tarde.

Esa noche, que ya se había hecho de noche.

Víctor me empujó al interior de la vivienda y con los ojos inyectados en sangre me acorraló contra la pared del recibidor. Escuché cerrarse la puerta, pero no tengo idea de con qué parte de su cuerpo la había empujado para hacerlo. Creí que ese era el momento en el que yo recibiría también mi bofetón por haberlo provocado delante de sus amigos, pero se mantuvo callado y quieto, matándome lentamente con la mirada.

— Haces que me hierva la sangre...

Y se apoderó de mis labios en el beso más obsceno que me había imaginado recibiendo de un hombre...

Y me lo estaba dando, precisamente, el hombre al que yo más deseaba.

Décima parte.
La polla que yo más deseaba

Y un viernes más, odioso como todos los anteriores.

Al menos, a partir de ese momento, no iba a darme cuenta de la diferencia que había con los lunes. Los exámenes acababan de terminar aquella misma mañana, las clases iban a ser simples reuniones para aparentar y rellenar las horas de currículum y la gente que tenía una vida interesante fuera de las aulas volvería a ella.

Yo no sabía a qué vida volver después de haber recibido el beso de Víctor.

Tenía su sabor aún prendido en los labios.

Había sido tan repentino e inesperado que exactamente igual que pegó su boca a la mía, con hambre y deseo, se alejó de mí para no acabar devorándome. Mi necesidad de seguir manteniendo ese húmedo y abrasador contacto se instaló latente allí, donde sentía su presencia y calidez, su presión obscena y sus mordidas dejando marca. Sus manos habían sujetado mi rostro para amoldarlo a sus deseos y cuando se las llevó consigo, dejando mi piel huérfana, me entraron ganas de llorar.

No sabía qué había pasado.

Abrí los ojos para mirarlo, casi sin darme cuenta de que los había cerrado mientras nuestras lenguas danzaban en el interior de mi boca. Víctor estaba dando paseos por el estrecho pasillo, como si de un león enjaulado se tratase. Se mesaba los cabellos con la inquietud del que duda entre cometer la mayor de las atrocidades —imagino que

113

levantarme el vestido y disfrutar de mi cuerpo como tantas otras veces había hecho con piel ajena— o comportarse como el hermano mayor como el que se había comportado desde que había venido a vivir a nuestra casa y que, supongo, ya no se sentía.

Respiraba con dificultad... y yo también.

— ¡Mierda!

Yo habría soltado la misma blasfemia pero no me dio tiempo antes de que volviera a besarme. Entonces sentí plenamente su cuerpo, arrinconando el mío, duro y exigente. Pude notar el calor de su piel, el ejercicio acumulado en sus músculos, los latidos alterados en su pecho...

Y la erección encarcelada que me mantenía en un sin vivir.

Víctor no se limitó a besarme, a sujetar mi cuello o deslizar sus manos por mis caderas. Se apretaba contra mí, restregaba su cuerpo contra el mío, haciendo presente la dureza de su entrepierna. Me atormentó la parte baja de mi anatomía mientras mantenía ocupada mi boca, evitando mis protestas.

Y tenía muchas ganas de protestar...

Si hubiera tenido la lengua libre le habría suplicado que no me dejara con las ganas, que separara mis piernas, que llenara mi necesidad de su carne. Pero no, no fui capaz de decir nada y casi tampoco de moverme. Supongo que eso hizo que Víctor se diera cuenta de lo que realmente estaba haciendo, porque tras presionar un par de veces su pelvis contra la mía, al fin se separó y me miró a los ojos.

— No puedo...

No sé si ese "no puedo" se refería a que no podía follarse a lo que era a sus ojos —aún una niña— o si seguía planteándose la regla moral de no consumar un sexo prohibido con la mejor amiga de su hermana. Con la hija de los mejores amigos de sus padres. Con la hija de las personas que lo habían acogido y que se habían preocupado de que estuviera bajo un techo familiar.

Supongo que entre toda aquella confusión el sentimiento de lealtad hacia mis padres, los cuales le habían abierto las puertas de su casa y habían confiado en él para que cuidara de su pequeña Bea, era el que más podía mortificarlo.

Lo cierto fue que se alejó un poco, se mordió el labio inferior con deseo y acariciando con la yema de los dedos el mío consiguió guiñarme un ojo en un gesto de lo más cariñoso.

Y sonrió.

No necesitaba en ese momento su cariño.

En la vida había estado tan excitada.

Ni cuando tuve los dedos torpes de un muchacho introducidos entre los pliegues de mi sexo un año atrás, mientras nos metíamos mano en la oscuridad de la sala de un cine, haciendo como que disfrutábamos de una peli malísima, había estado tan encendida. Había sido la primera vez que un chico se había interesado por mí físicamente y tenía que reconocer que también había sido la única. Mi compañero de clase, con pinta de ser también el primer coño que tocaba, había estado tanteando durante largos minutos los entresijos de mi humedad, sin llegar a arrancarme en ningún momento más que gestos de impaciencia ante su torpeza.

No me había dejado tocarlo yo.

Fue uno de los motivos por los que, sin haber terminado la película, había cerrado las piernas, recogido mi bolso y lo que me quedaba de amor propio, y había abandonado la sala de cine.

— ¿Por qué no dejas que te invite a un helado?— me había preguntado él, corriendo detrás de mí, interceptándome en mitad del pasillo enmoquetado, sembrado de palomitas de maíz.

— Porque si lo único que querías era descubrir cómo se sentía uno al meter la mano ahí ya te he dejado jugar con mi entrepierna un rato. Si necesitas clases de anatomía creo que voy a ser mala profesora.

Se lo había dicho con rabia, extinguida la humedad inicial en la que se había empapado los dedos cuando su mano acudió a separarme las piernas. Yo, por aquella época, ya visionaba las películas de Víctor, y por más que quisiera tener paciencia con alguien tan inexperto como yo no conseguía mantener la calma, sintiéndome utilizada.

Aquello, sin embargo, era completamente diferente. Sabía que los dedos mágicos de Víctor podían hacer que me estremeciera durante interminables horas. Estaba segura de que el sexo con él tenía que ser morboso y aterradoramente adictivo, aunque fuera simplemente porque yo necesitaba que fuera así. Lo imaginaba tumbándome en el sofá, colocándose sobre mí, entre mis piernas y llenándome la boca de su saliva mientras me hacía gemir con la destreza de la yema de sus dedos. Lo imaginaba llevándose el grito de mi orgasmo con el aire que respiraba de mí, mientras acompasaba los movimientos entre mis pliegues a los estertores de mi pelvis arqueada buscando su contacto.

Lo imaginaba empalándome con toda la fuerza de la que eran capaces sus caderas...

Recordaba lo impotente que me había sentido saliendo del cine, tanto como ahora. Recordaba haber llamado a Víctor para que fuera a buscarme y no enfurecer a mis padres por ir a coger un autobús por la noche. Recordaba a mi chofer llegar a la puerta del centro comercial, abrirme el portón del coche y sonreírme de la misma forma encantadora en la que acababa de hacerlo después de besarme.

— ¿No ha ido? —me preguntó, buscando con la mirada a mi pareja de cine. No pudo encontrarlo porque imagino que había regresado a la sala.
— Es un capullo —respondí, enojada.
— La mayoría lo somos.
— Pues este se llevaba la palma...

Pero yo no podía afirmar que Víctor fuera un capullo esa noche. Lo único que había hecho era rechazar mi beso en mi cumpleaños y tratar de cuidarme lo mejor que había sabido.

Conmigo no era ningún capullo.

Y allí estaba, con sus dedos en mis labios, después de robarme mi segundo beso.

— Si puedes...

Víctor alejó su mano de mis labios e hizo lo propio con su cuerpo. Salió nuevamente por la puerta y me dejó a solas en el recibidor, mordiéndome el labio y con inmensas ganas de romper a llorar.

Volvía a desaparecer de casa.

Aún recordaba el día en el que había dormido por primera vez bajo el mismo techo que Laura y su hermano, aunque había tenido que hacer verdaderos esfuerzos por recomponer los fragmentos que almacenaba en mi memoria. También era verdad que el hecho de que fuera nuestra primera fiesta de pijamas había ayudado a que los pedazos dispersos tomaran forma en mi cabeza

Era una tarde de primavera, imagino, porque aunque hacía calor aún teníamos clases. Aquella tarde nuestros padres se habían puesto de acuerdo para que yo pasara la noche en casa de Laura antes de las vacaciones y Víctor fue el encargado de conducirnos, en plan escolta, desde la puerta del colegio hasta casi el dormitorio de su hermana.

— Como os despistéis por el camino os meto cucarachas bajo las sábanas —nos había amenazado Víctor, que conocía con creces el terror que le tenía yo a esos horribles bichos—. Así que nada de ir dos pasos por detrás de mí.

Por aquel entonces jamás se me habría ocurrido mover el culo en plan provocativo mientras las dos andábamos delante de Víctor, siguiendo la acera que conducía a la casa de mi amiga. Entre otros motivos, imagino, porque no sabía que esas cosas se hacían e interesaban a los chicos de la edad de Víctor, y porque tampoco tenía demasiado culo que menearle a nadie.

Recuerdo que no tuvo la necesidad de ponernos ninguna cucaracha en la cama, aunque cada vez que lo molestábamos mientras hacía los deberes, pegábamos un bocado a la pizza que nos había traído el padre de Laura para cena o nos reíamos en el cuarto de baño al lavarnos los dientes, nos amenazó con ello. Creo que para él esa tarde también tuvo su punto divertido, aunque nunca quiso reconocerlo, ya que se suponía que era demasiado mayor para seguirnos el juego con nuestras cosas de crías.

También recordaba el día en el que Víctor llegó a casa para estudiar en la universidad. Nuestras vidas habían cambiado drásticamente, ya que pasamos a ser cuatro, y yo me encontré de pronto con alguien que podía invertir algo de tiempo en hablar conmigo. Mis padres prescindieron de la niñera que tenían contratada para que vigilara que me metiera en la cama a la hora indicada y él asumió el rol de cuidarme nada más empezar las clases. Era, según decía, lo mínimo que podía hacer para agradecer el hecho de alojarse en nuestra casa. De pronto mis padres pudieron relajarse y empezaron a pasar muchas más horas a la semana dedicándose al trabajo. Hasta ese momento no les había quedado más remedio que tratar de comportarse como la familia que tratábamos de ser, intentando que al menos dos veces por semana cenáramos en familia. Con Víctor en casa las cosas habían cambiado, y supongo que salvo para mí había sido un buen acuerdo para todos.

No, supongo que también lo había sido para mí.

De pasar a estar siempre sola o acompañada por una niñera había empezado a tener un amigo que se preocupaba de que mi madre no me envenenara mucho más de la cuenta. Víctor me tenía un afecto similar al que le profesaba a su hermana. No por nada, en más de una ocasión se había jactado delante de mis amigas de haberme cambiado los pañales cuando éramos pequeñas. A mí se me había caído la cara de vergüenza la última vez que hizo la broma, cuando mis compañeras ya babeaban por sus huesos y yo empezaba a mirarlo con ojos nuevos. Él notó mi rubor y mi cambio de humor, y más tarde, en la soledad de nuestra cena delante de la tele, se disculpó por haberme avergonzado en presencia de mis amigas.

— Hay cosas que ya no tienen gracia... —había comentado—. Al final va a ser verdad que ya no eres una niña.

Si lo había estado comentando con alguien con anterioridad no dio señales de ello, pero supongo que, al igual que mis amigas me preguntaban cómo podía convivir con un tío como aquel y que no se me fueran los ojos a su culo a él también podían haberle hecho la misma pregunta, aunque yo no tuviera ni la mitad de presencia que él. No estaba tan buena y seguramente ninguno de sus amigos le había preguntado si estaba disponible para invitarme alguna vez a comer una hamburguesa.

Ahora me reía, pensando en la posibilidad de que sus amigos le hubieran insinuado algo sobre mí, imaginando su respuesta.

— ¿Bea? Pero si le cambié un montón de veces los pañales cuando era una niña... Y ni se te ocurra acercarte a ella, que es como mi hermana.

Y ahí estaba realmente el problema; eso había pasado cuando era un bebé, y en ese momento ya no lo era.

Aquella noche, mientras hablaba con Laura, necesitando confesarle a alguien el pecado de haberme encaprichado con la polla del hermano de mi mejor amiga, imaginé a nuestros padres hablando sobre la convivencia en casa.

— ¿No será inadecuado que sigas teniendo en casa a Víctor, Ana? Bea ya es toda una mujercita...
— ¡Qué absurdo! Se llevan de maravilla. Es como si a Bea de pronto le hubiera crecido un hermano.

Nadie podía imaginarse lo oscuros que habían llegado a ser mis sentimientos. Ni siquiera Víctor, que me había acompañado en mi primera cerveza, había caído en la cuenta de que yo podía empezar a fijarme en él. Al menos no antes de que hubiera tratado de besarle. Al menos no antes de pillarme arrodillada a los pies de su cama, con la mano metida dentro de las bragas, susurrando su nombre.

No entendía que fuera capaz de seguir mirándolo a la cara después de aquello.

— Y Víctor tiene sus novias. Es imposible que se le vayan a ir los ojos a mi hija. Es un hombre serio y responsable. La trata con mucho cariño.

Era verdad. Durante el último año, en el que me había pasado las horas muertas suspirando por las fantasías que se dibujaban en mi cabeza, y que incluían toda clase de escenas de lo más obscenas entre Víctor y yo, a él no le había visto nunca echarme una mala mirada o hacerme un mal comentario. No sé si a mí se me escapó alguna que lo hiciera sentir incómodo, pero si pasó no dio señales de darse por aludido. Con lo que siempre había tenido mucho cuidado fue con mantenerme apartada de sus amigos, como si ellos si pudieran suponer una amenaza para mí.

— Hablaré con Víctor con respecto a sus amigos —habría dicho el padre de Laura, hablando con mi madre en el último verano—. Ellos tienen la misma edad y no verán a Bea como a una hermana. Ellos sí pueden tener mucho peligro.

Ojalá alguien hubiera dejado de protegerme para poder tener una adolescencia normal. Me habían puesto delante, como cuidador y protector de mi inocencia, al hombre con el que estaba desesperada por perderla. Y él, en su afán de comportarse de forma correcta, no me dejaba comportarme como lo hacían el resto de chicas de mi edad. Tampoco me había visto babeando por él por todos los rincones, pero me apetecía tener la potestad de poder hacerlo sin que nadie me censurara.

Hasta Laura había podido tener una adolescencia normal, alejada de su hermano. ¡No había sido ella la que se había encaprichado con Víctor! Mi amiga, a miles de kilómetros de distancia, tenía ya un novio con el que se metía mano y se acostaba cuando la ocasión se lo permitía, y con el que sabía que no había tenido su primer escarceo sexual en las vacaciones de verano. Que ya Laura llevaba tiempo acostándose con chicos. Y lo había hecho sin la supervisión de su hermano, sin tener un perro guardián al lado para censurar su comportamiento obsceno. Que Laura pudiera contarme todo aquello y yo no pudiera decirle que Víctor me había regalado el beso más obsceno de mi vida me entristecía mucho, pero había cosas que no se podían confesar a la hermana del chico al que estás deseando meter en tu cama.

<<*No, en verdad soy yo la que me vengo siempre a la cama de Víctor.*>>

— Espero que no te molestes, Laura, pero he perdido los papeles por tu hermano —comencé diciendo en voz alta, en la soledad del salón, mirándome al espejo como si ensayara el discurso de mi vida—. Sé que casi nos hemos criado juntos y que no debía de haber pasado. Pero tú no estás aquí para recordarme lo divertidas que eran las tardes entre los tres haciéndolo rabiar con nuestras perretas, cuando no nos dejaba el Spectrum para jugar al endemoniado juego de las momias. Aquí estoy sola con él, y cada vez que lo escucho hablar de sexo con sus amigos me hierve la sangre. Ojalá me hubiera fijado en alguno de sus colegas, pero fueron mis compañeras de clase las que se empeñaron en enseñarme al hombre que cenaba conmigo por las noches y no al muchacho de mirada traviesa al que le gustaba amenazarnos con cucarachas y tirones de orejas. Siento necesitar contarte que lo espío noche y día, y que me muero por aprender de él todas las cosas que imagino que sabe hacer y que practica cada vez que sale de juerga con Oziel y los otros. No sabes las ganas que me entran de que todo estuviera permitido, de que no te fueras a enfadar conmigo al decirte que me muero por tu hermano, y lo fantástico que sería poder presentarte al futuro abogado para irnos de copas los cuatro... de la mano.

Era tan patética mi necesidad de confesarle a alguien lo que me pasaba que me dejé embargar por una risa tonta. No había nada que hacer. Sabía que mi vida seguiría cuando Víctor se fuera de casa, que era joven y que me interesaría por otro hombre. Pero ser racional en ese aspecto no conllevaba que no pudiera reconocer lo que necesitaba aquella noche, o todas las noches anteriores desde hacía casi un año. Los meses de verano en los que Víctor cogió la maleta para pasar las vacaciones en casa de su familia la última vez no me habían resultado nada agradables, pero sabía que iba a sobrevivir a todos los meses que me esperaban tras convertir nuevamente ese dormitorio en el cuarto de la plancha.

Iba a seguir viviendo, aunque hubiera preferido hacerlo tras haber disfrutado del cuerpo del hermano de mi mejor amiga.

Por supuesto, cuando hablé con Laura no le dije nada de eso.

— ¿Qué tal los exámenes?
— Ya sabes que bien —le respondí, poco modesta, ya que Laura conocía mis capacidades para brillar con luz propia con respecto a los estudios. Ella brillaba de la misma forma en el resto de los aspectos de su vida.
— Me alegro mucho. ¿Entonces te vienes a pasar unos días en vacaciones?

Aquella llamada de Skype me iba a salir cara, lo estaba viendo venir.

<<*Dudo mucho de que Víctor quiera llevarme después de la tensión sexual que ha aflorado entre nosotros.*>>

— Ya veremos. A ver si mis padres me dejan. Te mantendré informada.

Undécima parte.
La polla que se orlaba

Y regresaba el nuevo viernes, a un paso de las vacaciones, con la inminente llegada del momento en el que Víctor desaparecería para emprender el vuelo. Sentía que necesitaba esfumarme yo también... y que no sabía cómo hacerlo.

Cené temprano, vi sin ganas la tele y me fui a la cama mucho antes de lo acostumbrado.

Pero no a mi cama...

Aparté la colcha del lecho del hermano de Laura, dejé a un lado las zapatillas de color rosa que mi madre me había regalado por Navidades y me metí en la cama con el pijama, aunque hacía el calor suficiente como para necesitar despojarme de las dos prendas.

Tardé horas en quedarme dormida.

En verdad, creo que no pude dormir nada mientras esperaba, sin esperanzas. Víctor esa noche había salido a celebrar el final de carrera con sus amigos. Su último día de curso había sido hacía unos días y aquella misma tarde habían celebrado la fiesta de graduación. Mis padres habían conseguido organizarse, dejando la tienda cerrada, para no perderse ese gran momento. Los padres de Víctor no lograron conseguir vacaciones en la oficina y sólo disfrutaron del momento más importante de la vida de su hijo —hasta la fecha— a través de las fotos que les fuimos mandando por el móvil.

— No te preocupes, papá. Te he echado de menos pero seguro que hay más ocasiones para que me veas vestido con traje y corbata —le escuché decirle por teléfono cuando terminó el acto.

<<*Sí, en su boda.*>>

Era la primera vez que lo veía tan guapo y formal. Normalmente Víctor huía de las corbatas como de la peste pero aquel día, con un traje gris claro y una corbata rosa que le sentaba de maravilla, me había dejado alucinada.

A mí y a muchas de sus compañeras.

— Felicidades, arquitecto —lo felicité, cuando empezó la ronda de besos tras hacerse las fotos oficiales con la orla y la beca. Yo había tratado de ponerle lo más guapa posible para la ocasión pero a su lado siempre me veía como un patito feo.
— Gracias, Bea.

Nada de mocosa, nada de pequeña, nada de burlarse de mi aspecto raro dentro de un vestido que no sabía lucir. ¡Y qué decir de los tacones!

Había ido de compras con una de mis compañeras de clase, una que todavía no me había comentado nada en referencia al hombre que dormía bajo mi mismo techo. Podía ser que no lo hubiera visto en la vida y que por eso no estuviera deseando tirárselo, pero como no estaba segura le iba a dar un voto de confianza. Nos habíamos metido en el centro comercial con todo el dinero que me había podido dejar mi madre para gastar en un vestido que, probablemente, usara sólo en esa ocasión.

<<*O como mucho en mi graduación si no cambiaba de talla.*>>

Sabía el sacrificio que tenían que hacer para que yo me diera el lujo de estrenar modelito, y precisamente por eso rebuscamos en todas las tiendas hasta que dimos con un vestido con el que no parecía ir disfrazada y que entraba dentro del presupuesto, entendiendo que también me tenía que comprar unos zapatos y un bolso.

Mis primeros zapatos de tacón.

Estuve una semana, aprovechando que Víctor no aparecía por casa, practicando con ellos. No me apetecía caerme delante de él en tan esperado evento, por lo que me impuse una tabla de media hora diaria paseando por el salón y el pasillo, taconeando de un lado a otro.

Los vecinos que vivían justo debajo tenían que estar de mí hasta las narices.

El vestido tenía un escote palabra de honor en un tono amarillo limón muy favorecedor, y una falda abombada que disimulaba mi falta de caderas y de culo. Mi amiga me había recomendado que me pusiera un sujetador con relleno para ese día, ya que no conseguía que el escote se adaptara a mi silueta por más que compré una talla pequeña.

— Llevas una talla infantil —comentó la dependienta—. ¿No has pensado en ver si hay algo que te quede mejor en una tienda de niños?

No le escupí de milagro.

Pero el dinero, después de comprar unos zapatos —de los que seguramente me caería— y un pequeño bolso en el que apenas si iba a entrarme el teléfono móvil, no me dio para más.

— ¿Y un sujetador de tu madre con unos calcetines dentro? — me recomendó mi compañera, creo que sin malicia.

Patético.

Víctor fue a arreglarse a casa de Oziel y mis padres se vistieron en la tienda. Pasaron a buscarme media hora antes de que empezara el evento, cuando ya me había probado todos los sujetadores de mi madre y había mirado todos los rellenos que se me ocurrieron. Sí, muy patético.

Pero, al final, fui a la ceremonia de graduación con un par de pañuelos de tela adaptados a mi pecho, que tampoco aumentaban demasiado mi busto pero que al menos no dejaban que se me cayera el escote.

Víctor se dio cuenta de ello. Sus ojos descendieron un par de veces a mi pecho, preguntándose si de la noche a la mañana aquellas pequeñas tetas que me había visto en el salón de casa en presencia de sus amigos me habían crecido. Y creo que sólo una de las veces lo de mirarme fue premeditado. El resto no pudo evitarlo. Los ojos eran tan niños como me veía él a mí.

> — Estás muy guapa —me dijo, cuando vinieron sus amigos a buscarlo para iniciar la fiesta en grupo—. Pareces mayor.
> — Tú también lo pareces. Sólo me llevas diez años.

Pero esos diez años, a nuestra edad, era un mundo.

Y ambos lo sabíamos.

> — Lo que pasa es que no te sienta bien la corbata. Vas como ahogado.

Se rio de mi impertinencia y yo me reí con él, con cierta tristeza. Unos minutos después se marchaba con sus colegas, aflojándose el nudo de la corbata y quitándose la chaqueta. Hacía demasiado calor en la calle como para que fuera a durar aquel atuendo puesto. El único que salió por la puerta totalmente compuesto fue Oziel, al que su traje de chaqueta negro le sentaba como un guante. Parecía estar muy acostumbrado a llevarlo.

Me sonrió cuando abandonaban la sala.

> — Algún día tendrías que salir de copas con nosotros —me comentó el abogado, que al parecer se había graduado la semana anterior—. Estoy seguro de que los dos juntos tenéis que ser la hostia —terminó diciendo, mirándonos alternativamente a Víctor y a mí—. La bella y el bestia.

Imaginé que lo de bestia lo decía por el puñetazo que había recibido de Víctor y no porque a mí me encontrara especialmente bella, pero le agradecí el comentario. Sin embargo, al arquitecto no le hizo ni puñetera gracia.

— Supongo que quieres que vuelva a romperte la nariz —le dijo, empujando a su amigo para alejarlo de mí—. Bea es muy pequeña para aguantarte el ritmo.

— Con aguantártelo a ti, que eres el carcamal del grupo…

Me habría dejado ofender pero no tenía ganas de rebatirle algo que probablemente era cierto. No sabía beber, no sabía ligar y mucho menos follar, por lo que me quedaría atrás si salía con un grupo de hombres hecho y derecho. Aún no me había dado por pasar una noche de juerga fuera de casa por lo que, habida cuenta, iba a ser complicado hacerlo con Víctor.

Salieron por la puerta de la gran sala y no volví a verlos. Imaginaba que se habría reconciliado con sus amigos y que las copas esa noche correrían de su cuenta para compensar la fractura del tabique nasal de Oziel. Mis padres me dejaron en casa y volvieron a la tienda para subir la reja y colgar el cartel de "Abierto".

No dormí nada…

Mientras intentaba conciliar el sueño pensé que debía contarle lo que me pasaba a Laura y por ello tomé el teléfono y me dispuse a escribirle el mensaje más largo que le había mandado en la vida.

"¿Sabes que de pronto sí ha aparecido el chico perfecto por el que perder un poco la cabeza? Resulta que es algo mayor que yo, pero eso es precisamente lo que lo hace tan excitante. Estoy convencida de que en cuanto consiga que me haga un poco más de caso va a ser la mejor experiencia de mi vida."

En verdad no estaba segura de lo que estaba haciendo, pero ya que no tenía una madre atenta a la que contarle todo aquello, y que tampoco ninguna de mis compañeras de facultad tenía la menor intimidad conmigo, confesarle a Laura que estaba un poco obsesionada con un hombre me parecía la mejor de las opciones.

Aunque no me atrevería a decir que se trataba de Víctor, su hermano mayor.

"He conseguido en estos días que me dé un beso. No veas lo que me ha costado que lo haga. Creo que hasta ese momento no había pensado que yo pudiera merecer la pena, pero después de que nos separáramos y nos miráramos no me importó si no se sabía ni mi nombre."

Tenía que tratar de despistar a Laura en aquella confesión. Imaginé que mi amiga pensaría que estaba hablando de alguno de los amigos de su hermano y que para nada pensaría que yo había empezado a beber los vientos por Víctor. Sabía perfectamente cómo sonaba mi nombre susurrado con rabia de los labios de su hermano, pero no podía confesar que deseaba volver a escucharlo pronunciarlo contra mi boca, mientras respirábamos el mismo aire y nos calentábamos el uno al otro la piel.

— Entonces, si no quiero informarla, ¿por qué estoy escribiendo este maldito mensaje?

<<*Porque necesito, al menos, contarle mi historia a alguien. Aunque sea sin nombres.*>>

"Ojalá estuvieras aquí para poder presentártelo y que me dijeras si crees que tengo posibilidades. Entiendes bastante más de chicos que yo y este precisamente de chico tiene poco. Ahora más que nunca te echo muchísimo de menos. No puedo andar contándole a mi madre que me he enamorado de un hombre que me saca unos cuantos años..."

— ¿Enamorado?

La pregunta se me escapó de entre los labios dejándome el sabor más amargo que recordaba desde la ginebra. No, no podía estar enamorada de Víctor. Otra vez no. Me había desenamorado en el mismo momento en el que no quiso besarme y me trató de mocosa. Ahora sólo sentía deseo. Puro, ardiente, inexplicable. No había nada más entre Víctor y yo.

<<*En mí. Que Víctor no me deseaba de esa forma.*>>

— Ya, por eso se le levanta la polla cuando me besa.

<<*Sólo me ha besado una vez. Deja de vivir en un mundo de fantasías.*>>

"No, no puedo decirle a mi madre que me he enamorado porque no estoy enamorada…"

Imaginé a Laura riéndose de mí al otro lado de la pantalla del ordenador, vía Skype.

— Hasta las trancas, Bea. Ya te darás cuenta…

Borré el mensaje apresuradamente, teniendo miedo de que de pronto pudiera enviarse por error con los nervios que me habían entrado al darme cuenta de que estaba sintiendo algo más profundo que la simple necesidad de sentirme ensartada por la polla del hermano de Laura.

Pero no fui capaz de quedarme dormida mientras pasaban las horas, y el viernes se convertía en otro sábado caluroso y deprimente.

Aquello no podía estar pasando. Ya había sufrido el desengaño una vez y no deseaba darme un nuevo golpe contra el muro llamado Víctor. Era más fácil desearlo que amarlo. Era más fácil conseguir que quisiera follarme a que me quisiera a secas. No me podía permitir aquel lujo.

<<*¿Y por eso sólo lo deseo? ¿Porque es más fácil?*>>

No, no podía ser. Cuando me enamoré de Víctor fue solamente de forma idílica, sin saber lo que era querer y lo que era desear. Era una niña. No sabía lo que hacía. Me bastó que Víctor me diera la espalda tras el "incidente" para que se me pasara la bobería. Ahora es todo bien distinto. Lo que necesitaba es sexo, sólo eso. Lo único que me quitaba el sueño era su polla envarada, a punto de hacerse hueco en mis entrañas.

<<*Y entonces… ¿por qué no te lo crees?*>>

— ¡Mierda!

Debía regresar a mi dormitorio, pero al menos, aquella noche, quería pasarla rodeada del olor que desprendía la piel de Víctor. Aunque me hiciera con un bote de su colonia y rociara mis sábanas con el aroma no volvería a disfrutar de aquella sensación tan íntima, casi tanto como el beso que me arrebató tras romperle la nariz a Oziel tras verme desnuda.

Por eso, aunque sabía que no ganaría nada más que una buena reprimenda si Víctor me encontraba metida en su cama, traté de cerrar los ojos para que no me encontrara despierta por la mañana. Mejor toparme con la mirada inquisitiva del hermano de mi amiga cuando aún no me hubiera quitado de los ojos las legañas.

Sabía que la juerga de Víctor duraría toda la noche, o tal vez varios días. Ya después probablemente pocas noches más pasara en casa. Necesitaba quedarme allí, sentirme arropada en su ambiente e imaginar que sus brazos eran los que me rodeaban.

De pronto comencé a llorar.

<<Sí. Sólo sexo. Ya veo...>>

Intenté dormir...

Hasta que Víctor, de madrugada, abrió la puerta de casa.

Duodécima parte.
La polla que de pronto regresaba

Lo sentí trastabillar por el pasillo.

Estaba medio adormilada, atormentada por mis fantasías y con los ojos enrojecidos por los ratos en los que me asaltaban las lágrimas, pero pude distinguir perfectamente el sonido de Víctor chocando contra el paragüero que había en la entrada del pasillo. Yo también solía golpearme los dedos del pie derecho cuando iba a buscar agua a la cocina de madrugada con ese horripilante complemento decorativo. ¿Quién podía pensar que el sitio para un paragüero era en el interior de una casa en vez de cerca de la entrada?

Mi madre... que casi no vivía en ella.

Víctor maldijo por lo bajo. Lo escuché pararse a la altura de la entrada de mi dormitorio, que permanecía con la puerta entornada. Recordaba haberla dejado así al pasar por delante de mi alcoba en dirección a la suya. Contuve la respiración mientras trataba de enterarme de si Víctor hacía intento de entrar a ver si yo estaba en la cama o no, pero no lo sentí mover la puerta, o las bisagras no emitieron ningún sonido.

Pero pude escucharlo gruñir...

Empecé la cuenta atrás.

La lámpara del techo del dormitorio se encendió de pronto y quedé expuesta a sus ojos. No pude ver la cara que ponía porque el cambio fue tan repentino que los míos tardaron en acostumbrarse a la luz, y para entonces Víctor ya no me miraba.

¿Estaría enfadado? ¿Habría bebido? ¿Esperaba encontrarme en su cama después de haber visto que no estaba en la mía? ¿Se habría dado cuenta, siquiera, de que no estaba en mi cama?

— Vuelve a tu alcoba, Bea...

Enfurecida, ya que sin contar la conversación que habíamos tenido al final su ceremonia de graduación casi eran las primeras palabras que me dedicaba en esa semana, tras haberme devorado la boca, salté de la cama y quise dar un portazo para cerrarle la puerta del dormitorio al salir. Pero, en vez de dirigirme a mi cuarto fui directa al salón. Abrí la puerta del mueble bar y me hice con la cómplice botella de ginebra. Le quité el tapón y bebí directamente, metiéndomela en la boca.

Me ardió la lengua, pero estaba lo suficientemente encolerizada como para pegarle un par de tragos sin notarlo al principio. No me permití el lujo de llorar. No quería que Víctor se enterara del tremendo dolor que me producía su rechazo.

¿Pero por qué me dolía tanto? ¿Acaso no era lo que esperaba? ¿Acaso no era lo que tenía que pasar, que me echara de su cuarto cuando me viera ocupando se cama? Aun así, aun sabiéndolo, dolía. Dolía porque el rechazo de Víctor significaba mucho para mí, más de lo que me atrevía a admitirme. Tal vez pasados unos meses, con la cabeza algo más fría y el coño también, lograra decirme las verdades delante del espejo.

De momento sólo dolía.

La tercera vez que me llevé la botella a la boca me encontré, de pronto, acompañada. Víctor me la quitó de las manos, con gesto hosco. No supe descifrar si volvía a estar irritado porque me pusiera a beber o si era porque, simplemente, le molestaba mi presencia en la casa. Imaginé que para él habría sido todo mucho más sencillo si no tuviera que cruzarse conmigo en los pasillos. Imagine que, simplemente, para él sería todo mucho más fácil si yo no existiera.

Si no tuviera que vivir con nosotros...

Bebió de la botella de la misma forma que yo.

Lo observé abrir la boca y rodear el cuello de cristal con la lengua. Contuve el aliento mientras los ojos no se apartaban de sus labios. Su trago fue mucho más largo y pausado que el mío. No se le revolvía el gesto al tener el alcohol en la boca; mi rostro siempre lucía regañado cuando probaba la ginebra, o cualquier otra bebida espirituosa.

En lo que se me antojó un siglo me devolvió la botella, con los ojos brillantes y los labios mojados. Suspiró con fuerza, y sin decir nada volvió a salir del salón, perdiéndose en el pasillo.

¡Cómo odiaba ese pasillo!

Volví a beber, pero quedaba tan poca ginebra en la botella que me quedé a mitad de llenarme la boca. No supe hacerlo bien y el líquido rebosó por mis labios y me empapó la camiseta, desperdiciando el último sorbo. Al menos conseguí no toser al tragar el alcohol que abrasó mi lengua. Un enorme trago que volvió a calentarme el cuerpo.

Imaginé que mi padre iba a pedir explicaciones por ello...

— ¡Qué demonios!

Caminé hasta el dormitorio de Víctor y lo encontré sentado en su cama, aún vestido, con la cabeza entre las manos y los codos apoyados en las rodillas. A un lado estaba su chaqueta y la corbata que había lucido en la ceremonia. Era extraño que no los hubiera perdido en alguno de los locales a los que habría ido a beber y perder un poco la cabeza.

Sentí lástima por él. Nunca lo había visto tan atormentado; aunque lo había visto derrumbado en varias ocasiones, sobre todo por los estudios.

Quise acercarme más a él. Rozarlo, tocarlo, besarlo...

Pero algo me decía que no debía ser yo la que diera el primer paso; que volvería a alejarse. De ese modo, empezando a excitarme nuevamente y ya algo mareada, con la imagen de su polla en la cabeza, que continuaba torturándome, y mis ojos fijos en sus cabellos revueltos, cogí la botella de ginebra y se la enseñé.

— Me emborraché la otra noche para mamártela, Víctor —me escuché decir, antes de lanzarla contra el colchón de la cama para que la sintiera, ya que no me miraba—. Y hoy tengo otra vez ganas de intentarlo, pero se me ha acabado la ginebra.

El muy canalla no levantó la cabeza.

— Hablo demasiado...
— Puede —le confesé, deseando que levantara la cabeza y me mirara—. Te he escuchado con tu grupo. Y la del vídeo estaba también borracha. Así es más fácil, ¿no? ¿Te gusto más bebida? ¿Tal vez de esa forma al día siguiente no lo recuerde y no vaya por ahí acosándote? —le pregunté, y con esas palabras al fin si conseguí una reacción por su parte. La espalda se le puso tiesa y enterró los dedos aferrando con fuerza sus hermosos cabellos rubios—. Así al menos tengo una excusa para lanzarme...

Apartó las manos y me miró de frente, pero pronto bajó la mirada hacia mi entrepierna, que le quedaba justo delante. Se me calentó la cara al verlo observarme con el rostro contraído por la indecisión; se me mojó por entero el coño y temí que fuera hasta a chorrear de lo que me había excitado al ver su reacción. Me sentí por un instante poderosa, dueña de mi misma y de la polla de aquel hombre prohibido. Me acerqué despacio mientras me miraba. Se irguió sin dejar de clavarme los ojos. Y lo mejor de todo fue que no intentó apartarse.

Se dejó seducir, y eso que yo no sabía hacerlo.

Lo estaba consiguiendo...

Llegué a su lado. Me metí entre sus piernas y esperé. Su cara quedaba a la altura de mi ombligo y allí apoyó la frente. No sabía si tenía los ojos abiertos o cerrados, si me miraba o evitaba hacerlo.

Me daba igual... había ganado.

Sus manos se aposentaron en mis nalgas y me atrajeron hacia su cuerpo. Mis rodillas se incrustaron contra su entrepierna y lo sentí duro y tieso. Su polla... la mía. Sentí las yemas de los dedos de Víctor quemarme el culo, clavarse fuerte, temblar al hacerlo. Gimió cuando no pudo acercarme más a su cuerpo. Mis rodillas disfrutaron del contacto con su miembro endurecido, ése que de momento me deseaba, esa polla cálida que siempre me había sido esquiva pero que de pronto se apretaba contra mis piernas.

Y mordió la tela que cubría mi abdomen.

Tiró con los dientes y separó la cabeza. Fue incorporándose con la camiseta prendida de la boca, arrastrándola hacia arriba en su avance. Cuando me quise dar cuenta, entre mis jadeos y los suyos, mis pechos estaban al descubierto y sus manos los estaban apresando. Temblé de gusto al sentir sus dedos apretar los pequeños pezones y sus labios y lengua jugar con la piel que había entre ellos. Al no saber qué hacer con las manos las dejé en su cabeza, aferrando sus cabellos.

Pareció complacido con el gesto.

— Esto es un error... —murmuró contra mi piel.

¡Cómo no saberlo!

— Ya nos arrepentiremos mañana —contesté, demasiado excitada como para no aprovechar la ocasión que se me había presentado en bandeja.

Víctor me levantó los brazos y me sacó la camiseta por la cabeza. La arrojó a un lado de la cama mientras me sujetaba por la nuca y acercaba sus labios a los míos. Mi boca se entreabrió por la proximidad y su calor, y aunque no quería hacerlo los ojos se cerraron para disfrutarlo. Sentí su lengua apresar la mía sin reservas, hambriento de lo que podía encontrar en ella. Sus labios se estamparon contra los míos y me devoraron y sus manos me estrujaron contra su cuerpo, impidiendo una posible huída.

¡Ni ganas de moverme tenía!

> — No quiero hacerte esto, Bea. Te mereces a alguien de tu edad, a alguien que no se sienta un capullo por desearte...

Jadeé contra su boca, entristecida por la amargura que dejaban ver sus palabras. Volví a besarlo con ganas, de la mejor forma que supe, mientras mis manos le sujetaron la nuca y le impidieron que continuara excusándose.

> — Claro, uno de esos santos que están deseando meterla en todas partes. Que sólo quieren correrse. Que no perderían un instante en intentar entenderme...

Volvió a besarme entonces. Nos estábamos turnando por ser el que robara los besos al otro y se había convertido en un juego demasiado excitante.

> — ¿Y quién te dice que yo no soy uno de esos tíos que la meten en todas partes y que sólo busca sexo? ¿Qué sólo quiere correrse?

Sonreí. Lo tenía justo donde lo quería.

> — Fíjate que no has nombrado lo más importante. Vas a intentar entenderme...

Me comió la boca con tanta necesidad que supe que no necesitaba su respuesta. Sí; aquel hombre, por extraño que pareciera, era la mejor opción que iba a tener para disfrutar de mi primera vez enfrentándome a una polla. No iba a ir a lo suyo, a disfrutar metiéndomela un par de veces y listo. A Víctor le importaba, de esa extraña forma en la que me había cuidado todos aquellos años y que ahora me demostraba también a la hora de plantearse si debía seguir avanzando.

Pero la respuesta estaba clara. No había marcha atrás.

Sabía que había conseguido excitar a mi querido Víctor por algún extraño motivo que no podía entender, ya que no era ni por asomo su imagen de chica deseada. Pero allí estaba, besándome y tocándome el culo, elevándome contra su pelvis y separándome las piernas al hacerlo, montándome sobre sus caderas cubiertas del pantalón gris para llevarme contra la pared, dejándola a mi espalda, sujetándome mientras se abría la bragueta y lo sentía aferrar su verga. Mis sentidos enloquecieron al saberla al descubierto entre mis piernas, casi rozando la vulva que tantas veces había sufrido su ausencia.

— Por favor, Víctor. Quiero verla...
— Luego, Bea. Estoy loco por follarte.

Y me di cuenta de que me daba igual no verle la polla antes de que me penetrara; ya me encargaría de que se corriera en mi boca. Así quería que aquello acabara, con su miembro caliente derramándose contra mi paladar y la lengua, degustar el sabor de su leche, tragarme todo lo que pudiera.

La sentí entrar de una sola vez. En un momento estaba por completo llena, con mis labios bajos rodeando su polla dura como una roca. Fue una embestida fuerte, que tropezó con el fondo de la vagina produciéndome un leve dolor al chocar en ese punto al final, pero apenas si le di importancia porque era tan excitante saberme recorrida por ese trozo de carne compacto contra la pared del cuarto de Víctor que no me importaba nada más. Ese primer empujón le resultó tremendamente fácil y me miró sorprendido, pues no se esperaba encontrarme tan mojada y dispuesta. Su rostro expresó que la sensación de embestirme de ese modo le había encantado, y me llené de júbilo al saber que era del agrado de su verga.

— Hacía años que no lo hacía con una virgen...

Sus palabras sólo fueron susurradas, y casi tuve que completarlas porque no llegué a escucharlas todas. Me aferré a él, temiendo que el descubrir realmente que no le había mentido y que era la primera vez que estaba con un chico hiciera que entrara en razón y me mandara derecha a mi cama... sola.

Pero él no tenía ganas de separarse de mí.

Y yo tampoco iba a permitírselo.

Víctor apenas si esperó a empezar a clavarme su miembro. Estaba demasiado excitado y se le notaba con cada movimiento, con cada gemido, con cada mordida de sus dientes sobre la piel que le quedaba al alcance. Me miraba a los labios, mientras yo los mordía retorcida de gusto, y su polla entraba y salía con un ritmo frenético a la vez que sus manos me aplastaban el culo contra sus caderas. La espalda apenas si se apoyaba contra la pared, ya que me empeñaba en inclinarme contra su pecho para tenerlo más cerca. Y él, con gran facilidad, me mantenía sujeta contra sus caderas, aferrando mis nalgas con dedos endiablados.

Me rozaba contra su cuerpo. Se preocupaba de que mi clítoris ardiera al restregarse contra ese punto que se había convertido en el centro de mi universo. No podía creer que fuera a resultar tan fácil con lo nerviosa que estaba.

— Me encanta que seas tan estrecha. Que seas tan mía...

Estaba a punto de correrme sólo con el roce y el chocar de su pubis contra mi clítoris hinchado. Y él lo sabía porque me la clavó hasta el fondo, dejándome por completo empalada, para empezar a moverse y restregarse contra mi piel dejando su polla profundamente metida en mis entrañas. Se frotó para mí, para que lo sintiera y lo disfrutara como una de sus muchas amantes.

— Córrete, Bea. Quiero escucharte otra vez gemir mi nombre.

Como negarle algo al perverso Víctor...

Y con su polla enterrada hasta el fondo, sintiéndome mojada como nunca, jadeé de gusto sin poder ocultar el rostro porque la cabeza de él me lo impedía. Quería verme y me miraba fijamente mientras el orgasmo recorría mi coño y subía por la columna, acompañado de los espasmos propios del placer que sólo una polla bien utilizada sabría arrancarle a mi alma.

La polla de Víctor...

— Hazlo, Bea. Haz que todo esto haya merecido la pena.

Jadeé su nombre y lo vi sonreír, complacido. Escuché sus gemidos confundirse con los míos y lo sentí volver a la carga contra mi coño caliente e hinchado, aún con espasmos. Fue delicioso sentirlo entrar y salir otra vez de mí, empotrarme contra la pared, y sus manos subirme y bajarme contra su pelvis. Mis piernas ya no podían aferrarse a sus caderas después de mi orgasmo, pero entre su cuerpo fuerte y la pared y con sus manos sosteniéndome, sabía que no caería.

Me encantó que me moviera él mismo sobre su polla, alzando y bajando mi cuerpo como si no sintiera mi peso.

— Joder, Bea. Me corro.

Me miró a los ojos y comprendió que allí no podía. Ni siquiera se había puesto un puto preservativo.

— En la boca la quieres, ¿verdad?

Asentí, con movimientos enérgicos de la cabeza.

— Déjame probarla, Víctor.

Un par de golpes más contra la pared y me llevó otra vez en volandas hasta la cama. Allí me sentó y se abrió por completo el pantalón, bajándolo hasta las rodillas, dejándome observar la imponente verga que se le levantaba entre las piernas. Sus huevos colgaban juntos al final de su tronco, muy pegados a él, y no podía precisar si eran grandes o pequeños ya que eran los únicos que había visto, exceptuando los de los actores de las películas porno. Para mí eran perfectos.

Pero su polla vista de cerca... eso sí que me dejó sin aliento. Montada hacia la derecha, brillante por mi corrida, tiesa como nunca imaginé... Larga y gruesa, me importaba un carajo si más o menos que otras. Esa polla magnífica me acababa de follar a base de bien y ahora iba a degustarla.

— Yo lo hago, Bea, déjame a mí. Sólo chupa —dijo, casi ronco.

Me miraba a la boca, nunca había dejado de mirarla. Presentí que mis labios tenían que gustarle mucho—. Y no voy a apartarla. Quiero terminar en ti...

Me ardió todo el cuerpo. Era eso precisamente lo que quería, y era lo que estaba prometiendo darme.

Pensé que me follaría la boca como se lo había visto hacer con Verónica. Pero no era esa su intención, al parecer, ya que su ritmo fue mucho más pausado. Me tomó por la barbilla y esperó a que separara los labios. Me invitó a sujetarla yo, y así lo hice. La tomé por la base y respiré ansiosa sobre su capullo, justo antes de que me sujetara por la parte de atrás de la cabeza, aferrando mis cabellos. De un movimiento seco de la cadera me la metió hasta sentirla chocar contra el paladar. Se quedó un buen trozo fuera, pero él no insistió en hacerla entrar más; parecía satisfecho. Esperó allí a que me acostumbrara al tamaño y a que mi lengua tomara contacto con ella. Así lo hice... probando mi sabor en la piel caliente de Víctor. La textura me sorprendió, ya que era mucho más suave de lo que podía haber imaginado nunca, y contrastaba tremendamente con lo dura que la sentía. Tragué varias veces para acomodarla y la ensalivé todo lo que pude, escuchando a cambio el deleite de su boca, que jadeaba sin dejar de mirarme a los ojos. Yo intenté no apartar tampoco la vista y me centré en jugar con ese trozo de carne mientras sus caderas no reducían la presión que ejercía contra mi cabeza.

— Sí, Bea... chupa la punta.

Obedecí, gimiendo yo entonces. Deslicé la cabeza hacia atrás y aferré el capullo con los labios. Allí dediqué mis atenciones durante el escaso tiempo que me permitió hacerlo. En el momento en que algo de líquido se escapó por la uretra volvió a sujetarme de los pelos y la introdujo otra vez fuertemente, echando su cabeza hacia atrás y gimiéndole al techo. Bombeó de forma constante e incansable, sabía que conteniéndose por lo que había visto antes en el vídeo. Me imaginé que pensaba que vomitaría todo el alcohol que había bebido. No estaba seguro de que resistiera una mamada a fondo como primera experiencia.

Me quedé con las ganas de saber si la habría conseguido tragar entera.

Estaba dedicada a disfrutar de ese trozo de carne como si fuera la última vez, y así lo hice. Chupé y lamí todo lo que pude y me dejó, aferré sus huevos y el tronco con mis manos y lo miré mientras me follaba la boca con total entrega. Me sentía muy caliente, convencida de que podía hacer correr a Víctor por los sonidos que salían de su garganta.

— Sí, Bea, sí... me corro, joder. Me corro, mocosa...

Se me desbocó el corazón mientras Víctor se volvía más salvaje, menos dueño de sí mismo. En un par de ocasiones la polla entró mucho más de lo que pensé que aguantaría, pero controlé las arcadas y seguí chupando, tratando de no cerrar demasiado la boca para no rozar con mis dientes su enorme verga, aunque la tarea, me di cuenta, la tenía perdida hacía tiempo.

Víctor gimió y se empotró contra la lengua. Supongo que lo hizo para evitarme otra arcada, y allí lo sentí descargar un buen chorro de espeso esperma, de sabor metálico, que me llenó la boca por entero. Líquido caliente, suave y grumoso. Deliciosa la leche de Víctor mezclándose con mi saliva.

Conseguí tragarla, dejando resbalar sólo un par de gotas por mi barbilla, ya que los labios, en cuanto su polla desalojó mi boca, se quedaron adormilados por el roce de su piel y la mandíbula dolorida por el esfuerzo.

Los dedos de Víctor recogieron las gotas y me las entregaron en la lengua. Yo los chupé, agradecida.

Jadeábamos todavía los dos mientras él se dejaba caer contra la pared donde hacía unos minutos me había follado por vez primera. Me pareció gracioso verlo con los pantalones arremolinados en los tobillos, el rostro enrojecido y sudoroso y los miembros temblorosos.

No supe qué hacer, allí parada, observándolo jadear.

Cuando consiguió serenarse desabrochó la camisa y se quitó los pantalones. Subió los calzoncillos lentamente, casi como si jugara con mis ganas de no perderla de vista. Me miró mientras lo hacía, y hasta sonrió cuando dejó al descubierto su polla, un instante más, antes de retirarla de mis ojos.

— Quiero las bragas, Víctor. Son mías...

Se rio ante mi ocurrencia. Se acercó al ropero, de un cajón sacó la prenda hecha un ovillo, y se las llevó debajo de la nariz. Con ellas en la mano vino a acompañarme a la cama. Se apoyó en el cabecero y me observó, con rostro divertido. De forma encantadora sonrió, guiñándome un ojo.

— No, Bea, no te equivoques. Estas son mías. Pero si quieres... mañana me corro en unas iguales, para ti.

Décimo tercera parte.
La polla que me llevaba de copas

Dos semanas después Víctor se fue de casa. Alquiló un piso bastante cómodo con Oziel en el centro y dejé de toparme con él por los pasillos, en el cuarto de baño y en el salón viendo la tele. Había terminado por fin Arquitectura y consiguió el trabajo que le habían prometido.

Para él había salido todo perfecto.

Desapareció de mi vida.

Eso no apaciguó mis ganas de tenerlo cerca o de sentirlo recorriendo mi cuerpo mientras lo escuchaba jadear. Lo echaba de menos en las tardes de verano, eternamente largas... y en las noches, mucho más largas aún.

Que se hubiera marchado no resolvía mi problema...

Víctor acudía de vez en cuando a casa, casi siempre para que yo no cenara sola. Rechazaba siempre mis insinuaciones, provocándolo para volver a su dormitorio o para que me acompañara a estrenar el mío. Éramos capaces de hablar sin tapujos de lo que había sucedido, pero me dejó bien claro desde el principio que no volvería a repetirse.

> — Lo necesitábamos los dos, Bea. Pero hay tentaciones a las que no podemos ceder...

Yo aún estaba sorprendida de haber conseguido que Víctor bajara la guardia aquella noche, y aunque comprendí que se había fijado en mí simplemente por mi insistencia y mi curiosidad —y no porque yo fuera en verdad el tipo de chica que excitaba al hermano de mi amiga—pensaba que si había sucedido una vez podía ocurrir una segunda.

Y una tercera...

No pensaba en otra cosa. Era mucho peor que antes.

Pero no lo logré tras dos meses de cálida temperatura.

Siempre se marchaba de casa cuando yo me ponía demasiado insistente y lo acorralaba en el sofá. Me daba un casto beso en la frente, me guiñaba un ojo con una sonrisa dulce y abría la puerta para abandonar el piso que había sido su hogar.

> — Ya te vale, mocosa —bromeaba—. Que no soy de piedra...
> — Pues lo pareces.

Ciertamente había vuelto a ser dueño de sí mismo. Ya no parecía necesitar sucumbir a mis encantos —fueran los que fuesen— aunque si al final conseguía incomodarlo tanto como para que tuviera que levantarse y marcarse era porque algo quedaba.

<<Donde hubo fuego siempre quedan las cenizas.>>

> — Mis ganas...

Un día, terminando las vacaciones, Víctor coincidió conmigo en una terraza de verano, donde me tomaba unos refrescos con unas compañeras de la facultad. De esas a las que odiaba por haberme metido a mi cuidador por los ojos de forma lasciva. De esas que se lo habrían tirado sin pensárselo dos veces si llevan a verle el más mínimo interés.

Sí, esas buenas y dulces amigas.

No me había quedado más remedio que intentar volver a socializarme con la gente de mi edad y coquetear nuevamente con los chicos que no me sacaban mucha más experiencia en el terreno sexual, aunque no hubiera obtenido muy buenos resultados por el momento. Tenía claro que la experiencia ganada con Víctor me iba a ayudar tarde o temprano, pero probablemente el hecho de no ponerle demasiadas ganas al asunto estaba retrasando mis primeras citas, por llamarlas de alguna forma, normales.

En el grupo había también un par de compañeros, que bebían cervezas y contaban batallas entre ellos mientras algunas de nosotras fingíamos interés por sus historias. Tenía justo al lado al chico que me había llevado al cine aquella fatídica cita que acabó en tragedia. Era el único que mostraba interés por mí y el único al que el resto de las chicas no hacía maldito caso. Estaba claro que había salido aquella noche para encontrarse conmigo, pero yo había acabado bastante escaldada de sus incursiones en mi entrepierna sin un objetivo en concreto y de que no me hubiera permitido alargar la mano y entender un poco mejor la anatomía masculina.

Por suerte, tras haber visto por fin de cerca la de Víctor —muy muy cerca— no me hacía ni puñetera falta.

Víctor entró en la terraza con ese halo de erotismo que se destila en los anuncios de refrescos en época de verano. Como si de pronto el vídeo se pusiera a cámara lenta y todo el mundo se volviera a mirarlos, como si todo el mundo de repente tuviera un calor sofocante y lo único que pudiera calmar la sed que sentían fuera llevarse sus labios a la boca.

Yo también sentí que me hacían falta sus labios.

Iba acompañado de Oziel y de sus otros dos amigos habituales aquella noche. Tardaron un par de minutos en verme sentada, estirando el cuello como una jirafa entre el tumulto de gente que reía y cantaba rodeando las dos docenas de mesas del local. Víctor me localizó primero, me saludó con la mano y tras hablar entre ellos se acercaron a nuestra mesa.

Para ese entonces ya mis amigas habían comenzado a dejar su reguero de babas por el suelo.

Todos sonrieron al verme vestida como a una de las chicas con las que estaban acostumbrados a quitarse los pantalones. Vestida, y no como la última vez que me vieron en casa: en braguitas. Desde aquel encontronazo no habíamos vuelto a coincidir los cinco. A Oziel lo había podido admirar en la graduación de Víctor, pero salvo ese intercambio de frases para picarse el uno al otro no nos habíamos dicho mucho más.

Ni con la maldita mudanza habíamos coincidido.

Sospechaba que Oziel me había evitado por todos los medios, no muy satisfecho por la forma en la que había terminado nuestro encuentro anterior y amenazado por el hermano de Laura para que no volviera a decir absolutamente nada en mi presencia.

Incluso Víctor sonrió.

Mis amigas me dieron repetidos codazos para que hiciera las presentaciones oportunas. Algunas nunca habían pisado mi casa y se arrepentían de no haber tratado de entrar antes de que el arquitecto saliera de ella. Lo supe al mirarlas a la cara. Las muy desvergonzadas estaban pensando en cómo hacer para acabar la noche debajo de Víctor...

O encima.

Ganas tuve de decirles que Víctor era sólo mío y que olvidaran lo de las presentaciones, pero ellos se acercaron de forma amigable a ellas, sabedores de su superioridad en las lides de los juegos de seducción.

Las tuvieron en el bote en dos minutos.

Víctor, que en sus visitas a casa para cenar había llegado a entender por lo que había pasado con mis amigas desde el instituto por su culpa, se mostró en actitud más que cariñosa conmigo. Le había explicado todas aquellas veces que mis compañeras de clase me habían preguntado por él, me habían rogado que las dejara entrar en mi cuarto para espiarlo o se habían quedado a esperarlo a mi lado a la salida de la jornada lectiva, para verlo abrirme la puerta de su coche.

Se rio de buena gana cando supo que me había preguntado por el tamaño de su polla. Ese dato lo dejé para el final.

Estuvo simplemente encantador. Casi podría haber pasado por mi novio en aquel momento.

— Me tienes que dejar otras bragas...

Lo interrogué con la mirada y él sonrió de forma perversa. Se retiró el cabello rubio de delante de los ojos y seguí su mirada, que se desviaba hasta Oziel, un poco más alejado de nosotros.

— He pensado que ya va siendo hora de que tengas tus braguitas marcadas.

Me dolió hacerle la siguiente pregunta.

— ¿Vas a mancharlas con otra?

Me puso la mano en el muslo y lo apretó con confianza. Mis amigas no perdieron detalle de aquel gesto y seguro que me maldijeron en silencio. Si llegan a tener un muñeco vudú habría acabado acribillada.

— Bea... aquello fue sólo una vez. No vamos a repetirlo.

Miré a Oziel, que coqueteaba abiertamente con una de mis amigas, pasando el tiempo mientras Víctor y yo compartíamos confidencias.

— Pues entonces se las daré a Oziel para que las manche.

Víctor se arrodilló al lado izquierdo de mi silla, para estar más cómodo mientras hablábamos. Se tensó su pantalón sobre los muslos y creí ver el inicio de una erección en su entrepierna.

Sonaba de fondo *"Dear Future Husband"*, de *"Meghan Trainor"*, canción que me hizo sonreír.

— No puedes chantajearme con un amigo...
— No puedes impedirme que lo haga...

Supo que poco iba a poder decir para cambiar las cosas y que si yo me empeñaba conseguiría lo que me propusiera, igual que lo había conseguido a él. Otra cosa era que Oziel me siguiera el juego, pero también tenía a otros dos amigos que tal vez fueran más accesibles, teniendo en cuenta que eran bastante menos agraciados que Víctor y él.

— ¿De verdad vas a intentar acostarte con mis amigos para que vuelva a meterte la polla?
— No. También puedo intentar que no vuelvas a acostarte con ninguna otra putilla...

Le guiñé un ojo, tratando de demostrarle que iba de farol.

Me guiñó otro, relajándose tras nuestro tira y afloja.

— Oziel no es mal tío —me comentó, viéndolo atacar a mi amiga.
— Pero no eres tú...

Chasqueó la lengua y me invitó a levantarme cogiéndome de la mano. Miré a Oziel. Seguía teniendo pinta de ser un mujeriego, el típico tío que no se quedaba con una chica sino el tiempo suficiente para lograr meterse entre sus piernas. Me sacaba casi diez años y era el mejor amigo de Víctor. Pero ya había traspasado la mayor de las barreras morales al desear al hermano de mi amiga, por lo que intentar que Oziel me hiciera algo de caso a aquellas alturas no lo veía sino como un juego de niños.

Mi cita patética de cine se quedó mirando con cara de lelo mientras me levantaba.

— ¿Te vienes con nosotros?

La primera invitación en toda regla para que pudiera acercarme a sus amigos como una mujer y no como la niña a la que rehuían hacía nada. No pude verlo como una insinuación de que la noche acabaría con nuestros cuerpos nuevamente en su dormitorio, aunque me habría encantado pensarlo.

— Si voy intentaré ligarte...

— Si vienes intentaré no emborracharme… para que lo tengas más difícil —respondió, guiñándome un ojo y dándome un beso en la mejilla. Para ese entonces ya era la mujer más odiada del local—. Y veremos qué hacemos al final para mancharte esas braguitas… Creo que a Oziel el tema de tenerte cerca no le disgusta para nada.

Iba a tener que recordar qué clase de braguitas llevaba esa noche puestas y si eran lo suficientemente presentables para ofrecérselas a Oziel para que las manchara…

Aunque Siga Siendo Su Hermano...

"Siempre vas a querer
lo que no puedes tener..."

Décimo cuarta parte.
La polla que tenía permiso para mirarme las tetas

Me había incorporado de la silla como si en vez de tenderme la mano Víctor me hubiera dado una patada en el culo. Me arreglé un poco el pequeño pantalón blanco, di un par de besos a mis amigas, que se quedaron con cara de pasmadas al entender que me iba con ellos, y me colgué del brazo de Víctor.

— ¿No podemos ir contigo? —La pregunta no me cogió de improviso, ya que después de ver el comportamiento de las cinco chicas que me acompañaban esa noche al llegar los amigos de mi querido compañero de casa, estaba claro que iban a querer acompañarnos.

Los chicos no dijeron ni mu. Sabían que aquella noche no se iban a comer un rosco con ellos de por medio.

En especial, una de ellas se había quedado como una lela mirando a Oziel, y mientras le daba dos besos en ambas mejillas creo que no dejó de bombardearlo con los ojos. Se había quedado completamente enganchada a la sonrisa libertina del joven abogado y estaba claro que si les decía de acompañarme saltarían de la silla en un momento.

Exactamente como había hecho yo...

— No depende de mí... Yo voy de invitada—. También podía haberle dicho que seguramente si le pedía a Víctor que ellas vinieran conmigo no iba a poner ninguna pega, ya que todas éramos ya mujeres adultas —o eso ponía en nuestros carnets— y un par de mis amigas parecían haber despertado el interés de los otros dos amigos menos atractivos.

Pero la verdad era que no me interesaba interceder por ellas. Estaba allí de pie, sin saber muy bien cómo iba a terminar la noche, y no quería estar encontrando siempre las mismas caras babeantes cada vez que me diera la vuelta y las mirara.

Mi amiga Lucy, la que me había acompañado a comprar mi vestido para la graduación de Víctor y que no conocía a ninguno de aquellos guaperas, me regaló su carita de perro abandonado, y tuve que contener una sonrisa para no parecer del todo malvada. Hasta hacía sólo unas cuantas semanas era yo la que ponía esa cara cuando veía a Víctor por los pasillos de casa.

Y la seguiría poniendo si no fuera porque ya no vivía en nuestro piso.

Me volví para acercarme al grupo de chicos, que ya había terminado de despedirse, y me topé con la sonrisa torcida de Víctor. Era ese tipo de gesto que no hacía presagiar nada bueno. Cuando quería, el hermano de Laura era de lo más perverso. Por desgracia, últimamente era poco perverso conmigo.

— Estaba pensando que ya que me lo vas a hacer pasar mal esta noche tal vez debamos igualar el marcador...

Lo entendí sin tener que decirme más. Llevaba demasiado tiempo conviviendo con Víctor como para no saber a qué se refería. Probablemente ninguna de aquellas chicas le resultara atractiva, pero si le servían para que yo me centrara más en Oziel y lo apartara a él como objetivo principal tal vez le mereciera la pena perder una noche con una jovencita de dieciocho años...

... Que no era yo.

— ¡Sabes lo que me han hecho sufrir!

Víctor me tomó del pómulo, acariciándolo con suavidad. Apartó un mechón de cabello y lo colocó detrás de mi oreja. Se mordió el labio inferior mientras se inclinaba para poder susurrarme su respuesta.

— Sé lo que me has hecho sufrir tú a mí...

Horrible respuesta.

Era cierto que me había pasado todo el verano tentando al hermano de Laura, pero no conseguía resignarme a que nuestro encuentro aquella noche fuera a quedar simplemente en eso, un escarceo sexual más para él. Víctor me había mantenido encendida durante casi un año sin él saberlo. Había pasado demasiadas noches en vela, tenido demasiadas fantasías en las que me recogía en la facultad delante de todas mis compañeras y me plantaba el beso más obsceno que por entonces podía imaginar.

Ese beso que luego me dio en la entrada de casa, tras partirle la nariz a Oziel de un puñetazo.

No me resignaba a perderme esos besos, sus manos recorriendo mi cuerpo para desnudarme o su lengua pronunciando mi nombre mientras me llenaba de su carne venosa y endurecida. No quería imaginarme cómo podía ser el sexo con otro hombre porque seguía obsesionada con él.

Y eso era exactamente lo que trataba de evitar Víctor. Quería que cayera en manos de Oziel para que dejara de pensar en él de esa forma.

Supuse que, desde luego, era la mejor opción de todas.

Para él y para mí.

Pero no me apetecía nada de nada.

¿Qué le habría contado a su amigo? ¿Se habría atrevido a decirle que me había follado en su dormitorio aquella noche, con algo de alcohol en la sangre? Precisamente nos habíamos apropiado de la botella de ginebra de mi padre para envalentonarnos, tanto él como yo. ¿Le habría pedido que le hiciera el favor de seducirme para que yo dejara de acosarlo?

Miré a Oziel y lo descubrí observándome de reojo, como si sopesara el tipo de relación que nos unía a Víctor y a mí. Le sonreí, tímidamente, sintiendo algo de vergüenza ante lo que podía saber sobre nosotros. Todavía resonaba en mi cabeza la última frase del hermano de mi amiga mientras me fijaba en la sonrisa de canalla del abogado. Había estado acosando a Víctor y él quería que pasara página. Oziel era, si cabía, incluso más guapo que mi querido ex compañero de casa. Probablemente fuera igual de bueno en la cama, aunque eso no podía, ni mucho menos, afirmarlo. Me sentía mal pensando en Oziel de esa forma, precisamente porque aún conservaba alguna esperanza de que Víctor volviera a meterme la polla en la boca. Al final iba a ser verdad que estaba un poco enamorada de él, aunque en mi fuero interno lo negaba con todas mis fuerzas. Tenía que ser sólo deseo. Si me colgaba de ese modo de Víctor iba a pasarlo francamente mal.

Aunque ya no tenía claro si peor de lo que ya lo había pasado...

¿Eso era lo que debía hacer? ¿Poner tierra de por medio, fijarme en otro hombre tan válido como Víctor para tratar de superar mi obsesión por el hermano de mi mejor amiga?

¿Era lo que quería Víctor?

Hizo un gesto a mis amigas, invitándolas a acompañarnos.

Ya estaba hecho.

Ellas se lanzaron a dejar pagadas las copas que había encima de la mesa, rebuscando en los minúsculos bolsos las monedas del cambio de la ronda anterior. Los cubatas se quedaron casi intactos en los vasos de cristal, mientras se prestaban unas a otras algo de dinero para poder saldar la cuenta cuanto antes.

— ¿Vas a tirarte a alguna?

Víctor gruñó por lo bajo, sabiendo que no era correcto que yo siguiera utilizando ese tipo de lenguaje con él, pero resignado a que se hubiera instalado esa intimidad entre ambos.

— Si me obligas a hacerlo, sí.

Me dolió su respuesta, aunque me imagino que ya me la esperaba tras tomarse la licencia de invitarlas a venir con nosotros.

— ¿Y cómo debo actuar para que no lo hagas?

Me miró a los ojos de forma muy seria, como si con aquella mirada quisiera hacerme entender lo que no querían decir sus labios. Víctor necesitaba poder mirar de frente a mis padres sin sentir que los había traicionado. Necesitaba poder ver a sus padres sin sentir vergüenza por haberse metido entre las piernas de una chica de la misma edad que su hermana y que precisamente era como de la familia. Quería poder volver a veranear todos juntos sin que yo anduviera todo el tiempo persiguiéndolo por los rincones, espiándolo en la ducha del chalet en el que solíamos hospedarnos en la playa o tratando de bajarle el bañador en la piscina cuando no nos viera nadie.

Quería volver a mirar a su hermana sin sentirse culpable.

Quería volver a mirarme a los ojos sin necesidad de llevarse mis labios a la boca.

— Puede que si te veo coquetear con Oziel se me pasen las ganas de llevar a alguna a mi coche —sugirió, no sin cierto dolor.

Supe que para Víctor tampoco era fácil, pero que había tomado la determinación de apartarse de mi camino y que prefería que yo acabara en buenas manos si de una noche de sexo loco se trataba. No pretendía que me enamorara de Oziel, ni que iniciara una relación con un hombre de su misma edad.

Lo que necesitaba era que yo entendiera que había muchos más hombres en mi camino y que iban a ser mejor opción para mí.

Y como si me estuviera leyendo el pensamiento Víctor volvió a la carga, tratando de convencerme de que le hiciera caso.

— Te sacamos diez años... Si lo que quieres es sexo Oziel es una apuesta segura. No va a enamorarse de ti y estoy convencido de que te hará pasar un rato muy interesante.

Me habría encantado que dijera que lo que deseaba era hacerlo él, pero eso no iba a pasar.

— ¿Le has pedido que me folle?

Creo que se ruborizó al escucharme decir eso. Se rascó la cabeza como si no supiera dónde esconderse, deseando evaporarse. Mi lenguaje le seguía cogiendo por sorpresa, ya que no estaba acostumbrado a que le hablara de sexo antes de que empezara a acosarlo.

— No. Pero sí le he comentado que no sería tan mala idea que volviera a mirarte las tetas.

Lo dijo completamente sonrojado y no supe decir si porque seguía avergonzado por haberle roto la nariz o por intentar que otro hombre me sedujera para él tener el camino más despejado a la hora de conseguir que lo olvidara. Levantó la mirada y sonrió, tratando de volver a su estado pícaro y sensual que tanto adoraba.

No podía imaginarme esa conversación entre ambos amigos. Me había perdido la mejor parte de la jugada.

— ¿Y qué te contestó?

No tenía sentido seguir poniéndole las cosas difíciles a Víctor. Me daba lástima verlo apabullado. Si nuestros caminos tenían que volver a cruzarse lo harían más adelante. Aquella noche yo quería volver a ser su amiga, y que las cosas funcionaran entre ambos como cuando yo ni pensaba en que Víctor tenía polla.

Mi cita del cine se levantó y se despidió de mí con cara de pocos amigos. Víctor no pudo contener la risa cuando de alejaba, con cara de mala leche, tras haber perdido el poco interés que yo le había demostrado. El arquitecto me miró como si no fuera capaz de entender qué había visto yo en aquel chico como para haber acabado saliendo con él y que lograra meter su mano entre mis piernas.

Y yo lo miré como si la respuesta fuera obvia.

<<*Es el único que me pidió salir.*>>

Pero no le dije nada. Él ya sabía que no se me daban muy bien los chicos.

Se mordió el labio inferior, retomando el pensamiento anterior donde le había preguntado por la respuesta de Oziel cuando le dio permiso para volver a mirarme las tetas. Pensar que de verdad se había atrevido me hacía sentir utilizada, pero entendía que Oziel sin aquellas palabras no se habría atrevido a ponerme otra vez el ojo encima.

O eso creía...

Me revolvió el cabello como cuando yo aún era una mocosa.

— Que tiene que enseñarte a beber un Gin Tonic...

Décimo quinta parte.
La polla que quería que bebiera algo fotogénico

Mis compañeras de facultad se agarraron a mis brazos y me apartaron de ellos. Víctor me había colocado entre Oziel y él para iniciar un tema de conversación superfluo, pero al menos estaba tratando de que yo rompiera el hielo y pudiera resultar interesante a sus ojos.

Pero que me arrastraran en aquel plan me arrebató el poco estilo de mujer adulta que estaba intentando mantener. Casi me tiran al suelo al tropezar sobre los zapatos de tacón que tan poco me ponía.

— ¡Habla! ¿Cuál de nosotras le gusta a Víctor?

Quise responderles de muy malas formas que era yo por la que estaba interesado pero me mordí la lengua antes de pronunciar palabra alguna. Me volví para mirarlos y los vi parados, observándonos, muertos de risa por nuestro comportamiento pueril. Imaginé que aquel tipo de actitud no era de lo que más les interesaban a hombres de casi treinta años, pero allí me tenían, sumergida en un corrillo de voces chillonas, alteradas por las hormonas y las perspectivas de sexo.

— No tengo ni idea de si le gusta alguna. Hace meses que se marchó de casa...
— ¿Y el otro? ¿El moreno? ¿Cómo se llama?

Seguía observando a los chicos. Oziel no me quitaba la vista de encima. Llevaba ese día una camisa azul con las mangas ajustadas a la altura de los codos y un pantalón de lino que le quedaba estupendamente bien enmarcando sus caderas.

Me ruboricé al darme cuenta de que debajo del pantalón no llevaba nada puesto.

<<¿*Demasiado calor*?>>

Cuando quise darme cuenta Oziel se reía de los colores que se habían apoderado de mi rostro. ¡Estaba quedando yo incluso peor que mis compañeras!

— Se llama Oziel, es abogado, y ese es para mí...

Lo dije con tanta seguridad que hasta a mí me resultó chocante. Acababa de decidir que no iba a dejar que ninguna pusiera sus ojos en él, y mucho menos sus garras. Podían intentarlo con Víctor, aunque estaba casi convencida de que no haría nada con ellas si yo dejaba de ir detrás de él. Algo me decía que entendía perfectamente que me haría mucho daño si lo veía coquetear con otra.

Y no creía que Víctor fuera a hacerme daño a sabiendas.

— ¿Desde cuándo te gusta? ¿Le gustas a él? ¡Cuenta!

Lo cierto fue que tuve ganas de responderles que acababa de decidir que iba a dejar que me invitara a un par de copas y que ya veríamos cómo terminaba la noche. Me habría encantado verles las caras, ya que ninguna me conocía en mi faceta de flirteo. Apenas si me habían visto hablar de chicos un par de veces y nunca había mostrado interés por ninguno que ellas supieran.

No me había parecido correcto decirles que estaba loca por Víctor, aunque no les fuera a parecer mal al no conocer mi estrecha relación con su hermana o con él desde mi más tierna infancia. Probablemente ellas no podrían entender que la relación que había mantenido con Víctor los últimos años había sido casi fraternal y que me había costado mucho vencer esa barrera.

No digamos convencerlo a él de que la derribara.

Poco le había costado, después, volver a levantarla.

Conseguí que entendieran que debíamos unirnos al grupo para no parecer unas niñatas, pero hasta que yo no salí del corrillo y volví a mi puesto entre Víctor y Oziel no me siguieron. Comenzamos a caminar nuevamente, en dirección a una terraza de verano de la que hablaban muy bien pero que nosotras, al no tener ingresos económicos salvo las pagas de nuestros padres, teníamos vedada. Sólo la entrada ya costaba una fortuna.

Me hizo mucha gracia ver las caras de susto que pusieron mis compañeras cuando se enteraron de lo que tenían que pagar para traspasar la puerta. Supe que iban a tener que hacer encaje de bolillos para llegar a final de mes tras aquel exceso, pero no estaban dispuestas a quedarse fuera, cuando ellos ya habían decidido en dónde querían pasar la noche.

Me encantó que Oziel y Víctor se disputaran el pagar el precio de la mía. Al final, entendiendo que no era apropiado que insistiera si lo que quería era poner distancia entre ambos, Víctor se hizo a un lado y tuve que agradecerle a Oziel que se ocupara de cargar con mi deuda.

— Sólo si me dejas devolverte el favor cuando tenga trabajo — bromeé, al recibir el resguardo para poder entrar y salir del recinto.
— Ya veremos cómo pienso cobrármelo...

Su tono de voz fue completamente obsceno, pero su sonrisa era traviesa y me picó un ojo al contestar, por lo que entendí que estaba bromeando.

Tristemente bromeaba...

<<¿Tristemente?>>

De pronto sonreí, disfrutando del momento. Había estado agobiada pensando en que lo que sentía por Víctor podía ser algo más que simple deseo. No había experimentado nunca ese enamoramiento en el que se dejaba de comer, se perdía el sueño y sólo se pensaba en tener a la otra persona cerca, abrazándote y besándote. Yo nunca había pensado en Víctor prodigando palabras de cariño a mi oído.

Sólo lo deseaba...

Bueno, en verdad sí que lo había penado antes de que las universitarias me hablaran de su polla, pero casi no recordaba la sensación de considerarlo un príncipe azul más que el protagonista de una novela erótica. Había pasado de un extremo a otro tras el "incidente" y no quería recordar cómo me había hecho sentir estar infantilmente enamorada de Víctor.

Porque me había dolido su rechazo entonces tanto como el rechazo de ahora.

Por eso tenía que centrarme. Ahora sólo lo deseaba.

Que de pronto pudiera sentir ese mismo impulso por otro hombre me encantó y horrorizó a la vez. ¿Era tan sencillo conducirme hacia otro punto de mira como decirme, sencillamente, que mirara? Víctor me había dicho que mirara a Oziel. Mis amigas me habían dicho que mirara a Víctor... ¿Oziel qué me diría?

<<Es de locos.>>

Suspiré y dejé que el abogado pusiera una mano en la espalda para guiarme entre la marabunta. Decidí que iba a dejar de mirar a Víctor y que esperaba que él no me diera motivos para mirarlo. Mis amigas habían sido asaltadas por los otros dos colegas de Oziel, Carlos y Javier, o Javier y Carlos. Si intentaba identificar a uno o a otro no sabría dar el nombre acertado a ninguno de los dos. Aunque sabía que era un comodín del cincuenta por ciento. Nunca había hablado con ellos, nunca los había mirado más de dos segundos seguidos y no tenía intención de empezar a conocerlos esa noche.

Llegamos a una zona atestada de la barra, donde las luces blancas y azules iluminaban una madera oscura y a dos camareras de piel más oscura todavía. Las chicas iban ataviadas con un mini vestido blanco que las hacían parecer aún más negras de lo que eran. El tipo de mujeres con las que los imaginaba tonteando, y no con unas mocosas como nosotras.

— ¿Qué te apetece beber? —me preguntó Oziel, agachándose para alzar la voz contra mi oído, tratando de hacerse oír por encima de una pegadiza canción de *"Taylor Swift"*.

— ¿Qué me recomiendas? —respondí, dejándolo llevar la iniciativa, poniéndome de puntillas para conseguir llegar a su oído. Trastabillé y Oziel me recogió entre sus brazos contra su pecho. Se separó lo justo para mirarme un poco por encima de la línea de mis ojos, sonriendo.

— Víctor me ha dicho que soléis beber ginebra...

Se me encendió el rostro, imaginando el tipo de conversación en el que habría salido aquel comentario. Ahora que Víctor y Oziel compartían piso probablemente acabarían muchas más noches hablando de sexo, de chicas, y de chicas borrachas que la mamaban de vicio. Me estremecí.

— ¿Frío?

Si Oziel se imaginaba el motivo de mi azoramiento no dio muestras de ello. Yo negué con la cabeza, tratando de mantener la compostura.

— ¿Un Gin Tonic, entonces?

Asentí, pensando que cualquier brebaje me sentaría de muerte en aquel momento. Oziel se acercó con agilidad a la barra y comprobé que los cuatro chicos habían acudido a por copas. Mis amigas estaban muy cerca, sin perderlos de vista, como si temieran que la oportunidad de cazar a Víctor dependiera de que las viera cada vez que se diera la vuelta. Me dieron algo de pena, pues hasta hacía un par de meses yo me comportaba exactamente igual que ellas.

<<Hasta ayer mismo, no seas mentirosa.>>

Me aferré a mi pequeño bolsito, junté los tacones de los zapatos, y esperé a que Oziel regresara con las dos vistosas copas. En Twitter había visto a mucha gente bromear sobre la cantidad de cosas que se les llegaba a poner a los Gin Tonics, comparándolos con sopas de vegetales donde casi todo valía. Los que trajo el abogado minutos más tarde bien habrían merecido un chiste.

— Una bebida muy fotogénica, sin duda alguna —comenté, tratando de ser ingeniosa, usando un tuit que le había leído a un tuitero llamado @ferdeles, y que me había hecho recordar la cantidad de veces que yo había subido fotos de vistosos cócteles sin alcohol a mis redes sociales.

Conseguí que Oziel sonriera ante mi ocurrencia y recé para que no siguiéramos ambos en Twitter a los mismos personajes.

Al tercer Gin Tonic ya no recuerdo si seguía bailando cerca del reservado donde conseguimos sentarnos, si mis compañeras seguían acosando a Víctor o si alguna de ellas se había terminado liando con alguno de los otros dos.

Al cuarto lo que sí tengo claro es que había acudido muchas veces a los servicios.

Y que envalentonada también por el nivel de alcohol en sangre, le había pedido a Oziel que me besara. Poco recuerdo del rostro del abogado cuando le hice la petición, pero sí que tengo aún en la boca el sabor de sus labios, mezclado con el de las bebidas que ambos habíamos compartido. Sé que me aferró las nalgas cuando lo hizo, aunque no pude disfrutarlo como hubiera querido. Sé que le pedí no hacer nada delante de Víctor, porque en mi fuero interno, y en mis creencias de mujer alcoholizada venida a más, pensé que le haría daño si me veía besar a otro.

— Víctor está loco por mí, ¿sabes? —le confesé a Oziel, con ese tono y agilidad de palabra que sólo una persona con cuatro copas podía usar. Supongo que tenía que verme bien ridícula, y hasta probablemente bizqueaba ya un poco. Ojalá recordara la cara que puso Oziel con la declaración, pero no sé ni siquiera si lo miraba mientras lo hacía.

Sí que tengo muy presente lo posesivo de su beso, lo exigente que fue, lo rápido que cubrió mi boca con la suya nada más pedírselo. Recuerdo su lengua compitiendo con la mía por el espacio y sus dientes mordiendo mis labios.

— ¿Nos vamos? —le había preguntado en algún momento indeterminado de la noche, cuando estaba tan cansada de mirar y no ver a Víctor que lo que necesitaba era no sentirme observada entre sombras mientras yo no podía vigilarlo a él.

— No vamos a ir a ningún sitio —respondió, revolviéndome el cabello, como cuando se topaba conmigo por el pasillo de casa. Un cabello negro y brillante que sería una delicia aferrar mientras me besaba con ansias—. A diferencia de a Víctor... a mí no me gustan borrachas.

Más cara de tonta...

— Y ten presente una cosa —terminó diciendo, rodeándome por la cintura para atraerme hasta su cuerpo—. El día que caigas no va a ser porque tú me lo pidas o porque lo haya sugerido Víctor. Será porque yo así lo decida.

Al menos esa noche fui la envidia de mis amigas, porque regresé a casa cabreada, excitada y sintiéndome una mocosa. Lo bueno era que Oziel tenía mi número de teléfono y había prometido que, algún día y sin alcohol de por medio... lo usaría.

Décimo sexta parte.
La polla que no sabía resistirse

— No, no me ha gustado nada verte con él. He querido arrancarle la piel en más ocasiones de las que puedo contar...

Esa confesión que estaba como loca por escuchar de sus labios pero que no llegó a pronunciar mientras Víctor me llevaba a casa, sentada en el asiento que tantas veces me había acogido para llegar al instituto o la universidad. Había bebido más de la cuenta, siempre invitada por Oziel, por lo que no estaba segura de si en ese último momento, en el que Víctor me dijo que ya era hora de que me fuera a la cama, había habido enfrentamiento entre los dos amigos.

— Oziel me dijo que iba a llevarme...

Víctor no respondió, aunque tampoco era que esperara que lo hiciera. La última parte de la noche lo había encontrado taciturno, con el rostro serio y poco hablador, y en mi mente alcoholizada y alterada por mis hormonas imaginé que era precisamente porque no le hacía ni pizca de gracia haberme puesto en las manos de un depredador como Oziel.

Aunque fuera la opción más sensata para ambos.

Él pensaba que todos mis males se solucionarían con un buen polvo con otro hombre, que así dejaría de mojar las bragas por él y los dos podríamos recuperar nuestras vidas lo antes posible. Y en vez de dejar que la naturaleza siguiera su curso y yo tuviera relaciones sexuales con chicos normales de mi edad —como al que había espantado al llegar a la terraza y que se había marchado sabiendo que no podía competir con ellos— había maquinado que fuera su mejor amigo quien hiciera los honores. Tal vez creía que a mí lo que me iban era los hombres mayores con experiencia y que era mejor jugar sobre seguro en vez de tentar a la suerte, que cayera en manos inexpertas y se me antojara de por vida que lo necesitaba a él.

Era curioso cómo mi mente seguía trabajando a destajo, elucubrando teorías que por el alcohol creía que tenían una base bien sólida y completamente científica. Cualquier excusa me valía para justificar el distanciamiento de Víctor y que hubiera intentado liarme con un amigo suyo, cuando hacía nada casi podía decirse que no le permitía que me mirara.

<<*No, que sí que puede decirse. Que le partió la nariz a Oziel por hacerlo.*>>

No, a Oziel lo había golpeado por bocazas...

También trataba de justificar que me hubiera dejado manipular para que me fijara en otro hombre al que apenas conocía.

Era gracioso que sólo hubiera tenido que ponérmelo delante para que me fijara en lo atractivo que era Oziel. Lo cierto era que estaba dolida y resentida por el distanciamiento que había impuesto Víctor entre ambos tras nuestra única noche juntos y la idea perversa de tratar de hacerle sentir celos había hecho que me pareciera la opción más interesante de la noche. Me había aburrido de perseguirlo en casa cuando venía a hacerme compañía en alguna que otra cena y la verdad era que la presencia de mis amigas había hecho que prefiriera chulear yendo del brazo de Oziel a ir babeando como ellas detrás de los culos de ambos amigos.

<<*Lo que pasa es que me jode que le parezca mejor opción que me folle otro a que me folle él. Así de simple.*>>

Aunque no pudiera tener a Víctor sabía que mis amigas me envidiarían igual si el abogado me hacía algo de caso, y después del año que me habían dado con los comentarios obscenos sobre los atributos físicos de Víctor bien me merecía una noche de triunfo y hacerlas rabiar a todas. Y me había aferrado a esa idea para justificar mi extraño y repentino interés hacia Oziel.

Tratar de ser algo más interesante de lo que me sentía en verdad. Sólo para dejar de ser la compañera tonta del grupo, esa que no se había comido un colín en todo el curso.

Ni una polla.

<<*Error. Me comí la que todas deseaban. Punto para Bea.*>>

Pues eso, que me pasé todo el trayecto de vuelta a nuestra casa dándole vueltas a la justificación que quería inventarme y darme para aceptar que se me hubieran ido los ojos al abogado de aquella forma.

<<*Ya, como que el hombre no está bien bueno, es simpático y es de lo más morboso. Ahora hacen falta excusas que añadirle…*>>

Había pasado una de las noches más intensas de mi vida, pero estaba segura de que el hecho de que Víctor estuviera cerca mirando la había mejorado.

<<*¡Qué demonios! ¡Pero si había conseguido un rato de lo más excitante con Víctor en su alcoba!*>>

Probablemente ninguna de ellas había llegado a experimentar el morbo de hacerlo con un hombre experto e intenso en vez de con un chico de nuestra edad. Era de las cosas de las que, sin duda alguna, se presumía en voz alta, y ellas no habían comentado nunca nada al respecto. Por lo tanto, aunque hubiera sido tan solo una vez, había tenido la mejor relación sexual de aquel grupo de adolescentes babeantes y no tenía nada de lo que avergonzarme.

Pero no podía presumir de ello.

Menos mal que nunca había sido de largar por mi boquita…

Mientras seguía elucubrando no me percaté de que estábamos llegando a casa y que por alguna extraña razón Víctor conducía a una velocidad inusualmente reducida. Podía ser que de pronto no se encontrara en condiciones de circular y hubiera aminorado la marcha, pero no creía que se hubiera arriesgado a coger el coche y a llevarme a casa si había bebido. Si algo tenía claro era que el hermano de Laura era muy responsable, y el hecho de que hubiera caído un par de veces en la tentación de tomarse una copa con los amigos no hacía se volviera un imprudente al volante.

De todos modos no podía asegurar que Víctor no hubiera tomado algo de alcohol aquella noche ya que había estado muy ocupada intentando aparentar que no me importaba nada lo que fuera a hacer con alguna de mis amigas o con cualquier otra mujer que se le pusiera por delante. Al final lo había espiado más veces de las que me gustaba reconocer mientras compartía risas e insinuaciones con Oziel, para descubrirlo casi siempre rodeado de mujeres que apenas eran mujeres, y de sus dos amigos.

Por ello tomó más fuerza una segunda hipótesis: no quería que el viaje terminara.

Me latió con fuerza el corazón y los ojos se iluminaron como cuando había extendido la mano para hacerme la invitación a acompañarlos aquella noche.

Cuando detuvo el coche delante de la puerta del portal de nuestro edificio respiré hondo, expectante.

— Espero que te lo hayas pasado bien —comentó, mirando al frente, como si tuviera miedo de lo que podía pasar si cometía el error de mirarme a los ojos en un espacio tan íntimo y reducido.
— No ha estado mal. Oziel es simpático y ha sido muy atento —comenté, tratando de ponerlo celoso—. ¿Qué tal te lo has pasado tú?

Víctor se rio con esa sonrisa torcida que tanto me gustaba.

— Tus amigas son insufribles...

Los dos estallamos en carcajadas.

— ¡Y que lo digas! Y eso que éstas no son todas las que me dieron la tabarra el año pasado. A las del instituto también había que echarles de comer aparte cuando empezaban a hablar de ti. Y ponerles un babero, ya de paso. Pero una de las que te ha rondado toda la noche no ha hecho sino pensar en tu polla. Se han comportado un poco hoy, creo.

— Pero sólo un poco... —me confesó, guiñándome un ojo.

Miré mis manos, enlazadas sobre mi regazo, con ganas de extenderlas hacia su rostro y atraerlo hacia mi boca.

— ¿Te ha gustado verme con Oziel?

Mantuvo el silencio durante un minuto que se me antojó eterno y luego se revolvió el cabello como si de pronto tuviera urticaria.

— No...

Lo que antes era taquicardia derivó en parada cardíaca. Dejé de sentir los latidos a la vez que me daba un vuelco el estómago. Jamás me había sentido tan poderosa, salvo aquel momento en el que Víctor había apoyado la frente en mi abdomen justo antes de quitarme la camiseta, en su dormitorio, cuando aún no sabía lo satisfactorio que podía ser aferrarme a sus caderas.

No pude reprimir una sonrisa.

— Pero aunque no me haya gustado sé que me acostumbraré. Si no es Oziel será otro. Cualquiera de tus compañeros de clase, o cualquier chico al que conozca saliendo de copas como esta noche —comentó, como si fuera una verdad tan aplastante que no mereciera la pena rebatirla—. No soy hombre para ti y cuanto antes lo aceptemos mejor para ambos.

Quise protestar pero sabía que en ese momento sería en vano. Víctor había aguantado estoicamente una larga noche viendo como los lazos seductores de su amigo se iban cerrando sobre mí sin que yo me opusiera y él dijera nada al respecto. Tenía que haber sido muy duro; no me resignaba a pensar que no lo había sido. Estaba claro que no le agradaba para nada la idea aunque se había mantenido al margen. Y que sólo en el último minuto había preferido arrancarme de las zarpas del abogado para que no acabara en un hotel o en su piso compartido, desnuda y entregada. No había podido evitarlo. Lo había imaginado vigilándonos a ambos mientras Oziel iba y venía de la barra con copas cada vez más elaboradas. Deseaba con todas mis fuerzas que se hubiera sentido un miserable por haberse desprendido de mí de esa forma, como si fuera una mercancía que podía intercambiar con sus amigos.

Pero que Víctor no hubiera podido resistir esa noche verme con Oziel no implicaba que no fuera a mirar hacia otro lado cualquier otro día, con más fuerza de voluntad y menos alcohol en vena, aunque maldijera en silencio y fuera a apagar su rabia dentro de la boca de una rubia de maquillaje corrido.

— Está bien, tú ganas —dije, siendo malvada. Supongo que a esas alturas estaba aprendiendo algo sobre el juego de la seducción, y si en algún momento había visto a Víctor furioso fue cuando me encontraron los cuatro amigos desnuda en el salón de casa. Los celos habían podido con él, aunque podría ser posible que siguiera imaginándome unos sentimientos enfermizos donde él sólo había mostrado protección fraternal.

<<¡Y una leche!>>

Me miró levantando la cabeza, conteniendo el gesto. Se dibujaba una pregunta pero no quería pronunciarla. Ni falta que le hizo, que yo ya estaba preparada para seguir hablando. A partir de ese momento el hermano de Laura podía darse por perdido, porque no iba a tener compasión. Si alguna vez me había dado pena pensar en lo mal que lo había debido de pasar por mi obstinación en una relación que para casi todo el mundo estaría mal vista —incluso durante bastante tiempo para nosotros dos también fue así, aunque a mí se me había pasado tras probar los placeres de su carne compacta entrando en mi boca— ya no iba a sentir más lástima. Nadie le estaba pidiendo que se presentara delante de nuestros padres y les confesara que me había desvirgado. Yo no le exigía una relación formal, con anillo y compromiso incluido. Ni siquiera le pedía que me cogiera de la mano si alguna vez conseguía arrastrarlo al cine. Lo que pedía es que dejara de comportarse como el hermano que no era, para que se convirtiera en el amante que sí deseaba y podía ser. Era muy joven para estar pensando en complicarme tanto la vida, pero a esas alturas no me quedaba más remedio que reconocer que sentía algo muy intenso por aquel hombre, más allá de la pura atracción física, y que tenía ganas de dar rienda suelta a todas mis emociones para ver a dónde nos podían conducir.

Si Víctor se pensaba que aquello iba a terminar así se iba a dar cuenta de que ya no era tan niña. Tan mocosa. Y yo tenía ganas para compartir con él si se le habían agotado después de separarme las piernas contra la pared de su antigua alcoba.

Y empotrarme con ganas.

— Probaremos a ver si Oziel puede hacer que me olvide de tu polla...

Las palabras sonaron groseras, pero hablaba la rabia y el despecho, y ese plan que se estaba dibujando en mi mente hacía que no me importara serlo. Sabía que a nadie le gustaba ser sustituido, por mucho que se aparentara que era lo mejor para ambas partes. Iba a ser una pugna entretenida. Por un lado, yo fingiendo que tenía ganas de olvidarlo, y por el otro, Víctor aparentando que quería ser olvidado. Las cartas estaban sobre la mesa. Ahora sólo había que averiguar quién se estaba pegando el mejor farol.

— Espero que lo haga...

<<Cabrón.>>

Coherente, al menos, estaba siendo. El muy mal nacido podía hacerme hervir la piel hasta que me saliera humo por las orejas, y no estaba segura de si ya había llegado a mi punto de ebullición, pero al menos sentía los pómulos al rojo vivo.

— Pues espero que lo disfrutes mientras observas...

Abrí la puerta del coche de un manotazo, sin fijarme si había algo con lo que pudiera chocar y dejar un bonito recuerdo de nuestra conversación en la chapa de su precioso vehículo. Por suerte se abrió de par en par sin encontrar ningún obstáculo. Estaba sacando una pierna y apoyándola en la acera cuando los brazos de Víctor volvieron a meterme dentro, tirando de mí hasta casi colocarme encima del freno de mano.

— Me haces hervir la sangre...

Y mientras pronunciaba esa última palabra cubrió mi boca con la suya, imperiosa y acosadora, buscando la respuesta que yo no tardé ni un instante en ofrecerle. Nuestras lenguas jugaron de una humedad a otra mientras el recuerdo de Oziel se hacía patente entre nosotros como una dolorosa realidad. Ambos sabíamos que aquel beso podía estar dándomelo el abogado y ya no estaba del todo claro si ese momento llegaría o no.

Sus manos se perdieron en mi pelo y no las permitió que bajaran al encuentro de mi cuerpo. Las mías, que primero necesitaron acariciarle el cuello y la nuca, trataron de descender en busca de los botones de la camisa. No me importaba un pimiento que estuviéramos en la calle, donde cualquiera podía vernos disfrutar de la poca intimidad que nos ofrecía el coche, pero a él sí parecía que le molestara el avance. Me sujetó cuando vio que seguía avanzando hasta llegar a su bragueta.

Hasta su bendita y maldita polla.

— No. No, Bea. Nunca más...

Décimo séptima parte.
La polla que había decidido ignorar

Víctor desapareció una semana tras aquella noche. Por suerte estaba preparada y sabía que eso era lo que iba a pasar. Era como volver a vivir el distanciamiento al que me había sometido cada vez que me tuvo entre sus brazos. Había sido así desde el primer momento, como cuando me besó tras partirle la nariz a Oziel o cuando por fin conseguí que se metiera entre mis piernas...

Sí, había sido yo la que lo había logrado. De no ser por mi insistencia estaba segura de que Víctor no se hubiera atrevido jamás.

Él siempre huía tras cada uno de mis avances.

Ya apenas quedaba verano que disfrutar pero me empeñaba en vivir con normalidad mis últimos días de libertad antes de empezar otra vez con los estudios. Playa, algún que otro concierto, sesiones de cine viendo cualquier cosa aunque fuera la película más mala que hubiera tenido la desgracia de visionar... Cualquier cosa me valía con tal de no estar en casa por las noches, a la hora de la cena, que era cuando se presentaba Víctor para hacerme compañía.

Me había propuesto no estar allí la siguiente vez que apareciera.

Tras una semana haciendo tiempo, llegando tremendamente tarde a casa, y tras agotar casi todos los recursos que me quedaban para no estar encerrada esperando entre esas cuatro paredes, me llamó. Estaba leyendo en un parque cerca del centro, terminando de comer un sandwich vegetal que había comprado en uno de los puestos callejeros de la zona, cuando sonó el teléfono. Lo tenía guardado en el bolsillo exterior de una mochila de tela vaquera que se había convertido en mi complemento imprescindible aquel último año, y cuando llegué a cogerlo la llamada se había cortado.

Pero en la pantalla brillaba el nombre de Víctor.

Me debatí entre devolverle la llamada o ignorarlo, pero no habían pasado sino un par de segundos cuando la musiquilla estridente me libró de tomar una decisión. Víctor volvía a intentarlo.

Habría estado bien dejarlo sin respuesta una segunda vez, o incluso cortarle la llamada.

— ¡Qué sorpresa! —respondí, descolgando al quinto tono, haciéndolo sufrir todo lo que pude antes de que volviera a finalizar la llamada—. ¿Recordabas mi número?
— ¿Dónde estás, Bea?

Me encantó notarlo molesto, que era precisamente lo que pretendía. Cerré con cuidado el libro, marcando la página doblando una de las esquinas, sabiendo que precisamente a Víctor le molestaba enormemente ese gesto. No soportaba que se estropearan las hojas de los libros que leía y en más de una ocasión me había reprendido por usar aquel método para encontrar la marca de mi lectura.

En mi décimo séptimo cumpleaños me había regalado un original marcador de páginas que siempre llevaba conmigo y que había usado hasta aquella misma semana. Seguía teniéndolo en la mochila vaquera, pero esperaba que Víctor me descubriera un día volviendo a las andadas y tuviera el valor de reprenderme nuevamente.

Buscaba el enfrentamiento.

Di un largo trago a la lata de refresco que tenía apoyada en un hueco ya perfectamente delimitado en el césped del parque y con la que trataba de ir bajando el sándwich que me estaba cenando. Desde luego, mucho más delicioso que lo que me esperaba en la nevera preparado por mi madre. Creí recordar haber visto acelgas en la nevera. ¿Quién podía ser tan cruel como para dejarle eso de cena a una hija en vacaciones?

<<¿De verdad que no podemos comprarnos un perro? Hay siempre muchos sobras...>>

— Tomándome una copa —respondí, después de tragar sonoramente, tratando de que me escuchara a través del micrófono del móvil.
— ¿Y ayer?

La pregunta me cogió por sorpresa. ¿Cómo sabía que ayer no había estado en casa?

— ¿Y a ti qué te importa?
— ¿Y antes de ayer?

Víctor sabía que no había cenado ninguna de las noches en casa y el descubrimiento hizo que revolotearan miles de abejorros dentro de mi estómago. No podían ser mariposas; esas hacían sentir bien, casi que te acariciaban para hacerte estremecer. Lo que me aguijoneaba el cuerpo era el sentirme tan estúpida. Por una vez Víctor sí había tenido la decencia de dejarse ver y había aparecido por casa antes de lo que esperaba. Y yo había sido tan imbécil como para estar martirizándome siete noches con sus respectivas mañanas y tardes.

Un desastre...

— ¿Me espías? —fue todo lo que llegué a responder.
— Dime ahora mismo dónde estás, Bea. Voy a ir a buscarte.

Me entraron unas enormes ganas de responder y que apareciera a mi lado, me aferrara en un envolvente beso y me llevara casi a rastras hasta el coche. Tenía ganas de dejar de esconderme de mi propia casa y del hombre del que estaba enamorada.

<<¿Enamorada?>>

Decidí que ya me encargaría de ese sentimiento más adelante. En ese momento, con Víctor al otro lado del teléfono, no era para nada buena idea.

Dejé pasar los segundos mordiéndome el labio inferior, conteniendo las ganas de responder de inmediato, sabiendo que a cada instante que dejaba pasar se ponía más y más nervioso. Lo sentí farfullar al otro lado del teléfono y paladeé el momento de triunfo al saber que estaba dispuesto a dejar lo que estuviera haciendo para venir a buscarme y reprenderme en persona.

Me había dolido como nunca el rechazo que había sufrido en su coche. Con ese malestar en el cuerpo había conseguido llegar hasta ese día, tratando de no coger el teléfono para insultarlo o acabar llamando a Oziel para que me sacara a pasear —sí, como a la mascota que había sido antaño de mocosa— y me hiciera olvidarme de todas las malas pasadas que la vida se estaba encargando de ofrecerme. Ya que se suponía que tenía que acabar cayendo con Oziel tenía que poner de mi parte para que se dieran las circunstancias y se alinearan los astros. Y si Oziel no había llamado después de casi una semana de darle el teléfono tal vez no fuera a hacerlo nunca.

<<Puede que Víctor haya vuelto a desfigurarlo y esté en la unidad de traumatología esperando a que se le baje la hinchazón del rostro.>>

Me reí pensando en esa posibilidad, del todo desafortunada. Víctor debía de seguir necesitando que Oziel me enseñara cómo follaba otro hombre para poder vivir tranquilo. Por mucho que le hiciera hervir la sangre no iba a interponerse entre su polla y mi excitación. Aunque mi humedad la hubiera despertado Víctor estaba dispuesto a compartirla con su amigo para que las cosas entre nosotros volvieran a ser lo que habían sido.

Amistosas, fraternales, relación de niñera—mocosa.

Pero estaba claro que eso no iba a poder darse nunca más. Podría ser amiga de Víctor pero nunca más volvería a verlo como a un hermano, y mucho menos como al hombre que me había cuidado. Ya no tenía edad para que estuviera todo el tiempo preocupándose por mí, y eso lo sabíamos los dos.

Tragué saliva, sabiendo que estaba jugando mis cartas al farol más grande de mi vida.

— Ahora mismo no es buen momento...

Maldijo por lo bajo, tratando de que no escuchara su rabia. Tal vez tapó el auricular para terminar de insultarme. Pero luego ya se desahogó alzando mucho más la voz.

— ¿Por qué coño no es un buen momento, Bea?

Se mascaba la venganza...

Había sido tremendamente fácil.

Víctor no tenía nada que hacer; estaba perdido.

— No estoy sola.

Décimo octava parte.
La polla a la que creí haber ganado

Era muy tonta por pensar que podía ganarle la partida tan fácilmente a ese hombre. Lo que saboreé aquella noche —tras la llamada de teléfono de Víctor desde mi casa— como un enorme triunfo se convirtió en un momento en la mayor de mis derrotas. Desde luego debía de haber supuesto que con la edad que tenía no iba a ser tan fácil manipularlo, pero precisamente mi falta de experiencia fue la que me hizo pensar que todo iba a ser mucho más sencillo.

Víctor me dijo que me divirtiera.

Así de simple.

— Pásatelo bien.

Y cortó la comunicación.

El regocijo me duró lo que tardé en mirar, atónita, la pantalla del móvil con el mensaje *"Víctor ha colgado"*. Me recorrió un escalofrío que nada tenía de relación con la temperatura de la noche, y acto seguido me entraron unas enormes ganas de romper a llorar.

Pero no lo hice.

Había sido yo la que pretendí hacerme la interesante e inaccesible para un hombre con muchas más tablas que yo. Me lo había buscado a pulso. ¡Con lo fácil que habría sido estar en casa todas aquellas noches en las que me había ido a buscar! ¿Cuántas veces habrían sido? ¿Tres? ¿Cuatro? ¿Habría aparecido justo al día siguiente de nuestro último encuentro?

¡Con lo fácil que habría sido decirle que fuera a buscarme!

Me lo imaginé abriendo la puerta del piso a la noche siguiente, con la boca ávida de mis besos y la entrepierna alborotada por culpa de lo que no pasó en su coche y que no logramos culminar por su terquedad, pero que seguramente había imaginado al llegar a su cama. Yo había ocupado la mía exactamente de la misma forma tras nuestro encuentro con sus amigos y las mías, empapada por el asalto de Víctor cuando me iba a bajar y dejarlo solo en el interior del vehículo.

Porque después de decirme que le hacía hervir la sangre en verdad me demostró con actos que lo hacía.

Y Víctor, esa noche, tras verme coquetear con Oziel... hervía.

Porque después de decirme que nunca más pasaría nada se había desdicho con sus actos. Y esos actos me habían quitado el sueño para lo que me restaba de semana.

Sus manos no habían perdido el tiempo y se habían escondido bajo la fresca tela que llevaba cubriendo los pechos y los apresó con malicia mientras intentaba coger aire a través de su boca, aplastada contra la mía. Quise despojarlo de su ropa pero no me permitió juguetear con los botones de la camisa. Quise abrirle la bragueta del pantalón vaquero pero fui demasiado torpe, y la estrechez de la tela contra su miembro endurecido no me facilitó para nada la tarea. Imagino que le resultaría bastante cómica la situación y que se contuvo para no tener que apartarme las manos, al darse cuenta de que sería incapaz de liberar su polla de la prenda ajustada a sus carnes.

Volvía a demostrar mi falta de experiencia.

Él, sin embargo, no encontró obstáculo alguno para meter los dedos entre mis piernas y descubrir que estaba completamente mojada.

Fue en ese preciso momento cuando dejó de besarme, apoyó su frente contra la mía y, resoplando, me envió directamente a la cama.

Sin consuelo.

Sin los placeres que me había visto disfrutando tan solo unos instantes antes.

Sin él...

> — No. Nunca más —volvió a repetir, con unas palabras que me estaban haciendo oscurecer el alma. Las odiaba con todas mis fuerzas, y a él cada vez que las pronunciaba—. Es tarde. A casa, señorita...

Lo había desafiado tanto con la mirada que supongo que tuvo que quedarle claro que aquella me la tendría que pagar. No podía destapar la caja y pretender que no se desparramara todo su contenido. Y yo estaba completamente desparramada en el sillón de su coche, jadeando, con la necesidad de tenerlo dentro de aquella humedad que con un simple beso había provocado. Que había constatado con sus dedos. Que estaba deseando que disfrutara.

> — No puedes...

Víctor arrancó el coche, se recolocó en su asiento y se abrochó el cinturón de seguridad. No me miró más. Perdió la vista en la oscura calle que se abría paso ante el parabrisas del coche. Una noche completamente igual a la anterior, de septiembre, con su asfalto negro oliendo a lo que siempre olían las calles cualquier noche. A lo que siempre olía la mía, y más cuando tenía que regresar sola a la cama.

Cansancio y olvido.

Nuevamente con rabia abrí la puerta del pasajero delantero y sin mediar una palabra más me bajé del vehículo y di un fuerte portazo como toda señal de indignación. No creo que Víctor me mirara al hacerlo, pero al menos quería dejarle claro con el sentido del oído —ya que no podía con el de la vista porque no se dignaba a mirarme— que lo consideraba el mayor capullo de la historia. En la tapicería del asiento quedó la muestra de mi excitación, pero tenía cosas más importantes de las que preocuparme, y en aquel momento haberle manchado la tela al hombre por el que suspiraba —y más de una vez jadeaba— era el menor de mis desvelos.

Que se diera cuenta de lo que había provocado y se había perdido en el siguiente semáforo en el que parara el coche. Que se diera cuenta de lo que me estaba haciendo con sus deseos y luego con su necesidad de comportarse como un caballero. Que se diera cuenta de lo capullo que era.

Busqué a tientas la llave del portal en el diminuto bolso, esperando escuchar el sonido del motor al alejarse calle abajo. Para que entraran las tres llaves que me hacían falta hasta llegar a mi cama había tenido que separarlas del llavero, ya que lo que llevaba en la mano se parecía más a una cartera, y si entraba el documento de identificación, algo de dinero y el teléfono móvil ya no había sitio para nada más. Pero Víctor permaneció al ralentí, como haría cualquier persona decente, esperando a que me pusiera a salvo en el interior del portal.

Lo odié también por estar allí, tan caballeroso, mientras a mí lo que me apetecía era desmoronarme contra la puerta de cristal en cuanto estuviera dentro para llorar a gusto.

Por fin localicé la llave y me tragó la negrura un instante antes de que se encendieran las luces accionadas por el dispositivo de detección de movimiento de la escalera. Y con la mayor dignidad de la que fui capaz llegué hasta el ascensor, pulsé el botón, y me escondí de su mirada en el interior del reducido habitáculo.

No supe si Víctor estuvo vigilando mis movimientos pero poco importaba cuando ya me sentía nuevamente una imbécil por pensar que doblegaría su voluntad simplemente con desearlo.

Por ello no había aparecido por casa en una semana a la hora de la cena. Por eso estaba aquella noche comiendo sola en la calle, haciendo tiempo, para que cuando él quisiera aparecer no me encontrara esperándolo.

Y por ello no me imaginé que precisamente él fuera a acercarse a buscarme tan pronto. Me había acostumbrado a sus huidas. Me había acostumbrado a sus ausencias mientras conseguía dominar sus impulsos masculinos.

A lo que no me acostumbraba yo era a tener que aprender a doblegar los míos, cuando apenas si había descubierto que los tenía.

Aquella noche, tras mentirle por teléfono, tardé más de una hora en reunir el valor necesario para encaminar mis pasos hasta mi casa. No quería toparmelo allí, esperándome, para enfrentarme a su mirada inquisitiva.

O peor aún: a su completa indiferencia.

Y encima que descubriera que le había mentido como la mocosa que era.

Giré la llave de la cerradura de seguridad pasadas las once de la noche. La casa permanecía en silencio y a oscuras, como siempre la encontraba desde que Víctor se había mudado a su propio piso compartido. Encendí las luces y dejé la mochila y las llaves en el descansillo. Casi me arrastré hasta la cocina en busca de un poco de agua que llevarme al dormitorio. En la encimera de mármol encontré una palangana con agua y lo que me dio en la nariz que era detergente líquido. No recordaba haberla visto cuando me marché, pero tampoco era que pasara demasiado tiempo en la cocina teniendo en cuenta que nunca buscaba la comida que dejaba preparada mi madre. Tal vez mi madre había estado por allí para lavar algo a la carrera y se había olvidado de tirar el agua y guardar la palangana.

Lo hice yo como una autómata. Cogí el barreño, lo vacié en el fregadero y lo dejé escurriendo boca abajo mientras seguía maldiciendo en silencio mi suerte.

Y también en voz alta, para qué negarlo.

— Soy una completa estúpida.

Con la botella de agua en la mano fui desnudándome por el camino hasta la cama, recogiendo las prendas del suelo a medida que me las iba quitando. No me gustaba la idea de que regresara mi madre y comprendiera que su hija se estaba descuidando en casa por algún motivo. Aunque casi había pasado a vivir sola desde que Víctor se había independizado de vez en cuando conseguía cuadrar algunos minutos con mis padres. No quería que mis padres pensaran que no era capaz de desenvolverme bien sola en casa y tuvieran la inexplicable e imperiosa necesidad de buscar a alguien se ocupara de que no muriera mientras aprendía a ser una adulta.

— Tengo que aprender a cocinar. Un curso de cocina me vendrá genial —me dije, avanzando por el pasillo—. Seguro que al menos consigo distraerme y traer algo de sabor a esta casa.

Al encender la luz de mi alcoba no reparé en el pequeño bulto que había en el centro de la cama, dejando sobre la colcha un cerco húmedo.

Fue al ir a retirar el cobertor cuando reparé en la prenda.

Eran las braguitas que Víctor había tomado de mi cajón de lencería.

Las había pasado por agua y detergente en la cocina para que no siguieran oliendo a él, con su corrida impregnando la prenda, y me las había devuelto de la forma más cobarde.

Y yo que pensaba que no se podía ser más cruel...

Estaba claro que habíamos iniciado una guerra.

Por desgracia, ya tenía la sensación de tenerla perdida.

Décimo novena parte.
La polla que había ido a buscarme

Le pegué un manotazo a las braguitas y fueron a estamparse con un ruido húmedo contra la pared donde se apoyaba la cama. La impotencia me llenó por dentro, con una rabia que estaba aprendiendo a paladear con demasiada frecuencia aquellos últimos meses. Estaba muy enojada conmigo misma, pero sobre todo con Víctor.

Estaba tratando de hacerme daño a posta.

Y lo estaba consiguiendo...

No podía creer que de verdad quisiera hacerlo. Justo le había confesado antes de acostarnos que sabía que cuidaría de mí, que le importaba lo que sintiera y que estaba segura de que iba a hacerme disfrutar porque me apreciaba.

Bueno, no exactamente así, pero era lo que le había querido decir.

Y de pronto se mostraba un Víctor malvado y vengativo, con un rostro perverso y capaz de hacerme hervir la sangre no sólo por el sexo. Sabía que las personas eran capaces de hacer daño a posta pero no lo esperaba de parte de ese hombre. Me había hecho rabiar como ningún otro antes de que le diera por asumir de verdad su papel activo de cuidador, pero de eso hacía muchos años y casi que no quería ni rememorar nuestras peleas.

Pero estaba furiosa.

Y más por el hecho de pensar que esas braguitas habían ido a todas partes con Víctor en su bolsillo. Que hubieran acabado en un barreño con jabón indicaba que no se desprendía de ellas.

¡Fuerte mierda!

Fui en busca de mi mochila y con el móvil en la mano no me detuve a pensar si lo que estaba a punto de hacer era o no lo más conveniente. Lo que más me importaba en aquel momento era decirle —más bien escribirle con letras mayúsculas, como se gritaba por escrito— que ya que me las había robado y las había usado con su amiguita para limpiarle las babas —y otras cosas que no tenía ganas de recordar ni escribir— que se podía meter las braguitas por donde le cupieran.

Imposible olvidar lo otro que había limpiado Víctor con ellas... aunque no fuera a escribirlo.

— ¡Capullo!

"Podías haber sido más original. Al final te llevaste mis braguitas porque te apetecía y no porque yo te lo hubiera pedido. Te haces daño a ti mismo dejándolas aquí. Para mí no significan nada...".

Sabía que no resultaba creíble, que el mero hecho de escribirle y enviarle ese mensaje nada más llegar a casa desvelaba cómo me hacía sentir al imbécil de Víctor, pero la rabia era muy mala consejera y a mí mis hormonas no me dejaban reposar las emociones antes de saltar en plan felino hambriento para atacar el cuello de mi presa. No era que me sintiera cazadora, porque imaginaba que cazar llevaba una estrategia. En verdad me sentía más como un elefante al que habían fustigado con algo muy doloroso en los cuartos traseros y salía en desbandada, pisoteando todo lo que encontraba a mi paso.

Lo que no tenía claro era si Víctor sería más rápido que un elefante.

Mandé el mensaje, arrojé el teléfono sobre la cama —teniendo cuidado de no dejarlo sobre el cerco mojado para que no hubiera riesgo de que se estropeara— y encaminé mis pasos de animal embrutecido hasta la cocina. Allí recogí la palangana, mirando el desagüe por el que había tirado el agua donde seguro que se encontraban los restos de la lujuria de la noche de pasión de aquellos dos desvergonzados. Volví a abrir el grifo y observé como el desagüe del fregadero desalojaba el contenido jabonoso con el característico torbellino de agua, ese en el que de pequeñas siempre metíamos el dedo, asombrados de que no se nos moje cuando hay tanta agua alrededor.

Cosas de niños.

Cualquier cosa nos sorprendía entonces y cualquier cosa me seguía sorprendiendo ahora, si me ponía a pensarlo fríamente. Me había creído más inteligente que aquel hombre que me sacaba muchos años de perrerías con mujeres mucho más expertas que yo. La verdad era que no me esperaba que tuviera intención de hacerme daño después de todo lo que habíamos pasado juntos. En verdad yo tampoco me imaginaba teniendo ganas de hacerlo enfurecer, pero la cosa se nos había ido de las manos a los dos.

Habría sido mucho más fácil que nada de aquello hubiera pasado nunca...

¿Y si en vez de esconderme aquella semana lo hubiera estado esperando en el dormitorio, leyendo como una niña buena, destapada, con la esperanza de que acudiera a arroparme? ¿Usando su marcapáginas para no dañar los libros, no buscando plantarle cara?

¿A quién coño podía gustarle una niña buena?

A Víctor, desde luego, no...

Pero estar allí habría hecho que las veces que fue a buscarme no se sintiera frustrado. Tal vez un abrazo, contestar a la pregunta de "por qué estábamos sintiendo esto" y un par de besos consoladores hubieran hecho todo el trabajo. Pero me había empeñado en saber manejar una situación que se me escapaba de las manos. No sabía lo que era la pasión y el deseo llevados hasta ese punto, y desde luego no sabía manejar mis sentimientos como él.

<<*No. Él tampoco sabe. Lo de las bragas es un acto de rabia. Igual que*

estoy teniendo yo los míos.>>

Guardé la palangana y el detergente, regresé con una chocolatina para complementar la cena ligera que me había tomado y rescaté el móvil de encima de la cama. Empecé a comer el chocolate con necesidad y no como simple postre. ¿No se decía que era el sustituto del sexo y que servía como antidepresivo? Porque a mí me hacía falta para las dos cosas, que las ganas de llorar me asaltaban cuando se me iban quitando las ganas de pegarle una paliza.

Y de follármelo. De eso también seguía teniendo ganas.

Había llegado la respuesta de Víctor en el whatsapp.

Abrí la aplicación con miedo, sabiendo lo que me esperaba. Había despertado a la bestia y me iba a devorar, no dejando ni mis huesos.

"Para mí siguen significando mucho, pero ya veo que no
te interesa".

El momento perfecto para escupirle a la cara si llego a tenerlo delante. ¡Tendría cara!

"¿Que no me interesa? Llevaba intentando que te fijaras
en mí un año.

¡Un año! ¿Sabes lo horrible que fue vivir contigo así y
que no me hicieras caso?"

"Para mí no ha sido mucho más fácil. Recuerda que lo he
padecido contigo.

Pero me alegro de que hayas encontrado a alguien. Te lo
mereces".

"¿Padecido? ¿He sido un padecimiento para ti? ¿Serás
imbécil? ¿A quién puedo haber encontrado?"

No pude creerme el dolor que me produjo que me dijera que había padecido conmigo mi deseo de acostarme con él. ¡Si no se había enterado hasta el final! Era cierto que había tratado de besarlo pero luego todo aquello había quedado apartado y ya nunca más me volvió a ver revoloteando a su alrededor. ¿Cómo podía atreverse a decirme una cosa así?

"¿A Oziel, por ejemplo? No ha dormido en casa en toda la semana".

¿Por eso estaba tan enfadado? ¿Porque se creía que me estaba enrollando con su amigo? Reí, algo ablandada por los sentimientos de aquel grandullón que parecía estar igual de perdido que yo. Hacía solo una semana que me había ofrecido a su amigo como si pudiera disponer de mí. A veces eso me había hecho sentir bien aunque no supiera explicar muy bien el motivo. Pero otras me había sentido como la virgen de las películas antiguas que era entregada en sacrificio al Dios de alguna tribu perdida en los confines de una selva. Era ilógico que ahora le molestara que pudiera estar viéndome con Oziel, pero también era ilógico que fuera capaz de estar encaprichado de mí y que no pudiéramos encontrar la manera adulta de llevar el tema a buen puerto.

Los celos eran muy malos consejeros. Los suyos y los míos.

Pero que él los tuviera era la cosa más maravillosa que podía pasarme esa noche, cuando lo había dado ya todo por perdido.

"No me estoy viendo con Oziel".

Silencio administrativo.

Me estaba dando cuenta de que era muy fácil sacarme de mis casillas. Tenía que haberme cayado y descubrir antes por qué Víctor estaba tan endemoniado con la posibilidad de que Oziel estuviera durmiendo conmigo, fuera donde fuese que lo estuviéramos haciendo.

Pero no sabía contenerme.

Una pena.

"Ha sido muy cruel dejarme aquí las braguitas..."

"Tenía que dejarte al menos unas para mañana..."

Levanté la vista y vi la prenda mojada tirada en el suelo, donde había ido a parar tras el manotazo que le había pegado. En verdad tenía algo de sueño y estaba muy cansada, pero eso no explicaba que no fuera capaz de entender esa última frase. Era sábado ya...

Los viernes siempre me ocurrían cosas francamente malas.

Pero yo tenía muchas bragas que poder ponerme al día siguiente.

Con temblor en la mano fui hasta el cajón donde guardaba la ropa interior y sujeté el pequeño pomo con los dedos. No sé si tardé mucho o lo abrí nada más tenerlo a tiro. No recuerdo mucho más de aquella noche.

El cajón de mis braguitas estaba vacío...

Vigésima parte.
La polla que no me dejaba dormir

En señal de protesta estuve dos días sin ponerme bragas.

La sensación de rozar las nalgas con la tela de la falda al caminar me recordaba una y otra vez la desfachatez que había cometido Víctor llevándose todas mis prendas íntimas. No estaba acostumbrada a no usar ropa interior, por lo que me miraba constantemente en los espejos para asegurarme de que no se notaba nada.

Aunque con Víctor fui mucho más descarada.

"Así he tenido que salir hoy a la calle".

Ese fue el texto que acompañó a la fotografía que conseguí hacerle a mi culo reflejado en el espejo de mi cuarto, levantándome la falda. Quedaba muy descarado como declaración de intenciones, pero no se me ocurrió forma más gráfica de expresarle lo que pensaba de su idea de robarme todas las braguitas.

No obtuve respuesta esa primera vez.

Pero me había propuesto mandarle una foto todos los días, sin ropa interior, aunque él no tuviera la decencia de responder a ninguna y fueran todas borradas de su teléfono móvil antes de que las descargara. Así imaginé que estaba actuando Víctor. Encendía el móvil, veía que le había enviado otra foto y, directamente, la borraba. No tenía ninguna intención de desear mi culo guardando aquellas imágenes. No tenía ninguna intención de caer con una treta tan simple como la que estaba utilizando.

Esa noche, por supuesto, no conseguí dormir. Y la noche siguiente tampoco.

A mi mente acudían un sinfín de imágenes de aquel hombre perverso. Entrando a hurtadillas en casa esperando encontrarme en el sofá, como tantas otras veces. Enfadándose al registrar toda la casa y no encontrarme en ella. Llamándome para saber dónde estaba. Deseándome que me lo pasara bien, estuviera con quien estuvieses. Lanzando una palangana con rabia al interior del fregadero para llenarla de agua y luego arrojar la prenda manchada de semen. Dejando las braguitas en el centro de mi cama, eligiendo la forma en la que mejor quedaría para que se distinguiera bien.

Disfrutando de su obra.

Abriendo mi cajón y metiendo toda mi ropa interior en una bolsa.

Llevándose a la nariz cada tela... antes de guardarla.

He de reconocer que me mojaba con esas escenas. Víctor ansioso por encontrarme, Víctor desilusionado. Víctor rabioso. Víctor vengativo.

Víctor lascivo...

A la segunda noche en vela supe que aquello me iba a costar más de un calentón. Tenía ganas de desahogarme pero no me apetecía hacerlo sin él. La verdad era bien triste. La ausencia de sus dedos buscando mis gemidos de placer hacía que cada vez que intentaba llevar los míos a mi entrepierna perdiera el interés.

Una tontería, lo sé. Pero no podía evitar sentirme de esa forma.

No podía creer que lo necesitara tanto, noche y día, pero sobre todo de noche. Estaba claro que estaba obsesionada con lo que había perdido antes de haberlo ganado y no sabía cuál era el siguiente paso a dar para conseguir mi objetivo. El problema era que tampoco sabía cuál era mi objetivo. Iba dando bandazos haciendo rabiar a Víctor como única idea fija en la cabeza, pero tal vez de esa forma lo que estaba haciendo era perderlo.

Las noches se hicieron, como antes de su mudanza, tremendamente largas y demasiado parecidas a las que tuve que sufrir cuando suspiraba por la polla de Víctor sin saber si alguna vez llegaría a disfrutarla. Casi iguales... salvo por la nimiedad de que ese hombre ya no dormía al otro lado de la pared. Ya no lo escuchaba moverse sobre el colchón ni toser cuando tenía un catarro horrible y se le secaba la garganta al no poder respirar por la nariz.

Incluso recordaba con ternura todas las mañanas en las que me destapaba con brusquedad, me quitaba la almohada y me instaba a levantarme, amenazándome con meterme en la ducha para apartar el sueño de mis ojos.

Nunca cumplió su amenaza.

<<Por desgracia.>>

Tenía que reconocerlo: lo echaba tremendamente de menos.

Era de los que disfrutaba leyendo hasta tarde. Me gustaba vigilar la hora a la que apagaba la luz, ya de madrugada. Por su mesilla de noche habían pasado tantos libros que había perdido la cuenta. En alguna ocasión traté de leer alguno de los que terminaba pero la mayor parte de ellos no me llamaban demasiado la atención, y los pocos que sí pudieron despertar mi curiosidad me fueron vetados por Víctor cuando le pedí que me los prestara.

— Eres aún muy joven para leerte esto.

<<Si yo te contara que me veo las pelis porno que guardas en tu ordenador...>>

También trató de esconderme todas las revistas que compraba, y en las que salían montones de mujeres desnudas. Pero sabía dónde las guardaba, aunque no me interesaban demasiado. Pasaba demasiado tiempo a solas en casa en las noches de los fines de semana como para que no fuera a tener la oportunidad de registrar su cuarto a conciencia.

Incluso, cuando cumplí la mayoría de edad, siguió considerándome demasiado pequeña para según qué literatura. Que fuera él quien me censurara las lecturas me pareció del todo patético por entonces. Mis padres nunca se habían preocupado por lo que leía o veía en la tele, pero era cierto que había delegado esa función en Víctor.

Y se tomaba su papel muy a pecho.

Aquellas noches en las que se marchaba con sus amigos también había llegado a leer algo de lo que me ocultaba en lo alto de su estantería, aunque tenía que reconocer que me llamaba por el momento más el tema visual que el aspecto literario de las cosas con las que se estimulaba sexualmente el hermano de Laura. Apunté los títulos de las novelas y esperé tener la paciencia para retomarlas unos años más tarde, cuando dispusiera de mi propio apartamento y no tuviera miedo de que mi madre fuera a encontrarlas en mi cuarto.

A Víctor eso no parecía importarle demasiado.

¿Por qué no parecía estar mal visto que un hombre consumiera ese tipo de literatura o aquellas revistas?

Tal vez la cuestión no estaba en que Víctor fuera un hombre, sino que no era hijo de mis padres. ¿Podía sentir vergüenza de que mi madre descubriera que leía literatura subida de tono o de que le gustara mirar fotografías de mujeres desnudas en una revista?

<<*Ojalá sintiera la misma poca vergüenza al reconocerle a ellos que me deseaba...*>>

Las fotografías que yo le mandaba ni las miraría, pero con las de aquellas tías con pechos de silicona y abdominales marcados sí que se dejaba las pestañas.

— ¿También celosa de una modelo?

No roncaba sino cuando estaba enfermo. Se despertaba temprano y se acostaba tarde. Nos peleábamos por la posesión del cuarto de baño y hasta alguna vez había bromeado con obligarlo a enseñarme a conducir cuando le regalaron su coche nuevo. No tuve el valor de recordárselo al cumplir la mayoría de edad, después de sobrevivir al "incidente". Mis primeras copas, los cigarrillos que me encontró un día y que me tiró directamente a la basura. Las veces que me descubrió mirándole y las veces que me vio desnuda, cuando yo aún no pensaba en él como en un hombre.

Y siempre estaba a la hora de la cena...

Lo echaba mucho de menos.

La foto del domingo, con una faldita blanca y una camiseta verde, obtuvo respuesta. Después de cuatro fotografías anteriores no esperaba que fuera a contestarme a esas alturas —y menos con ese atuendo, que era el más feo de los que le había enviado— así que cuando escuché que mi móvil vibraba me llevé una sorpresa. Mi corazón volvió a acelerarse sabiendo que debía de ser una respuesta de él. Casi nadie me mandaba mensajes al teléfono, salvo quizás Laura.

"Vas a ver la gracia que le va a hacer a tu madre cuando descubra que no hay ropa interior sucia tuya en la colada".

¡Mierda!

Quise amenazarlo con contárselo todo. Que le diría que me había robado todas mis braguitas, que nos habíamos acostado e incluso lo de las braguitas que había usado para limpiarle la boca a su amante borracha, pero los dos sabíamos que no me atrevería. No era de las de hacer daño a propósito. No, al menos, hasta que empecé toda aquella historia y me había embargado la ira.

¿Qué excusa podía ponerle yo a mi madre si abría el cajón de mi ropa y lo encontraba vacío?

Era una verdadera pena que fuera domingo y no abrieran las tiendas.

"Te odio".

Imagino que el mensaje lo leyó partiéndose de risa, en el sofá de su piso de soltero, con unos cortos pantalones de deporte y una camiseta ajustada, sin mangas, de esas interiores que siempre había usado como toda ropa para estar dentro de casa.

Aquel día, mientras desayunaba, aparecieron mis padres por la puerta.

El domingo era el único día en que se permitían aparecer por allí los dos juntos. Dejaban la tienda en manos de un empleado que habían contratado hacía poco, gracias a que parecía que empezaba a irnos bien a nivel económico y se podían permitir tener a alguien veinticuatro horas para mantener abierto el negocio. Antes... era el único "Veinticuatro horas" de la ciudad que cerraba en domingo cuando estaban completamente agotados y no podían trabajar más turnos.

— ¿Lista, cariño?

Terminaba de comer cuando salieron de su cuarto, elegantemente vestidos, como si tuvieran una cita.

— ¿Para qué?

Mi madre comprobó en el espejo que el maquillaje reparaba los estragos que las noches sin dormir habían causado a su piel de cuarenta y cinco años. Aquel día parecía algo más joven de lo habitual, pero todos sabíamos que en cuanto se pasara una toallita desmaquillante por la piel volvería a aparentar más de cincuenta. Ella solía bromear con que el trabajo le estaba robando la juventud, pero nadie se atrevía a decirle que no era ninguna broma.

Mi padre pasó a mi lado y me quitó el plato de delante de la mesa. No entendía que estuviera desayunando tan tarde, y así me lo hizo saber.

<<*Si yo te contara que llevo demasiadas noches quedándome dormida a las cuatro de la mañana y despertando casi a las doce...*>>

Pero no conocían mis rutinas, y menos en vacaciones. Y no era el momento de empezar a ponerlos al día, cuando estábamos a escasas dos semanas de iniciar las clases.

— Esta niña no va a tener hambre a la hora del almuerzo —

comentó mi padre con mi madre, haciendo que me levantara de la silla y mirando el largo de mi falda con desaprobación.

Por lo menos no se fijó en que no llevaba bragas. Habría sido lo más embarazoso que me habría pasado con mis padres si de pronto lee hubiera dado por agachar la cabeza para ver si dejaba mucho o poco a la imaginación. Fuera como fuere, estaba claro que encontraban escasez de tela en aquella prenda, al igual que Víctor cuando me vio lucirla para ir a la universidad y medirme con mis amigas.

— Si tu padre te viera… —me había dicho.

<<Pues listo, ya me había visto. ¿Y ahora qué? ¿Se iba a caer el mundo?>>

Por suerte no se cayó nada y tampoco notaron que me faltaba la ropa interior. Podría regodearme de eso cuando viera al hermano de mi amiga.

<<Si vuelve a dejar verse…>>

— ¿Cómo puede ser que lo hayas olvidado, terosito? Es el cumpleaños de Víctor. Hemos quedado con él para almorzar.

Vigésimo primera parte.
La polla que se iba a sentar a mi lado

Siendo vulgar a la hora de expresarlo, se me habrían caído las bragas al suelo si las hubiera llevado puestas. Me quedé rígida, como si de pronto me hubieran puesto a participar en ese juego infantil en el que te tienes que ir acercando poco a poco hasta la pared en la que cuenta de espaldas un pobre infeliz, que se da la vuelta con la esperanza de que cuando se vuelva te cogerá en plena carrera hasta la meta, para "pillarte".

Sí, una figura de cera.

Puede incluso que mucho más fea que una figura de cera, porque se me tenía que haber quedado una cara horrible para que mi madre me preguntara si me pasaba algo. De milagro no se me había descolgado la mandíbula.

— No, tranquila. Estoy bien —respondí, tratando de no parecer la mujer más aturdida de la galaxia ante la noticia de un cumpleaños—. Pero es que no me acordaba para nada y ya he hecho otros planes.

¿Cómo se me podía haber pasado el cumpleaños de Víctor? ¿Acaso no lo tenía apuntado en la agenda del móvil, para que me avisara con su alarma inoportuna a las doce de la noche?

Pues no, no lo había apuntado nunca. Siempre recordaba la fecha. Para eso tenía muy buena memoria. Y como Víctor había vivido hasta el inicio del verano con nosotros nunca tuve la necesidad de tener un chivato. Él mismo se encargaba siempre de "recordarme" que tenía que comprarle un regalo —un buen regalo, que para eso se lo ganaba— una semana antes de que llegara la fecha. Tampoco era fuésemos dados a los grandes festejos, pero al menos un almuerzo en familia sí nos permitíamos.

En familia...

Ese era el grave problema que seguía teniendo con Víctor. Era como de la familia...

> — Pues vas a tener que cancelar lo que tuvieras programado —comentó mi madre, asintiéndole a mi padre a la hora de aceptar que ella también pensaba que le faltaba algo de tela a la falda—. Hay mesa reservada y nos esperan allí en una hora.

Imaginé a mis padres mandándose mensajes de forma telepática, mientras mantenía contacto visual y me echaban de vez en cuando algunas miradas desaprobatorias.

> — Sí, tenías razón. Desde que se ha marchado Víctor esta chica hace lo que le da la gana.
> — ¿Pero has visto cómo está vistiendo? ¿Y eso de levantarse casi a las doce? Eso no lo había hecho en la vida
> — Habrá que pensar en contratar otra niñera. Siempre ha sido buena chica. No podemos dejar que se descarrile a estas alturas.

Ya me veía teniendo que esquivar a una Mary Poppins a la salida de la universidad. Patético.

> — ¿Has dicho "nos esperan"?

El verbo en plural me descolocó un poco, pero de inmediato me di cuenta de a qué se refería mi madre. La verdadera familia de Víctor había prometido tratar de estar presente en aquella ocasión, ya que él no se podía desplazar al haber encontrado trabajo. Incluso creí recordar que Laura me había dicho hacía un mes que si aprobaba las asignaturas que le quedaban pendientes también se vendría a hacernos la visita. ¿Cómo había podido olvidar todo aquello?

Era imperdonable que me hubiera centrado tanto en mi no relación con Víctor como para dejar aparcada el resto de mi vida. Venía mi mejor amiga a la ciudad a pasar unos días y no había preparado nada. Seguramente si llego a haber encontrado algo de tiempo para conectarme a Skype me lo habría recordado, pero me había empeñado en salir de mi casa un día sí y otro también, alejándome de Víctor, de la comodidad de mi sofá y mi conexión a internet que no había hablado con ella. Y todo para que cuando él fuera a buscarme no me encontrara. Valiente plan el mío.

Mi mejor amiga en la ciudad y yo no había pensado en qué hacer en esos días.

¡Incluso estaba sin bragas!

Imperdonable...

Cuando conseguí reaccionar me apresuré a mandarle un mensaje a Víctor. Mi madre creyó que en verdad estaba deshaciendo los supuestos planes que me acababa de inventar y que probablemente habría defendido con uñas y dientes si no llega a ser porque tenía muchísimas ganas de ver a Laura. La perspectiva de pasar un almuerzo con mis padres y Víctor solamente no me hacía demasiada ilusión, ya que probablemente apenas me habría dirigido la palabra y me habría sentido invisible en aquella mesa, comiendo sin hambre y teniendo que ocultar el verdadero apetito que sentía mi cuerpo por los encantos del arquitecto. No iba a ser nada fácil ocultar mi interés por él, pero teniendo a Laura al lado todo sería mucho más fácil.

"Considera mis braguitas como tu regalo de cumpleaños. Por cierto... felicidades".

Abrí de par en par las puertas de mi armario, buscando entre las prendas de nueva temporada que me había comprado en rebajas algo que fuera realmente favorecedor. Aquel año mi madre había considerado que era conveniente ampliar mi fondo de armario ya que iba a la universidad y mi cuerpo estaba cambiando por fin. Me había dejado tirar de su tarjeta de crédito para hacer un par de excesos en mi vestuario, ya que también estaba muy contenta por el resultado de mis notas en mi primer año de carrera. Incluso, después de tener que usar algo de relleno en el sujetador, había ganado casi una talla.

<<*Eso va a ser que estoy comiendo demasiadas veces fuera de casa y lo que estoy acumulando es grasa.*>>

Por lo tanto, lo único que no podía ponerme eran bragas...

De resto había un par de camisetas escotadas que me quedaban de muerte, algunos pantalones cortos que me encantaba lucir con unos tacones —que estaba aprendiendo a dominar lentamente— y tres faldas que iban a ser las que en verdad me dieran trabajo a la hora de elegir cuál ponerme...

Porque me tenía que poner falda si no llevaba bragas.

Y porque Víctor no podría dejar de pensar en que debajo de la tela no llevaba nada puesto.

Tardé exactamente siete minutos en volver a estar vestida; esta vez correctamente uniformada para causar sensación. Me dio igual que mi madre considerara que aquella camiseta enseñaba más de la cuenta. Me dio igual que mi padre me dijera que lo que llevaba puesto era un cinturón ancho muy ridículo. Aquella broma era demasiado vieja como para que a mí me fuera a hacer gracia.

A esas alturas necesitaba quemar todas mis naves y enseñar un poco de carne no me iba a sentar nada mal. Aunque me daba la sensación de llevar quemando todas mis naves una eternidad. Exactamente desde que mis amigas me dijeron que estaban seguras de que la polla de Víctor tenía que ser una delicia.

Sí, esa frase se me había quedado grabada a fuego.

No entendía la prisa que tenían mis padres por salir de casa aquella mañana convertida en mediodía, pero al parecer éramos los encargados de ir a buscar la tarta de cumpleaños, ya que Víctor había ido directamente a la estación de tren a buscar a los suyos y las pastelería cerraba a la una y media. Todo el mundo tenía en mente la importante cita del almuerzo y yo me había desconectado de la realidad por completo.

¿Por eso podía haber estado Víctor tan distante? ¿Porque tenía cosas más importantes en mente, como preparar el viaje de sus padres y su hermana?

<<No pienso hacerme ilusiones. Seguro que eso no ha tenido nada que ver en su comportamiento de imbécil integral de estos días.>>

"Gracias por el regalo. Todo un detalle de tu parte".

No le escribí un insulto porque se habría dado cuenta de que seguía molesta por culpa de su sinvergonzonería. Sabía que se estaba divirtiendo con aquello y prefería no darle más motivos para que se burlara de mis mensajes en el sofá de su piso, con su escueta ropa de estar por casa marcando su cuerpo atlético...

Tenía que dejar de pensar en esa imagen.

Por suerte, a aquella hora, ya tenía que estar en la estación de tren recogiendo a su familia, así que la visión de Víctor semidesnudo en su casa no era una realidad como hacía un par de horas.

En nada estaría abrazando a Laura y me estarían preguntando qué le iba a regalar a ese hombre por su cumpleaños.

— Nada, ya le he regalado todas mis bragas.

Iba a resultar el almuerzo de cumpleaños más tenso que recordaba. Más que el mío cuando llegué a los dieciocho o cuando vomité por culpa de la bebida. Tragué saliva y traté de pensar con las pocas neuronas que no se habían puesto en huelga entre las vacaciones y la falta de satisfacción sexual.

<<No tengo un puñetero regalo para ese jodido capullo.>>

En aquel momento Víctor estaba en su coche en la estación de tren, esperando en su asiento perfectamente arreglado para la ocasión. Camisa, pantalón de vestir, zapatos de cordones que estaba deseando que salieran por la ventana para acto seguido hacer exactamente lo mismo con el cinturón y el resto de la indumentaria...

Vale, aquella imagen tampoco me ayudaba absolutamente nada.

Íbamos de camino a la pastelería, rogando para que mis padres no fueran a hacer algún comentario en voz alta acerca de lo corta que era la falda y de lo poco que dejaba a la imaginación al llevar tan poca tela encima, cuando pensé que tal vez a Laura le apetecería quedarse en casa con nosotros ya que el cuarto que había ocupado Víctor estaba libre y hacía mucho tiempo que no teníamos momentos de intimidad cara a cara para hablar de nuestras cosas.

Tenía que ver cómo se lo planteaba a mi madre.

— ¿Podemos pasar por la tienda un momento? —le pedí a mi padre.
— ¿Qué te hace falta, tesorito? —me preguntó él, mirándome por el espejo retrovisor con cierta incredulidad. Normalmente nunca compraba nada de nuestra tienda, básicamente porque tenía los productos algo más caros que el supermercado de la esquina.

Pero se podía comprar a las tres y media de la mañana.

— Una cosa que quiero regalarle a Víctor —respondí, teniendo por fin una idea que iba a parecer bastante decente a la vez que bastante perversa.

Un chiste entre ambos. O, más bien, un secreto.

Mi padre hizo la parada de rigor y yo no tardé sino un par de minutos en entrar, saludar al muchacho que mis padres habían contratado para hacer parte de la guardia los domingos y llegarme a la estantería donde se acumulaban y exponían los productos de limpieza. No me costó mucho localizar un bote de limpiatapicerías para coche, junto con un cepillo de cerdas blandas y una bolsa de regalo de cachorrillos de perro. Todo junto, como regalo, parecía bastante soso aunque práctico, pero viniendo de mí y sabiendo que era para Víctor ninguno de los dos le vería las buenas intenciones.

<<Lo de los perros tiene su gracia.>>

La broma de tener un perro para que se comiera las sobras de las cenas que preparaba mi madre se había repetido en demasiadas ocasiones entre nosotros como para que al ver la bolsa con semejante estampado no fuera a recordarla. La pena era que si no lo hacía no podría explicársela estando ella presente. Probablemente no fuera a hacerle ni puñetera gracia.

Regresé al coche tras dejar en mi cuenta apuntado lo que le debía a la caja. Mis padres me habían enseñado a ser respetuosa con mis gastos y lo de hacer un regalo era cosa mía. Por lo tanto, les debía ese dinero.

-   Si no lo pagas tú el regalo lo estamos haciendo nosotros —me decía siempre mi madre. Y esa premisa se me había quedado grabada a fuego. Así que los regalos los pagaba yo con la pequeña paga que me tenían asignada mis padres.

Cuando estuve nuevamente sentada en el coche pude centrarme otra vez en mis elucubraciones acerca de la habitación vacía de Víctor que podía ocupar Laura.

<<Como si quiere dormir conmigo en la misma cama o hacer acampada con sacos de dormir en el salón. La cosa es tenerla cerca.>>

Era imperdonable que no hubiera organizado absolutamente nada para esos días de visita. Tenía que que pensar en un plan y hacerlo pronto.

Le hice la observación a mi madre, pensando que a ella también le agradaría la idea de que tuviéramos algún tema de conversación en el interior del coche y que no la cogiera de imprevisto haciendo peticiones incómodas que no pudiera rechazar delante de todos en el restaurante.

— Ya hemos hablado de eso con sus padres, Bea—. La voz de mi madre no sonó muy contenta, cosa que me sorprendió ya que sabía de buena tinta que adoraba a Laura y le encantaba tenerla en casa—. Pero ellos quieren pasar unos días en familia en la casa nueva de Víctor. Ella también hace bastante tiempo que no ve a su hermano. Recuerda que no pudo venirse para la fiesta de graduación porque estaba con los exámenes finales.

Me dio pena pensar que Laura prefería pasar más tiempo con Víctor que conmigo pero tuve que entender que era lo normal. Al final era su hermano, y yo había pasado a ser la amiga con la que de vez en cuando se conectaba a través de Skype para conversar sobre banalidades. Últimamente le contaba bien poco sobre mi vida. Tampoco era que pudiera estar diciéndole lo mucho que deseaba a su hermano. Por lo tanto, mientras ella me contaba lo feliz que era con su nuevo novio yo sólo podía mirarla a través de la pantalla del ordenador con ojos envidiosos, pensando en lo que me gustaría poder confesarle que hacía unas cuantas semanas había perdido la virginidad en el cuarto de Víctor.

Con Víctor.

Lo que me llevó a recordar que en la casa compartida del arquitecto sólo había dos habitaciones, y una de ellas la ocupaba Oziel.

Se lo hice notar a mi madre.

Entonces entendí por qué estaba molesta.

— Nos han pedido que por unos días acojamos a Oziel en el antiguo cuarto de Víctor. Laura puede dormir en el sofá cama del salón, y Emma y Raúl dormirán en el de Oziel, que al parecer tiene cama de matrimonio...

Para terminar de liar aún más las cosas...

Vigésimo segunda parte.
La polla que tampoco me dejó almorzar

Entendía perfectamente el malestar de mi madre en relación a aquella invasión de nuestra casa por un casi desconocido. Se me quedó la misma cara que a ella, de disgusto, al saber que al otro lado de la pared iba a tener al otro hombre que me había hecho temblar hacía sólo unas semanas.

¿Había sido idea de Víctor? ¿Podía ser tan maquiavélico a la hora de complicarme la vida que hubiera urdido aquella estrategia para que Oziel pudiera tener pleno acceso a mi cuerpo si yo decidía ceder? No podía ser cierto... Había sentido celos. ¡Me había arrancado de sus brazos aquella primera noche! Había acudido a buscarme a casa y lo había sentido enfadado al preguntarme por teléfono dónde estaba.

Había sentido la rabia en sus palabras al preguntarme por mensaje si me estaba viendo con Oziel...

No. No podía ser cosa de él. Tal vez Oziel se había ofrecido para dejar intimidad a la familia de Víctor. Tal vez había sido idea de Raúl pedirle a Oziel que se trasladara unos días para poder pasar más tiempo con su hijo. Tal vez incluso podía haber sido idea de mi padre, que siempre se preocupaba demasiado intentando que sus amigos dispusieran de los momentos familiares que él no conseguía encontrar para la suya propia.

Tal vez...

Mi madre regresó al coche con una enorme tarta de cumpleaños metida en una bonita caja de rayas rosas y blancas. Ideal para un arquitecto de veintinueve años, sin duda alguna. Al parecer el plan era almorzar en uno de los restaurantes preferidos de mis padres y luego ir a soplar las velas al piso compartido. Sentía curiosidad por verlo —mucha curiosidad— pero desde que se había mudado y me había dejado sola en casa había fantaseado con que la primera vez que traspasara aquella puerta iba a ser de su mano, o en sus brazos, con nuestras bocas entrelazadas y nuestros dedos jugando con la ropa ajena.

Que en vez de ir directos al dormitorio de Víctor para estrenar su cama —también de matrimonio— fuera a cantarle el "Cumpleaños Feliz" rodeada de toda mi familia y la suya no entraba en la mejor de mis fantasías.

Ni en la peor tampoco... En ninguna, de hecho.

Me había imaginado llegando a su casa de improviso, con la cabeza llena de ideas que poner en práctica y la entrepierna deseosa de sus atenciones. Hacía casi dos meses que habíamos tenido nuestro encuentro y eran demasiadas noches de hastío sin nada interesante que hacer como para que mi mente no se hubiera puesto a trabajar en ello. Deseaba que Víctor abriera la puerta con un pantalón vaquero a medio abrochar como todo vestuario, dejando a la vista la zona de vello púbico que tantas veces había espiado cuando entraba en la ducha. Sabía que le gustaba ejercitarse en casa, haciendo flexiones y abdominales matutinas cuando no estaba en época de exámenes. Imaginaba que ahora que ya era un hombre con trabajo habría adquirido otro tipo diferente de rutina, pero me daba igual si en vez de encontrarme un abdomen con la musculatura bien marcada —que nunca le había visto, por cierto— encontraba uno duro y perlado de sudor tras una sesión de ejercicios.

Barba de tres días, pecho descubierto, cabello alborotado...

Definitivamente tenía que dejar de pensar en esas fantasías cuando no llevaba falda... y tenía a mis padres delante.

Costó bastante encontrar aparcamiento. Dimos unas diez vueltas a las manzanas que quedaban cerca del asador que tantas celebraciones de nuestras familias había acogido. Mis cumpleaños incluidos. Era el típico local con ladrillo rojo visto forrando las paredes y el enorme horno de leña donde entraban sin cesar corderos y cochinillos de una pieza. Además hacían carne a la brasa en una parrilla que desde el comedor no se veía. No era que me encantara la carne poco hecha, al igual que no me gustaba ver a mi padre trocear un chuletón y que se desangrara al meterle el cuchillo, pero entendía que hubiera personas que disfrutaran de un filete al que sólo le hubieran enseñado un momento el fuego.

Yo me había aficionado con Víctor a los sándwiches y a las pizzas. Comprábamos la masa fresca en el supermercado que había cerca de casa y nos deshacíamos de todas las pruebas antes de que llegara mi madre y descubriera los envoltorios de plástico en el cubo de la basura de reciclaje. Muchas noches habíamos bromeado con ir a la perrera a adoptar un perro para que pudiera comerse lo que dejaba mi madre en la cocina. De ahí la broma de la bolsa de regalo. Nos sabía mal tirar la comida a la basura para que no se diera cuenta de que no nos la comíamos, pero llevar algo con tan mal sabor a un albergue tampoco nos parecía adecuado.

— ¡Pobre perrito! Seguro que acabaría fugándose de casa.

Era gracioso pasar por el supermercado a diario cuando regresábamos de clase, comprar lo imprescindible para hacer la cena y que no quedaran rastros luego en la nevera. Siempre podía haber pan y embutidos para una emergencia, pero mi madre sospecharía mucho si veía menguar los paquetes de plástico a diario.

— Pasamos del perro, entonces. ¿Los cerdos no comen de todo?

En ese punto Víctor y yo rompíamos a reír, inspeccionando el caldero que siempre dejaba mi madre a la vista. Algunas veces el engrudo no se despegaba del cucharón con el que se suponía que había que servirlo y teníamos que golpearlo con fuerza contra el metal para poder desprenderlo.

Más de una vez nos habíamos manchado la ropa al hacerlo.

Y más de una vez lo había hecho a posta, para seguir a Víctor con la mirada mientras se quitaba la camiseta y la echaba dentro de la lavadora.

— Tu madre va a pensar que tengo temblor en las manos a la hora de comer —bromeaba, ya que siempre que se manchaba lo hacía con comida...

... Y lo manchaba yo.

- Eso va a ser cosa de la edad —le comentaba yo, entonces—. Algo que dicen que se llama Parkinson...

Llegamos a la puerta del restaurante cinco minutos tarde. Mi padre había recibido una llamada de Raúl avisando de que ellos acababan de entrar para ocupar la mesa y no perder la reserva. Mi madre llevaba la enorme tarta en alto, y se la dejó a uno de los camareros que más de diez tartas nuestras había guardado en la zona de refrigeración de la cocina.

Ese día, "El Marino" tenía vacaciones, así que no hizo ninguna broma con la ubicación del baño ni con los vómitos sobre la mesa a la hora de ir a probar el vino.

Nuestra mesa estaba cerca de la terraza, a cubierto, ya que a ninguno le gustaba el calor de la ciudad a principios de septiembre. Desde la entrada pude contar a cinco personas sentadas y a un camarero repartiendo jarras de cerveza.

Víctor estaba increíblemente guapo...

Me aseguré de llevar la bolsa de regalo enganchada del brazo. Ya habría sido mala suerte llegar tarde como para tener que regresar al coche a buscar su regalo. Aunque no estaba segura de que se fueran a repartir en el restaurante no me quería ver siendo la única que no le entregaba nada al flamante arquitecto.

Caí en la cuenta de que cinco eran multitud cuando levanté la vista de la bolsa de perritos, pero pensé que tal vez Laura había traído a su nuevo y guapísimo novio a la celebración del cumpleaños de su hermano. Sería lógico que si estaban llevando una relación más o menos larga hicieran algún tipo de viaje juntos, y lo cierto era que sentía mucha curiosidad por conocerlo.

Lo que no podía imaginar es que al volverse el quinto en discordia descubriría que en verdad era Oziel el que estaba sentado al lado de Víctor.

Y los dos no dejaron de mirarme mientras avanzaba hacia ellos, mientras trataba de no torcerme un tobillo con mis tacones.

Con la cara completamente roja y el cuerpo tenso como una cuerda de guitarra.

Vigésimo tercera parte.
Dos pollas...

Si ya era bastante malo tener que soportar aquel almuerzo sin inmutarme, que Oziel también estuviera presente no hizo sino empeorar las cosas. Notar que los dos me miraban y se miraban el uno al otro con recelo sin que hubiera llegado a sentarme siquiera casi hizo que me temblaran las piernas hasta llegar a la mesa. Y digo casi porque me empeñé en no hacerlo, porque si me desequilibraba y me caía al suelo con los tacones que estaba todavía aprendiendo a usar podía ser el mayor desastre de aquel día.

Lo de ir sin braguitas no había sido una buena idea.

Dos besos de rigor al cumpleañero. Sólo tenía que darle dos castos besos en la mejilla, y por protocolo no establecido, después de que hubiera saludado a sus padres y a mi mejor amiga, a la que hacía un millar de años —bueno, no tantos— que no veía. Pero... ¿saludaba antes o después a Oziel?

— ¡Bea!

Gracias a Laura las formalidades quedaron por los suelos y las dos las pisoteamos mientras nos fundíamos en un enorme abrazo nada fingido. Había saltado de la silla y corrido hasta mí. En verdad llevábamos mucho tiempo sin vernos las caras sin un ordenador de por medio y en ese momento que por fin podíamos contarnos las pecas la una a la otra parecía que nunca nos hubiésemos distanciado.

Era lo maravilloso de la verdadera amistad. Era difícil que se perdiera...

<<*Salvo si me empeño en follarme a su hermano.*>>

Probablemente si Laura llegaba a conocer la historia se llevaría las manos a la cabeza antes de que una de ellas la llevara directo a mi rostro para estamparme una sonora bofetada. Era algo que me atormentaba bastante más que el hecho de que se enteraran mis padres. Imagino que a Víctor le pasaba exactamente lo contrario. Temía mucho más lo que pensaran nuestros cuatro progenitores que lo que opinara su hermana pequeña de las mujeres que acababan en su cama —o contra la pared de su cuarto—.

Me ruboricé recordando la escena... Menos mal que la cabeza de Laura impidió que el resto de los invitados pudiera verlo antes de que fuera capaz de controlar el rubor. De todos modos Víctor estaba entretenido siendo agasajado por mis padres y él hacía los honores de presentar a Oziel para que no se fuera a meter un completo extraño en nuestra casa.

Demasiada atención les estaba prestando...

— ¡Tienes muchas cosas que contarme!

Y era verdad, pero no pensaba responderle que me iba a guardar las verdaderamente interesantes.

Por fin Laura me liberó y pude saludar a sus padres. Emma y Raúl se conservaban muchísimo mejor de lo que lo hacían los míos, pero entendía que ellos no pasaban jornadas maratonianas en el negocio familiar. Aquello de hacer turnos de casi veinte horas seguidas para sacar a flote un negocio había hecho que al mirarlos a los cuatro reunidos pensara que pertenecían a generaciones diferentes.

— Ya eres toda una mujer, Bea. Los chicos tienen que estar haciendo cola para salir contigo —comentó la madre de Laura, apartándome un mechón de pelo del rostro y levantándome la barbilla, para descubrir que me había dejado una mancha de carmín en la mejilla. Con toda la naturalidad del mundo se mojó un dedo en saliva y me restregó la mancha, disimulando con ello el rubor que probablemente aún daba color a mi cara.

— ¡Dioses, espero que no! —exclamó mi madre—. Con uno que

esté esperando ya es suficiente. Los adolescentes marcando territorio en las puertas tienen que ir dejando su aroma restregándose contra las esquinas, y no tengo tiempo para ir fregando suelos.

Ambas rieron, pero a mí se me fue la cabeza a la imagen de Víctor marcando mis braguitas cada vez que se masturbaba.

Todas...

— ¿Ya tienes novio, Bea? —preguntó Raúl, dándome un fuerte achuchón.
— Estoy en ello —respondí, sin tener muy claro si era buena idea seguir con aquel juego. Había aprendido por las malas que tenía tendencia a salir escaldada cuando pretendía ponerme a la misma altura que Víctor. Tenerlo tan cerca hacía que me comportara de forma temeraria, y eso no iba a hacer el almuerzo nada fácil.

Por fin llegué hasta el arquitecto, que esperaba a un lado de la mesa, escoltado por Oziel. Dudé entre saludar a uno u otro primero, pero el corazón le ganó el pulso a la razón y me vi siendo mucho más efusiva de lo que pretendía al abrazarlo.

Me encantó volver a estar con mi cuerpo en estrecho contacto con el suyo.

Sentí su respiración agitarse un momento antes de que, prudentemente, él me apartara de su abrazo para darme dos suaves besos en las mejillas.

También pude notar que empezaba a aflorar una deliciosa erección en sus pantalones. Bendita polla la suya, que no me ocultaba sus verdades como hacía la mente o la boca de Víctor. Ella sí que no me era esquiva. Otra cosa era que la dejaran mostrar cuánto se interesaba por mí.

— Creo que ya te felicité esta mañana —le dije, recomponiendo mi imagen de chica dura que acababa de perder al derretirme entre sus brazos.

— Creo recordar que sí —comentó, desenfadado—. Lo que no recuerdo es que me hayas comentado que andabas buscando novio...

Sabía que era muy peligroso seguirle el juego. Le brillaban los ojos de forma maliciosa y la sonrisa torcida que adornaba su atractivo rostro no me quitó la idea de que me estaba metiendo en un terreno del que no iba a saber salir. Arenas movedizas y él estaba justo en el borde, esperando a que me hundiera.

Pero caí.

Me obligó mi orgullo, porque yo antes de saber que tenía orgullo no me comportaba de forma tan estúpida.

— Serás el primero en enterarte cuando lo formalicemos.

¿Y qué hizo Víctor cuando le solté esa brillante frase? Darme dos golpecitos en lo alto de la cabeza, como si le diera la razón a una niña pequeña para que no cogiera una perreta. Su forma de volver a tratarme como a una mocosa. El claro recuerdo que tenía de él o de sus amigos tratándome como a la mascota.

Mi enfurecimiento llegó a límites insospechados hasta el momento.

Me volví hacia Oziel para saludarlo como era debido, con toda la pompa que pude demostrar sin que mis padres comprendieran que meter a aquel hombre en casa iba a ser lo segundo más peligroso que habían hecho en la vida...

... Porque lo más peligroso había sido dejar a Víctor cuidando de mí.

— Gracias otra vez por el regalo, por cierto —continuó Víctor cuando ya me alejaba de él, tratando de hacerse notar.

El abrazo de Oziel fue lascivo sin serlo, y eso sólo podía conseguirlo alguien que estaba muy acostumbrado a seducir delante de todo el mundo sin que nadie reparara en que lo hacía. No sé si fue su forma de cogerme de la mano para atraerme hasta él y darme los dos besos

—con gruñidos incluidos cerca de las dos orejas, casi encima de ellas— pero consiguió por un momento que olvidara lo enfadada que me sentía con Víctor.

Pero eso, sólo casi...

— ¿Qué le has regalado a ese vejestorio? —preguntó Oziel, terminando su excelente actuación de caballero correcto y disdiplinado, apartando la silla que estaba justo a su lado para que me sentara entre él y Laura.

Y yo, que en vez de mantener la boca cerrada parecía estar dispuesta a cavar mi propia tumba a golpe de movimiento de lengua, ocupé mi asiento mientras Laura también se sentaba y le contesté tratando de que la voz le llegara sólo a Víctor y a él.

Porque Víctor estaba sentado justo al lado de Oziel y sabía que con poco iba a poder oírme.

— En verdad se ha autorregalado todas mis braguitas...

Vigésimo cuarta parte.
Dos pollas alfa

El orden de nuestro lado de la mesa era Víctor en una esquina, Oziel, yo y Laura en el otro extremo.

Pero todo cambió cuando mi madre se sintió muy lejos de Emma, teniendo que hablar a gritos para hacerse oír entre el ruido de los comensales que pasaban el almuerzo con nosotros en el restaurante, y ayudó que mi padre quisiera probar de la comida que devoraba Raúl.

Acabamos Laura y yo frente a Víctor y Oziel, respectivamente.

> — ¡Confiesa! —me instó Laura en susurros, mirando a los dos hombres que conversaban despreocupadamente delante de nosotras.

Ya la había liado. No había sido capaz de guardar el secreto ni cinco minutos delante de mi amiga. En nada llegaría la bofetada, los gritos de mi padre y los llantos de mi madre.

Por parte de los padres de Víctor no tenía aún muy clara la reacción. Pero seguro que iban a tener alguna. Los padres siempre tenían algo de opinar, y probablemente no iban a ponerse de nuestra parte.

O de la de Víctor. Que seguramente a mí fueran a considerarme una víctima y a él un verdugo. Si al final era normal que no quisiera seguir aquel juego conmigo.

> — ¿Qué quieres que confiese? —le pregunté, también susurrando.

Jugar al despiste tampoco se me daba demasiado bien, lo reconozco. Lo de tratar con las personas y no pareder imbécil no era mi fuerte.

— ¡A ti te gusta Oziel!

Algo dentro de mí suspiró con gran alivio mientras que la miraba a los ojos para que pudiera ver en ellos que se estaba equivocando de pleno. De alguna forma tenía que tratar de no mentirle. Aunque era obvio que Oziel no podía desagradar a ninguna mujer que tuviera dos dedos de frente preferí no confesar nada a Laura, al menos de momento.

Me lo había puesto fácil. Pero yo siempre conseguía joder las cosas.

— Es demasiado mayor para que pueda interesarme.

<<¿A quién voy a engañar con esa tontería de respuesta?>>

— ¡Venga ya! Si yo lo hubiera visto antes no le habría dejado que se ofreciera a dejarnos sitio en su dormitorio para mudarse a tu casa. ¡Todo cuadra! Y a él le tienes que gustar también. Parecía muy dispuesto a meter un par de cosas en una maleta para mudarse.

De pronto entendí el enfado de Víctor, su desconfianza hacia las palabras con las que le mentí estando en el parque. Víctor ya sabía que Oziel se iba a mudar a su antiguo cuarto y que se hubiera ofrecido con tantas ansias le habría resultado enormemente sospechoso. ¡Normal que pensara que me estaba viendo con él aquella semana! Si yo no había aparecido por casa en todas las noches en las que él había ido a buscarme para cenar —o para lo que nos hubiera cuadrado hacer en una casa vacía donde había tantas camas y paredes disponibles— era normal que pensara que me lo estaba montando con su amigo si él tampoco había aparecido por el piso que compartían.

Miré a Víctor. Charlaba amigablemente con Oziel aunque no estaba segura de que por dentro no se quisieran matar el uno al otro. Imaginando las formas más horribles de tortura. Oziel lo había fulminado con la mirada cuando le dije lo del robo de mi cajón de lencería. No estaba para nada al tanto de si Víctor le había comentado lo de nuestro encuentro en su dormitorio o si entre ambos existían muchos secretos que yo había puesto sobre la mesa al soltar lo del robo de las braguitas. De lo que sí estaba convencida era de que desde que se habían sentado delante de nosotras los dos me dirigían de vez en cuando miradas muy disimuladas, aunque no estaban hablando de mí. Por un par de palabras que pude rescatar mientras intentaba centrar mi atención en los susurros de Laura llegué a la conclusión de que hablaban de deportes.

Pero había muchas clases de deportes. Y algunos se podían practicar también contra las paredes de una alcoba.

<<¡*Deja ya de pensar en sexo, maldita sea!*>>

— ¿Me vas a decir de verdad que no te has imaginado nunca liada con él? —me preguntó, tapándose la boca con la mano—. ¿No has intentado besarlo?

La insistencia de mi amiga por fin logró que reconociera lo evidente.

— Sí... Lleva entrando en casa unos cuantos años. Es difícil no fijarse en ese hombre —mentí, sabiendo que era lo que Laura esperaba. En verdad sólo me había fijado en Oziel como hombre tras recibir aquel puñetazo de parte de Víctor, cuando me expuse desnuda a los ojos de sus amigos. Antes sólo era uno de los chicos que entraban en el dormitorio de al lado y se ponían a molestar mis ratos de estudio con sus charlas despreocupadas. Lo mismo me había pasado con Víctor... hasta que me lo pusieron delante—. Incluso tu hermano favoreció una noche que nos conociéramos un poco mejor hace un par de semanas...

A Laura le brillaron los ojillos como si fuera ella la que hubiera tenido una cita con Oziel. Si no hubiera sido tan descarado estaba convencida de que se habría puesto a dar palmas de la emoción. Creo que mi amiga empezaba a sospechar en serio que yo era lesbiana porque nunca le hablaba de chicos. Aquello tenía que ser toda una novedad para ella.

> — ¡Lo sabía! —Envidié esa capacidad de mi amiga de susurrar como si gritara. Muchas noches, mientras tenía un orgasmo masturbándome, me daba cuenta de que Víctor estaba en la otra habitación y me moría de vergüenza pensando que me había podido escuchar. Ahora, tras su mudanza, ya no tenía ese problema, y lo cierto era que me apetecía poder tentarlo haciendo que me oyera y le entraran ganas de acompañarme en la cama. Llamarlo por teléfono para que pudiera escucharme correrme gimiendo su nombre no me había parecido mal plan en un par de ocasiones. Habían cambiado tantas cosas...— ¡Y qué bueno que Víctor os haya hecho de casamentero! No me pega para nada n él. ¿Y cómo fue? ¿Os enrollasteis?

Un par de meses antes yo habría dicho exactamente lo mismo de Víctor. Se había propuesto apartarme de la vista de todos sus amigos y conocidos, y lo había logrado muy bien hasta que yo decidí ponerme justo en su campo de visión. Probablemente nunca me habría aconsejado que me fijara en un hombre de su edad si no llega a ser para evitar que me obsesionara con él...

Pero eso nunca lo sabría.

> — No, no llegamos a eso —le respondí, bajando la voz todo lo que pude para que los otros dos no se fueran a reír de nuestros comentarios—. Al final sólo tonteamos un rato. Volví a casa con Víctor. Fue hace un par de semanas. Creo que a Oziel tampoco le intereso tanto. Sólo me seguía el juego...

Pero había sido un juego de lo más interesante. Y sí, me había besado. ¿Eso podía considerarse, a nuestra edad, enrollarse?

Tal vez lo veía de esa forma porque había deseado seguirle la corriente a Víctor. También había contribuido que mis compañeras de clase estuvieran dejando un rastro de babas detrás del culo que se marcaba en los pantalones vaqueros de Oziel. Por una vez era yo la que iba del brazo de alguien mientras otros miraban y esa sensación me había hecho sentir poderosa. Víctor escondía lo que había pasado entre nosotros así que no podía lucirme del suyo.

Por más que deseara hacerlo...

También podía ser que el abogado se hubiera esforzado bastante en hacerme pasar una noche muy intensa. Los motivos, sospechaba, nunca los conocería, pero dudaba de que de la noche a la mañana yo le hubiera resultado interesante al amigo del hermano de mi amiga.

¡Qué culebrón!

Faltaban las señoras con el café en la mesa, al mediodía, haciendo sus apuestas a ver quién me llevaba a la cama antes.

"Yo creo que esa furcia se va a liar con el sinvergüenza ese de la nariz rota".

"Yo creo que el tontaina del arquitecto va a llorar mucho cuando se dé cuenta de que ha perdido a la muchacha".

"Yo creo que la jovencita los va a perder a los dos de tanto dudar entre uno y otro".

"¿Quién me dice la telenovela que estamos viendo? En mi televisor no se sintoniza ese canal".

Patético...

Laura chascó los dedos delante de mi cara cuando vio que mi mente se había ido de viaje a ese salón con las señoras viendo la tele. Solía tener muchos despistes de esos. En el instituto los llamaba "viajes astrales", porque normalmente me pasaba cuando iba caminando sola por la calle e iba dándome golpes con las farolas y las papeleras. Entonces "veía las estrellas".

— ¿Y qué vas a hacer estos días que va a estar en tu casa viviendo? —Laura no sabía contener sus preguntas, por muy indiscretas que fueran y por mucha gente que pudiera escucharnos comentar aquellas cosas. Porque, peor que el hecho de que se pudieran enterar Víctor y Oziel era que la pudiera escuchar cualquiera de nuestros padres.

Me dio dolor de estómago la pregunta.

No tenía ni idea de lo que iba a hacer. Me había enterado esa misma mañana de que tendría a un nuevo invitado en casa. No, en verdad, sólo hacía un par de horas que sabía que íbamos a tener al abogado ocupando la cama que todavía olía a Víctor, porque yo me había empeñado en no cambiar las sábanas aunque le había dicho a mi madre que sí lo había hecho. Dormía en ese cuarto más veces de los que me gustaba reconocerme a mí misma. Sabía que algún día dejaría de hacerlo porque volviera a enamorarme, porque me pillara mi madre y me pidiera explicaciones o porque dejara de oler a él y ya no tuviera sentido.

O porque volviera a transformarse en el cuarto de la plancha donde nadie planchaba. Igual que la cocina, que apenas si servía para tirar la comida que nadie se comía.

Pero le daba demasiadas vueltas a las cosas. ¿Qué más daba? Estaba sentada delante de dos hombres que jugaban con mis sentimientos, y yo andaba sin bragas en un cumpleaños del que no me había acordado. ¿Podían complicarse más las cosas?

Decidí hacerle un poco de caso a la comida que tenía delante pero se había enfriado mientras Laura me sonsacaba información. Era una verdadera pena porque el arroz meloso estaba muy bueno y sospechaba que esa noche iba a tener que comerme lo que preparara mi madre en casa sí o sí. Mis padres disponían de la noche libre, según me habían comentado, y salvo tragedia cocinaría ella. Y si no había entendido mal Oziel ya tenía un bolso de viaje en el coche para trasladarse a su nueva y temporal habitación en cuanto termináramos de comer tarta.

Y sabía que a mi madre no le iba a hacer mucha gracia que me quedara a solas con el abogado e intentaría por todos los medios permanecer más tiempo en casa.

Empezando por esa noche.

> — No creo que pueda hacer mucho —respondí a Laura, a sabiendas de que, si me lo proponía y se lo proponía el morboso de Oziel, todas las cosas eran posibles cuando se juntaba el hambre y las ganas de comer.

Y la comida de mi madre nos iba a dejar con mucha hambre. De eso no cabía duda.

Laura se retorció las manos como si estuviera maquinando algo. Yo rogué para que no se metiera en aquel asunto, pero no me atreví a decirle nada. Me sentí una marioneta danzando al son que marcaban los dedos de Víctor, Oziel y Laura. Y tenía muy presente la frase de Oziel en aquella no—cita que habíamos tenido.

<<*Sólo cuando yo quiera...*>>

Vigésimo quinta parte.
La polla que sopló las velas

El piso de soltero era una casa amueblada de dos dormitorios a varias manzanas de la nuestra. Tenía los muebles justos para una pareja de hombres que pasaban la mayor parte del tiempo viviendo fuera y que apenas si tenían tiempo para regresar por allí para dormir. Imaginé que la cocina no se había usado nunca por lo limpia que estaba, y aunque pude cotillear un poco en la nevera al ir a buscar unas cuantas latas de refrescos mientras mi madre llevaba la enorme tarta a la mesa del salón, ésta no me descubrió gran cosa.

Salvo que Víctor conservaba los mismos hábitos de cena que había practicado conmigo...

Canciones antes de soplar las velas. Trozos de tarta enormes para terminar de completar un copioso almuerzo que al final me había terminado frío y sin ganas. Apertura de regalos mientras Víctor iba poniendo cara de sorpresa y de agradecimiento ante cada trozo de papel que dejaba al descubierto una prenda de ropa o algún exceso electrónico de sus padres. Café en el sofá mientras se contaban anécdotas de los últimos años.

Una sonrisa cuando conseguí acompañarlo a la cocina y, a solas, le tendí la bolsa de regalo.

— ¿Para mí? —me preguntó, sorprendido—. Creí que me habías regalado todas tus braguitas y listo.

Regañé la nariz ante su osadía y él me devolvió el gesto sacando leche de la nevera y dejándola sobre la encimera. En el salón nos esperaban con el café algo más oscuro de lo que les gustaba tomar y necesitaban aclararlo.

— Sé que no te lo mereces, pero supongo que había que regalarte algo.

Cuando abrió la bolsa y se encontró con el limpiatapicerías en el fondo la cara se le puso roja como un tomate. A mí también, aunque traté de calmarme mientras él no se atrevió a levantar la vista para mirarme de frente. Metió la mano y sacó su regalo, y fue leyendo las instrucciones mientras en sus labios se dibujaba una sonrisa de lo más perversa.

Había acertado.

Punto para Bea.

— Sí, vi la manda que dejaste el otro día.

Estaba claro que iba a ser imposible no fijarse en ella.

— ¡Chicos! —nos gritó el padre de Víctor—. ¿Y la leche?

Lo primero que había hecho el arqquitecto al llegar a su piso fue enseñarlo, ya que su madre casi lo arrastró para que no se dejara nada en el tintero. Esperaba encontrar una cama de matrimonio en su cuarto y, efectivamente, descubrí con anhelo que el colchón era incluso más grande que el de mis padres. Las dos habitaciones contaban con baño propio y una zona amplia de vestidor. Era como si hubieran reformado totalmente el piso para que dos parejas independientes pudieran compartirlo para repartir gastos. El salón era más bien pequeño, con una apertura en forma de pasaplatos a la cocina, también pequeña. Aunque tenían de todo la casa se veía más bien vacía, probablemente porque la totalidad de los muebles eran blancos y las paredes estaban pintadas del mismo color.

No sabía que había televisores blancos...

Me sentía nerviosa en aquella casa. No podía evitarlo.

Tras haber visto la cama de Víctor ni podía dejar de pensar en la de cosas que me apetecía hacer en ella ni de preguntarme en la cantidad de chicas que habrían pasado por allí aquellas últimas semanas. El piso olía a sexo estando limpio. Destilaba sexo aunque no hubiera nada a la vista que hiciera pensar en él.

O tal vez era yo la que olía así, con mis hormonas alteradas, y no dejaba de pensar en quedarme allí a solas...

"¿Con quién?"

Había sentido exactamente el mismo estremecimiento al tener delante la cama de Oziel. La madre de Víctor no se privó de recorrer todas las habitaciones, baños incluidos, y eso hizo que pudiera tener la libertad de fisgonear en el dormitorio del abogado. Estaba igual de limpio que el resto de la casa, tal vez porque ya sabían con antelación que la familia venía a ocupar el lugar y se habían esmerado en no dejar nada fuera de su sitio. Imaginé un cuarto trastero lleno de cosas completamente inapropiadas, de esos en los que abres la puerta y se desparramaba el contenido como un alud de nieve.

Veía demasiada televisión.

<<Mocosa. Eso pasa sólo en los dibujos animados.>>

Fui la última en abandonar la alcoba de Oziel. Cuando cruzaba la puerta siguiendo la comitiva que recorría la casa me lo encontré en el pasillo, de brazos cruzados, apoyado sobre la pared, observándome con una mirada del todo inapropiada.

Cómo un depredador que descubría que tenía visita en su territorio.

Me sentí presa sin poder evitarlo.

Y me petrifiqué allí, bajo su mirada.

Por suerte, y tras unos interminables segundos, se movió en dirección al salón. Y allí me quedé, en plan estatua, parada bajo el dintel de la puerta de un hombre que iba a compartir cuarto de baño, cocina, y probablemente algo más si en verdad se lo llegaba a proponer.

Estaba temblando sin remedio ante la perspectiva.

Y en ese momento apareció en el pasillo Víctor, encontrándome a solas en el dormitorio de su amigo, cuando aún lucía la cara más roja que había tenido nunca.

O al menos la cara más roja que me había provocado otro hombre que no fuera él.

Se precipitó contra mí, arrastrándome con todo su cuerpo hasta el baño de la alcoba de Oziel, casi llevándome en brazos para que no cayera al caminar hacia atrás. Cerró la puerta nada más pasarla y me empotró contra la pared en la que reposaba la mampara de la ducha.

El ruido tuvo que escucharse fuera sin duda alguna, pero mi corazón y el suyo hacían mucho más dentro del baño.

> — Laura quiere que te ayude con Oziel —me dijo, con fuego en los ojos—. Me ha pedido que le diga que si hace algún intento estas noches en las que estaréis a solas en casa vas a recibirlo en tu cama de buen grado.

Se me desencajó la mandíbula mientras lo escuchaba escupir las palabras. Víctor ardía de rabia, celos y más sentimientos encontrados que no podía identificar de lo acalorada que estaba. Su cuerpo apresando el mío no dejaba pasar demasiada sangre en dirección al cerebro.

Toda se había ido a parar exactamente donde estaba también la de él.

Nuestras entrepiernas estaban en tan íntimo contacto que no pude dejar de sentir cómo volvía a enervarse su polla dentro del maldito y odioso pantalón vaquero.

Me estaba asfixiando.

> — Yo no le he pedido que haga nada. Tu hermana quiere liarme con Oziel, igual que tú —susurré, aparentando estar más sorprendida de lo que en verdad estaba. Sabía que Laura maquinaba algo pero nunca me imaginé que tendría la caradura de pedirle a Víctor que intercediera por mí delante

de su amigo. Se le iba la olla a mi amiga de la infancia. Me había metido en un buen lío—. Va ser hereditario desear que yo me acabe acostando con ese hombre.

Gruñó, llevando las manos debajo de mi falda, comprobando que en verdad no llevaba ropa interior. Cerró los ojos al no encontrar la tela que pudiera poner resistencia entre lo que escondía sus pantalones vaqueros y mi humedad. Se mordió el labio inferior y retiró las manos, enmarcando con ellas mi rostro enrojecido.

Sus manos me devolvieron mi olor a sexo necesitado de atenciones. Estaba perdida entre aquellas manos, deseando lamer los dedos que me sujetaban la cabeza.

— Júrame que no deseas a Oziel...

¿Podía acaso jurar eso sin que se notara que era mentira? Por supuesto que había deseado a Oziel, pero lo hacía precisamente porque aquel capullo que tenía delante me lo estaba metiendo por los ojos para librarse de mí, y eso no me gustaba nada. Cada vez que pensaba en lo que se proponían todos me daba cuenta de lo tonta que era al dejarme manipular. Víctor quería que me dejara llevar por Oziel; Laura quería que me enrollara con Oziel; y no sabía lo que Oziel quería...

Pero probablemente iría a barrer para casa.

Tampoco estaba claro lo que yo quería, en verdad.

— Te deseo a ti...

<<Eso no era mentirle... Era no contestarle.>>

Escuché las palabras junto con Víctor, justo antes de que su boca chocara con la mía, arrebatándome el sentido. Podía entrar en cualquier momento alguien en el baño y nos encontrarían a ambos entrelazados, con las manos buscando carne y los labios buscando la saliva del otro.

Y no me importaba...

Temblé mientras mis piernas se enroscaron en su cintura, mientras mis manos se aferraban a sus hombros y le arañaban la piel por encima de la tela que mantenía su desnudez a cubierto. Ojalá hubiera estado permitido despojarlo de ella, dejar que sus labios me devoraran con toda la intensidad que sabía que estaba conteniendo, pero conocía demasiado bien a Víctor como para saber que esa batalla, esa tarde, la podía dar por perdida. Imposible que olvidara que al otro lado de la pared estaban sus padres y los míos, su hermana y su mejor amigo. Al final todo iba a quedar en un beso que se había llevado mi carmín y mi aliento, encendiéndome como una hoguera.

Soltó mis labios y restregó su boca contra mi pómulo, recobrando el aliento.

— ¿Qué voy a hacer contigo?

Vigésimo sexta parte.
La nueva polla

La vuelta a casa fue silenciosa, aunque creo que mis padres sí hablaban entre ellos. Yo iba retorciéndome las manos en el asiento de atrás del coche, con el corazón aún acelerado por el encuentro con Víctor en el baño.

Mi cabeza daba mil vueltas, pero lo que peor llevaba era lo acelerado que se había puesto mi corazón desde el instante en el que me arrastró por la puerta. Desde que me empotró contra la pared. Desde que se adueñó de mi boca.

Desde que le demostré con gestos más que con palabras que no tenía nada que temer. Lo deseaba a él. Oziel era sólo una distracción venida a menos mientras estuvieran sus ganas prendadas de las mías.

Y seguía acelerada.

— Estoy perdiendo la cabeza —me susurró, enterrando los labios en el hueco donde el cuello comenzaba a ser hombro, cubriéndolo de besos—. Hasta hace nada te veía como a una hermana...
— No soy tu hermana, Víctor —susurré a mi vez, gimiendo contra el aire que quedaba por encima de su cabeza, sabiendo que luchaba contra una convicción que me iba a costar mucho desterrar de su alma—. Esa es Laura, y está ahí fuera. Yo sólo soy una amiga de tu hermana que era demasiado joven para que te fijaras en ella.

<<Pero ya no lo soy. Puedes tenerme cuando quieras.>>

Volvió a besarme y me olvidé de mi queja y de la suya, de sus celos y los míos, de la gente que nos esperaba fuera. Me dio igual y a él también, y todo lo que sentimos fue el fuego que nos consumía sin remedio en unos placeres que para él estaban prohibidos.

— No sé cómo puedo desearte tanto...

Las palabras se retorcían entre nuestras lenguas, salían por los recovecos que dejaban nuestros descuidados labios y apenas si llegaban al cerebro para poder entenderlas. Estábamos poseídos por la necesidad del otro y si hablábamos era para buscar excusas, o para encontrar explicaciones a lo que sentíamos.

— Tus padres van a matarme...
— Para eso tienen que enterarse...

Pero si éramos sinceros, aquel debía de ser el peor momento para dar rienda suelta a nuestra insatisfacción. El cuerpo dolía, cierto, pero tanto los padres de Víctor como los míos estaban a un par de metros de distancia, junto con Laura y Oziel. Y precisamente Oziel sí tenía que saber dónde estábamos escondidos, y tal vez empezara a imaginarse lo que pasaba entre ambos.

Era, sin duda, el peor momento para el desenfreno si lo que queríamos era que no se enterara ninguna de las familias de lo nuestro.

¿Qué coño era lo nuestro?

No podíamos... pero lo deseábamos demasiado.

Hasta que Víctor se comportó como el más maduro de los dos y apartó las manos de mis nalgas y sus dientes dejaron de morderme el cuello. Miró a una distancia de apenas un palmo, resoplando, y me dio un último y apasionado beso en los labios.

— Esto tenemos que resolverlo...

Y yo, que en ese momento no tenía la cabeza para resolver ni una suma elemental de primaria, me estremecí al ver que se alejaba y abría la puerta para salir del baño. Era peligroso salir en ese estado, con la bragueta encendida y los labios hinchados por los besos compartidos, pero más peligroso era quedarse y liberar la polla para hacer exactamente lo que los dos nos moríamos por hacer.

Y allí me quedé, haciendo tiempo para no salir detrás de él y que nos descubrieran juntos. Cuando fui capaz de moverme me acerqué al espejo y me miré en él. Nada, que no era buen momento para salir al salón con aquellas pintas. Refresqué las manos con agua e intenté bajar el color rojo de las mejillas pero poco pude hacer con el hinchazón que se había instalado en mis labios por el trato que les habían dispensado los de Víctor.

Resoplé mirando mi rostro en el espejo.

¿Qué coño había sido aquello?

¿No se suponía que Víctor no tenía que estar celoso? ¿No se suponía que estaba deseando que me olvidara de él? ¿Qué cayera con su amigo? ¿Qué descubriera que el sexo con otro hombre podía satisfacerme igual o más que el que había tenido con él? ¿Por qué de pronto me asaltaba y me hacía estremecer de esa forma?

<<*Porque no puede evitarlo. Igual que no puedo hacerlo yo.*>>

Un par de minutos más tarde estuve lo suficientemente serena como para abrir la puerta del baño.

Y allí me encontré de bruces con el cuerpo de Oziel cruzado de brazos.

— Sabes que hay un baño de invitados en la entrada, ¿verdad? —me comentó, con algo en la mirada que no supe identificar bien. Le brillaban como la noche en la que me había ofrecido mi primer Gin Tonic, pero había algo más en ellos y quise pensar que no era malicia.

<<*Por favor. No tengo el cuerpo para esa mirada tan intensa.*>>

— Supongo que el tuyo me gustó más...

<<*¿Cómo he podido decirle eso?*>>

Sonrió, como si no se esperara que fuera a ser capaz de desafiarlo en su propia casa. Le gustaba que lo sorprendieran y yo era tan tonta y tan inexperta como para hacerlo una y mil veces si hacía falta. Porque para mí aquello no era bueno. Era meter la pata.

Y hasta el fondo.

— ¿Y has curioseado lo suficiente ahí dentro?

Tuve que morderme la lengua... pero no supe hacerlo. Otra vez mi gran bocaza iba a meterme en un buen lío. No estaba segura de por qué me resultaba tan fácil ir de culo con los hombres —con aquellos dos hombres— últimamente, pero supongo que las hormonas me estaban jugando una muy mala pasada.

El hecho de estar completamente excitada —y aparentarlo— no ayudaba nada tampoco.

— No he encontrado lo que buscaba.

Estaba terminando de pronunciar la última palabra cuando su rostro se transformó y nuevamente fui arrastrada hasta la misma pared, de casi la misma forma, pero con unas manos nuevas que nunca se habían atrevido a tocarme. Me llevó las manos encima de la cabeza y entrelazó sus dedos en los míos, con una presión tan intensa que habría sido imposible apartarlas aunque hubiera querido.

Pero no sabía lo que quería.

De pronto se me habían ido todas las palabras de la cabeza y lo único que sentía era la llamarada intensa que desprendía mi entrepierna. Entrepierna encendida por otro.

¿Había sido Víctor el que lo había mandado al cuarto de baño para hacer que se me enfriaran las ideas mientras él se refrescaba en su dormitorio?

<<*Por favor, dime que no lo ha mandado para que acabe lo que él ha*

empezado.>>

Oziel pasó la nariz por mi rostro, agachando un poco la cabeza. A mí se me entreabrió la boca, buscando resuello.

— Ahora... Quiero que caigas ahora...

Creo que la puerta también la cerró al entrar pero apenas si pude enterarme porque la imagen del Oziel dominante y excitado que tenía delante ocupó todos mis sentidos. Estaba tan nerviosa que no me di cuenta de que temblaba entre sus manos, anhelando que alguien me diera consuelo. Cerré los ojos porque aunque sentía que también me gustaba horrores Oziel sabía que estaba traicionando de alguna forma a Víctor y era más fácil imaginar que iban a ser nuevamente sus labios los que se posaran sobre los míos buscando respuesta.

Imaginar que era Víctor quién me besaba.

Los dos me hacían sentir tanto...

O yo necesitaba empezar a sentir, y me daba un poco igual ya quién fuera el que me lo provocara.

"<<Mentira! Me importa...>>

Me obligué a abrir los ojos nuevamente, a mirar cómo llameaban los de Oziel a escasos diez centímetros de mi rostro, a darme cuenta de que en verdad me gustaba lo que estaba pasando. Que no era Víctor el único que me encendía. Que no había sido Víctor el que me lo había enviado.

<<También me gusta...>>

Las manos del abogado descendieron con una dolorosa lentitud hasta el inicio de mis nalgas y sus labios se curvaron en una irresistible y seductora sonrisa. Mis brazos se quedaron justo donde los había dejado, como si unas cadenas se hubieran propuesto que no se movieran para salir corriendo o parar su avance.

— Sabía que no te resistirías...

Dolió ser un libro abierto para aquellos dos hombres. Dolió que se me pasara por la cabeza que era un juego que tenían entre ambos y en el que simplemente me utilizaban para molestarse el uno al otro. Dolió darme cuenta de que no tenía las cosas nada claras.

Dolió saber que Oziel era la opción más fácil...

Y mientras dolía volví a estremecerme cuando el segundo hombre de la noche se apartó de mí, dio media vuelta y se alejó dando tres grandes zancadas. Nuevamente me quedé en el baño, con la mirada fija en la puerta cerrada, estremeciéndome de excitación no satisfecha.

Sin besarme.

Sin calmar mi agonía.

Y allí estaba ahora, en la parte de atrás del coche de mis padres, con la entrepierna mojada, sabiendo que Oziel nos seguía en su automóvil rumbo a nuestra casa.

Sabiendo que él había querido que cayera...

... Y sabiendo que yo había caído.

Vigésimo séptima parte.
La polla que de pronto se instaló en casa

El viaje en ascensor fue el más tenso que había hecho en mi vida.

Mi padre aparcó el coche en el garaje y esperamos en el portal hasta que Oziel encontró dónde dejar estacionado el suyo en la calle. A mi madre no pareció gustarle lo de estar los cuatro apretados en un lugar tan pequeño, y menos que mi padre le entregara en ese momento las llaves de nuestra casa.

> — Nosotros estamos todo el día fuera. Sólo descansamos los domingos. Y Bea empieza otra vez las clases en la facultad, así que puede que tengas problemas a la hora de entrar si no usas estas—. Y estas eran las llaves que Víctor le había devuelto a mi padre tras irse de casa.

No había caído en la cuenta de que el hermano de Laura había seguido entrando en casa después de haber devuelto las llaves. ¡Había hecho copias sin que mis padres lo supieran! Me imaginé a Víctor entrando en el portal a hurtadillas, llegando al garaje para vigilar si estaba o no el coche de mi padre aparcado, para luego subir y abrir él mismo la puerta de casa con unas llaves que se suponía que no tenía.

Al menos, durante el verano, siempre me había mandado un mensaje al móvil para avisarme de que se iba a acercar a acompañarme en la cena...

Y había llamado al telefonillo.

¡El muy capullo había estado intentando descubrir si me llevaba a Oziel a casa!

Me encendí como una llama, presa entre las emociones de odiarlo y reconocer que estaba complacida y arrebolada por sus sentimientos de celos. Mi padre, al verme enrojecer de pronto, me miró con una pregunta en la cara.

— ¿Sin ganas de volver a las clases, pequeña?

Asentí porque era cierto y porque era la salida más digna que podía tener dadas las circunstancias. Quedaba bastante mal que confesara mis verdaderas emociones o que simplemente se pudieran imaginar que me había puesto roja como un tomate al volver a ver las llaves de Víctor.

— Si quieres puedo llevarte a clase antes de ir a trabajar por las mañanas. Tengo un horario bastante flexible en el bufete.

Era el ofrecimiento más cruel que me podía hacer nadie dadas las circunstancias. Pude ver la malicia reflejada en sus ojos, sabiendo que me estaba poniendo entre la espada y la pared delante de mis padres. Hasta el curso anterior había sido Víctor el que había asumido el rol de llevarme a la facultad, y aunque cada vez lo fue haciendo menos —probablemente porque ya no me consideraba poco válida para llegar por mis propios medios a la universidad— tenía demasiado presente la intimidad que se podía generar en el coche.

No había ningún motivo por el cual pudiera rechazar el ofrecimiento de Oziel...

Y lo más importante era que en verdad me apetecía aceptarlo.

Volví a asentir, sabiendo que seguía exponiéndome a que me comiera el lobo. Era la típica tontería que si leías en un libro te reías, llamando estúpida a la protagonista de la historia. Miles de veces había visto una película en la que acababa diciendo en voz alta, con un bol lleno hasta arriba de palomitas *es que te lo estás buscando, monada* y de pronto me vi siendo esa monada, tentando a la suerte...

Buscando.

Y me gustó horrores.

Empezaba a entender por qué gustaban tanto esas películas a las mujeres adultas. Les hacía recordar lo inestables y alocadas que se habían sentido en la juventud, justo como me sentía yo en ese momento. Peligrosamente me balanceaba en la cuerda floja, sin saber si caería hacia la izquierda o hacia la derecha.

A la izquierda tenía los brazos extendidos Víctor, preparado para atraerme hacia el pecho protector que tantos abrazos me había dado.

Y a la derecha estaba Oziel, con los brazos cruzados sobre el pecho, deseando hacer chascar los dedos para que me precipitara hacia su lado...

Para que cayera...

Estaba segura de que Oziel no podía ser mal tipo, básicamente porque Víctor me había sugerido que podía estar bien que acabara liada con él. El hecho de que el abogado simplemente quisiera sexo no tenía que ser malo. ¿Quién a su edad y con su físico no estaba acostumbrado a conseguir a las mujeres que quisiera? Simplemente me veía como una conquista más, tal vez incluso bastante apetecible por el morbo que parecía que podía darle después de que Víctor le hubiera prohibido que me mirara. Si Oziel sospechaba lo que había entre él y yo puede que incluso le interesara saber qué era lo que mantenía a Víctor centrado en una chica a la que le sacaba diez años.

Yo tampoco lo sabía...

Era más, no entendía nada. Ni por qué ellos sentían de pronto atracción por mí ni por qué la sentía yo por ellos. Y era desquiciante.

A mi madre se le erizó la piel de los brazos cuando respondí afirmativamente al ofrecimiento de nuestro nuevo compañero de casa. Me dio mucha pena pensar que se estaba sintiendo mal por ver crecer a su hija estando ella lejos tantas horas, perdiéndose los momentos en los que tal vez la necesitaba. Pensé que mi madre no podía imaginarse que a mí sus ausencias, precisamente entonces, no me estaban molestando demasiado.

Oziel sonrió de forma correcta, y tras hacer un gesto de asentimiento a mi padre para que confiara en que iba a ser prudente a la hora de llevarme de un lado a otro en el coche, el ascensor nos dejó en nuestra planta y entramos en casa.

Después de todo... era amigo de Víctor. Y eso indicaba cosas buenas.

La cena fue tranquila, sin las tiranteces que pensaba que aflorarían entre mi madre y Oziel. El abogado ingirió estoicamente la comida que mi madre tenía guardada en la nevera y que simplemente tuvo que calentar en el microondas. Era una mezcla de trozos de carne, un poco de verdura bastante deshecha e irreconocible y algo que mantenía unido todo el mejunje y que podría haber servido para levantar muros en cualquier castillo del medievo.

> — Tiene un sabor muy interesante, Ana—. Oziel tragó un largo sorbo de agua de su copa, imagino que para hacer bajar la comida con más facilidad y no atragantarse con ella.
> — Gracias. Era una receta de mi madre. A ella le encantaba cocinar. Yo no soy tan buena.

<<Si la abuela levantara la cabeza...>>

Por más que fue agradable y ameno con la conversación, Oziel no logró ganarse a mi madre. Mi padre, en cambio, sí que parecía complacido por tenerlo en casa. Al final, cuando todos nos fuimos a dormir, me sorprendió que mi madre entrara en mi dormitorio y me encontrara poniéndome el pijama al lado de la cama.

> — Sé que ya no eres ninguna niña, Bea —comenzó mi madre, disculpándose por la irrupción cuando estaba medio desnuda—. Pero imagino que, aunque no me lo cuentes y yo no te lo pregunte, ya sales con algunos chicos.

La cara se me descompuso. Era el peor momento en el que mi madre podía darme una charla sobre las relaciones con el sexo contrario. Tragué saliva y mantuve el tipo todo lo que pude, pensando que ya era tarde para tirarme a la cama y hacerme la dormida.

<<O la muerta...>>

— Sólo quería decirte que espero que tengas cabeza. Yo a tu edad no la tenía tan bien amueblada como tú.

Saber que mis problemas hormonales podían ser hereditarios me hizo sentir sólo un poco mejor a aquellas alturas. Que al final yo supiera fingir mejor que mi madre, o que mi madre me mirara poco para descubrir cómo me sentía desde que había empezado a madurar, también era algo de lo que me podía sentir un poco orgullosa.

Terminé de ponerme el pijama a duras penas, temblando como una hoja y sabiendo que ella se estaba dando cuenta.

— Oziel juega en otra liga...

Odiaba los símiles sobre deportes. Seguí callada, pasando la parte alta del pijama por encima de la cabeza, usando uno de mis nuevos conjuntos de noche que en nada se parecían a los infantiles que mi madre tanto echaba ahora de menos.

Estaba segura que si le hubiera dejado habría prendido fuego a toda la ropa nueva que tenía guardada en el ropero. Incluido aquel conjunto.

— Es mucho mayor que tú...

Nuevamente silencio. Intercambiamos miradas mientras abría una botella de agua y bebía un largo trago. Se me había quedado la boca seca.

¿Qué podía contestarle? ¿Qué ya lo sabía? ¿Qué aún así no podía controlarlo? ¿Qué en verdad por el que tenía que preocuparse era por el que sí se había ganado su confianza?

— Buenas noches, mamá. No te preocupes...

Vigésimo octava parte.
Otra noche en vela... por una polla

Vale. Los días que me habían mortificado más hasta ese momento eran los viernes. Pero el despertador me había transportado a un lunes casi sin haber podido descansar la noche del domingo.

Y había sido una noche muy larga.

No había sentido a Oziel moverse en su cama, y eso que había tratado de prestar toda la atención del mundo. Era cierto que la puerta había permanecido cerrada a cal y canto para tranquilizar a mi madre, pero la cama de Víctor, esa que ahora ocupaba el abogado, estaba pegada justo a la pared que compartía con mi alcoba, y normalmente sentía a la persona que descansaba en ella. Y, si me llegan a preguntar, habría dicho que en esa habitación no había dormido nadie.

Y, encima, Víctor me había mandado un mensaje al móvil cuando ya estaba metida entre las sábanas, para terminar de desvelarme.

"¿Cómo solucionamos esto?"

Me reí de las veces que me había dicho a mí misma que yo no sabía qué hacer por mi falta de experiencia. Pero ya veía que con la de él tampoco avanzábamos demasiado. Quise contestarle que tal vez sería buena idea hacer desaparecer la tensión sexual que había entre nosotros para poder pensar con madurez, ya que quedaba perfectamente claro que el hecho de desearnos como nos deseábamos no nos dejaba hacerlo. Pero no me atreví a decir esta boca es mía, más que nada temiendo que Víctor me volviera a rechazar.

"No tengo ni idea..."

Las veces que no usábamos el whatsapp como medio para comunicarnos me resultaban mucho más angustiosas, ya que no saber si los leía o si iba a responderme o no, si estaba conectado, o si dormía sin esperar respuesta, me mantenían en ascuas.

"¿Me haces un favor? No caigas esta noche..."

¿Cómo sabía Víctor que esa era la frase que me decía Oziel?

— Porque Oziel se la dice a todas... —dije en voz alta.

"Tonto".

Era el momento perfecto para decirle otra vez que lo deseaba a él... pero preferí no escribirlo aun muriéndome de ganas por hacerlo. Un "buenas noches" de su parte y una respuesta igual por la mía zanjó aquella conversación tan corta. De nada valía que Víctor me dijera a aquellas alturas que necesitaba tiempo para poder pensar en lo que estaba pasando...

Eso ya lo sabía.

Y que me deseaba, y que yo lo deseaba a él, y que si fuera fácil se mudaría de ciudad para no tener la tentación de poder ir a verme cada vez que se le levantara la polla.

Nadie dijo que fuera a ser fácil.

Me levanté a la misma hora de siempre, con unas ojeras que probablemente sería incapaz de disimular por más maquillaje que me pusiera. Mis padres hacía ya dos horas que se habían marchado a la tienda, y lo cierto era que no tenía ni idea de los hábitos matutinos de Oziel, por lo que traté de escabullirme hasta el baño sin hacer demasiado ruido, por si lo despertaba.

Sólo le había confirmado la hora a la que tenía que presentarme aquella mañana en la facultad, y por ser sólo la presentación no tenía que llegar demasiado temprano.

La ducha me sentó de miedo. Necesitaba desentumecer los músculos tras la larga agonía de intentar permanecer inmóvil en la cama y no hacer ruido. Al igual que yo podía oír a Oziel imaginaba que él podía escucharme moverme a mí, y no me apetecía que supiera lo inquieta que estaba a aquellas horas. Me había llevado la ropa al baño para no tener que salir envuelta en la toalla. Me había llevado incluso los pocos útiles de maquillaje con los que me desenvolvía bien para arreglarme antes de ir a preparar el café. Por suerte no me tembló el pulso y no me saqué un ojo mientras me perfilaba las pestañas, ya que lo hice todo tan a la carrera que bien podía haber tenido que llevar un parche el primer día de clase.

<<*Bea la tuerta.*>>

Sí, Bea la tuerta. Pero la misma Bea que las había dejado con la boca abierta al llevarme de calle a Oziel delante de ellas.

<<*Vale, con ayuda. Pero ellas no lo saben.*>>

No quería tener esperando a Oziel por el baño.

Cuando abrí la puerta supe que ya estaba en la cocina. El olor a café me transportó a los días en los que era Víctor el que me esperaba con la taza en la mano, o cuando era yo la que se lo servía a él. Me di cuenta de lo mucho que había echado de menos ese olor en verano, ya que al final me había dado por prepararlo de los solubles, y para nada era lo mismo.

Y ese lunes necesitaba, al menos, tres cafés para ser persona.

Me preparé mentalmente para enfrentarme a Oziel en la cocina. Mirada penetrante, sonrisa cautivadora con olor a café en la lengua...

Para lo que no estaba preparada era para verlo vestido de traje de chaqueta, con el nudo de la corbata perfectamente hecho y una inmaculada camisa blanca adornada con gemelos en los ojales.

No era un joven abogado...

Era la personificación del demonio en la tierra para tentarme.

Nunca lo había visto vestido de forma tan elegante, salvo en la graduación de Víctor, y esa visión apenas había durado un instante.

Estaba perdida..

Víctor se negaba a usar corbata en su trabajo, optando por chaquetas muy elegante sobre una camisas bien planchadas. No era de los que cumplían con tantas formalidades a la hora de elegir atuendo y tampoco es que se usara demasiado lo de la corbata para salir a ligar por las noches. No sabía si era la forma habitual de vestir del abogado pero quedaba claro que se sentía cómodo con aquella ropa. Tal vez habría ido, incluso, mucho más elegante el día de su graduación, pero el hecho de que Oziel no hubiera estudiado en la misma facultad que Víctor me había privado de esa imagen que ahora tenía delante.

¿Qué coño tenía un hombre con traje de chaqueta?

¿Desde cuándo a mí me gustaban los hombres con traje de chaqueta?

<<No es la chaqueta... Es él.>>

Y sí. Era él. Endiabladamente seductor y elegante para mí, que iba vestida de forma informal aunque sexy para ir a la facultad. Un patito feo venido a más. Tenía ganas de morirme.

— Dime una cosa —me instó, extendiéndome una taza de café. Me pregunté si había tenido que abrir muchos cajones para encontrar todo lo necesario para preparar la cafetera o si mi madre se lo habría dejado todo a la vista a la hora de ir a salir por la puerta para que no le estuviera husmeando por todas partes. Cogí la taza con una mano de mantequilla—. ¿Tienes bragas para usar hoy?

Perdí los nervios y no dejé caer la taza porque mi ángel de la guarda la aferró cuando a mí se me aflojaron los dedos.

— ¿Perdona?
— Dijiste que Víctor se había auto regalado todas tus braguitas. Me preguntaba si te quedaría alguna para usar hoy.

Roja como un tomate. No tenía que dar más explicaciones. Para Oziel iba a ser una misión demasiado fácil.

<<*Soldado de élite solicitando permiso para descojonarse de lo fácil que me lo habéis puesto con la misión de hoy. Cambio y corto.*>>

— Cuando vaya a buscarte a la salida de clase iremos al centro comercial. Tu madre ya anda bastante angustiada por mi presencia aquí para que encima descubra que no hay bragas tuyas por ningún sitio.

¿Dónde estaba mi cerebro cuando lo necesitaba?

— Podría decir que me gusta retirarlas cuando levanto una falda pero en verdad me gusta más pedir que se las quiten.

Vigésimo novena parte.
La polla enfundada en un traje a medida

Ya que mi cerebro se había ido de viaje no me quedaba otra que aguantar el chaparrón como fuera.

Y en aquel momento el chaparrón estaba donde menos quería que estuviera...

Sí, entre mis piernas.

Me tomé el café tras llenar la taza hasta arriba de leche y echarle dos terrones de azúcar. Oziel, mientras tanto, daba cuenta del suyo sin quitarme los ojos de encima, buscando intimidarme aún más de lo que ya lo hacía.

Y eso era prácticamente imposible.

Ni los profesores de la facultad me causaban tanto desasosiego. Alguien había abierto mi cráneo, había tomado lo que había dentro y en su lugar había dejado aún más hormonas para que se distribuyeran a voluntad mientras el joven abogado me miraba. Fue el café más largo que me había tomado en la vida y me había tomado muchos en presencia de Víctor cuando ya tenía muy presente lo que guardaba debajo de sus pantalones.

Otra agonía que apuntar a mi lista de penalidades.

— ¿Quieres dejar de mirarme, por favor?

Oziel no se esperaba esa petición tan directa. Pareció ruborizarse un poco, siendo regañado como un niño grande. Suavizó el rostro y afloró un gesto que hacía tiempo no veía en él. Lo había usado muchas veces cuando me saludaba sin mirarme en el pasillo de nuestra casa los viernes por la tarde, cuando Víctor hacía de escudo entre sus amigos y yo. Simpatía.

— Empiezo a entender lo que ve Víctor en ti —comenzó. Terminado su café miró si teníamos lavavajillas para dejar la taza pero descubrió que en aquella casa las cosas se lavaban a mano—. Descarada y vulnerable. Uno no sabe si lo que le apetece es protegerte o comerte...

Enrojecimiento de rostro nivel rojo semáforo.

— Tranquila. Hoy voy a ser bueno —me aseguró, mordiéndose el labio inferior después de pasar la lengua por el mismo sitio que apresaron sus dientes—. Actuaré como el perfecto caballero que lleva a la doncella a clases, sin llegar a despeinarla ni robarle un ápice de maquillaje. No sé por qué pero me da la sensación de que esto debo disfrutarlo despacio.

Entre el silencio que le guardé a mi madre por la noche y el silencio que le estaba guardando por la mañana a Oziel podía haber pasado por muda. Respiré hondo, me armé de valor y sonreí, asegurándome de que iba a mantener esa sonrisa todo el trayecto hasta la facultad.

Sonrisa de estatua de cera.

En el ascensor Oziel mantuvo las distancias, mirando al suelo, al reloj que lucía en la muñeca y que parecía muy caro y a unos papeles que llevaba en un pequeño portafolios, alternativamente. De vez en cuando me miraba y sonreía, pero había borrado todo rastro de malicia por el momento. Me agradó mucho aquel cambio y en verdad lo agradecí aunque seguía intimidada.

Era imposible no estarlo delante del demonio mismo.

El paseo hasta su coche duró cinco minutos. A esa hora la ciudad ya estaba sumida en su trajín diario y las cafeterías lucían llenas de gente clamando por un desayuno rápido. Cuando Oziel se detuvo ante un BMW negro y reluciente no pude creerlo.

— ¿Tu coche?
— Regalo de mis padres. Yo aún no gano tanto. Tengo una familia... acomodada, digamos.

Mantuve silencio durante el tiempo en el que me abrió la puerta, la cerró detrás de mí y luego introdujo su elegante cuerpo dentro del coche por el lado contrario.

— Entonces, perfectamente podías haberte costeado un hotel en estos días de visita de la familia de Víctor...

Oziel sonrió de forma deliciosamente perversa.

— Eso podía haberlo hecho sin ayuda de mis padres...

Volví a quedarme sin lengua durante medio trayecto, aunque agradecí a mi cerebro su vuelta. Mientras Oziel llevó el coche por las calles fui asimilando que Oziel estaba disfrutando mucho del juego del gato y el ratón. Lo bueno era que apenas si había pensado en Víctor aquella mañana, aunque estaba segura de que en cuanto me quedara a solas conmigo misma en la clase no podría apartar a ninguno de mi mente.

Ni de otras zonas de mi cuerpo.

— Dime una cosa —preguntó el abogado, girando a la derecha tras una señal de Stop—. ¿Has quedado con tus amigas de la otra noche en algún sitio?
— ¿Te interesa alguna en particular? —pregunté, sin pararme a pensar en lo que decía. De pronto una puntada de celos me había asaltado y no me hizo sentir nada cómoda. Arrugué la nariz y miré por mi ventanilla, convencida de que si lo miraba a los ojos dejaría tan clara mi molestia que se reiría a carcajadas de mí.
— Baja esos humos, muchacha —respondió él, divertido ante mi conducta. Y en verdad dejó escapar una suave risa que me erizó la piel de la nuca—. Tú ibas más borracha que yo la otra

noche y probablemente no recuerdas que me dijiste que te gustaba cómo te miraban mientras estabas conmigo.

¿De verdad había llegado a decirle eso?

<<*Tierra, trágame.*>>

— No recuerdo haber dicho tal cosa.
— Eso es por culpa de los Gin Tonics —me informó, con lengua resabida. Creo que me guiñó un ojo pero como trataba de no mirarlo directamente no me quedó claro que me hubiera dedicado ese gesto.— No te preocupes, guardaré tu secreto. Yo a tu edad también lo pasaba mal con mis compañeros de clase.
— No me lo creo...

Volvió a reír mientras giraba en otra calle. Chasqueó los dedos de la mano derecha delante de mi rostro para que volviera a mirarlo. No pude resistir el impulso de seguir el movimiento de esa mano tan elegante.

— Vale, lo admito. Era yo el que se llevaba a las chicas de calle —respondió, mientras seguía riendo. Se pasó la mano por el cabello negro y se mesó posteriormente la incipiente barba de tres días.—. ¿Lo prefieres así?
— Menos lobos...

Me estaba divirtiendo con él, exactamente igual que la mencionada noche de la borrachera. También Víctor me había comentado que llevaba demasiadas copas encima, y como era cierto que no sabía beber quería investigar un poco sobre las meteduras de pata que había tenido. Necesitaba información... y mucha.

— ¿Prefieres un término medio?
— Prefiero que no te andes con rodeos...

Me giré en el asiento para mirarlo mientras conducía. Tenía un estilo completamente diferente a Víctor, mucho más elegante y altivo. Sujetaba el volante como si disfrutara acariciando el cuero, con manos fuertes que no necesitaban apresarlo para hacer que se doblegara a su voluntad. La forma de aferrar la caja de cambios era sutil, casi creí que lo hacía sólo con la palma. Apenas si giraba la cabeza para mirar por los espejos retrovisores por lo que casi siempre lo tuve de perfil. No me miraba mientras hablaba, cosa que agradecí porque me intimidaba demasiado tenerlo de frente.

— Me pediste que te besara para que ellas lo vieran...
— Completamente borracha, sin duda alguna.

A esas alturas lo de estar encendida ya formaba parte de mi color de piel habitual y lo de sentir tanto calor iba a ayudarme a pasar mejor la gripe de ese año. El invierno se presentaba cálido. Adiós a los abrigos para las temperaturas bajo cero.

Así que me lo tomé con toda la serenidad de la que fui capaz.

Que no fue mucha.

— Me contaste un poco la historia de tus amigas. ¿Lo recuerdas?
— ¿Para qué mentirte? No recuerdo nada de eso...

<<*Por favor, que no le dijera nada sobre lo que sentían todas por Víctor. Que no le nombrara su polla...*>>

Detuvo el coche delante del parque que le había señalado como punto de destino, frente a la entrada de la facultad. Era el lugar donde, efectivamente, me había citado con mis compañeras de clase aquella mañana. Y era el lugar donde, como no podía ser de otra manera, ya estaban reunidas casi todas.

Las entradas triunfales siempre se hacían llegando tarde, y eso Oziel lo dominaba.

Sin mediar palabra el abogado se bajó del coche, abrochó elegantemente los botones de su chaqueta y abrió mi puerta. Estaba como hipnotizada por sus buenas maneras y me dejé hacer sin decir nada. Pasó una mano por mi espalda para apartarme del coche y conducirme hasta la acera. Supongo que a esas alturas ya todas mis amigas nos estaban mirando pero yo iba observándolo a él, que cortésmente se había propuesto hacer que mi primer día de clase fuera la mujer más envidiada del momento.

Ojalá Víctor hubiera actuado de esa forma alguna vez...

Traté de memorizar lo que me decía mientras mantenía la calma. Traté de parecer serena mientras deslizaba su mano por mi cintura para acompasar mis pasos a los suyos. Traté de no tropezar y quedar como una tonta al no saber usar los tacones que me empeñaba en calzar últimamente.

Me esperaría justamente allí a la salida de la facultad. Me llevaría a almorzar a un sitio tranquilo, por lo que no quería que comiera nada en la cafetería, y luego iríamos a comprar algo de ropa interior... y él esperaría fuera de la tienda para no molestarme.

Para que pudiera elegir sin que fuera él el que señalaba la ropa que después querría que me quitara en su presencia.

Tragué saliva.

<<*¿Por qué iba a quedarse fuera si estaba temblando ante la posibilidad de que eligiera esas malditas prendas?*>>

De pronto tenía el día completamente organizado por él.

Estaba a dos pasos del corro que habían formado mis compañeras, con la salvedad de que ya no era un corro sino más bien una línea recta para mirarnos a ambos en nuestra despedida. Se paró y me cogió la mano. Me levantó el mentón con la otra.

— Y ahora voy a besarte...

Trigésima parte.
Fantasías realizadas por una polla

¿Quién no podía desear exactamente esa experiencia? Un hombre atractivo y elegantemente vestido, conduciendo un cochazo de esos que a los dieciocho años sólo puedes ver pasar desde la ventanilla del autobús mientras te desplazas de un lado a otro, haciéndote sentir como la mujer más interesante del planeta...

Cuando Oziel me dijo que iba a besarme no quise plantearme si era o no buena idea. De pronto sólo me apetecía sentir sus labios, el roce de sus dedos y su mirada intensa perderse en la mía.

Si era capaz de sostenerle la mirada cuando me besara...

Me dejé llevar porque llevaba años deseando un momento así, en plan película, donde de pronto los focos sólo iluminan a la pareja que está en el centro de la pista de baile y el resto son meros espectadores de la escena, que se quedan mirando embobados.

Mis amigas tenían el radar puesto desde que habían visto detenerse el coche justo delante de ellas. No se lo creían.

Eso también parecía de película, porque nunca se encontraba hueco en esa zona de la ciudad tan concurrida, y que llegara Oziel y aparcara justo donde estaban ellas parecía también de montaje cinematográfico. Escenario perfecto, pues, para que pasara lo que llevaba años deseando: Que mis compañeras me envidiaran.

Todas ellas, y no sólo las pocas de la otra noche.

Me levantó el mentón para elevar mi cabeza, ya que medía varios palmos más que yo. Suspiré al contacto de sus dedos y, como la vez anterior... cerré los ojos.

<<No dobles la rodilla para levantar la pierna en plan estúpido, por favor. Un poco de dignidad.>>

Pero dudo que cualquiera de ellas me estuviera mirando a mí. Los ojos tenían que estar clavados en el abogado, que había soltado mis dedos y tenía una mano en mi cintura y otra en mi barbilla. Cuando al final el beso se cernió sobre mi boca quedé desmadejada junto a su cuerpo, sin importarme quién me besaba.

Fue delicioso, aunque pensé que la sensación de tener el cuerpo poseído por miles de insectos voladores —no diré yo que eran mariposas, que podían ser libélulas de la velocidad a la que se movían— se debía más a la fantasía satisfecha que al hecho de que me estuviera besando Oziel.

Fue corto, sutil, elegante. Nada del beso pasional que me esperaba después del encuentro en su cuarto de baño. Fue precisamente como me había dicho que se iba a comportar, como un caballero seduciendo a una doncella.

Pero yo no tenía mucha pinta de doncella, y desde luego dudaba que se atreviera a ir alguna sin bragas a la facultad si llegaba el caso. Yo había perseguido, acosado y seducido a Víctor. Yo era la que le había mandado fotos de mi trasero sin ropa interior y la que al ver su nueva cama en su piso compartido se había imaginado compartiéndola con él en mil posturas distintas.

No era virginal...

Era inexperta.

No era una doncella.

No me dio tiempo a sentirme decepcionada por lo escueto del beso. En cuanto volví a la realidad Oziel me instó a abrir los ojos y a prestarle nuevamente atención. Le encantaba dominar e imponer su voluntad y me sentía tan intimidada a su lado que era fácil que siguiera haciendo de mí lo que quisiera.

— Va a ser divertido jugar a esto...

<<Lo que quiere es jugar conmigo, no entablar un juego entre los dos.>>

Suspiré sin saber lo que era realmente esto. Sólo tenía presente que le había asegurado a Víctor que no caería con Oziel la noche anterior... pero no estaba segura de poder hacerle la misma promesa esa noche, después de aquel íntimo contacto.

Después de saber que era tan fácil de manipular.

— Ve a saludar a tus amigas —me instó, con voz suave, cerca de mi oído—. Creo que te espera un día de muchos interrogatorios.
— ¿Por qué no vas tú y despejas sus dudas? —le pregunté a mi vez, temiendo exactamente eso que me vaticinaba el abogado—. Yo no sé lo que es esto...
— Es sólo eso, un juego. ¿No te gusta jugar?

Tuve ganas de decirle que no, que siempre perdía jurara a lo que jugase, pero temí quedar como una miedosa ante la emoción de lo desconocido. Las mujeres con las que salían Víctor y sus amigos tenían que ser mucho más seguras de sí mismas de lo que yo estaba demostrando ser. No podía flaquear a esas alturas. No podía mostrarme tan mocosa.

— No me gusta no saber a qué juego —respondí, buscando la mejor de las respuestas en mi desamueblada cabeza—. Me gusta conocer las reglas.

Como bien había adelantado el abogado, mis amigas me tenía preparada una tanda de preguntas absurdas que me saturaron los oídos. Fui contestando con monosílabos las quince últimas ya que estaba segura de que tampoco les interesaban mucho las respuestas. Sólo querían olerlo en mi piel. Sólo querían descubrir cómo lo hacía.

Lo que más les inquietaba era saber dónde se encontraba el secreto para conseguir a un hombre como aquel a nuestra edad.

— ¿Sabes si tiene algún hermano disponible?

Llegado a ese nivel de preguntas sólo emití gruñidos por respuestas, y juntas recorrimos los metros que nos separaban del edificio que nos tendría secuestradas hasta la hora de almuerzo. Sabía que se me iban a hacer interminables los minutos hasta que el coche de Oziel volviera a recogerme, y estaba convencida también de que mis compañeras ese día serían lo más parecido a lo que había tenido nunca a una sombra.

Casi tanto como cuando esperaban que llegara a recogerme Víctor.

El olor masculino que se quedó prendido en mi ropa me recordaba constantemente lo que había ocurrido, aunque era difícil olvidarlo debido a la proximidad en el tiempo. Las atenciones de mis amigas, que de pronto convirtieron en prioridad vital localizar el perfil de Oziel en Facebook para ver si había cambiado su estado de de "Soltero" a "Tengo una relación". Sospeché que ellas esperaban ver, más bien, algo del tipo "Es complicado", algo a lo que aferrarse para poder levantarme el novio —o lo que fuera— pero me mordí la lengua antes de decirles lo que pensaba de su repentino interés hacia mi persona.

Tampoco creo que les hubiera resultado fascinante lo que les dijera ya que estaban muy interesadas en encontrar, de paso, el perfil de Víctor. Y conocer también su estado.

Soñaron en voz alta con una cita con él, intercediendo Oziel y yo para que le hiciera caso a alguna. Si yo le decía a Víctor de tener una velada romántica a cuatro, que luego pudiera acabar en sexo desenfrenado, les haría un servicio mayor que el que les había prestado su madre.

Menos mal que no escuché la palabra polla en toda la mañana.

Iba a ser un día muy duro, sin duda.

No pude quitarme de la cabeza las últimas palabras del abogado mientras un profesor sucedía a otro con sus presentaciones de las clases, y mientras las agujas del reloj me transportaron a la hora mágica en la que había quedado en recogerme en el parque. Todas me parecieron iguales. Todas me sonaron a lo mismo que había estudiado el curso anterior y que había aprobado con tanta facilidad.

Nunca antes me había dado cuenta de lo importante que podía ser llevar unas bragas para evitar manchar una silla.

Esa promesa de Oziel no dejaba de rondarme en la cabeza

— Te las enseñaré a medida que avance el juego.

Trigésimo primera parte.
Una polla dominante

— ¿Has aprendido mucho hoy? —me preguntó Oziel de camino al restaurante donde había hecho la reserva. ¡Una reserva! Creo que era la primera vez que tenía una con un chico.

<<Respira. Oziel es un hombre. Respira.>>

Era cierto. Mi primera vez con una reserva para comer en algún sitio sin estar mis padres de por medio. Mis citas anteriores habían acabado en cualquier lugar donde pusieran comida de precio aceptable para una paga semanal suministrada por los propios padres, y por lo tanto casi siempre incluían pizza o hamburguesa. Sabía que no iba vestida para la ocasión y menos al lado de un hombre que llevaba aún el nudo de la corbata impecablemente hecho. Me entraron ganas de pasar por casa para cambiarme de ropa pero Oziel me disuadió de ello, diciéndome que estaba muy bien así.

De todos modos tampoco tenía nada mucho más elegante, salvo el vestido que había usado en la graduación de Víctor. Y ese ya me lo había visto.

— Si te sientes mejor dejaré la chaqueta y la corbata en el coche. No tengo que llevarla fuera del ámbito laboral—. Y me guiñó un ojo al terminar la frase.

Quise decirle que me encantaba verlo tan elegante pero no quería demostrarle más aún que me tenía cautivada y a sus pies aquel día. Así que retomé la respuesta a su primera pregunta y traté de no mirarlo más de la cuenta.

— Sabes de sobra que el primer día no se aprende nada.

— En mi defensa comentaré —empezó, usando una especie de alegato que escuchado de sus labios y con esa pinta no quedaba tan ridículo como podía sonar en verdad de la mía— que en mi carrera apenas si se aprendía algo en clase. Todo lo que sé de abogacía lo interioricé en las bibliotecas.

— ¿Rodeado de chicas guapas?

Sonrió con picardía.

— Alguna había... pero también hay abogadas con pinta de perro sabueso. Esas imponen mucho. Te recomiendo estas últimas para contratar, por cierto. Cuando cierran la mandíbula no sueltan la presa. A las rubias de mi promoción se les ganaba un juicio sin despeinarse.

— ¿A qué me recordará eso de no soltar la presa? —bromeé, con respecto a su actitud dominante.

Oziel se apartó un mechón de cabello negro de la frente y me miró de soslayo, tratando de no perder de vista la carretera.

— Podrías haberte librado de mí ayer cuando te hice el ofrecimiento de ocupar el lugar de Víctor —me susurró, con voz grave—. Pero no quisiste. No te veo para nada a disgusto con la situación...

<<*Ocupar el lugar de Víctor...*>>

Era eso exactamente lo que estaba haciendo aunque doliera admitirlo. Víctor trataba de apartarme de su vida aunque yo quisiera continuar en ella. Y yo, frustrada, había aceptado que Oziel era un buen remedio para dos cosas importantes. Una, darle celos a Víctor para que espabilara de una vez y tuviera la osadía de reconocer públicamente que sentía algo por mí, aunque sólo fuera en el plano físico. Y otra, suplir la necesidad de sentirme deseada por un hombre que pudiera transportarme al mismo lugar mágico al que me había llevado Víctor la primera vez —y la única— que había tenido a alguien dentro.

Estaba segura de que sería una historia memorable para contarle a mis nietos cuando fuera anciana.

<<*Sí, mis niños. Aunque no os lo creáis al mirarme ahora las arrugas hubo un tiempo en el que los hombres más atractivos se peleaban por estos huesitos.*>>

Sí, otra vez muy patético.

— ¿Y ahorrarte el placer de mi compañía con lo solo que se te ve?

El abogado rió de buena gana y yo lo acompañé, contagiada de su desparpajo.

— No sabes lo que te agradezco que me hayas sacado de la monotonía de mi vida. Si llego a tener que dormir en casa con los padres y la hermana de Víctor me habría acabado cortando las venas.
— Siempre queda esa habitación de hotel...

Aprovechó una señal de Stop para mirarme fijamente a los ojos.

— No la descarto... Pero no sé por qué me da más morbo tu casa...

No hacía falta que me dijera para qué le daba más morbo, ni que si acababa cogiendo alguna tarde una habitación de hotel sería para asegurarnos una intimidad que no estaba muy seguro de disfrutar con mis padres al acecho. Me estremecí pensando en cómo nos mirarían en una recepción de hotel al vernos entrar a los dos, con la diferencia de edad más que evidente, él vestido de chaqueta y yo luciendo ropa de universitaria buscona, y en la sonrisa lasciva que Oziel no podía ocultar aunque quisiera parecer serio y forma.

— ¿Te gusta ocupar el sitio de Víctor?
— Aún no sé exactamente lo que estoy ocupando de Víctor.

El doble sentido se me atragantó, pero por suerte Oziel ya buscaba aparcamiento cerca del restaurante y no se percató de que me había quedado lívida. En esta ocasión tuvo que dar un par de vueltas para poder estacionar el coche.

<<*Normal. No tenemos que hacer una entrada triunfal en ningún sitio.*>>

Me reí para evitar pensar en las palabras de Oziel. Sospechaba algo, y aun así le daba igual si se inmiscuía en una relación entre Víctor y yo. El hecho de que su amigo le hubiera animado podía hacer que el juego —siempre hablaba de su juego, de divertirse jugando— fuera más adictivo. Los imaginé en la época universitaria, levantándose el uno al otro las amantes por el simple hecho de poder hacerlo. El pique entre ellos cuando se veían llevando de la mano a la chica a la que hacía dos días besaba el otro, el interés por mostrarlas en público para que todos supieran cuál era la próxima presa...

¿Podía haber sido así?

Rechacé la idea porque al menos conocía a uno de ellos, y aunque sospechaba que Oziel no era mal tipo sí que sabía que Víctor no iba por ahí tratando de hacer daño a la gente. A las mujeres. Que ninguno de los dos buscara de momento nada serio no implicaba que fueran crueles a la hora de mantener sus relaciones. Me negaba a creer que eran de ese tipo de hombres que simplemente buscaban conquistas para ir agrandando una interminable lista.

— ¿No tienes hambre?

Allí, al lado de mi puerta abierta, estaba Oziel tendiéndome la mano para ayudarme a salir del coche. Se había quitado la corbata y la chaqueta y desabrochado un par de botones. No llegaba a tener un aspecto informal pero había conseguido parecer mucho más joven de lo que aparentaba al recogerme hacía unos minutos. Y eso, extrañamente, me hacía sentir más tentada aún.

Aquel era el Oziel con el que había tonteado a petición de Víctor. El de chaqueta y perfectos modales se me antojaba casi inaccesible.

El almuerzo fue, sencillamente, delicioso. En todos los aspectos. La conversación fue buena, la comida se me antojó excepcional e incluso me aventuré a probar algo de vino tras recibir la sugerencia de Oziel. Recé primero para no vomitarle a nadie encima y Oziel se rió de que tuviera tanto respeto por probar el vino.

Me estaba dejando enredar y estaba resultando muy placentero.

Pero no quería...

Tenía esperanzas aún de que Víctor pudiera reaccionar y encontrar las ganas de enfrentarse a los reproches de mis padres y los suyos. Sabía que mis padres le tenían mucho aprecio, por lo que nunca podrían decir que no lo encontraban un buen partido. Que consideraran que era muy mayor para mí ya sería asunto entre él y yo. Nuestros problemas tendríamos con la diferencia de edad y madurez, pero al menos quería tener la posibilidad de intentarlo y sufrirlo si se iba todo a la porra.

Necesitaba darme la oportunidad de triunfar o fracasar en una relación tan complicada, al igual que había necesitado, al menos, tener sexo con él.

<<*Ya está, estoy enamorada. Ya lo he dicho.*>>

— Y bueno... háblame de la relación que tienes con Víctor. Me intriga mucho...

Trigésimo segunda parte.
La polla que quiso vestirme

Conseguí salir bien parada del almuerzo, rechazando sus preguntas con más preguntas aunque pensaba que la siguiente que me hiciera sería la que me dejara completamente noqueada.

Él tampoco contestaba a las mías.

— Un interesante combate dialéctico —comentó, saboreando el vino—. No esperaba encontrarlo en alguien de tu edad.

Tuve ganas de decirle que cuando Víctor le rompió la nariz me había dicho que no era una niña, pero no quería recordarle ese momento de nuestro pasado, doloroso para él, vergonzoso por estar desnuda para mí.

De camino ya al centro comercial, donde se suponía que tendría que elegir ropa interior nueva sin su presencia —para ordenarme luego que me la quitara— me propuso un juego.

— ¡Qué raro que a ti te guste jugar! No me lo esperaba...
— Si me estás buscando quiero que sepas que yo a ti te encontraré antes...

Y era cierto. Al igual que me pasaba con Víctor sabía que tenía las de perder. Ellos eran los expertos y yo la estúpida novata.

— Si vas a ganar de antemano, ¿para qué jugar?
— Porque es divertido...

Ahí residía el secreto para él. Se divertía jugando conmigo. Se divertía jugando porque Víctor se lo había pedido... ¿Se divertiría tanto si le contaba la verdad de nuestra relación?

— ¿De qué va el juego?

Aparcamos en el centro comercial con la promesa de un café entre tienda y tienda. Yo no era aficionada al café sino por la mañana y en época de exámenes a cualquier hora, pero no podía rechazarlo. Había pasado la noche en vela y en verdad después del vino me hacía falta. Tampoco entendía muy bien que para comprar unas cuantas prendas de ropa interior tuviera que visitar muchas tiendas. Y que hubiera que hacer paradas.

Había revisado el dinero del que disponía y mis compras iban a durar bien poco.

— Preguntas sencillas y directas, sin contar demasiado en las respuestas. Pero todas han de ser verdaderas. Luego me montaré mi película acerca de tu historia, y no te exigiré que me digas si es cierta o falsa. A cambio, tú puedes preguntarme lo que quieras a mí, y yo no me cortaré a la hora de responderte.

Caminamos por los anchos pasillos de la zona comercial, con sus suelos relucientes y peligrosamente resbaladizos. Descubrí que a Oziel le gustaba mucho la moda, parándose constantemente delante de los escaparates o queriendo visitar el interior de la tienda. Tampoco reparaba a la hora de mirar el precio de las prendas, algo que yo no podía permitirme el lujo de hacer. No había llegado el momento de ser económicamente independiente.

— ¿Y qué te hace pensar que me interesa lo que tengas que contar?
— Todas las mujeres tienen preguntas —contestó, mirando otro escaparate. Esta vez la ropa era de mujer y me miraba a mí y al maniquí expuesto, como si estuviera sopesando si me quedaría bien la ropa—. A las mujeres os encanta hacer preguntas. ¡Y las conjeturas! ¡Qué extrañas llegan a ser! Conozco a mujeres que se pasan la vida elucubrando,

imaginando, deseando saber...

— ¿Y qué te hace pensar que todas somos iguales?

— Eres curiosa, te mueres por experimentar, y en vez de salir con chicos de tu edad te ha dado por intentarlo con uno que te saca... ¿Cuántos? ¿Ocho años?

— ¿Tú? ¿Lo estoy intentando contigo?

Me miró desde arriba inclinando la cabeza a un lado. Cuando quise darme cuenta ya se estaba riendo.

— No, lo intento yo y tú te resistes... ¿Mejor así?

Volví a mi estado normal de rojo encendido, sabiendo que él consideraba que me resistía más bien poco. De todos modos tenía todavía argumentos que usar en aquella parte de la conversación por lo que no pensaba darme por vencida tan rápidamente.

— Pues para ser yo la curiosa tú eres el que busca respuestas.

— No te confundas. Yo lo que busco es jugar...

— Pues me estoy cansando de que quieras usarme para tus juegos.

— Tampoco te confundas. Yo no te uso para jugar. Juego contigo, no a costa tuya.

Y claro, eso era muy diferente. Que Oziel considerara que era parte integrante me hizo sentir algo mejor.

— ¿Y cómo empieza el juego?

Sonrió como un niño pequeño al que le acaban de dar un regalo de cumpleaños.

— Primero quiero verte con ese conjunto puesto. Ya luego, con el café, empezamos con la ronda de preguntas.

Un par de tiendas más tarde, y con un par de bolsas con ropa que yo no me podía permitir pero que Oziel se había prestado gentilmente a regalarme, entramos en una buscando ropa interior. Como había prometido, se quedó en la entrada, mirando maniquíes, mientras yo seleccionaba braguitas que no hicieran que mi madre se llevara las manos a la cabeza. Cuando tuve una cantidad adecuada para reponer la falta de ellas en mi cajón Oziel se hizo cargo de la compra en la caja. Lo descubrí añadiendo a la compra un llamativo conjunto de ropa interior negro, de esos que mi madre no debería encontrar bajo ningún concepto en mi cuarto.

Y mucho menos puesto.

— ¿Para mí? —pregunté, sintiéndome Julia Roberts en "Pretty Woman".
— Para satisfacer mi espíritu curioso. Creo que te quedará bien... pero puede que no me dejes disfrutarlo. ¿Quién sabe?

Me sacó la lengua mientras pagaba con la tarjeta de crédito y me ofreció su brazo para continuar nuestro paseo hasta una cafetería. La zona de restauración estaba en la planta alta, por lo que nos dejamos conducir por las escaleras mecánicas compartiendo risas y bromas, jugando con la posibilidad de que en verdad jamás llegara a verme puesta ninguna de las prendas que me acababa de regalar. Eligió una cafetería con una terraza con vistas al exterior, tranquila a aquella hora y día de la semana. La gente no parecía disfrutar mucho de los lunes. Yo también me habría refugiado en mi casa a la espera de noticias de Víctor si no llega a ser porque sabía que su familia lo tendría monopolizado... y porque Oziel me había monopolizado a mí.

Cafés en la mesa, bolsas ocupando una silla entre nosotros, y sus ojos pícaros clavados en los míos. Respiró tranquilamente mientras yo lo hacía de forma desorganizada. Endulcé el café, le di un par de sorbos y dejé la taza sobre el platillo que la acompañaba.

— ¿Cómo dices que empezaba el juego? —pregunté, más nerviosa ya por la tranquilidad de él que por la propia espera.

Se echó hacia atrás en la silla y sonrió, dispuesto a hacerme pasar la tarde más extraña e intensa que podía haber pasado con un completo extraño que me había besado un par de veces a petición mía.

Porque necesitaba lucirme con mis amigas.

<<*¡Qué vergüenza!*>>

— ¿Prefieres preguntar tú o que lo haga yo?
— Tú, por favor —respondí, repitiéndome que yo no sabría cómo empezar con aquel juego, ni con la tanda de preguntas. Si me dejaban a mí empezar probablemente acabaría pidiendo que me hablara de su color favorito o de la música que le gustaba escuchar en la radio.

<<*Sí, mejor que empiece él. Yo no tengo preguntas interesantes.*>>

De momento.

— ¿Sabes que Víctor me pidió que me acostara contigo?

Trigésimo tercera parte.
La polla que me dejó sin habla

Debí preguntarle algo de inmediato, o simplemente responder. Mi silencio y la cara de disgusto que se me quedó fueron la peor tarjeta de presentación que podía dar en ese juego.

Se me habían quitado las ganas de preguntarle nada a cambio de esa respuesta.

Me revolví en la silla, por primera vez verdaderamente incómoda al lado de Oziel. Más que cuando había tratado de besarme en el baño. Más que cuando me avisó que iba a caer con él. Sin embargo, terminó de beber su café como si la cosa no fuera con él.

— ¿Obligado responder?
— Ya lo has hecho —comentó, dejando la taza nuevamente sobre la mesa y clavándome esos intensos ojos acusadores en los míos—. No lo sabías. Lo que no tengo claro es si porque Víctor no te lo dijo o porque te dijo que me había dicho otra cosa. Porque está claro que algo te comentó y algo me ha dicho él a mí —sentenció, muy seguro de lo que decía en su discurso—, ya que antes no me dejaba ni poner los ojos en ti y de pronto bendice que se me vayan las manos a tu trasero...

Se me atragantaron sus palabras y quise levantarme y dar por finalizada la tarde con el abogado. Estaba tan disgustada que no me importó reflejarlo en el ceño y los labios fruncidos. Creo que hasta los nudillos se me quedaron pálidos de tanto que me aferré a la silla, conteniéndome para no darle un bofetón a Oziel.

— ¿Y tú aceptaste?

Apoyó los codos en las rodillas para acercarse un poco a la pequeña mesa que hacía de barrera entre ambos. La camisa se le tensó sobre el pecho pero yo estaba demasiado airada como para que ese gesto pudiera afectarme. Apoyó la cabeza entre las manos y me miró fijamente, sopesando si aquella pregunta entraba en la parte del juego en la que él debía responder sin reservas.

— Fue la noche que nos encontramos con tus amigas. De primeras Víctor quiso dar un rodeo para no pasar a vuestro lado cuando os reconocimos, pero luego cambió de opinión y nos pidió que lo acompañáramos —comentó, de una forma tan serena que no me quedó duda de que había sido exactamente así—. Por norma general siempre nos pidió que no pusiéramos un ojo en ti. Más bien casi nos lo prohibió en toda regla. No se andaba con chiquitas con eso. "A Bea ni mirarla", nos decía. Y nosotros ni mirarte, aunque sabíamos que existías y que te llamaba mocosa. El asunto se recrudeció más cuando cumpliste los dieciocho, no sé por qué, y luego peor cuando entraste en la universidad —terminó diciendo, volviendo a erguirse sobre la silla—. Y de pronto nos pedía le acompañáramos para hablar contigo. Aquello fue toda una novedad y, al menos a mí, me hizo querer saber en qué había cambiado el juego.

Lo imaginé siguiendo a Víctor en la terraza y quedándose de piedra cuando le pidió que se acostara conmigo. Tenía ganas de matar a un par de hombres y esos dos tenían toda la pinta de necesitar unos cuantos disparos.

<<*A los cojones.*>>

— ¿Para ti todo es un juego?
— Esto lo es, sin duda alguna. Un juego entre él y tú y a mí me habéis invitado entre los dos a estar en medio. No sé el motivo por el que has cedido, porque dudo que te hubieras fijado en mí hasta el día en que Víctor me rompió la nariz por mirarte desnuda —comentó, llevándose los dedos a la cara para tocarse, como si el recuerdo hiciera que le doliera—. Y

tampoco sé por qué de pronto deja de protegerte y me invita a que haga precisamente aquello que pretendía a toda costa evitar.

Hizo una pausa para recolocarse. Me dio tiempo a pensar que al final los hombres también eran muy complicados aunque las mujeres éramos las que teníamos la fama de serlo. Cuando fui a dar otro sorbo al café me di cuenta de que lo había terminado sin percatarme, y busqué al camarero para pedirle que me llevara otro. Me habría gustado decirle que lo pusiera bien cargado, pero a la hora que era ya tenía claro que repitiendo café esa noche no iba a poder conciliar el sueño.

— De todos modos, cambió de opinión...

Los ojos se me fueron a salir de las cuencas.

— No dejó que te acompañara a casa. Incluso se mostró muy molesto conmigo al final de la noche, cuando casi te llevó a rastras a su coche para llevarte a casa. Creo que dijo algo así como "¿ibas a ser capaz de acostarte con ella?", aunque no estoy del todo seguro. Me había tomado dos copas y puede que la pregunta fuera otra —no recordaba haberlo visto beber mucho, ni que Víctor acabara metiéndose tanto entre nosotros dos cuando salimos por la puerta de camino a casa. Tenía claro que se había enfurecido por su forma de arrancarme aquel beso, pero esos cambios de humor no los había llegado a entender, al igual que Oziel. Que de pronto le preguntara si habría sido capaz no tenía mucho sentido—. Lo que sí tengo claro es que estaba muy disgustado conmigo y contigo, creo, porque te llevó casi en volandas e iba maldiciendo mientras os alejabais.
— Sé que me llevó a mi casa. No estaba tan borracha como para no recordar eso —comenté, molesta porque estuviera insinuando que las copas podían haberme afectado tanto.
— Y hasta ahí puedo leer. Me toca preguntar.

El camarero trajo mi segundo café y Oziel pidió un par de vasos de agua. Le agradecí que se hubiera imaginado que tenía la boca seca.

Ciertamente Oziel había soltado mucha más información que yo. Con un simple "no" habría respondido a la suya, y él me había desvelado partes de la historia que no conocía y que me parecía importante tener en cuenta.

— ¿Te ha dicho Víctor que estuvo cuatro días sin hablarme la semana pasada tras ofrecerme a dejarle el piso a su familia?
— Apenas hablé con él la semana pasada. Y poco pudo decirme en su cumpleaños estando su familia delante. Pensé que la relación entre vosotros era buena.
— Y suele serlo. Pero la semana pasada estaba enfadado cada vez que me veía. Terminé por no aparecer por allí por las noches para evitar encontrármelo. Era una situación muy incómoda.

Ahí estaba el motivo por el que Víctor llegó a pensar que Oziel había pasado las noches conmigo. Él había optado por no topárselo en casa y yo lo había estado esquivando. El hermano de Laura sólo había tenido que unir un par de cabos para...

<<Para crear una hipótesis equivocada. Igual que hago yo con él, igual que quiere hacer ahora Oziel con mis respuestas.>>

¿No sería todo mucho más simple si nos dijéramos las verdades a la cara?

Me imaginé teniendo las agallas de hacer exactamente eso. Abrir la boca para decirle al abogado que llevaba más de un año pendiente de los movimientos de su amigo. Que por fin había conseguido que se fijara en mí por no sé qué suerte del destino, y que él estaba allí metido porque Víctor deseaba a partes iguales deshacerse de mí y tenerme para él solo.

Y yo no sabía lo que quería...

Esperaba que con el paso de los años los sentimientos me fueran a dar menos quebraderos de cabeza, porque en ese momento estaba hecha un lío. Enfurecida porque el arquitecto me había mentido y sí le había pedido a Oziel que se acostara conmigo, envalentonada porque tenía claro que Víctor me seguía deseando y tenía claro que al menos una oportunidad nos debíamos el uno al otro, y tentada a ponerlo celoso con su mejor amigo para que reaccionara.

Aun a riesgo de lo que sabía que también sentía por Oziel...

Vaya lío.

<<Mi madre me diría que me dejara de tonterías y que me centrara en los estudios.>>

No me parecía un mal consejo. Que se mataran entre los dos y luego me viniera alguno a decir en qué había quedado la cosa...

— Te toca.
— ¿Te habrías acostado conmigo si no llega a llevarme Víctor a casa aquella noche?

Los labios de Oziel se tornaron deliciosamente seductores. Mi cabeza se llenó del recuerdo del primer beso que me dio en el pub, y de aquel que me había regalado aquella mañana delante de mis amigas. Hasta ese momento lo había hecho siempre para hacerme sentir bien a mí, para que me luciera delante de mis compañeras, para que me envidiaran. Sin embargo eran precisamente los que no me había dado los que se me antojaban más perversos y eróticos. El asalto en el baño, cuando aún conservaba el calor de las manos de Víctor en las nalgas, me tenía inquieta. Había conseguido que me sintiera igual que con el hermano de Laura, deseosa de que avanzara.

— Un apunte antes de contestar. Me da la sensación de que piensas que no puedes gustarme, o que no puedes gustar a los hombres. No conozco el motivo, pero si te sirve de algo te diré que no hay nada que impida que cualquiera pueda desear descubrir a la descarada que se esconde detrás de esa pinta angelical con la que te manejas tan bien. Me he liado con mujeres que tenían peor conversación que tú. ¡Me he acostado con mujeres que tenían tallas de sujetador más pequeña que la tuya! Así que haz el favor de no infravalorarte tanto. Si no estás con novio es porque los tíos que se han cruzado delante de ti te aburrían. Seguro.

A nadie le amarga el dulce de que te pongan como una chica deseable y yo no iba a ser la excepción. Escuchar a Oziel aquellas palabras, y sobre todo ver en sus ojos que las sentía de verdad, fue casi tan emocionante como recibir su beso aquella mañana.

Me había alegrado la tarde después de arruinarme el sabor del café al decirme que Víctor le había pedido que se acostara conmigo.

— Y respondiendo a tu pregunta, no debiera preocuparte tanto lo que podría haber pasado aquel día, sino lo que va a pasar esta noche...

Trigésimo cuarta parte.
La polla que nunca tuve que haber deseado

Un mensaje de Víctor preguntándome por el primer día de curso rompió el tenso silencio que se había creado entre los dos. Oziel tenía que estar satisfecho por haber conseguido nuevamente que se licuara mi cerebro ante su respuesta. Leí el mensaje, sospeché que intuía con quién estaría en aquel preciso momento y respondí con un par de palabras ambiguas que supuse que le sentarían como un tiro. Volví a meter el móvil en la mochila y evité mirar a mi acompañante a los ojos durante un rato.

— ¿Te llevo a casa? —me preguntó, rompiendo el tenso silencio—. Yo tengo en media hora una reunión. No se alargará mucho. Podríamos pedir algo para cenar esta noche tranquilamente delante del televisor.

¿También le había contado Víctor cómo eran nuestras cenas? Me estaba dando cuenta de que no parecía tener secretos para aquel hombre y la sensación de indefensión era bastante desagradable. No me gustaba que Oziel supiera mucho más de mis hábitos de vida que yo de los suyos.

Y que pensara que iba a ser fácil seducirme aquella noche tampoco ayudaba a sentirme mejor.

Asentí, necesitada de la tranquilidad de mi cuarto para poder pensar y organizar mis ideas. Y para insultar un par de veces a Víctor por teléfono, ya de paso. Pero el hermano de Laura necesitaba respuestas tras mi escueto mensaje y de camino a casa en el coche tuvo que hacer sonar mi teléfono.

— ¿No vas a cogerlo? —preguntó Oziel, que me miró mientras yo observaba la pantalla de mi móvil con cara de ir a arrojarlo por la ventana—. Por mí no te cortes si es algún noviete tuyo. No soy celoso...

Se rio al decirlo.

— Es Víctor.

Pronunciar su nombre de aquella forma me salió del alma. Había demasiado de chulesco en el comportamiento del abogado como para que no quisiera bajarle los humos al menos durante unos minutos. Y el nombre del arquitecto era el único que podía imponer cierto respeto en su amigo, para bien o para mal.

— Interesante —dijo, por toda respuesta. Continuó conduciendo con el mismo aire de no ir la cosa con él y yo corté la llamada para no tener que hablar con uno en presencia del otro—. Me habría gustado escuchar la conversación.
— Por eso mismo he colgado.
— Creo que no le va a gustar un pelo.
— Los dos tenéis un problema, entonces. A ninguno le gusta la forma en la que me comporto.

Me irritaba cada vez más la risa de Oziel cuando trataba de ganarle la partida. Me hacía sentir muy pequeña y desprotegida, como si, utilizando la expresión que me había dicho mi madre, jugara en otra liga. Hacía sólo un momento me decía en la cafetería que no era tan niña como para no poder gustarle, pero luego me trataba como si lo fuera. No entendía su estrategia, pero me confundía mucho.

O tal vez era eso lo que pretendía y yo le estaba poniendo las cosas demasiado fáciles.

Antes de darme cuenta ya habíamos llegado a mi casa. Tenía ganas de decirle que intentaría quedar con Laura para cenar pero los dos sabíamos que sería fácil de desmontar mi coartada. Lo que sí habíamos logrado cuadrar mi amiga y yo era el almuerzo del día siguiente, sin padres ni hermanos, sin nadie que nos molestara.

— Te veo esta noche, chiquitina.

<<¿Chiquitina?>>

— Con suerte estaré dormida...

Oziel aceptó el desafío que le lancé con la mirada. Disfrutaba con aquel tira y afloja, con la sensación de considerarme su presa, con la idea de que en cualquier momento podían cambiar las reglas del juego... y seguiría ganando.

— Te despertaré si llega a darse el caso, no te quepa duda.
— Cerraré la puerta con llave para que no puedas acercarte a mi cama. Soy de sueño ligero.

Volvió a reír. Echó mano de la corbata que tenía en el asiento trasero, pulcramente doblada sobre la chaqueta. Me miró mientras la pasaba por el cuello de la camisa e iniciaba las maniobras precisas para hacer un nudo perfecto. Me asombró que no cometiera ni un solo fallo y que no necesitara de un espejo para conseguir ese resultado. Mi padre siempre lo pasaba fatal para hacerlos y había reducido su uso exclusivamente al ámbito ceremonial. Como para la graduación de Víctor, por ejemplo.

— Tu puerta no tiene cerradura, Bea.

¿Ya se había fijado hasta en eso?

Acabaría atrabancando la entrada con la silla del escritorio... y con el escritorio también, ya de paso.

Abrí la puerta del coche sin despedirme, entré a la carrera en el portal y me refugié como alma que lleva el diablo en el ascensor. Mi piel volvía a estar encendida por no saber estarme callada y por querer ganarle alguna de las pullas a Oziel. El espejo del ascensor me devolvió una imagen alterada de mí misma, contrariada por las sensaciones que no quería tener pero que igualmente me asaltaban. Era muy complicado resistirse a los encantos de un hombre como él, aunque sabía que le hacía más caso del debido por culpa de la frustración que reinaba en mí por el comportamiento de Víctor.

<<*Sí, busca excusas. Que no se note que es irresistible y que te gusta.*>>

Si el hermano de Laura quisiera todo sería mucho más sencillo...

¿Por qué no podía dejar de comportarse como un idiota? ¡Ni que fuera pecado que nos hubiéramos enamorado!

<<*No... sólo me he enamorado yo.*>>

En mis fantasías me imaginaba que Víctor acudía a mi baile de graduación en el instituto, ese al que fui sola y con mis padres ejerciendo de cuidadores junto con otros diez padres igual de molestos por haber salido seleccionados en un ridículo sorteo. En mi fantasía, Víctor entraba por la puerta del gimnasio, decorado para la ocasión con un millón de pequeños adornos plateados colgados del techo, y me sacaba a bailar al centro de la pista la canción "Marvin Gaye", que cantaba "Charlie Puth" junto a "Megan Trainor".

Bajo la atenta mirada de todos los presentes.

Y de mis padres...

En mi fantasía, el arquitecto me hacía girar en la pista de baile, sujetándome de la cintura a la vez que yo me colgaba de su cuello. Respetuosa distancia al principio, mucho más íntima a medida que nuestros cuerpos iban tomando confianza con el terreno y las miradas. A mitad de canción ya no existía aire entre nosotros y las telas que nos cubrían incluso molestaban.

En mi fantasía, Víctor encuadraba mi cara entre sus manos, mientras acompañaba la música conduciendo mi cuerpo junto al suyo. Y mientras se me cerraban los ojos ante la proximidad de su beso mis padres se quedaban con la boca abierta, descubriendo por fin el secreto que tanto se empeñaba en guardar el arquitecto.

Y me besaba.

Me besaba con labios dulces, recorriendo piel húmeda y caliente, probando el sabor del ponche que había estado bebiendo toda la noche y que en nada se parecía a la ginebra que nos había envalentonado en casa. Me besaba con una pasión contenida para no escandalizar a las personas que le habían dado cobijo durante los años de carrera, pero de forma completamente descarada para que no quedara duda de sus sentimientos. Y yo demostraba los míos con el ímpetu de mi respuesta.

Simplemente me besaba.

Tras ese beso tenía varias versiones de la fantasía. En una de ellas mi madre se desmallaba; en otra mi padre acudía a romperle la nariz de la misma forma en la que se la había roto Víctor a Oziel; una tercera terminaba con mis padres llorando abrazados, descubriendo que su pequeña ya no era ninguna niña; y había una cuarta en la que ambos se acercaban con una enorme sonrisa en la cara, contentos de que su hija hubiera elegido tan bien a su novio.

De todas, sin duda, la última era la menos creíble.

Y con la imagen de Víctor abrazándome en un baile que para mí fue una pesadilla, ya que no tuve pareja y me pasé bebiendo ponche y viendo como bailaba el resto de sala las canciones torpemente escogidas de un DJ demasiado joven para poder cotizar en la seguridad social, abrí la puerta de casa, cerré tras de mí, y casi corrí para poner espacio entre la fantasía y yo.

Para llegar pronto a mi dormitorio.

Allí siempre podía dejarme llevar y pensar en lo que me diera la gana, sin reproches de nadie.

Y allí, sentado en mi cama, me encontré a Víctor con el teléfono móvil en la mano, a punto de hacerme otra llamada.

Trigésimo quinta parte.
Una polla que no esperaba...

— Iba a llamarte otra vez...

Tenía pinta de sentirse ridículo, aunque a mí nunca podría parecérmelo. En un momento se me había olvidado la conversación con el abogado, que me había parecido deseable y del que me había apetecido probar lo que podía ofrecerme para poner celoso a Víctor.

Sólo importó tenerlo delante, sentado en mi cama, con el rostro rendido como la vez que cedió a la tentación en su dormitorio y me hizo suya.

— Vas a tener que entregarme la copia de las llaves. Entrar en casa pensando que está vacía y encontrarte aquí no es bueno para mi estado de nervios.
— Ni para el mío venir a verte y no encontrarte...

Confesiones como aquella las quería todos los días. Que me dijera que me echaba de menos, que me contara que se ponía nervioso al no saber dónde estaba.

Que sus ojos me desvelaran más cosas de las que revelaba su lengua...

Porque su lengua la necesitaba entretenida en otras cosas.

No me pude contener y salté sobre él. En un instante estaba a horcajadas sobre sus largos muslos, besándolo con tantas ganas que ni una oportunidad le di para que pudiera protestar. Estaba hasta las narices de estar esperando a que quisiera dar un paso, con cara lánguida y deseo en el cuerpo. No podía quedarme mirando como otra vez se escabullía por la puerta. No podía y no quería. Si Víctor no iba a afrontar aquello de forma madura lo haría yo al estilo de una mocosa.

Y en ese momento tenía un capricho que se llamaba Víctor. Y sólo conocía una forma de contentar a una niña pequeña. Bueno, dos, pero lo de darme dos azotes y mandarme a la cama sin cenar no era tampoco mala idea si la comida era de mi madre y los azotes me los daba él… precisamente en aquella cama.

Y luego se quedaba conmigo en ella.

—   ¿Dónde estabas?

No trató de apartarme, cosa que me agradó en exceso. Hablaba contra mis labios, devolviéndome el beso, rodeando mi cintura como si tuviera intención de escaparme. Me abrazaba y acariciaba al tiempo, como si hiciera años que no me veía y necesitara saber que era real, que no me desvanecería entre sus manos mientras soñaba que estaba encima de él, devorándole la boca. No importaba si hacía tres días había robado toda mi ropa interior entrando furtivamente en mi dormitorio. No importaba que hiciera unas semanas que me había entregado a las garras de su amigo para que me hiciera olvidarlo. No importaba que no encontrara el coraje para decirle a mis padres lo que sentía por mí, fuera lo que fuese…

Estaba allí.

Era lo único que llenaba mi mente en ese momento. Eso, y que no huía mientras yo trataba de saciar mi necesidad de él.

—   Comprando ropa interior, capullo —respondí, con una sonrisa de oreja a oreja por esos celos que no sabía controlar—. Que mi madre va a empezar a sospechar cualquier día de estos.

Rió contra mis labios, como ríe un niño descubierto en una travesura. Me encantó sentirlo así, y por fin pude relajarme. Hasta un segundo antes cabía la posibilidad de que se desprendiera de mi abrazo para salir corriendo en dirección a su piso.

Pero de pronto estaba allí conmigo, y Víctor no se iba a ninguna parte.

— Y no pienso devolvértela...

Me subió las manos y retiró la camiseta por la cabeza, lentamente, disfrutando de cada centímetro de piel que quedaba expuesta a su mirada. En cuanto la camiseta pasó por mi cabeza volvió a apresar mis labios, atrayendo mi torso desnudo hasta el suyo, mientras jugueteaba con la cremallera de la falda. Comprobó que seguía sin llevar ropa interior y me hizo estremecer al aferrar con ambas palmas mis nalgas. Me frotó contra su pelvis haciéndome gemir, sintiendo cómo crecía dentro del pantalón vaquero la necesidad de poseerme.

Iba a dejarle una marca muy fea en la bragueta...

— Hazlo, por favor —le rogué mientras manejaba mi cuerpo a su antojo.

Jadeaba sin pausa, disfrutando del movimiento de mi entrepierna. Yo quería llevar el ritmo pero temía no saber hacerlo y volver a sacar a relucir que era mucho más inexperta que él en aquel terreno.

O en todos...

Así que no me atreví a hacer ningún movimiento más allá de continuar buscando sus labios entre gemidos, entre maldiciones y palabras que no llegaba a entender. Pero cuando llevaba varios minutos con la entrepierna encendida, disfrutando de la dureza de la polla de Víctor, no pude contenerme y mis manos trataron de quitarle la camisa. Para mi sorpresa el arquitecto la sacó directamente por la cabeza, tras desabrochar yo los dos primeros botones.

Y más sorprendida me quedé cuando giró sobre sí para hacerme tumbar boca arriba en mi cama, quedando encajada entre sus piernas.

— Dijiste una vez que querías probar todas las camas de la casa... —Su voz sonaba ronca de deseo. Me encantaba escucharlo cuando sonaba de esa forma. Cuando tenía esa voz por mí... —Así que vamos a empezar por esta.

Me estremecí cuando jugó con la hebilla del cinturón y desabrochó de un tirón la braqueta. Sacó el cinto de las presillas con un movimiento seco y lo arrojó a un lado, mientras se desprendía del vaquero empujándolo con las piernas. Dos segundos más tarde tampoco lo cubría el calzoncillo, y Víctor se exponía nuevamente desnudo ante mi rostro, asombrada de lo mucho que lo había echado de menos. Noches en vela, tardes de odiarlo, mañanas de desconsuelo. Todo quedaba atrás viéndolo allí parado, esbelto y erecto, dispuesto a hacerme nuevamente suya.

Había sido una inmensa tontería pensar en sustituirlo por Oziel. Aquel hombre me tenía enamorada además de excitada, y por el momento no era algo que tuviera remedio.

Volvió a esconderse entre mis piernas, encajando sus caderas entre ellas. Su polla quedó prisionera entre su abdomen y mi vulva mientras comenzaba nuevamente a besarme... y a restregarse contra mí. Sus labios me enloquecieron sin ser capaz de seguirle el ritmo a sus manos, a sus caderas, o a su espalda arqueándose para poder mirarme mientras yo me retorcía debajo de él, presa de las sensaciones de mi entrepierna.

Casi no podía fijar la mirada en él porque los párpados se me cerraban, aunque me moría de ganas de poder fijar su imagen poderosa en mi mente, mientras seguía con su danza embrujadora, frotando su virilidad de forma tan perversa.

Seguro que estaba sonriendo...

— Gime para mí otra vez, Bea.

Y gemí para él, para mí y para todos los vecinos que pudieron escucharnos. Porque el orgasmo llegó de pronto, sin más, mientras Víctor cubría mis pechos con sus manos y me mordía el lóbulo de la oreja, mientras me pedía que me corriera porque en cuanto lo hiciera me llenaría de carne las entrañas.

Gemí porque estaba desesperada por volver a sentirlo dentro.

Gemí porque era él y no Oziel el que me hacía sentir todo aquello.

Gemí porque había vuelto a ganar, y cada triunfo contra el arquitecto me hacía sentir un poco menos mocosa y a él un poco menos adulto.

Y gemí también cuando por fin me penetró, y empujó con tanta fuerza que creí que algo dentro de mí se rompería mientras quedaba atrapada entre su cuerpo y el colchón. Gemí acompañándolo mientras entraba y salía, mientras me acoplaba a su carne caliente, mientras se clavaba hasta el fondo y salía por completo. Mientras resoplaba tratando de retrasarlo…

Gimió conmigo, gimió por mí.

Víctor apoyó sus mano a ambos lados de mi cabeza y comenzó a arremeter con tanta ansia que supe que mucho más no podría soportarlo. Su polla estaba tan tiesa que estaba segura de que tenía que dolerle, porque esa erección no era fruto sólo de un momento. Llevaba empalmado horas. Días…

Desde que me había follado la última vez.

> — Dime que quieres que me corra —me pidió, comenzando a sudar, bajando su rostro para arrebatarme un beso.
> — Córrete, por favor —le pedí, arañándole la espalda aprovechando el hecho de que se había agachado.

Se rio mientras me la dejaba clavada bien dentro.

> — No, Bea. No me lo pidas. Exígemelo.

Su petición me sorprendió pero no pensaba ponerme a buscar motivos para que necesitara que le hiciera caso. Tal vez simplemente le excitaba sentiré dominado, o saber que yo lo necesitaba tanto como para exigírselo.

<<O así se siente menos culpable. Porque cumple órdenes.>>

Se me quedó cara de lela mientras me la volvía a clavar con fuerza. Aparté esa imagen de mi cabeza volviendo a besarlo, descubriendo la necesidad que tenía de mis besos. Me daban igual todo. Sólo quería repetir aquello una y mil veces más. Hasta que no sintiera nada, o hasta que me convenciera de que no iba a dejar nunca de sentí.

— Córrete, Víctor. Lo necesito.

Y gimió... mientras se corría.

Me quedé maravillada por haber conseguido que nuevamente perdiera el control y fuera simplemente un hombre que no le debía explicaciones a nadie. Ni a mis padres ni a los suyos. Ni a mí tampoco. Que me deseaba sin importarle el cómo ni el por qué, aunque tuviéramos demasiadas cosas en contra como para que fuera fácil.

En aquel momento no importaban sino los jadeos.

Estuvimos gimiendo un rato, recuperando el aliento, robándonos los besos que tanto necesitábamos darnos y que nos habíamos negado aquel verano, jugando con la yema de los dedos recorriendo los labios del otro, regalándonos caricias como si fuésemos dos quinceañeros...

... Hasta que se abrió la puerta de casa.

Trigésimo sexta parte.
La polla que fue descubierta

Víctor saltó como accionado por un resorte en busca de sus pantalones. Yo me quedé paralizada en la cama, observando la puerta abierta de mi cuarto, esperando el instante en el que se asomara mi madre o mi padre a saludar y nos encontrara a ambos desnudos. Aunque por una parte —una parte muy muy pequeña— sentí hasta alivio de que todo por fin se fuera a descubrir, pero la mayor porción de mi cerebro se moría de rabia porque sabía que a partir de aquel momento todo sería mucho más complicado. Víctor huiría por la vergüenza, mis padres me prohibirían verlo, se enteraría Laura y probablemente dejaría de hablarme...

Ahora que estaba un poquito más cerca de conseguir que el arquitecto, al menos, lo intentara...

Ahora que por fin podía reconocerme a mí misma que estaba enamorada.

Y ni siquiera había tenido ocasión de confesárselo a Víctor.

Me miró con los ojos inundados de angustia. Yo le devolví la mirada, temblorosa, reaccionando al fin cuando escuché los pasos adentrarse por el pasillo. Me incorporé de un salto y busqué la ropa apresuradamente por el suelo, aun sabiendo que no nos daría tiempo a aparentar lo que había pasado en mi dormitorio. Al menos podríamos enfrentarnos con quien fuera ocultando la desnudez, guardando el poco pudor que aún podíamos conservar.

Siempre era mejor enfrentarse a unos padres furiosos con las partes nobles escondidas tras algo de ropa.

Localicé la falda y empecé a subirla apresuradamente, sin quitar la vista de la puerta. Prefería que mis padres me encontraran de frente antes que me tuvieran que dar un grito para que me diera la vuelta y me enfrentara a su ira. Por el contrario Víctor no dejaba de mirarme, con rostro lastimero, como si me estuviera pidiendo perdón mil veces por haber cometido el error de dejarse llevar. Parecía decirme que la culpa era suya, que no debía haber cedido a la necesidad que tenía de estar a mi lado y que jamás volvería a ponerme en una situación tan comprometida.

Nunca jamás volvería a pasar.

Estaba cansada de escucharle decir eso.

<<*Pero ahora no lo dice, ahora te lo imaginas.*>>

Los pasos se hicieron más rotundos mientras se acercaban por el pasillo. Era mi padre, sin duda alguna. Mi madre no tenía la pisada tan fuerte. Temí por la integridad de Víctor, por una reacción desmesurada y violenta de mi padre, y que acabaran los dos enzarzados en una pelea. Los dos rodando por el suelo. Los dos partiéndose la cara mientras yo gritaba como una loca para separlos.

Sin embargo no veía miedo en el rostro de Víctor. Parecía que le dolía el desenlace, pero no temía por sí mismo.

Seguía pidiendo perdón por no comportarse como el adulto que era.

Se me escaparon las primeras lágrimas, y cuando las vio brillar en mis ojos dejó lo que estaba haciendo —terminar de subirse el pantalón vaquero sin haberse acordado de que debajo debían ir unos calzoncillos, olvidados en algún lugar del suelo de mi alcoba— y me acarició la mejilla con dulzura.

Me consolaba...

Eché de menos lo que iba a perderme, aquello que Víctor nunca llegaría a darme tras ese encontronazo. Sus caricias y sus besos, sus bromas y sus miradas cómplices, su compañía y su morbosa presencia.

Eché de menos las cosas que no había vivido con él y que no tendría ocasión de vivir, al igual que dicen que un condenado a muerte ve pasar su vida a cámara lenta justo antes de que le administren la inyección letal. En mi caso vi pasar lo que no fue, lo que nunca sería. Cenas en su casa, veladas de cine, paseos en coche hasta la facultad y mucho sexo en su dormitorio.

Dos enamorados haciendo cosas de pareja.

<<No. Yo enamorada y... ¿quién sabe él?>>

— Lo siento...

Por fin dijo con palabras lo que llevaba un siglo diciéndome con la mirada, aunque sólo hacía un par de segundos que se había abierto la puerta de casa.

Y yo había perdido en unos instantes toda una vida a su lado.

Los pasos estaban tan cerca que no nos dio tiempo de más. Pensé que Víctor me abrazaría para terminar de consolarme antes de que me diera por desmayarme y caer al suelo. Casi pude sentir sus ganas de envolverme en un abrazo tierno y protector, pero nunca llegó a hacerlo. En cambio se dio la vuelta, con la bragueta desabrochada y el resto de la ropa aún sin poner, y encaró de frente la puerta de mi dormitorio.

Se colocó delante de mí, interponiéndose entre mi padre y yo.

Protegiéndome...

Y cerró los puños.

— ¡Hola! Al final me han avisado casi llegando al bufete que la reunión se había cancelado...

La voz de Oziel nos llegó justo antes de que su cuerpo se personara debajo del dintel de la puerta, enfundado aún en el traje de chaqueta, con el perfecto nudo de corbata que se había hecho en el coche sin necesidad de mirarse al espejo. Nos miró con aire sorprendido, quedándose igual de paralizado que nosotros, dejando que la información que le llegaba fuera procesada y asimilada.

Lo miró primero a él, y después me recorrió por entero, aprovechando que no había logrado terminar de colocar la falda.

Y comenzó a reír de la forma más escandalosa que le había escuchado en la vida.

— ¡Esto hoy sí que no me lo esperaba!

Y mientras yo me apresuraba a recoger el resto de mi ropa del suelo Víctor dio un portazo para cerrar la puerta de la alcoba, reprimiendo las ganas de volver a partirle la nariz a su amigo. Oziel ni se movió de su sitio, mirando al interior como si de una sala de cine se tratara. Y tras quedar fuera continuó riendo el abogado, encaminando sus pasos a su dormitorio. Mientras maldecía y reía, divertido ante lo que él consideraría, probablemente, un nuevo cambio en las reglas del juego.

Víctor me acurrucó entre sus brazos, calmando por fin mi ansiedad contenida. Comencé a temblar como una hoja y a hipar de los nervios que acabábamos de pasar. Rogué para que se le pasara el mal sabor de boca, para que no cambiara de opinión y siguiera deseando usar todas y cada una de las camas de la casa —y el resto de superficies útiles disponibles— para luego pasar a la suya. Lo abracé como si fuera su novia, apoyando mi rostro en su pecho desnudo, escuchando el latido acelerado de su corazón mientras se relajaba.

<<*Sólo hemos de ser más cuidadosos. Nada más.*>>

Pero no llegué a pronunciar las palabras. Estaba demasiado a gusto entre sus brazos como para empezar a hablar de lo que había podido pasar si llega a ser alguno de mis padres. Ya habría tiempo de confesarnos el miedo que habíamos sentido —al menos yo— y hacer planes para que no nos volvieran a sorprender de esa forma.

Cuando nos asaltaba el deseo dejábamos de pensar y eso no podía deparar en nada bueno. A no ser que quisiéramos poner sobre la mesa nuestra relación y que todo el mundo se enterara teníamos que llevar más cuidado.

<<¿*Nuestra relación?*>>

Tenía que empezar a pensar más despacio...

— ¡La madre que me parió! —exclamó desde el otro lado de la pared Oziel, continuando con las sonoras carcajadas—. ¡Esto se avisa y llego antes para mirar!

No conseguí sujetar a Víctor antes de que abriera la puerta y saliera corriendo hacia el que había sido su dormitorio, otra vez con los puños cerrados.

Aunque se crea mi
hermano...
Magela Gracia

Aunque Se Crea Mi Hermano...

"Vamos a jugar..."

Trigésimo séptima parte
Las peleas entre pollas

— ¡No se te ocurra volver a pegarme, que te demando!

Así de gracioso escuché que se mostraba Oziel cuando Víctor entró por su puerta. No se había dado ni cuenta de que el pantalón vaquero aún lo llevaba desabrochado y que no era una buena manera de hacerse respetar por su amigo, que continuaba muerto de la risa mientras se empezaba a desvestir en su alcoba. Yo me apresuré a ponerme la camiseta sobre el torso y salí al pasillo, con la esperanza de que el encontronazo fuera a quedar simplemente en un par de gritos y poco más.

— ¿Qué te hace tanta gracia?

A eso le podía haber respondido yo sin ningún problema. A Oziel lo partía de la risa haber descubierto una parte importante del juego que hasta entonces desconocía, aunque imagino que ya se lo sospechaba. Era como si para él todo el asunto se redujera a una partida de "Cluedo" y que cada vez que se le desvelaba una pista bailaba a lo "Fred Astaire", con pajarita y chistera.

— Todo esto es muy cómico, Víctor. No puedes negarlo —respondió él, que ya se había despojado de la chaqueta y de la corbata, arrojándola sobre los pies de la cama—. Siempre nos echabas la bronca cuando alguno de nosotros te decía que Bea tenía un polvo. "¡Qué es una cría". La de veces que nos dejaste fuera de la casa tras enfadarte por algún comentario de esos. Y ahora vas y te la pasas por la piedra.

Hablaba mientras se desabrochaba los botones de la camisa y soltaba los gemelos que adornaban los puños. No me miró en ningún momento, aunque sospecho que fue más por no perder de vista a su amigo que por falta de ganas de fijarse en si estaba o no vestida.

No había que fiarse de un hombre enfurecido que ya te había partido la nariz en una ocasión...

— Y para colmo el otro día me dijiste que necesitabas que me la tirara. ¿Para qué? ¿Para que la pobre pudiera comparar y salieras ganando como amante? Para eso me tenías que haber pedido que no me esforzara, que los dos sabemos cuál de nosotros folla mejor —dijo él, bromeando otra vez, sin perder la sonrisa aunque tampoco bajaba la guardia. Se barruntaba tormenta en ese dormitorio—. ¿Para que adquiriera un poco de experiencia y se mostrara más resuelta en la cama contigo? ¡Haz tu trabajo sucio, hombre! Enséñale a la pobre lo que sabes y como te gusta que te la coma — terminó diciendo, co tanto desparpajo que supe que era imposible que saliera ileso—. Venga, Víctor. Explícamelo, que no lo entiendo...

Sin embargo, el hermano de Laura estaba mucho más sereno que la primera vez que golpeó a su amigo.

<<No sabes si era la primera vez.>>

— No sigas por ahí si no quieres que te saque otra vez de esta casa a patadas.
— No recuerdo que la otra vez me sacaras de aquí. Más bien te marchaste tú, más cabreado que un gato al que le han pisoteado el rabo.

Víctor apretó tanto los puños que los nudillos se le pusieron blancos. Di gracias a que no le dio por darse la vuelta y descubrirme en el pasillo, porque estaba convencida de que haría exactamente lo mismo que había hecho la otra vez.

Mandarme a mi cuarto...

Oziel se quitó la camisa y dejó el torso al descubierto. Tampoco me descubriría nada nuevo que no se pudiera intuir por las prendas ajustadas que había usado en las noches de copa y ligue en la época universitaria, pero me agradó la imagen sensual del abogado ataviado sólo con unos pantalones de vestir oscuros. Era tan lasciva la imagen, acompañando su atractivo rostro con su sempiterna sonrisa, que tuve que forzarme a mirar a Víctor, todavía de espaldas.

Y su espalda se iba tensando cada vez más...

— Ahora estamos en igualdad de condiciones —sentenció Oziel, soltando el cinto de sus pantalones y desabrochando el enganche de la bragueta. Elevó los puños en actitud defensiva, como si estuviera acostumbrado a tener ese tipo de encuentros en un ring a modo de ejercicio para desentumecer los músculos tras las jornadas lectivas—. Que no se diga que si te tumbo es porque estabas en peores condiciones que yo. Lo que no ando es empalmado, pero creo que tú ya tampoco.

Lo dijo con una sonrisa encantadora dibujada en la boca, tratando de quitarle importancia al hecho de que se sentía nuevamente amenazado por su mejor amigo.

— Víctor, por favor...

Era una llamada a la cordura a la que podía haberme unido poniéndole una mano en la espalda, acercándome a él para calmarlo. Su nerviosismo no se debía a que Oziel al fin se hubiera enterado de lo que pasaba entre nosotros, y todos los sabíamos. Estaba enojado por lo que podía haber pasado si llega a ser mi padre el que hubiera entrado por esa puerta. Estaba furioso consigo mismo por haber sido tan poco cuidadoso yendo a buscarme a casa por los celos que sentía al saber que Oziel estaba allí conmigo, mientras sus padres estaban de visita para disfrutar de la compañía de su hijo.

Estaba desquiciado porque no era capaz de mantener las manos apartadas de mí.

Demasiado enfado como para que no acabaran los dos masacrándose el uno al otro.

Pero permanecí inmóvil, sin atreverme a decir nada, esperando que tardara el mayor tiempo posible hasta que me mandara directa a mi alcoba.

Y entonces Oziel se encargó de descubrirme.

> — Díselo tú, Bea. Dile que no tiene nada por lo que enfadarse aún conmigo. Dile que apenas si te he tocado...

Lo hizo con toda la maldad del mundo, dejando claro que algo sí había pasado y que, desde luego, ese aún implicaba que tenía la esperanza de que algo llegara a pasar. Incluso el "apenas" estaba pronunciado con tanta mala leche que hasta a mí me entraron ganas de arrojarme robre él y arañarle ese torno perfecto, pero no como habría hecho cayendo con él—

Cada palabra había sido planeada a la perfección, como imaginaba que preparaba un abogado su último alegato delante de un tribunal, esperando que las frases surtieran el efecto deseado cuando se planificaban delante de un espejo, con cara de interesante y andares de hombre resuelto.

Quería seguir jugando...

Lo odié en ese momento como sólo había odiado a mis compañeras de clase cuando me nombraban a Víctor con la boca llena de palabras que jamás debía haberles escuchado.

Quería que Víctor estallara.

Y no entendía el motivo.

Se dio la vuelta y me descubrió allí, petrificada, con la cara contraída por el asombro de que Oziel se hubiera atrevido a hacer una afirmación semejante. En su rostro había miles de preguntas que no era capaz de responder en ese momento, pero que sabía que me aguardarían en cuanto pasara la tormenta. Y en mi boca se amontonaron también miles de "no" como respuesta, pero tampoco llegué a pronunciarlos.

Nos miramos y supimos que nos debíamos muchas explicaciones el uno al otro.

— A tu habitación, Bea, que voy a partirle la cara a este capullo.

<<*Al menos no me ha dicho mocosa.*>>

Lo miré con terror, queriendo decirle que se olvidara de todo, que Oziel era sólo un niño grande que se aburría mucho y que estaba disfrutando como un puerco en un charco de barro. El fango tiene la mala costumbre de mancharlo todo cuando uno lo pisa, y nos habíamos salpicado los tres con los juegos.

— No, Víctor. No ha pasado nada...

El arquitecto me sonrió con una mirada triste, echándose la culpa nuevamente de lo que se suponía que podía haber pasado por haber metido a su amigo en todo aquello. Había sido él el que lo había complicado, pero no estaba al tanto de que yo tenía esa información. Y no sabía si merecía la pena decírselo.

Desde luego, a Oziel tampoco lo beneficiaría en absoluto.

— No es por lo que no ha pasado... sino por lo que puede que pase.

Grité para impedirle que cerrara la puerta pero no me hizo caso. Aporreé la madera mientras escuchaba cómo Víctor pasaba el pestillo —que él mismo había colocado hacía unos años— y me decía que me fuera a mi alcoba de inmediato.

— Vale. Ya veo que no aguantas una broma —le escuché decir a Oziel antes del primer golpe.

Trigésimo octava parte
La polla que se confesó con otra polla

Por más que después me vinieron los dos a decir que de vez en cuando descargar tensiones a golpe de puño venía bien para la salud no se me fue el disgusto de la cara. Si para su salud había sido bueno para la mía no lo había sido. Es más, estaba casi tan de los nervios como cuando creí que era mi padre el que nos iba a pillar a Víctor y a mí desnudos en mi cuarto.

Se abrió la puerta y aparecieron los dos, con el cabello revuelto y algo de sangre en los labios. Oziel había salido mejor parado que Víctor en esta ocasión pero también había recibido algún mal golpe. Me los imaginé al día siguiente teniendo que dar explicaciones en sus respectivos trabajos, cuando los hematomas empezaran a florecer y no se pudieran ocultar con unas gafas de sol en un despacho.

— Practico boxeo de vez en cuando. ¿No te lo había comentado? —diría cualquiera de los dos a sus jefes—. Un día te llevo para que me veas pelear en el gimnasio. Me encanta darle mamporros a mis amigos.

Otra vez patético...

— ¿Ya a gusto? —les pregunté, mientras iban los dos con una sonrisa en los labios al cuarto de baño. Vestían aún sólo los pantalones, el torso les brillaba por el sudor y tenían la respiración agitada—. ¡Qué bien se queda uno después de comportarse como un animal! ¿Eh?

Para mi sorpresa Víctor sólo me meneó el cabello al pasar por mi lado, guiñándome un ojo. Y cuando aún no había conseguido cerrar la boca pasó Oziel e hizo exactamente lo mismo.

Menearme el pelo y guiñarme el ojo contrario.

<<Buen perrito. Has hecho bien al esperar en la puerta. Otra galletita?>>

- — Yo personalmente habría preferido no pegarme con este tipo, pero él insistió y no pude negarme.
- — No empieces otra vez, no vaya a ser que vuelva a romperte la nariz. Esta vez he intentado tener cuidado...
- — Con la nariz, pero el labio me lo has dejado hecho polvo. Y aprecio mucho mi boca. Me da más satisfacciones que la nariz, por si no te habías dado cuenta.

Víctor abrió el grifo del lavabo y dejó correr el agua mientras se retiraba la sangre de la boca. Se hizo a un lado para que Oziel pudiera mirarse en el espejo del baño.

- — Si no fuera por esa bocaza que tienes no habría pasado esto. Así que había que partírtela.
- — Si no fuera porque te pones como una bestia cuando bromeo con ella no tendría que defenderme. Háztelo mirar, es un consejo. Eso o invítala a salir formalmente. No sé. Un película en el cine, una cena, un paseo por la playa. Algo se te ocurrirá. Pero creo que estarías de mejor humor si la pudieras llevar de la mano.

Sé que lo dijo en voz alta a posta para que pudiera escucharlo. Y me imagino que a Víctor se le tuvieron que enrojecer hasta las orejas mientras lo escuchaba, pasándose más agua por el cuello para refrescarse.

- — No es tan sencillo...
- — Lo que no es, precisamente, es tan complicado...

Me latió el corazón con fuerza mientras los escuchaba hablar como si yo no estuviera presente, sabiendo perfectamente que los dos eran conscientes de que me enteraba de todo. Nunca me había imaginado viviendo un momento como ese, oyendo sus confidencias entre muestras de afecto, como debían hacerlo en la intimidad dos buenos amigos.

— Ve preparando mi defensa ante un tribunal para cuando se enteren sus padres.
— Es mayor de edad. Nadie puede denunciarte porque se ve a la legua que no la estás forzando en ningún sentido.

Eso lo dijo mirándome a los ojos, con la complicidad de habernos visto casi desnudos a ambos después de estar retozando en mi cama. Si llega a aparecer cinco minutos antes tal vez no nos habríamos enterado de que se abría la puerta y nos habría encontrado tumbados en la cama, con Víctor entre mis piernas, mientras entraba y salía de mí con sus potentes embestidas.

Gimiendo mientras le exigía que se corriera.

Sospecho que eso le habría encantado...

— Pero seguro que me demandan por agresiones cuando tenga que defenderme en el momento en el que se enteren. No me parece descabellado que alguno de los dos vaya a coger el bate de béisbol que guardan en el armario de la entrada...

Hacía años mi padre me había enseñado a golpear una calabaza con ese mismo bate por si llegaba a entrar algún ladrón en casa mientras ellos estaban fuera. Me había dicho que nunca dudara si alguien iba a agredirme. Imaginé lo tranquilos que tuvieron que quedarse cuando Víctor se hizo cargo de cuidarme cuando ellos abrieron la tienda, e imaginé lo traicionados que podían llegar a sentirse si se enteraban de que precisamente había sido Víctor el que había acabado metiéndose en mi cama. Sería un duro golpe para ellos pero tendrían que aprender a respetar mis decisiones, igual que yo había aprendido a hacerlo con las suyas.

— O sea, que les vas a hacer daño sin querer cuando se enteren, ¿es eso? —preguntó Oziel, con cara de pasmo—. ¿Tú estás tonto? Salvo estas dos veces que me has pegado a mí nunca te he visto usar la violencia para nada. Y el padre de Bea es una persona adulta, ¡por todos los santos! Es una idiotez que pienses que la cosa va a terminar así. Se ha portado como un padre para ti. Te tiene cariño. ¿Quién te dice a ti que no se va a alegrar porque te considera buena gente?

Víctor me miró mientras cerraba el grifo, ya sin sangre en el rostro. Oziel también tenía mucho mejor aspecto después de enjuagarse el sudor de la cara y el cuello.

— Yo lo hice. Te rompí la nariz por mirar a Bea cuando aún no la había ni besado. Nunca le había pegado a nadie. La situación no puede ser muy distinta. Que Eduardo no sea violento no quiere decir que no le hierva la sangre al pensar en que he seducido a Bea.

Víctor salió del cuarto de baño y volvió a revolverme el cabello al pasar por mi lado. Aquello empezaba a resultarme muy molesto. Que hablaran sobre nuestra relación sin darme la posibilidad de opinar me hizo sentir incómoda, aunque era cierto que poco podía aportar yo a cómo se sentía Víctor. Yo sabía cómo me sentía yo, y probablemente decirle que estaba dispuesta a arriesgarme a que se enteraran mis padres delante de Oziel no era una buena idea.

Cuando salió el abogado y trató de hacer otra vez lo mismo que su amigo levanté la mano a modo de protesta.

— Ni se te ocurra. No soy un perro.

Oziel estalló en otra sonora carcajada.

— ¿A él sí y a mí no? Vaya suerte tengo. ¿Hay que follarte para tocarte el pelo?
— Ni un chiste más, Oziel —lo amenazó Víctor desde el interior de mi cuarto, mirándolo con cara de pocos amigos.
— Vale —se excusó él, levantando las manos como si lo estuvieran encañonando con una recortada—. Va a ser cosa de esta casa. Nadie tiene sentido del humor aquí.

Víctor asomó la cabeza por la puerta de mi dormitorio mientras se ponía la camisa por la cabeza y empezaba a abrocharse los botones. Miró de muy mala manera a la cara a su amigo y Oziel le hizo una pedorreta. Yo me partí de risa por dentro porque a mi rostro no asomó ningún tipo de sonrisa. Estaban los dos tan ensimismados que no quería que alguna de mis palabras pudiera desconcertarlos en su disputa dialéctica.

— Esta mañana era todo mucho más divertido —rezongó mientras volvía a su dormitorio. No cerró la puerta mientras se quitaba los pantalones y quedaba en calcetines y calzoncillos delante de mí—. Pues la otra opción que se me ocurre es que lo mantengas en secreto hasta que ella termine la carrera, encuentre trabajo y se vaya de casa. Tal vez en ese momento no te dé tanto reparo acostarte con ella. Tendrás que esperar un par de años, dependiendo de lo buena estudiante que sea, pero ya luego podréis vivir en casa juntos. Prometo no abrir la puerta de vuestro dormitorio si hacéis demasiado ruido.

Esta vez me entraron ganas de pegarle yo. Oziel se reía de la situación con todo el descaro del mundo mientras Víctor miraba a la pared que dividía las dos habitaciones como si tuviera intención de echarla abajo y que le cayera encima al abogado.

— No sé... es una idea. Tal vez incluso lo de no acostaros más hasta ese momento no sea mal planteamiento —siguió alegando, quitándose los calcetines y guiñándome de nuevo otro ojo—. Así os cogéis luego con más ganas...

Víctor se puso los zapatos mientras digería las risas de su amigo. Salió de la habitación y me tomó de la mano para llevarme de camino al salón, dejando atrás a Oziel y sus bromas. Cuando entendí que lo que pretendía era sacarme de casa paré en seco y le pregunté que a dónde me llevaba.

— Esta noche cenas en casa con nosotros —respondió, mirando hacia el pasillo por encima de mi cabeza.

— Bea había quedado para cenar conmigo —protestó Oziel, uniéndose a nosotros en el salón. Se había puesto un pantalón vaquero y una camiseta ajustada—. Íbamos a pedir unas pizzas.

Víctor volvió a tirar de mí en dirección a la puerta. Yo me volví a cuadrar para que frenara un poco.

— Ni de broma te quedas a cenar con este tío —terminó diciendo, consiguiendo que me pusiera otra vez en marcha—. No me fío de sus intenciones.
— Yo tampoco me fío de mí mismo —sentenció Oziel, persiguiéndonos hasta la puerta—. ¿Dónde dices que cenamos todos?

Trigésimo novena parte.
Cenar con la polla... y sus padres

A la tercera mirada asesina de Víctor, Oziel dejó de bromear. Me miró como supongo que tienen que mirar los perros a sus amos cuando presienten que van a ser abandonados. Y digo que lo imagino, porque nunca he abandonado un perro ni tan siquiera había tenido uno. Lo más cerca que he estado de tenerlo ha sido en las bromas que nos gastábamos Víctor y yo cuando hablábamos de sacar uno de la perrera para que se comiera las sobras de la comida que nos preparaba mi madre.

O todo el caldero, ya de paso.

> — Al menos volverás para dormir, ¿no? En nuestro piso ya no hay sitio para nadie más —comentó el abogado, tomando posesión del sofá mientras buscaba el mando a distancia en la pequeña mesa que había al lado—. A no ser que vayas a compartir cama con Víctor delante de sus padres —soltó de pronto, mirándonos a los dos con picardía—. Por favor, si es eso lo que vais a hacer deja que vaya a verle la cara a tus padres. Juro que tendré la boca cerrada mientras preparo tu defensa.

Si el tema no hubiera sido tan serio probablemente me habrían entrado ganas de reír. Oziel era el típico hombre que no sabía tomarse la vida sin humor y lo cierto era que me agradaba que estuviera intentando por medio de ese método que Víctor reaccionara. Ahora que el abogado sabía que él y yo teníamos una relación —o lo que fuera lo que teníamos, que esperaba que fuera algo más que sexo— no lo veía tratando de seducirme, por lo que me había permitido bajar la guardia y apreciar el juego tal y como lo veía él.

Y entendí que para Oziel había sido divertido.

E intentaría que siguiera siéndolo...

No, no podía bajar la guardia con él por más que quisiera y por más simpatía que hubiera despertado en mí tras escucharlo hablar con Víctor en el baño. Había sido irónico al darle los consejos, pero eran buenos consejos al fin y al cabo —al menos, buenos desde mi punto de vista, que me beneficiaba que hubiera intentado que olvidara los inconvenientes de sacar a la luz sus sentimientos hacía mí— y tenía muchas ganas de agradecérselo de alguna manera.

Aunque tendría que ser en privado.

> — ¿No has pensado en otra opción, abogado listo? —le preguntó Víctor, abriendo la puerta—. Bea y Laura pueden dormir en mi cama y yo dormir en el sofá. No esperes que te la devuelva esta noche para que le saltes encima.

Oziel abrió la boca para responder pero la cerró antes de decir nada. Por el brillo que se asomó a sus ojos y por la sonrisa que dibujó en los labios pude imaginar perfectamente lo que iba a decir y había preferido callar para no iniciar otra pelea.

> — Más bien estaba pensando en hacerla saltar a ella sobre mis caderas, y sin nada de ropa entre ambos. Tú ya me entiendes—. Las palabras resonaron en mi cabeza con el tono de voz de Oziel, seductor y perverso, tratando de picar a Víctor para... ¿para qué demonios lo picaba tanto? Recibir otro puñetazo no podía ser divertido. Por suerte Oziel no se atrevió a decir nada, y se despidió agitando el mando del televisor en alto.

Víctor tomó mi cazadora vaquera y mi mochila del perchero de la entrada y me las dio.

> — Hasta la noche, Bea. Sé que volverás.

Me despedí de Oziel sin saber en verdad si iba a volver o no a casa, pero lo cierto fue que cuando me encontré por fin a solas dentro del ascensor con Víctor me di cuenta de que no me llevaba una muda de ropa para el día siguiente, de que había dejado las bolsas con la ropa sin guardar en el suelo de mi dormitorio, y que dentro de una de ellas había un conjunto de lencería que como descubriera mi madre iban a temblar las paredes con sus gritos. No tenía ganas de decirle a Víctor que necesitaba volver a mi cuarto para dejar en orden todo por si regresaba mi madre y se ponía a rebuscar entre las bolsas, pero él mismo se dio cuenta de que algo no iba bien por la cara que había puesto de pronto.

Tuve que contarle lo que tenía en la cabeza después de que me interrogara un par de veces.

Me llevó hasta su coche, aparcado cerca de la entrada, me sentó en mi sitio habitual como acompañante y me dio un suave beso en la frente.

— Ahora vuelvo.

Y allí me dejó, cerrando la puerta, mientras él volvía a mi casa sin mí. Cualquier cosa con tal de que no volviera a tener a Oziel delante. Cualquier cosa para que no me pudiera embaucar con sus bromas y sonrisas seductoras. Víctor conocía muy bien a su amigo y por eso mismo no se fiaba.

Busqué el móvil en mi mochila y llamé a mi madre para avisarla de que esa noche cenaba con Laura y sus padres.

Y con Víctor...

No me apetecía que estuviera haciendo encaje de bolillos para conseguir llegar a casa a la hora de la cena para que pasara menos tiempo a solas con Oziel y que cuando llegara se encontrara con el abogado cenando una pizza delante de la televisión. Imaginé a Oziel ofreciéndole un trozo de pizza para que se sentara a su lado y vieran juntos un rato la tele.

— ¿Sabes, Ana? Cualquier cosa es mejor que volver a comer una de esas recetas que dices que son heredadas de tu madre.

327

No se atrevería. ¿O sí?

Como no, a mi madre le encantó la noticia. Se excusó por la efusividad diciendo que le parecía genial que tuviera tiempo para estar con Laura y hablar de nuestras cosas pero a mí no podía engañarme. La pobre tenía que estar pasándolo francamente mal al pensar que estaba con un hombre a solas en la casa —aunque llevara viviendo con un hombre de la misma edad desde hacía muchos años.

Y era precisamente de ese del que tenían que cuidarse...

O hacer que me cuidara yo.

<<*No, tenían que haber intentado que él se cuidara de mí. Pero a nadie se le ocurrió que de pronto fuera a gustarme Víctor.*>>

Ni siquiera yo lo vi venir...

El hecho de que Oziel fuera muy amigo de Víctor había apaciguado los ánimos tan solo un poco. Sabía que en la cabeza de mi madre rondaba la idea de dejar a mi padre trabajando las 24 horas seguidas sin descanso para ella poder estar presente en casa, pero por más que quisiera hacerlo no era viable. Y, además, yo me habría sentido ofendida a esas alturas de que mi madre no pensara que podía comportarme como una adulta, cuando llevaba años estando sola en casa sin ellos.

Acababa de colgar el teléfono cuando Víctor abrió la puerta del coche con cara de enojo. En la mano traía las bolsas que había comprado aquella tarde.

— ¿Me puedes explicar para qué te ha comprado esto Oziel? — me preguntó, sacando de la bolsa el conjunto de lencería.

Cuadragésima parte.
La polla enfurecida

¿Qué podía decirle? No se me ocurría ninguna excusa aceptable que esgrimir en ese momento. Había dejado que Oziel pagara las compras y me regalara un conjunto de ropa interior que, lo mirara por donde lo mirara, tenía escrita la palabra sexo en cada costura. No me apetecía discutir precisamente en ese momento, tras haber vuelto a sentirme deseada por el hombre que me tenía embrujada.

Embrujada, alborotada, excitada, enamorada...

En ese momento, que tan vivo tenía el recuerdo de sus labios recorriendo mi boca, el cuello o las clavículas, y de sus manos aferrando mis pechos mientras entraba y salía de mí, sólo me importaba saber cuándo volvería a suceder.

Porque estaba claro que si Víctor me había arrancado de mi casa aquella tarde era porque quería que nuestros cuerpos se encontraran nuevamente en cualquiera de las camas que nos faltaban por estrenar. Si no fuera esa la idea le habría importado poco que me quedara cenando con Oziel.

Algo sentía por mí... y era lo suficientemente fuerte como para seguir enfrentándose a su amigo y enfureciéndose conmigo por lo que pensaba que podía haber pasado entre ambos.

Le habría venido bien un buen golpe en la cabeza para que dejara de imaginarse tonterías, precisamente siendo él quien había provocado toda aquella descabellada situación. Mi abuela solía decir que un buen bofetón a tiempo quitaba mucha estupidez de encima. Creo que habría estado de acuerdo conmigo a la hora de administrar guantazos en esta circunstancia.

— Me lo ha regalado Oziel.

Así, sin más. ¿Se podía contestar de otra forma a una pregunta tan comprometida estando la prueba del delito en sus manos? Un bonito conjunto de lencería completamente de encaje, negro como el carbón, y tan transparente que no me había atrevido a probármelo en la tienda por más que sabía que Oziel se moría de ganas de que lo hiciera.

— ¿Y lo aceptaste sin más? —Víctor estaba enfurecido, y retorcía la tela con el puño cerrado sobre ella como si le escurriera el agua a una bayeta—. ¿Vas aceptando regalos así de cualquiera?
— Hasta hoy sólo tenía unas braguitas que ponerme. Oziel se ofreció a comprar algunas para que mi madre no se enterara de que habían desaparecido las que te llevaste.

Resopló y siguió apretando la prenda. No le valía como argumento.

— Tú nunca has comprado nada parecido a esto.
— Y no lo he comprado yo. Lo ha hecho Oziel. Si quieres explicaciones pregúntale a él en qué estaba pensando. Puede que te responda que en hacer exactamente lo que le pediste que hiciera...

Más resoplidos y más enojo en su rostro. Ni siquiera lo había visto tan enfadado el día que le pegó a Oziel antes del verano.

— ¿Y qué pensabas hacer con tan poca tela?
— Pues no he tenido tiempo para pensar en si llegaría a estrenarlo alguna vez, o con quién lo estrenaría. Hasta hace una semana me rehuías, y te recuerdo que le pediste a Oziel que se metiera en mi cama. Y me pediste que le diera una oportunidad —. En el acto me arrepentí de volver a sacar a colación aquella maniobra torpe y a la desesperada de Víctor, ya que sabía en el fondo que se había arrepentido de todo y me había alejado de su amigo unas horas más tarde—. Víctor,

Oziel lo pagó y lo metió en la bolsa. Ni lo vi ni lo elegí, y mucho menos pensé en qué haría con él. Es un regalo muy inapropiado, no me cabe la menor duda de eso, pero si has de buscar un culpable intenta ver las cosas con perspectiva. Oziel no sabía que nosotros estábamos juntos...

Me arrepentí de inmediato de esa última frase, pero ya estaba dicha.

Arrojó las braguitas al interior de la bolsa a la vez que se le volvía a transformar el rostro. Esta vez había perplejidad en él, habiendo desaparecido la furia que lo dominaba sólo un segundo antes.

— No estamos juntos...

Dolió. Víctor no tenía que pegarme y romperme el labio para hacerme daño como a Oziel. Con aquello tenía suficiente para hacer que me doliera todo el cuerpo.

— No sé cómo estamos... pero no estamos juntos.

Supongo que aquella segunda frase trató de sonar más suave que la primera, y más tras ver mi rostro encogido y contraído por el daño de su declaración. No tenía fuerzas para fingir ni un momento más, tratando de aparentar una serenidad que no poseía desde el preciso momento que me había entrado por los ojos, puesto allí por mis compañeras de instituto.

Y luego por las de la universidad.

Ojalá nunca lo hubieran hecho...

— Pues al menos sabemos que no estamos juntos... Y eso simplifica mucho las cosas.

Lo empujé con toda la fuerza que pude reunir y Víctor cayó al suelo de espaldas, sin esperarse que yo pretendiera salir en ese momento del coche. Con una rapidez que nunca había tenido recogí las bolsas que habían quedado esparcidas en la acera a su alrededor, y sin cerrar la puerta encaminé los pasos más tristes de mi vida hacia el portal de mi casa.

— ¿A dónde vas, Bea?

Víctor gritaba a mi espalda tratando de reponerse de la impresión de haber sido tumbado por una chica en plena calle. Que estuviera de cuclillas delante de la puerta del coche y distraído con la conversación habían sido mis grandes aliados para que acabara en la acera, pero sabía que la ventaja no me duraría demasiado si no lo aprovechaba y me iba en ese momento.

Porque necesitaba marcharme. Estaba demasiado herida como para quedarme y escuchar sus excusas.

No podía más...

No respondí. Seguí avanzando por la calle. Estaba sólo a un par de metros del portal. Víctor no se atrevería a montar una escena a esas horas. Si era necesario gritaría pidiendo ayuda. No me iba a dejar manipular nunca más. Me daba igual que no me hubiera cerrado todas las puertas. Que siguiera negando que entre los dos había algo era más de lo que podía soportar después de aquella discusión estúpida, y después de haberlo tenido encima de mi cuerpo en el dormitorio una hora antes.

Dolía como ninguna otra cosa hasta entonces.

Tiró de mí hacia atrás sujetándome de un brazo. Las bolsas volvieron a rodar por el suelo y yo giré sobre mí misma quedando frente a él, con ganas de gritar pero sin atreverme a hacerlo. La resolución que había tenido unos segundos antes resbaló en ese momento por mi rostro en forma de lágrimas horriblemente amargas. Odiaba que Víctor me viera de esa forma pero era incluso más humillante aún agachar la cabeza y no dar la cara.

— ¿A dónde vas, Bea? —volvió a preguntar, con un rictus de lo más contradictorio en el rostro.
— No sé a qué demonios estás jugando, pero yo sí que tengo claro que entre los dos hay algo. No me pienso quedar a esperar hasta que te decidas a abrir los ojos y te des cuenta de que te importo y de que te jodería que subiera a casa y me

acostara con otro. Con otro no. Con tu amigo. Con el que querías que me acostara —le escupí, destrozada por dentro y por fuera—. Yo sé lo que quiero... pero no lo quiero al lado de una persona que no está dispuesta a intentarlo.

Me zafé de su abrazo y seguí andando, olvidando las bolsas que dejaba abandonadas en el suelo a su alrededor. Tres pasos más tarde Víctor volvía a tirar de mí, anclándome contra su cuerpo. En otras circunstancias aquella insistencia me habría encantado, porque era lo más cerca que había estado de una demostración pública de lo que había entre los dos, pero teniendo en cuenta que él no pensaba reconocer que hubiera algo no me gustaba que pudiera manejarme hasta impedirme que volviera a casa.

— Yo lo que sé es que no quiero que te vayas...

¿Tan difícil sería decirle en ese momento que estaba enamorada?

<<¿Te crees que no lo sabe ya?>>

— Si no estamos juntos no hay nada entre nosotros. O sólo hay sexo que te hace sentir después demasiados remordimientos. Y eso no es sano.— Al final iba a llorar de verdad delante de él mientras intentaba llegar al portal—. Por lo tanto no debiera importarte a dónde vaya...

Me habría gustado decírselo mirándolo a la cara pero me fue imposible. No encontré la entereza para levantar la vista y clavarle los ojos en los suyos. Tal vez me parecía que dolía menos si no veía su rostro confuso mientras me escuchaba, aunque me imaginé que el sabor amargo que se me quedó en la boca no podía ser mejor que el que suponía que sentiría si lo hacía mirándolo.

— No he dicho que no haya nada...
— Pues vas a tener que averiguar qué hay, porque no puedo hacerlo por ti.

<<Y si es sólo sexo... avisa. Porque sexo puedo encontrar en cualquier sitio.>>

Por ejemplo... en el dormitorio de al lado.

Cuadragésimo primera parte.
La polla que me dejó marchar

Me llevé las bolsas, la mochila y mi orgullo conmigo.

Y también las lágrimas.

Lloré hasta llegar al ascensor, luego dentro mientras subía, y más tarde en el descansillo de casa, tratando de calmarme antes de abrir la puerta. Lloré sin importarme que al final Víctor me hubiera visto así, porque en verdad nada me importaba en ese momento.

Y lloré tanto que Oziel me escuchó desde dentro de mi casa y abrió la puerta, encontrándome en medio del pasillo, cargada con las bolsas, sin un triste pañuelo que llevarme a la nariz para apartarme los mocos.

Esperé cualquier burla por parte del abogado. Un *"¡qué cena tan rápida!"* o tal vez algo en plan *"sabía que no podías vivir sin mí"* pero se limitó a quedarse en silencio, mirándome, con cierto pesar asomando a los ojos.

Cuando avanzó hasta mí y me abrazó tiernamente para consolarme no lo esperaba.

Mis brazos le devolvieron el abrazo como si llevara toda la vida refugiándome en ellos cuando tenía algún problema. Me sentí tan cómoda que las bolsas volvieron al suelo, mis palmas se pegaron a la tela de su camiseta y apoyé la cara contra su pecho. Me habría encantado poder hacer exactamente eso con Víctor, pero las cosas siempre se torcían en el momento menos esperado.

Y estaba empezando a pensar que el destino no nos tenía reservado un final feliz a los dos.

— Te voy a dar un consejo que espero que nunca uses contra mí —comentó, apoyando la barbilla sobre mi cabeza—. La gran mayoría de hombres no saben lo que quieren hasta que lo pierden. No sé si Víctor es de este tipo, pero apostaría a que sí. Le he conocido muchas novias en estos años, pero nunca me había pegado por tratar de levantarle a alguna. Por norma general siempre le hacía gracia que intentara ligar con ellas. Supongo que pensó que contigo se sentiría igual. Pero no ha sido así...

Sí, un gran descubrimiento. Que Víctor no llevaba bien que yo pudiera acabar en la cama con su amigo no era del tipo de noticias que una revista podía publicar en la portada con la etiqueta de exclusiva. Tampoco me estaba descubriendo la pólvora al decirme que los hombres lloran sólo cuando se dan cuenta de que han perdido lo que querían. Había usado esa estrategia con Víctor no apareciendo por casa durante una semana, y había sido yo la que me había visto otra vez llorando sin entender nada.

— Con Víctor no funciona...
— Vamos dentro, pequeñaja. A ver si te crees que los arrebatos de ese tío no están producidos por un enamoramiento que aún no está dispuesto a reconocer. Además, no me fío de que no regrese ahora mismo a buscarte y pueda pegarme otra paliza si nos encuentra abrazados.

Me condujo hasta el interior de mi propia casa como si yo fuera la invitada. Recogió las bolsas, me abrió paso y cerró la puerta tras nosotros.

— Mientras te preparo un café vas a saciar mi curiosidad. ¿Por qué no estás con él ahora?

En mi cabeza daba vueltas la idea de que Víctor estaba enamorado aunque se resistía a decírmelo. Era agradable entender que no era la única que tenía esa sensación. Que Oziel tuviera la misma corazonada hacía que el aire pesara menos en los pulmones cuando entraba, y que luego cuando salía doliera menos el pecho.

— No le ha gustado nada que me hayas comprado ropa interior —confesé, empezando a sonrojarme de nuevo.
— Muy típico de un hombre inteligente que sabe y comprende que te hacían falta bragas —comentó él, sacando la cafetera del armario y buscando el tarro de café por la encimera de la cocina—. Lo que hace que cobre fuerza mi idea. Está loco por ti pero se le nubla la cabeza por ese mismo motivo. Vas a tener que explicarme cómo conseguiste que se lanzara, porque viendo lo mucho que te protegía hasta hace nada parece de película de ciencia ficción que se haya atrevido a ponerte un dedo encima.

Llevé las bolsas a mi dormitorio, guardé la ropa en los cajones volviendo a llenar el que estaba vacío con la lencería nueva y escondí en una caja en el fondo de un estante el conjunto que había provocado la ira del arquitecto. No quería ni pensar en lo que podría pensar mi madre si lo encontraba en mi poder.

— Si ya no estamos jugando prefiero no responder a esa pregunta —comenté al volver a la cocina, sacando de la alacena un par de tazas. Oziel ya tenía la leche en una pequeña jarra y la estaba calentando en el microondas—. Y Víctor no se ha enfadado por las bragas, sino por el maldito encaje negro del que te encaprichaste.
— Una pieza muy sugerente... que imagino que habrá provocado en él el mismo efecto que en mí.
— ¿Ira?
— Deseo...

La palabra *"deseo"* pronunciada por sus labios me estremeció. Era como si lanzara un conjuro sobre mis terminaciones nerviosas para que hasta la ropa que rozaba mi piel la sintiera como sus dedos despojándome, precisamente, de la condenada prenda. El diablo mismo me decía que Víctor se había excitado y enfurecido a la vez pensando en rasgar el encaje para poder llevarse mi piel a la boca y que también estaría dispuesto a hacerlo si le surgía la oportunidad.

Lo imaginé corriéndose sobre ellas para llevarse la prenda en el bolsillo del pantalón vaquero. Lo imaginé corriéndose en mi boca e instándome a que me deshiciera de la corrida sobre la maldita tela. Lo imaginé masturbándose sobre la piel de mi abdomen y usando luego las braguitas a modo de pañuelo, embadurnando mi cuerpo y llevándose toda la esencia que podía limpiar un encaje tan sutil como aquel.

Dejé de pensar porque me estaba poniendo muy mala.

— No me deseaba mientras me preguntaba por qué te había permitido regalarme eso.
— ¿Y no le respondiste que a mí es difícil prohibirme algo?
— No te conozco tanto...
— Él sí, y ha provocado esta discusión sabiendo que aunque no hubieras querido la lencería habría acabado comprándola y metiéndola en tu cuarto. O ya no razona cuando se trata de ti o necesitaba una excusa para pelearse con alguien además de conmigo.

Nos tomamos el café de pie, en la cocina, como habíamos hecho esa mañana en el desayuno. De vez en cuando nos mirábamos a los ojos como si quisiéramos leerle el pensamiento al otro, pero no dijimos mucho más mientras nos duró el brebaje. A Oziel le gustaba el café fuerte y sospeché que esa noche me iba a costar dormir por culpa de eso. Iba a tener que comprar descafeinado para mí...

— ¿Por qué iba a necesitar discutir conmigo si lo que quería era llevarme con él a vuestro piso? —pregunté, confundida. Si lo que quería Víctor era despistarme lo había hecho a base de bien. O dejarme descolocada creyendo que era muy joven para entender las cosas de los adultos.

<<Tampoco es tan adulto.>>

— Porque, aunque sabe lo que quiere, también se pone trabas a la hora de obtenerlo —me dijo, recordándome que Víctor me deseaba y me rehuía a partes iguales—. No le está gustando darse cuenta de que no puede vivir sin lo que quiere. Eso le asusta.

Lo dicho, tampoco era tan adulto.

Era bonito pensar así, pero no me terminaba de convencer una idea tan agradable. Era de espíritu pesimista. O realista tirando a pesimista. *"Si algo puede salir mal, saldrá mal"* rezaba la *"Ley de Murphy"*. Y si Víctor se estaba enamorando de mí había miles de cosas que podían dar al traste con ese sentimiento.

<<Yo, por ejemplo. Que en vez de acompañarlo había vuelto a casa, donde él prefería que no pasara la noche.>>

Me encantaba boicotearme a mí misma.

— No creo que Víctor esté asustado...
— Tú no le viste la cara cuando aparecí por la puerta de tu alcoba. Se puso delante de ti, protegiéndote. Y, por descontado, estaba asustado. Ese sentimiento de responsabilidad hacia ti lo tiene que estar matando.

Como tantas otras veces volví a sentir lástima por Víctor. No tenía la culpa de que yo me hubiera empeñado en que pasara algo entre los dos. Si hacía tiempo que él se había fijado en mí eso era un misterio. Sólo sabía que se había apartado bastante al cumplir la mayoría de edad, y que, a pesar de todo, siempre había estado ahí cuando lo había necesitado.

— Y sí, seguimos jugando —me respondió, retomando la respuesta que le había dado yo a su pregunta de cómo había logrado que Víctor se lanzara a la piscina conmigo.

Resoplé y me encendí como una bombilla. Hablar de cosas tan íntimas con un casi desconocido me estresaba mucho. Y más sabiendo que era el mejor amigo del arquitecto.

- Supongo que siendo tan torpe que sintió lástima de mí y quiso compensarme los esfuerzos —comenté, haciendo burla de mí misma. Era una de las posibilidades que había contemplado a veces y no la veía del todo descabellada. Esa, y que lo habían abducido los extraterrestres y cada vez que yo le decía que necesitaba su cuerpo haciendo vibrar el mío se le activaba el chip que le habían instalado y eran ellos los que manejaban los instintos primitivos de Víctor.

<<*Por poner un ejemplo igual de válido que el de que me deseaba desde hacía tiempo pero no se había atrevido.*>>

Patético. No sé cómo Oziel no se burló de mí conmigo.

— Ya, claro. El pobre sintió lástima de tus esfuerzos. Pero otros ya habrían hecho el mismo intento, ¿no? No me vas a decir que eras virgen y lo que tenía era que enseñarte...

Roja hasta la punta de las orejas. Nivel gamba a la plancha. Agaché la cabeza y los ojos se me fueron a sus pies.

— ¡La leche! —exclamó—. ¡Eras virgen! Así anda desquiciado Víctor. Empieza a darme lástima...
— Gracias por las burlas —le solté, sin ser capaz de mirarlo mientras continuaba en su rostro esa sonrisa de incredulidad.
— No, perdona. Es que no me lo esperaba. Con tu edad...
— Recuerda que he tenido un perro guardián en casa.
— Pero no fuera de ella, muchacha —respondió—. Que la calle enseña muchas cosas.
— Ya. Pues de mí se olvidó la calle.

Dejamos las tazas en el fregadero y Oziel hizo los honores, recordando que en aquella casa no había lavavajillas. No le vi muy suelto con el estropajo pero imaginé que en mi cocina se habían visto sacrilegios mayores que usar casi medio bote de detergente para dos simples tazas. Cualquier comida de mi madre preparada en todos los años que llevábamos viviendo en ese piso era un claro ejemplo de ese sacrilegio.

— La próxima vez friego yo...

Oziel me guiñó un ojo, dejó secando las tazas y se apoyó contra la encimera con los brazos cruzados sobre el pecho.

— No quería que te quedaras aquí conmigo, pero al final tal vez cambió de opinión y tampoco le gustó la idea de llevarte al piso y que empezaran a sospechar sus padres. Y seguramente ahora está dándose de cabezazos contra el volante del coche pensando en que te estarás poniendo ese conjunto de ropa interior para mí.

— Víctor sabe que no me interesas —respondí, tratando de parecer de lo más convincente al decirlo—. Lo más horrible es que él se imagina lo que siento por él.

— Ya, y por eso a mí me ha pegado en dos ocasiones desde que estáis juntos.

— La primera vez no estábamos juntos.

— Mejor me lo pones...

<<*Es más, ahora tampoco lo estamos. Víctor me lo acaba de dejar meridianamente claro.*>>

— Es un hecho que está celoso, lo que no sé es por qué — terminé diciendo, en vez de confesarle que Víctor casi me había rechazado al decirme que no sabía en qué punto estábamos. Era demasiado vergonzoso reconocerlo en voz alta.

<<*Y claro, que nos pillara a los dos desnudos en mi habitación no lo es.*>>

— Bueno, pues entiendo que sólo nos queda una opción para entender a qué juega Víctor...

Arqueé una ceja. Sabía que no hacía falta pedirle que siguiera hablando. Ya había cogido impulso y la sonrisa perversa había vuelto a sus labios.

— Vamos a hacerte cambiar de opinión, ya que tanto me rechazas y tan poco me deseas —me dijo, burlándose de mis intenciones de parecer más impertérrita de lo que estaba cuando lo tenía a su lado. Era una tontería fingir que no me producía ningún tipo de emoción. Oziel estaba bueno, era morboso y cualquier chica suspiraba por él. Incluso yo—. Vamos a volver a cambiar las reglas del juego.

Cuadragésimo segunda parte.
La polla que no estaba

Me repetí durante todo el trayecto que no era una buena idea. Pero llevaba repitiéndome desde antes de salir de casa. En mi cuarto cambiándome de ropa. En el baño mientras me adecentaba un poco la cara. Delante de la taza del inodoro cuando sentí náuseas de los nervios y me incliné para vomitar.

Me lo seguí repitiendo mientras Oziel trataba de convencerme de lo contrario y mientras metía el coche en el aparcamiento del edificio donde tenía el piso conjunto con Víctor.

Y mientras subimos en el ascensor, sin saber hacia dónde mirar por la vergüenza que sentía.

<<No, no es para nada una buena idea.>>

— Hombre, por fin lo coges —espetó Oziel, a modo de saludo, a su interlocutor al otro lado del teléfono móvil—. Creí que tendría que presentarme en casa sin que supieras que voy a aparecer.

Los ojos se me fueron a salir de las órbitas de tanto que se me abrieron los párpados. ¿Cómo era posible que Oziel estuviera avisando a Víctor de que íbamos llegando? ¿Y cómo su teléfono móvil tenía cobertura en el ascensor? El mío se excusaba con el dichoso mensaje de "el teléfono móvil al que llama está apagado o fuera de cobertura en estos momentos" o simplemente no daba señal si trataba de hacer una llamada en cuanto un par de muros separaban la calle y el aparato.

<<Voy a tener que pedir uno mejor para mi cumpleaños.>>

— Digas lo que digas voy a entrar por esa puerta, aunque primero te daré la oportunidad de abrirla tú mismo tocando al timbre.

No podía escuchar nada de lo que respondía Víctor, pero imagino que aunque tratara de no gritar para que no se enterara su familia el tono no tenía que ser nada amistoso. Víctor últimamente nunca lo era.

— ¿Y dónde estás?

Lo miré con curiosidad. Ninguno de los dos esperaba que el arquitecto no hubiera ido directamente a su casa después de nuestra discusión en la calle. Estando su familia en la ciudad ya bastante raro era que hubiera ido a trabajar por la mañana y que por la tarde hubiera encontrado la manera de escaparse para ir a verme a casa.

<<Para acostarse conmigo...>>

Casi no podía creer que hubiera vuelto a ocurrir, y que acabara tan mal como la primera vez. Y con mal no me refería a que no me hubiese gustado tenerlo dentro, llenándome sin ningún tipo de pudor con su carne tiesa y ardiente. No había nada en este mundo que me gustara más que sentir a Víctor excitado a punto de penetrarme, con sus labios entreabiertos junto a los míos, gimiendo y jadeando.

El problema se presentaba siempre cuando volvía a ponerse los pantalones.

— Pues estamos delante de la puerta del piso.

¿Dónde podía estar Víctor a esas horas?

Empecé a pensar que aquella idea iba a desencadenar en una mucho más funesta si cabía, y que el cerebro de Oziel, maquinando sobre la marcha, haría que la noche fuera a transformarse en un infierno. Propio de un demonio como él. Ya bastante malo había sido que me dejara convencer por el abogado para presentarnos a cenar con la familia de Víctor —y con Víctor, por supuesto— como para que ahora hubiera que ir a buscarlo, o presentarnos en el restaurante donde se encontraran cenando.

— Sí, estamos. Bea está aquí conmigo.

Temblé. Por fin había preguntado por mí. ¿Con qué tono lo habría hecho? Esperanzado, asqueado... Me dolía mucho no entender lo que verdaderamente se le pasaba por la cabeza, porque estaba claro que había más de lo que exteriorizaba en verdad. Me daba miedo seguir imaginándomelo yo por mi cuenta, porque cada excusa que encontraba era peor que la anterior.

— Pues trae comida para nosotros dos también.

¡Había salido de casa con la excusa de ir a comprar las cosas para la cena! Y en vez de ir directamente a un restaurante, o a un supermercado si tenía pensado cocinar, se había desviado hasta mi cama para asegurarse de que no pudiera dormir esa noche.

<<Nunca volveré a dormir igual en mi cama.>>

Error. Nunca volvería a dormir bien en ningún sitio.

— Y no tardes. Que servir de saco de boxeo me abre el apetito.

Oziel colgó el teléfono y me miró con una radiante sonrisa dibujada en el rostro. Había hecho el primer movimiento y parecía que había obtenido el resultado esperado. Y yo me preguntaba si no era otro que crispar los nervios de Víctor, estuviera donde estuviese, dejándolo con la necesidad de salir corriendo hasta el piso para poder ponernos las manos encima a los dos.

¿O no se atrevería a decir nada delante de su familia?

Sin intercambiar ninguna palabra conmigo el abogado tocó al timbre de su propia casa y esperó a mi lado, con aire resuelto.

— ¿Así, sin más? —le pregunté—. ¿No vas a decirme nada de lo que te ha contestado?
— ¿No prefieres las sorpresas?
— No, para nada. Las sorpresas últimamente no me gustan.

Porque cada vez que hay alguna en mi vida acabo llorando.
— No vas a llorar con esta.

<<*Porque tú lo digas.*>>

Se había vuelto a vestir con una camisa y un pantalón de pinzas, bastante más informal que en la mañana, pero que le sentaba igual de bien. Me miró y sonrió y me dio un pequeño empujón con el hombro a modo de gesto de complicidad. Yo me estremecí al darme cuenta de lo que estábamos a punto de hacer. No había tenido tiempo de plantearme todos los motivos por los que sabía que aquello no era una buena idea, pero estaba convencida de que cualquier cosa en aquel plan de Oziel podía hacer que se fuera al traste.

<<*En su plan no; en su juego.*>>

Sabía todo lo que me jugaba pero como para él no eran cosas importantes se apostaba todo a su carta ganadora. Cosas de ir al casino con el dinero de otros. Se lo estaba pasando en grande y yo no hacía sino pensar en lo mal que podía acabar la noche, mi no— relación, mi vida...

Tragué saliva sintiendo la garganta áspera. Los nervios seguían comiéndome, por lo que difícilmente sería capaz de cenar absolutamente nada. Por suerte al otro lado de esa puerta estaba mi amiga Laura y ella haría que todo fuera un poquito más fácil.

Hasta que se enterara de lo que había trazado Oziel para esa noche. Ya luego, probablemente, sería la que más lata nos diera.

Pero el abogado no estaba pensando en desvelar su plan pasado unos instantes, y me di cuenta enseguida. Pensaba en el aquí y ahora, y nuestro ahora era el momento de abrir aquella maldita puerta de la que tenía la maldita llave. Y aún así no usaba para no incordiar a sus nuevos habitantes circunstanciales.

Cuando sintió que se acercaba alguien al otro lado recobró un poco la compostura y, sorprendiéndome con el gesto, rodeó mis hombros con su brazo, dejando la mano aferrada a mi brazo.

Y yo dejé que lo hiciera.

La puerta se abrió y apareció Laura al otro lado. Y un poco más tarde sus padres, que seguramente habían pensado que era Víctor el que llegaba con la comida y lo hacía demasiado cargado con la compra como para usar las llaves.

Los dos nos miraron con la boca abierta, sin creerse el gesto que nos mantenía unidos. Para afianzarme en Oziel llevé mi mano hasta la suya, y él entrelazó sus dedos con los míos. Había que parecer convincentes.

Laura fue la única que sonrió.

— Nos apuntamos a la cena...

Cuadragésimo tercera parte.
La polla que no llegó a tiempo

Laura nos arrastró a Oziel y a mí al interior del piso como si ella fuera la dueña y no el que se hacía pasar por mi novio. Nos explicó que Víctor había ido a buscar la cena y que por el tiempo que llevaba fuera tenía que estar cazando algo en vez de comprando. Me habría gustado decirle que era verdad que había estado de caza, pero de una caza diferente a la que se imaginaba.

<<Y yo me dejé cazar...>>

Los padres de Laura no nos quitaron los ojos de encima. Se habían dado por muy enterados del gesto que había tenido Oziel y poco les faltó para que se lanzaran a por el teléfono para informar a mis padres de lo que estaba haciendo a aquellas horas su hija. Supongo que primero querían recabar más información sobre lo que había entre el amigo de su hijo y yo para hablar con ellos, por si resultaba que no estaban al tanto de mi supuesta situación sentimental.

Pero estaba convencida de que aquella misma noche llamarían.

Era imposible que no fueran a hacerlo.

> — ¿Ana? Hola, perdona que te moleste a estas horas. ¿Tú sabías que Bea tiene novio? ¿Y sabías que el novio es ese hombre que acabamos de meter en tu casa y con el que está a solas esta noche?

No. No quería ni imaginarme la conversación que iban a tener en cuanto dispusieran de algunos datos más.

Y estaba más que segura de que después mi madre saldría corriendo para llegar a casa lo antes posible. Pensé que Oziel debía ir buscando una habitación de hotel, porque dudaba que no lo fueran a poner de patitas en la calle.

— ¿Bea? ¿Mi Bea? ¿Mi pequeña Bea sale con ese muchacho con pinta de pasarse a todas las mujeres por la polla?

No, probablemente no usaría esa palabra... pero la pensaría.

<<*La que se me viene encima...*>>

Pero Oziel seguía tan resuelto como siempre, con una sonrisa perenne en los labios, como si estuviera acostumbrado a ir diciendo por ahí a todos los padres que salía con su hija, mucho menor que él.

Y casi virgen.

Oziel todavía tenía que estar desternillándose por dentro.

<<*Pero ellos no son mis padres. Tal vez le tiemble el pulso si tuviera que enfrentarse a ellos.*>>

Aunque lo dudaba. Y más sabiendo que no se jugaba tampoco nada porque era todo una pantomima. Parte de su juego, algo que le divertía. Probablemente si se estuviera apostando todo a ese plan —realmente el beneplácito de los padres de una chica de la que estuviese enamorado— al menos le fallaría algo la voz al hablar con ellos.

— ¿Y desde cuando estáis... los dos... así? Me refiero a juntos, claro—. Al que sí le temblaba la voz era a Raúl, que no sabía cómo plantear mejor la pregunta sin parecer que le iba la vida en conseguir información.

Y como me había pedido Oziel, le cedí el honor de ser él quien diera las respuestas. Desde cualquier punto de vista sabía que sería mucho más convincente que yo. Mi papel aquella noche debía ceñirse a asentir con la cabeza a todo lo que él dijera, poniendo ojillos de enamorada y de vez en cuando teniendo algún gesto cariñoso con él para hacerlo todo más plausible. O sea, papel de niña tonta.

— No tienes que besarme si no quieres —había comentado mientras me explicaba su plan en casa—. Pero desde luego le darías mucho más realismo.

Y diciéndolo me había guiñado un ojo, sin perder en ningún momento la sonrisa. Se me había hecho la boca agua al pensarlo. Se me habían puesto los pelos de punta al imaginarme a Víctor mirando.

<<*Caerás cuando yo quiera... o cuando tengas que meterte en el papel de mi novia. Lo que pase antes*>>

Me ruboricé antes de sentir rabia. Habría sido mucho más fácil no estar enamorada de Víctor para poder sucumbir sin tantos problemas a la necesidad que sentía mi cuerpo de hacerle algo de caso al abogado. Porque era un hombre al que había que hacerle mucho, pero mucho caso.

— Pues no llevamos demasiado. En verdad creo que la primera vez que le puse los ojos encima fue tras la graduación, empezando el verano. Tampoco es que llevemos demasiado tiempo saliendo. No se lo hemos contado a nadie.

Laura dio fe de eso ya que me miraba entre enfurecida y extasiada por la noticia. En sus ojos flotaba la promesa de un largo interrogatorio en cuanto se nos concediera algo de intimidad. Se sentía engañada por no habérselo contado cuando me preguntó directamente en el restaurante, y todavía no tenía preparado ningún discurso para poder convencerla. Lo único que se me ocurría era excusarme diciendo que no queríamos que nadie se enterara, ya que sabíamos que muchos iban a poner más de una pega por la diferencia de edad entre ambos. Aun así, probablemente se enfadaría por la falta de confianza, aunque esperaba que si empezaba a desvelarle datos morbosos — ingeniosamente inventados— se le pasaría la rabieta.

— Tampoco había demasiado que contar —comenté yo, tratando de no parecer muy pelele al lado de Oziel. No creía que dar la apariencia de ser una chica dominada por un hombre mayor fuera a jugar a nuestro favor. No al menos delante de los padres de mi amiga—. Un par de citas nada más. No era cuestión de estar gritándolo a los cuatro vientos.

Le cogí de la mano al decirlo, sentada a su lado en el sofá del salón. Oziel la apretó para infundirme valor, como dando a entender que aprobaba mi intervención.

— Lo habríamos dicho en el cumpleaños de Víctor, pero le habríamos quitado el protagonismo —comentó Oziel, mofándose un poco del ausente—. Y ya sabemos todos lo susceptible que puede llegar a ser, y más ahora que se está haciendo viejo.
— Igual de viejo que tú, ¿no? —La madre de Laura no pudo contenerse en ese momento, dando a entender que sabía perfectamente la edad que tenía Oziel, y que no era ningún niño. Supongo que era la forma más suave que encontró para dejar claro que tampoco era ningún niño, y que me sacaba una buena cantidad de años.
— Yo los llevo mejor —tuvo la desfachatez de decir, precisamente a la madre de su mejor amigo—. Víctor lleva siendo demasiado tiempo adulto. Yo acabo de salir del cascarón de la casa de mis padres...

Eso era muy cierto. Al lado de Víctor Oziel se comportaba como un crío.

— ¿Y a ninguno se le ocurrió pensar que eso de que estuvierais saliendo podía ser un problema a la hora de compartir casa por las noches? —añadió el padre de Laura, mostrando el malestar que seguro que compartían los dos.
— No creímos que fuera un problema —comentó despreocupado el otro—. Al fin y al cabo no vamos a hacer nada que no se pueda hacer ahora mismo con una tarjeta de crédito y un hotel, o teniendo un coche amplio.

De piedra. Todos. Con ganas de partirle la cara a Oziel. ¿Cómo se le ocurría responder eso con tanto desparpajo?

<<*No se preocupe. Aún es pronto. Yo respeto mucho a Bea. Vamos despacio.*>>

¡Por el amor de Dios! ¿Por qué no podía a ese hombre tragárselo la tierra antes de decir algo así? ¿O por qué no me tragaba a mí para no tener que escucharlo y ver la cara de horror que ponían ambos?

— Eso es cierto, papá. Mejor en casa, que es un sitio más seguro —lo apoyó Laura, sin ningún tipo de vergüenza.

A ella también le iba a caer una buena en cuanto estuvieran a solas.

<<*No salimos ninguno vivo de ésta.*>>

Era cierto que entre ambos se notaba mucho la diferencia de responsabilidades. Víctor siempre se había mostrado mucho más serio que Oziel, aunque a Oziel lo estaba conociendo en ese momento poco a poco. O demasiado deprisa según parecía. El abogado tenía mucho menos sentido de la responsabilidad, probablemente porque nunca había tenido que plantearse vivir alejado de su familia, viviendo precariamente con el poco dinero que podían mandarle sus padres o dejarle los míos, y teniendo que hacer de niñera de una chiquilla durante unos cuantos años.

<<*Es completamente normal que no sea capaz de besarme sin sentir remordimientos...*>>

Era completamente normal que fuera capaz de dejarnos a todos con la boca abierta sin pensar en las consecuencias.

— En nada Víctor os sorprende casándose y creando una familia...

Me atraganté con la cola que me había servido Laura. No estaba segura de que ese método que estaba utilizando Oziel fuera de lo más efectivo, pero una vez había empezado a girar la rueda lo complicado iba a ser pararla. Y al abogado le quedaba cuerda para rato.

— Que yo sepa Víctor no tiene novia —comentó Laura, arrebatándome mi lata de refresco para compartirla, como siempre hacíamos para ahorrar algo de dinero para las palomitas del cine. Imagino que a ella tantas sorpresas también la estaban dejando con la garganta algo seca.

— Yo ahora mismo sé que sale con alguien, pero no me ha dicho aún si va en serio o no...

Sin duda alguna era el dato que a la madre de Laura la hizo reaccionar. Sabía por Víctor que nunca le nombraba a sus padres las chicas con las que salía —con las que se acostaba, más bien— imagino que precisamente porque le duraban una semana, lo que tardaba en pasársele el calentón. Que hubiera una mujer en la vida de su hijo ilusionó a la pobre mujer, apartando por in instante la cabeza de nuestra pecaminosa situación sentimental. Seguramente interrogaría a Víctor nada más cruzar la puerta y dejar las bolsas de la compra en la cocina.

Tenía todavía los dedos entrelazados con los de Oziel cuando la puerta se abrió de pronto y la figura de Víctor se personó bajo el dintel de la entrada. Y creo que fue lo que primero vio el arquitecto, las dos manos unidas sobre mi muslo, porque el gesto de enfado con el que nos miró a los dos denotaba a la perfección que la discusión entre los tres iba a durar horas...

O tal vez no volviera a hablarnos en la vida.

Cuadragésimo cuarta parte.
La polla que no supo qué decir

Me obligué a no retirar la mano. Eso y que Oziel la asió con más fuerza para que no pudiera echarme atrás precisamente en ese momento hizo que Víctor tuviera una buena perspectiva de ellas. Quería que las viera unidad por encima de todas las cosas.

Lo que hizo que le cambiara la cara durante unos segundos.

> — ¿Tú lo sabías?

Laura lo asaltó un instante después, cuando todavía no había podido dejar de mirarnos las manos. Tuvo que repetir la pregunta porque se había quedado petrificado, con unas bolsas de comida china colgadas de ambos brazos, como si fuera un repartidor que estuviera esperando que le pagaran en la puerta. Sólo le faltaba el casco de la moto para dar el pego.

Aunque estaba demasiado atractivo como para estar trabajando de repartidor. Con el cabello revuelto tras la sesión de sexo y la pelea con Oziel. Por suerte el hinchazón del labio se les había disimulado bastante a los dos.

> — ¿El qué? —consiguió preguntar Víctor un momento después, despegando la vista de donde la tenía clavada para mirar a su hermana.
> — ¡Qué están juntos! ¿Qué va a ser?
> — ¿Quién?

La cara de lelo del pobre arquitecto era para retratar y usarla para enviar algún tipo de felicitación navideña en plan *"espero que se te quede esta cara cuando abras mi regalo"*. Miró a Laura y a mí alternativamente, sin creerse el mensaje que le estaba llegando.

— ¡Ellos! Chico, pareces tonto...

Miró a Oziel, luego a mí y por último nuestras manos entrelazadas sobre mi muslo. Temí que se le cayeran las bolsas al suelo y se llenara todo el parquet de salsa agridulce. Y arroz tres delicias. Habría que llamar a las palomas para que limpiaran el desastre.

<<*Pitas, pitas, pitas...*>>

— ¿Ellos?

La cara seguía siendo de pasmo. Tal vez por un momento pensó que acabábamos de desvelar que él y yo manteníamos algo a lo que todavía no le podíamos poner nombre —aunque por la última conversación daba la sensación de que iba a quedar catalogada como "follamiga"—. Aquel "ellos" había sonado con cierto dolor.

Le dolía lo que Oziel había maquinado.

El juego de Oziel...

Que no era otro que aparentar ser mi novio para estudiar las reacciones de mis padres y luego trabajar en base a ellas. Y ya, de paso, la de los suyos. Según me había explicado el abogado una terapia de choque podía abrirle los ojos tanto a ellos como a Víctor, haciendo que tuviera más confianza en sí mismo para enfrentarse a los reproches. Había comentado que si se mostraba como un novio nada adecuado para mí, pero muy decidido a llevar la relación adelante, probablemente tanto a sus padres como a los míos les agradara luego que prefiriera estar con Víctor.

— Imagínate. Cualquier opción va a ser mejor que la de que salgas conmigo. Incluso Víctor podrá hacer su entrada triunfal en plan caballero andante, rescatando a la doncella en apuros del canalla que lo único que quiere es aprovecharse de ella. No va a poder resistirse...
— ¿Y qué vas a ganar tú con todo esto?

— Divertirme... Y tal vez te robe algún que otro beso. Espero que ese novio tuyo no me vuelva a romper la nariz, que mi médico dice que no va a quedar tan bien la próxima vez que reciba un directo como ese.

Jugar. Molestar a Víctor. Tentarme a mí...

¿Por qué este hombre tenía que ser tan perverso? Me dolía reconocerlo, pero sería fácil que me hiciera caer en sus redes si se lo proponía.

Y si Víctor no intentaba pararle los pies.

No pudo responder a la pregunta de su hermana. Caminó con paso raudo hasta la cocina y allí se deshizo de las bolsas. Su madre corrió tras él, imagino que más para interrogarle que para ayudarle con la cena. Mientras, el padre de Laura ni se despegó del sofá ni nos quitó los ojos de encima. La única que parecía feliz era Laura, porque yo estaba tan tensa con la llegada de Víctor que me había olvidado hasta de respirar.

Y Oziel... Él también estaba en su salsa.

Aunque Raúl estaba pensando que esa salsa había que ponerla a hervir a fuego fuerte, a ver si se le escaldaban las partes nobles y se le quitaban las ganas de seguir metiéndose bajo mi falda.

— Chicas, ¿queréis ir a ayudar en la cocina a servir la mesa?

Una forma elegante de pedir quedarse a solas con el abogado. Miré a Oziel con terror, pero se le veía tan tranquilo que no me quedó duda de que estaba seguro de lo que estaba haciendo. Soltó mi mano, me dio una palmadita en el muslo y luego depositó un beso en mi mejilla.

— Venga, caramelito. En verdad ya empiezo a sentir un poco de hambre...

La palabra *"hambre"* y el apelativo *"caramelito"* pusieron en guardia a Raúl, que fulminó con la mirada a Oziel y me miró con cara de querer preguntar *"¿pero tú te das cuenta de lo único que quiere este impresentable?"* Era amigo de su hijo y siempre se habían caído muy bien, por lo que tenía entendido, pero había pasado a estar en su lista negra en tan solo unos minutos. Si le quedaba alguna duda de lo que iba a preguntarle estando a solas con el abogado ahora no le quedaba ninguna.

> — ¿Vamos? —le pregunté a Laura, levantándome para dejar libre el espacio que separaba a su padre y a Oziel. El ambiente se había enrarecido en el salón. Si se iban a pegar era mejor no estar en medio.

Y Oziel disfrutaba mucho con aquellos enfrentamientos...

Laura también se levantó y me siguió de camino a la cocina, dejando intimidad para aquella pelea de gallos. Supuse que también había entendido lo que se avecinaba entre su padre y mi supuesto novio y no tenía ninguna necesidad de presenciarlo.

Chica lista...

Últimamente a Oziel le daba por enfrentarse a todo el mundo. Un día ese juego le iba a costar más de una fractura de costillas. Pero no llegamos a entrar en la cocina. Laura me detuvo justo en la puerta, donde ni una pareja —su padre y Oziel— ni la otra —su madre y Víctor— podía escucharnos.

> — ¿Por qué no me lo contaste?

Era una de las cosas que había ido preparando en el coche de camino a la cena. Sabía que Laura no perdería la ocasión y que preguntaría a la primera de cambio. No tenía todas las respuestas para el largo interrogatorio que seguro me tenía preparado, pero para aquella sí había logrado una bastante convincente.

> — ¡Laura! ¿Crees que no quería? Pero date cuenta de nuestra situación. ¡Me saca diez años! Ya has visto cómo nos han mirado tus padres. ¡No lo han aceptado en absoluto! La idea era mantenerlo el mayor tiempo posible en secreto. Pero Oziel no ha querido continuar con la farsa. Estaba cansado de

andar escondiéndose. Hoy me dijo que le daba igual lo que fueran a pensar todos, que era un adulto responsable y que si alguien tenía algo que decir a que saliera conmigo mejor que se lo dijera ya a la cara.

Las frases salieron en escopetazo de mi boca, atropellándose las unas a las otras, como si el decirlas rápidamente no fuera a darle tiempo a Laura para reaccionar y seguir preguntando.

—   ¡Pero yo no te iba a juzgar! Me alegro mucho por ti.

Seguía envidiando esa capacidad de mi amiga de exclamar y susurrar al mismo tiempo. A mí no me salía nada bien.

—   Y te lo iba a contar en cuanto pudiésemos tener un ratillo a solas. Mañana, por ejemplo, si quedábamos al final para el almuerzo. Pero delante de tus padres o los míos me daba corte, por no decirte delante de Oziel. Siempre tengo la sensación de comportarme como una cría a su lado. ¡Y cuchichear es de crías!
—   Pues si no va a aceptarte con la edad que tienes no creo que vaya a salir bien, Bea.
—   Sí que me acepta —me apresuré a corregirla—. Soy yo la que me siento rara. Cuando estamos solos la cosa cambia, pero con gente alrededor siempre estoy temiendo meter la pata y quedar en ridículo...

<<*Y que él lo viera.*>>

En verdad eso era exactamente lo que me pasaba con Víctor, pero estaba claro que mi amiga no estaba aún preparada para saber la verdad... ni yo para decirla.

Porque decir que simplemente me acostaba con su hermano no era agradable.

<<*Sí, Laura. Yo creo que estoy enamorada, pero como él sólo me usa cuando tiene un calentón tal vez lo que yo sienta sea lo mismo. ¿Quién lo sabe? Después de todo es la primera vez que me acuesto con*

alguien, y tal vez sea esa la sensación y me tiene confundida".

Estaba demasiado tensa como para poder decirle nada más. Esperaba que con eso bastara, que a Oziel no lo estuviera matando el padre de Víctor y que a Víctor no le estuvieran entrando ganas de morirse por las preguntas indiscretas de su madre.

Si es que no le estaba reprochando que nos hubiera permitido liarnos a nosotros dos.

Laura iba a arrastrarme a una de las habitaciones para buscar algo de intimidad y seguir preguntando pero a mí no me parecía buena idea apartarnos de dónde se iba a subastar todo el pescado. Daba miedo pensar en dejar sin vigilancia a Raúl y a Oziel, sobre todo.

— Y ahora... ¿qué? —me preguntó Laura, desistiendo de llevarme a ninguna parte.
— Ahora esta señorita me va a explicar desde cuando sale con Oziel a mis espaldas —dijo Víctor, detrás de mí, con un envase de arroz tres delicias en la mano.

Cuadragésimo quinta parte.
La polla que echó al resto

— Necesito hablar a solas con Bea, por favor.

Laura pensaría que no le quedaban muchos sitios donde meterse, ya que del salón nos acababa de echar su padre y de la cocina la estaba echando ahora Víctor. Su madre lo miró, asombrada, ya que no se esperaba que Víctor también se fuera a poner de parte de ellos a la hora de ponerme en mi sitio por haber iniciado una relación con Oziel.

Imaginé lo que estaría pensando su madre mientras decidía si en verdad abandonaba la cocina.

<<Aunque sea Oziel no es nada apropiado para ella. ¡Es muy joven! Espero que Víctor la haga entrar en razón. Será su amigo, pero ella es como de la familia. ¡Es asombroso que él tampoco supiera nada de nada de esta truculenta historia!>>

— Espero que a ti te haga caso —logré escucharla decirle a Víctor antes de asentir y llevarse un trozo de pan chino a la boca.

Cedió y abandonó la cocina de la mano de Laura, convencida de que la conversación con su hijo iba a resultar más provechosa para mí que todas sus miradas reprobatorias. Probablemente dispondría de ese momento para llamar a mi madre y preguntarle si estaba al tanto de lo que estaba haciendo yo con mi vida.

Víctor fue hacia la puerta y la cerró tras de sí. Hizo lo mismo con la pequeña ventana con la que se podía cerrar el pasaplatos y luego regresó a mi lado. Se apoyó en la puerta y me lanzó una mirada tan amenazante que fue como si me hubiera golpeado con ella pese a los tres metros que había entre nosotros. Permanecí quieta, junto a la mesa, con el estómago contraído de los nervios, pensando en si era bueno que aparentara naturalidad y me llevara un trozo de pan también a la boca.

Aunque lo que me apetecía llevarme a los míos eran los labios de Víctor...

Tenso, serio, imponente.

Pocas veces me había intimidado tanto.

— ¿A qué estás jugando?
— Ojalá lo supiera...

Probablemente no tendría que haber contestado, pero estaba enamorada y me costaba horrores permanecer en silencio cuando de hablar con Víctor se trataba.

— ¿Prefieres estar con Oziel a estar conmigo?

Consiguió que se me erizara todo el pelo del cuerpo. Si hubiera estado más cerca probablemente habría acabado abofeteándolo. Se lo merecía, y ese día más que nunca.

— ¿Te atreves a decir eso cuando sabes perfectamente lo que siento por ti?

Mantuvo silencio, como si se avergonzara de su pregunta. Al final se comportaba de la misma forma en la que lo hacía yo. Estaba confundido y probablemente asustado, pero no le podía permitir que me amedrentara con sus preguntas. Oziel tenía un plan y no me quedaba más remedio que pensar que era mucho mejor que el mío.

Porque el mío sólo conseguía que tuviéramos sexo de vez en cuando.

Y estaba dispuesta a probar cualquier cosa.

Peor no iba a ir...

<<No, creo que no le he dicho lo que siento. También soy bastante burra.>>

— ¿Estás con él o no?
— Eres tonto...

Fue a dar un paso pero se contuvo. Imagino que no se fió demasiado de lo que podría pasar si llegaba a notar el calor de mi cuerpo, y no tener la puerta bajo supervisión era un peligro.

Fui a dar un paso... y me contuve también.

Víctor necesitaba un escarmiento.

Me hizo sentir bien saber que estaba celoso, que seguramente tenía ganas de salir al salón y partirle la cara a Oziel. Eso, si no lo había hecho ya su padre por él. Que Oziel parecía que disfrutaba comprando boletos en todos los establecimientos que veía abiertos en los que se rifaban bofetones a medida que pasaba. Aún no se había escuchado ningún ruido sospechoso en el salón, pero eso no indicaba que no estuvieran discutiendo con toda la calma de la que podían ser capaces para no llamar demasiado la atención.

— Escúchame, Víctor. Tú no sabes lo que nosotros tenemos, y yo no sé lo que tengo con Oziel. Pero mientras tú no tienes el coraje de echarle narices a esto ahí fuera está tu amigo, dando la cara, demostrándote que sí se puede. Probablemente pienses que como él no es parte de la familia no tiene nada que perder y tampoco decepcionará a nadie, pero sea como sea tiene tu misma edad, me ha cogido de la mano y me ha traído aquí como si fuera su novia. Y ya te ha soportado dos peleas en los últimos meses. No tenía necesidad de recibir una tercera...
— Oziel está jugando contigo...
— Igual que tú.

Le dolió. Y, por una vez, a mí no me dolió hacerle daño.

Sabía que no era del todo cierto y que había diferencias importantes entre los dos, pero mientras le pusiera las cosas fáciles a Víctor nada iba a cambiar. En una de esas frases que recordaba haber escuchado en clases encontré la respuesta.

"Si quieres resultados diferentes no hagas siempre lo mismo".

Y ya había llegado la hora de dejar de preocuparme por Víctor. Él sabía cuidarse solito. Era mucho más adulto que yo según todos los reunidos a la mesa para opinar sobre el tema. Y ese era exactamente el problema, que era un adulto y a mí me seguían considerando una niña. No iba a amedrentarme porque me doliera pensar en él como el pobre hombre que está metido en un aprieto del que no sabía salir. Estábamos metidos los dos. Hasta la cintura. Y cada vez que nos movíamos nos hundíamos más...

Pero si no nos movíamos también acabaríamos enterrados en arenas movedizas. Y no me gustaba nada la idea.

Había llegado el momento de pensar en mí y en lo que quería.

— Precisamente lo que estoy tratando es de no jugar contigo. Ojalá fuera sencillo alejarme de ti.
— Pues espero que te des cuenta de que lo que quiero es que no te alejes. Oziel va a demostrarte que es peor lo que te imaginas que lo que va a pasar en realidad —le solté, tratando de usar la táctica de Laura. Fritar susurrando. Pero me salió más bien mal—. Y yo te voy a demostrar también que mis padres y los tuyos sobrevivirán al hecho de que me haga mayor, desee a un hombre mayor y pueda ser deseada por un hombre que me saca diez años.

Quise decir amar, pero era mejor no usar esa palabra de momento. Desear quedaba mucho más realista ahora que ya habíamos compartido dos camas como desesperados. Amar asustaba más que desear, y Víctor ya estaba bastante acongojado con sus sentimientos.

— Tus padres van a preferir a Oziel —respondió, con un dolor inmenso en el tono de voz.
— ¿Por qué piensas eso? —pregunté, perdiendo la paciencia—.

¡No sabes el cariño que te tienen!

— Precisamente por eso. No me verán adecuado para ti. Soy como de la familia —terminó diciendo, dándose pequeños golpes en la cabeza como si hubiera una voz en ella que quisiera acallar. "Los extraterrestres poniendo en marcha el interruptor del chip"—. Y Oziel es un buen partido.

— ¿Estás insinuando que te parece bien?

No podía ser verdad. ¿No iba a decir nada? ¿No iba a luchar? ¿No me iba a dar un beso y a rogarme que olvidara a Oziel? ¿No iba a tomarme de la mano y a decirle a sus padres que el que salía conmigo era él?

<<*Nadie dijo que fuera a ser fácil...*>>

Al final iba a tener que aprender a jugar...

Llegué hasta Víctor hecha una furia. Tres zancadas y ya daba igual que hubiera pretendido aparentar serenidad unos minutos antes.

Con Víctor no me funcionaba.

Cuadragésimo sexta parte.
Bea 1, Polla 0

— Esta noche, cuando te vayas a la cama, recuerda que hace un par de horas me follaste. Y no fui yo la que vino a buscarte. Me deseabas... Y me deseas.

Me dio igual. Lo agarré de las solapas de la camisa y tiré de él para acercarlo a mi boca. Era la segunda vez que tomaba yo la iniciativa para robarle un beso. La primera había sido aquella misma tarde, cuando me senté sobre él a horcajadas para que no se me escapara. Se dejó hacer y nuestros labios se estamparon con toda la fuerza que pude imprimirle a aquel tirón de cuello. Jugué con su lengua, envolviéndola, y por unos segundos fui la dueña de mi destino... y del de Víctor.

Tan pronto lo besé, tan pronto dejé de hacerlo.

Aunque necesitara mucho más de él no era ni el momento ni el lugar para reclamarlo como mío. Fuera esperaban sus padres a que yo hubiese entrado en razón tras la charla del arquitecto. A todas luces el que había sido mi cuidador durante años era el mejor candidato para abrirme los ojos y hacerme ver la locura que estaba cometiendo al liarme con Oziel.

Gemí al retirar mis labios.

Él hizo lo mismo, casi tratando de volver a apresarlos.

Miré a Víctor soltándolo del cuello de la camisa. Supe que estaba excitado, que el hecho de haberle recordado que hasta hacía nada su cuerpo se había adueñado del mío, desnudos ambos, había hecho que su polla reaccionara. Tendría que volver a dominar su cuerpo antes de salir por la puerta de la cocina y a mí se me ocurrían mil formas diferentes de hacer que su ánimo siguiera creciendo...

También yo estaba excitada.

— No sé lo que piensas hacer tú, pero yo voy a demostrarme a mí misma que puedo salir con alguien mayor que yo sin que mis padres me encierren en mi cuarto y tiren la llave por la ventana. Creo que el plan de Oziel es ser tan pésimo novio para mí que mis padres y los tuyos respiren aliviados cuando por fin me deshaga de él y decida salir contigo.

<<Y si sobrevivo a eso podré afrontar cualquier relación, aunque sea con un preso por correspondencia.>>

Víctor me sujetó de las caderas y atrajo mi cuerpo contra el suyo. Seguía apoyado contra la puerta, con la camisa mal colocada sobre el torso y la mirada clavada en mis labios. Deseaba volver a besarme y no estaba segura de ser capaz de evitarlo si se lo proponía.

— No quiero que tus padres se enfaden contigo por mi culpa, Bea...
— No es tu culpa. Aquí nos hemos metido los dos, y más tú con mi ayuda que yo con la tuya —le recordé, aunque tenía bastante claro que él no podría olvidarse de todas las situaciones comprometidas en las que lo había metido antes de que por fin se decidiera a quitarme la ropa del cuerpo—. Y mis padres se enfadarán un tiempo y luego entenderán que no pueden decidir en esto. Cometeré mis propios errores y si van a pensar que esto es un error mala suerte para ellos. Tú no eres un error mío.
— Sí lo soy —respondió, apoyando mi cabeza contra su pecho, como cuando me consolaba siendo una cría—. Nunca he conservado a una chica a mi lado más de dos semanas. No sé estar en pareja.
— ¡Mira qué casualidad! Yo tampoco suelo durar mucho con nadie...

Lo dije tratando de no darle importancia a la confesión de Víctor. Si iba a tener también que enfrentarme a eso necesitaba pensar en ello. Ya había demasiadas cosas en contra para que también Víctor se considerara poco válido para tener una pareja estable. Con la diferencia de edad y el qué dirán de mis padres y los suyos ya tenía bastantes quebraderos de cabeza.

— No espero que tomes una decisión ahora. Sólo espero que no te niegues a tomarla nunca.
— Pero vas a salir a ese salón y le vas a dar la mano a Oziel, ¿no es cierto?

Escuché su corazón acelerarse debajo de la camisa.

— Esa es la idea...
— Pues no esperes que te alabe el gusto. Me parece un plan horrible. Oziel está jugando con todo el mundo y la primera que va a sufrir eres tú.
— Para que me hiciera sufrir tendría que importarme.
— ¡Mírate, Bea! Sí te importa. Todavía no te has dado cuenta... pero Oziel te importa.

<<*El único que me importa eres tú... pero no quieres reconocerlo.*>>

No tenía sentido darle más vueltas. Hasta casi podía ser mejor que pensara que en verdad sentía algo por Oziel. Era exasperante no poder abrirle los ojos a alguien que no quería ver, y Víctor se había cerrado en banda a mirar. Así que usaría la táctica del miedo. ¿Es lo que quería? ¿Que me importara Oziel? Pues podía complacerle, besarle delante de él y a sus espaldas e incluso dejar que me follara si era preciso. Cualquier cosa con tal de que ese hombre espabilara y entendiera que no se podía quedar de mero espectador en su propia vida.

Y en la mía.

<<*Tiene miedo, por ti y por él. Tenías que haberle visto la cara cuando estaba delante de ti y pensaba que yo era tu padre.*>>

El abogado iba a tener razón. Víctor continuaría buscando excusas hasta que se viera obligado a tener que tomar una determinación, y si cuando llegara el momento no se decantaba la balanza a mi favor tampoco lo habría hecho antes. No tenía nada que perder a esas alturas de la película. Y siempre podría disfrutar de la sensación de sentirme deseada al menos por uno de los dos hombres que habitaban aquella casa.

Aunque fuese del equivocado...

> — Ya que tú no quieres darme una oportunidad voy a probar si lo que dices es verdad. ¡Total, no pierdo nada! —le dije, resentida ante su aparente indiferencia por ir a volver a los brazos de su amigo—. Tal vez descubra que es verdad... y Oziel me importa.

Nuevo golpe directo al estómago. Víctor se dobló sobre el abdomen y me agarró del mentón para obligarme a mirarlo de cerca. Intenté zafarme porque presentí que lo siguiente que sentiría serían sus labios nuevamente sobre los míos, sus manos aferrando mis nalgas y su polla presionando mi pubis haciéndome arder. Pero no conseguí hacer que los dedos del arquitecto soltaran su presa.

> — Mocosa...

La rabia con la que me besó fue exactamente la misma con la que me arrebató aquel primer beso en la entrada de casa, tras echarse encima de su amigo por haberme visto desnuda y encima bromear con ello. Cuando me dijo que le hacía arder la sangre. Igual que en ese momento, que también ardía. Necesidad e impotencia por no poder apartarse de mi lado por más que lo deseara. Exactamente igual me había sentido yo cuando de pronto empecé a verlo como a un hombre y no como al casi hermano que se había ocupado de mí durante todos aquellos años. A mí la necesidad de su boca me había ganado la partida hacía mucho tiempo. Faltaba saber si podría ganársela también a él.

Conseguí apartarme antes de que diera por finalizado aquel beso robado. Pensé que un buen final podría ser un bofetón que dejara claro que no iba a permitirle que siguiera jugando al gato y al ratón conmigo, pero no me atreví a dárselo porque necesitaba demasiado esos labios mojando los míos. Y no era buena idea que saliera de la cocina después de abofetearlo, dejándole los dedos marcados. Oziel se habría muerto de la risa y tal vez sus padres me echarían de la casa.

No deseaba espantarlo más y sabía que aquel terreno eran arenas movedizas. Cualquier cosa podía hacer que Víctor hiciera las maletas y pusiera entre ambos tierra de por medio, o todo un océano de agua imposible de nadar, así que simplemente me conformé con sonreírle cuando pude mirarlo a los ojos.

— Por cierto, que sepas que también mis padres van a odiarte por abrirle la puerta de nuestra casa a Oziel para que pudiera seducirme. A ver cómo les explicas que no estabas al tanto de que ese amigo tuyo quisiera aprovecharse de mi inocencia. Al final puede que hasta sea más fácil decirles que él sólo está aparentando hacer lo que tú sí te has atrevido.

Cuadragésimo séptima parte.
La polla que nos dejó cenar

Creo que nunca había tenido una cena tan incómoda. Oziel a un lado, Víctor al otro, y frente a nosotros, Laura y sus padres, mirándonos con cara de pocos amigos. Al abogado parecía no molestarle en absoluto tener a dos persona demostrándole tanta animadversión, aunque sus miradas se repartían a partes iguales entre nosotros tres.

Sí, Víctor también estaba recibiendo un par de ellas.

Si pensó que iba a conseguir salir sin ningún daño colateral se había equivocado de pleno. Por las miradas asesinas de sus padres se veía a la legua que ambos opinaban que todo aquello era culpa suya. Oziel y yo nunca nos habríamos liado si él no llega a presentarnos y a permitir que pasara. Y para ellos estaba claro que Víctor había intercedido entre nosotros, haciendo de casamentero o, por lo menos, no poniendo objeciones.

Estaba tenso a mi lado, sentado completamente rígido en la minimalista silla del comedor de color blanco, observando de reojo cómo Oziel me dedicaba mimos y muestras de afecto. Laura, por su parte, no dejaba de hablar sobre lo mucho que le estaba apeteciendo cambiar de universidad para poder estar más cerca de nosotros.

— Seguro que vosotros disfrutaríais mucho de que os dejara espacio en casa —comentó a sus padres, que de pronto sintieron cambiar el orden de las cosas desagradables e importantes de aquella noche—. Ya va siendo hora de que tengáis una segunda luna de miel... o una primera.

Los dardos envenenados dieron en la diana. Sus padres se habían casado a la carrera cuando engendraron a Víctor sin quererlo. Era uno de los motivos por los que mis padres siempre habían sido tan protectores conmigo, ya que sus mejores amigos no habían acabado la universidad cuando tuvieron a su primer hijo. Supongo que para Laura tampoco había sido nada fácil, pero a la fuerza habíamos ido aprendiendo a no despertar sospechas ni a parecer que éramos mujeres en vez de niñas.

Aunque Laura lo disimulaba más bien tirando a poco.

Probablemente a Víctor le habrían dado muchas veces una charla sobre lo duro que era ser padre tan joven, por lo que no era de extrañar que no le quedaran ningunas ganas de tener una novia formal que un día le pudiera decir que deseaba un compromiso serio, una boda romántica y un par de críos correteando entre sus pies a todas horas.

Agradecí a Laura la ayuda que me había prestado. Estaba convencida de que lo había mencionado para que dejaran de mirarme como si pudieran derretir el hielo con la mirada.

— ¿Y desde cuando quieres tú cambiar de universidad?
— Desde que veo lo bien que se lo pasan en esta ciudad las universitarias...

La patada que le di a Laura bajo la mesa coincidió con la patada que le dio también Víctor, e hizo que diera un salto en su asiento y se quejara en voz alta.

— ¡Es la verdad! Mira lo bien que les ha ido a ellos. Víctor y Oziel ya tienen trabajo, y Bea tiene un novio que para mí lo quisiera.

El desparpajo de Laura terminó de sacarme los colores e hizo que el abogado se riera sin ningún tipo de pudor. Víctor, por su parte, dejó la servilleta a un lado y fulminó con la mirada a su hermana, pensando que también tendría que tener una seria conversación con ella antes de que terminara aquel viaje. Que las dos fuéramos a encapricharnos de Oziel no era lo que se decía agradable para él.

— Bea y Oziel sólo se están conociendo —respondió su madre, tratando de conseguir quitarle seriedad a mi relación ficticia— y estos dos muchachos han estudiado muy duro para terminar sus carreras y conseguir un trabajo. La vida es dura vayas donde vayas, tesoro. No creo que sea momento para hablar de cambios de universidad.

— Pues yo creo que es el momento ideal. Seguro que a Bea le encanta volver a tener la habitación de Víctor ocupada.

— De momento la ocupo yo —respondió Oziel, como si la cosa de su mudanza fuera mucho más permanente. Su sonrisa delataba lo mucho que se estaba divirtiendo en aquella cena—. Pero si lo necesitas me mudo a la habitación de Bea para dejarte la antigua cama de Víctor.

Nos atragantamos todos con el arroz. En ese punto ya Víctor echaba humo por las orejas y Oziel se tronchaba de la risa, pero de puertas para dentro. Porque su semblante era de lo más sereno. Fue el único que no escupió arroz al plato.

— No me digas que vas a dejar de pagar la mitad del alquiler...

Víctor lo miró por encima de mi cabeza y el abogado le devolvió la mirada, a punto de echarse a reír.

— Todavía no lo hemos hablado —comentó, con tono resuelto—. Pero otra opción puede ser que Bea se venga aquí a vivir con nosotros. ¿Qué os parecería a los dos?

Sé que se me abrió la boca porque tras unos segundos tuve que hacer el esfuerzo de cerrarla. Sé que a Víctor le tuvieron que llamear los ojos, pero como yo había girado la cabeza hacia Oziel no pude verlo. Y sé que Laura daba palmas de alegría porque pude escucharla hacerlo.

— Entonces yo también me vengo aquí — comentó mi amiga, como si tal cosa—. Seguro que a Víctor no le importa poner dos camas en su habitación en vez de una de matrimonio.

Imaginé a Víctor trinando sin poder llevarse allí a sus amantes porque tenía que compartir habitación con su hermana pequeña.

<<¿En tu casa o en la mía? Mejor en tu casa, que comparto alcoba con mi hermana y no le gusta que haga mucho ruido.>>

Aquello iba a terminar de forma trágica, se veía venir desde que habíamos entrado por la puerta.

— ¿Qué hay de postre? —preguntó la madre de Laura, levantándose con agilidad de la silla para poder dar por finalizada aquella absurda conversación.

O de forma brusca.

Se alejó hacia la cocina y Víctor fue detrás de ella. Supuse que lo de quedarse allí escuchando a su amigo decir barbaridades no entraba en sus planes aquella noche. También era cierto que Víctor necesitaba tranquilizar a su madre, a la que también había empezado a arderle la cara con la conversación en la mesa. Laura ocupó la silla de su madre y empezó a hablar sin parar con su padre, tratando de convencerlo de lo buena idea que era que se mudara hasta allí. Era mucho más de lo que podía soportar aquel hombre, que también salió a escape hacia la cocina.

— Me debes una —comentó Laura por lo bajo—. En cuanto os vayáis a casa van a estar tan ocupados haciendo que cambie de opinión que no se acordarán de que tienen que llamar a tus padres para avisarlos de que su pequeña se ha echado novio. Porque no lo saben... ¿no?
— Aún no, pero me da en la nariz que Oziel no pretende tardar mucho en hacer el anuncio —contesté, viendo como aparecía una nueva sonrisa en sus labios.
— Las buenas noticias no se han de hacer esperar, ¿no crees?

En los ojos de Laura brilló la petición de estar delante cuando se hiciera el anuncio. Me estaba dando que mi amiga disfrutaba también mucho del juego de Oziel, y que en verdad si llegaran a darse una oportunidad harían muy buena pareja. Era otra lianta y lo estaba demostrando. No se había cortado ni un pelo para decir que le gustaba delante de sus padres, así que podía imaginarla acorralándolo en el ascensor del edificio para decirle que necesitaba descubrir el sabor de sus labios.

> — Yo esperaría un par de días. A que pudieras volver a casa en vez de tener que irte a un hotel cuando mi padre te eche...

Víctor llegaba por detrás con un frutero lleno de mandarinas. Alcanzó a escucharme y a farfullar algo por lo bajo que no pude entenderle.

> — Bueno, si nos tenemos que mudar a un hotel esta noche... ¿cuál es el problema?
> — ¿Tenemos? —pregunté, sintiendo la lengua como papel de lija.
> — Ella no va a ir contigo a un hotel...

Por fin reaccionaba Víctor. Dejó la fuente de fruta sobre la mesa e hizo que Oziel se levantara. Cuchichearon algo que fui incapaz de escuchar pero que hizo que el arquitecto se pusiera aún más serio y que al abogado le siguiera creciendo la sonrisa en la cara. Víctor cerró los puños pero se contuvo en el último momento. Oziel le dio un par de palmaditas sobre el hombro, para tranquilizarlo.

> — Creo que es mejor que el postre nos lo tomemos en casa...

Me tendió una mano para ayudar a levantarme y cuando me tuvo a su lado me rodeó por la cintura con su brazo. Le extendió la otra mano a Víctor, a modo de despedida.

<<O está haciendo que firme un trato con un apretón.>>

> — Hay sitio para dormir aquí, Bea. Puedes quedarte...

Si en vez de esa frase Víctor llega a decir que le gustaría que me quedara habría sido simplemente suya, pero sabía que no era lo mismo ofrecer darme cobijo a desear que me quedara a su lado. Oziel reforzó su posición haciendo más patente su abrazo y retiró la mano tras varios segundos sin recibir un apretón por parte de su amigo.

> — Yo cuidaré de ella —comentó sin más, empujándome suavemente hacia la puerta.

<<*Ya que tú no te decides...*>>

Le faltó terminar así la frase. Sabía que Oziel le estaba dando la oportunidad a Víctor para imponer su voluntad, pero el muy cobarde no se atrevió a interponerse en nuestro camino hacia la salida. Los padres de Laura salieron en ese momento de la cocina y nos encontraron abandonando el salón.

— ¿Os vais?
— Nos espera una noche larga, y mañana Bea tiene que madrugar para ir a clase.

<<*¿Una noche larga?*>>

— ¿Por qué una noche larga? —preguntó Raúl, a punto de tirarse de los pelos.

Cada frase con doble intención de Oziel hacía que Víctor necesitara volver a partirle la cara. Cada palabra bien colocada hacía que se viniera a bajo la poca paciente que tenía que quedar en esa casa. Si llego a coger un saco y a pedir que echaran el resto de la que tenían cada uno de los presentes la única que habría aportado algo a la causa habría sido Laura.

Porque yo también la estaba perdiendo.

Caminó detrás de nosotros hasta la puerta y fue él mismo el que la abrió para dejarnos pasar. Cerró tras de sí y nos quedamos los tres en el rellano de su piso, yo rodeada aún por el brazo de Oziel, y él con los nudillos blancos de tanto apretar. En ese momento se abrió la puerta del ascensor y mientras nosotros permanecíamos en tenso silencio un grupo de chicas salió corriendo de dentro. Un par más llegaron subiendo las escaleras, con la lengua fuera, resoplando y quejándose. Una abrió la puerta que estaba justo frente a la del piso de solteros y las chicas —ocho en total— fueron amontonándose en la entrada, riendo y lanzando miradas coquetas a los dos hombres que me custodiaban.

— Buenas noches, Oziel. Buenas noches, Víctor...

Una a una fueron recitando su saludo antes de entrar en el piso, y aunque ellos permanecieron en silencio siguieron riendo cuando se cerró la puerta y nos dejaron otra vez a solas.

— Son simpáticas las nuevas vecinas...
— No desvíes el tema...
— No tenemos ningún tema. Bea no se va a quedar aquí contigo mientras no reconozcas que te importa.
— Bea puede hacer lo que quiera...
— Bea no quiere estar contigo de esta forma.
— ¿Puedo decir algo? —interrumpí, aburrida de aquella disputa que no me iba a llevar a ninguna parte.

Los dos amigos se quedaron en silencio, permitiéndome por una vez decir algo entre toda aquella locura en la que se había convertido nuestro triángulo amoroso. Entendí que aquello me brindaba la oportunidad de ser franca con los dos al tiempo, y era algo que no podía desperdiciar.

— Soy lo suficiente mayorcita como para tomar mis propias decisiones. Y lo que opine cualquiera de los dos no va a cambiar el hecho de que soy adulta, y haré con mi vida lo que me dé la gana. Y no pienso montar una escena aquí cuando seguro que tus padres están espiando a través de la mirilla de la puerta. Así que lo que tengas que decir para que me quede dilo ya, antes de que salgan y me obliguen a pasar aquí la noche.

Pero Víctor no dijo nada...

Y yo pulsé el botón para llamar al ascensor.

Cuadragésimo octava parte.
La polla que me invitó a su cama

— Y ahora, ¿qué?
— Ahora nos vamos a casa, esperamos a ver si aparecen tus padres y tal vez te invite a compartir mi cama.
— Estás de broma...

Oziel me guiñó un ojo y arrancó el coche. Estaba cansada, triste y con miedo al próximo paso en aquel plan, por lo que preferí no seguir preguntando al abogado. Siempre podía cerrar mi puerta y dudaba mucho que no fuera a aceptar un no por respuesta. Después de todo, aunque no lo pareciera, Oziel y Víctor eran muy amigos, y que en el pasado hubieran intercambiado amantes no quería decir que conmigo tuvieran esa intención.

Había decidido confiar en Oziel después de escucharlo hablar con Víctor en el cuarto de baño. Había decidido que era de confianza después de hostigarlo en el rellano, para que dijera algo lógico para que yo me quedara con él en vez de acompañarlo de vuelta. Era políticamente incorrecto, nadie lo negaba, pero estaba convencida de que tenía buen fondo y que no sólo buscaba pasar el rato y divertirse a mi costa.

También estaba bastante segura de que Víctor pensaba lo mismo.

No me gustaba para nada la idea de pensar que el hermano de Laura me había dejado salir por la puerta con la firme convicción de que iba a ir directa a su cama. Si de verdad sentía algo por mí —y cada vez estaba más segura de que era así aunque no quisiera reconocerlo ni muerto— no se habría atrevido a dejarme marchar con su mejor amigo. Los dos sabían lo mujeriegos que podían ser, por lo que conocían sus puntos débiles... y los fuertes también.

<<Siente celos... pero no tiene miedo a que vaya a suceder algo.>>

Pero, aunque se fiara de los dos y sobre todo de él... siempre podían torcerse las cosas. Siempre podía haber un beso, una intimidad despertada a deshora y una pasión que no nos diéramos cuenta de detener a tiempo. Todo podía suceder con Oziel al lado, y él lo sabía. Todo podía suceder en el sexo.

A él le había pasado.

Pero había algo que no cuadraba y tal vez había que tenerlo en cuenta. Y era la amistad férrea que parecían mantener esos dos.

Tal vez el juego con Oziel no fuera a funcionar precisamente por eso. Víctor confiaba en su amigo por más que me dijera que para él todo era un juego. Sabía que no acabaría desnuda recorrida por sus labios, y que por la mañana seguiría sin haberme dejado tocar por otro hombre que no fuera él. Era frustrante ser un libro abierto para la persona a la que intentabas convencer de lo contrario.

— Víctor sabe que no va a pasar nada entre nosotros...
— Cierto. Entre otras cosas porque me ha amenazado con matarme si llego a ponerte un dedo encima.

Así que eso era lo que habían estado cuchicheando en el momento de levantarnos de la mesa. Era más sencillo dejar hablar a Oziel que estar interrogándolo sobre lo que pasaba en el juego, pero yo eso no sabía hacerlo. Necesitaba respuestas aunque a él le gustara mantenerme a ciegas, sorprendiéndome con nuevas normas.

Ser el que llevara la voz cantante.

— ¿Te lo ha pedido o te ha amenazado de verdad?
— Las dos cosas. Su estado de ánimo fluctúa bastante de un momento a otro, y prefiere repetir varias veces sus palabras de forma diferente para que se capte mejor su mensaje.

Lo imaginé rogando. Lo imaginé amenazando. Lo imaginé

arrancándole la yugular de un mordisco.

<<*Por favor, Oziel. Ni se te ocurra propasarte con Bea. Es una niña aunque no lo parezca y está confundida. Y si te atreves a meter la mano por debajo de su falda sólo puedo decirte que la perderás junto con los cojones y la polla, y te patearé tan fuerte la cabeza que preferirás haberla perdido primero.*>>

Los dos unos angelitos...

— ¿Y qué te dijo su padre?

Eso era algo que me había mantenido bastante intrigada durante el tiempo que traté de comerme el arroz tres delicias con palillos chinos. Normalmente no me temblaba el pulso pero en esta ocasión la falda había acabado completamente sembrada de granos blancos y de algún que otro guisante.

Que Oziel había ido limpiándola con sumo cuidado a lo largo de la comida.

Bajo la atenta mirada de Víctor... y de sus padres.

— Pues me preguntó que si no pensaba que eras demasiado joven para que me interesara salir contigo —respondió, casi llegando a casa—. Esgrimió el argumento de que había miles de mujeres esperando una oportunidad conmigo.
— ¿Y qué le contestaste?
— Que era verdad, pero que tú tenías algo especial, y que el resto podía esperar.
— Ganando amistades a marchas forzadas, ¿eh? —le pregunté, con la boca torcida en una mueca—. Pero me suena a que te falta información que pasarme.
— Ciertamente también me ha amenazado un poco.
— ¿Un poco? —Tragué saliva y me cuadré para mirarlo mejor.
— Algo así como que si se me ocurría meterte la polla se encargaría personalmente de que fuera la última vez que hiciera algo con ella.

Vaya, Víctor en mi cabeza se parecía mucho a su padre en la vida real.

— Que eres como una hija para él y que no piensa consentir que me aproveche de tu inocencia.
— ¿Y qué le respondiste?
— Que ya no eras inocente.

Me lo dijo con la sonrisa más obscena que podía dibujar en esa cara de diablo salido del mismísimo infierno.

— ¿Cómo se te ocurrió decirle algo así? —pregunté, desquiciada, sabiendo que era lo que había estado insinuando durante toda la velada y que le había dejado hacer. Que nos acostábamos, que ya conocía el sabor de mi entrepierna y que iba a seguir haciendo de mí la mujer perversa que se dibujaba en su mente calenturienta.

Volvió a picarme un ojo.

— La idea es resultar insoportable a tus padres y a los suyos, ¿no? Ese papel lo sé interpretar muy bien. Con Víctor me resulta más difícil ya que en el fondo me conoce y le tengo aprecio. Pero al menos hemos resultado mucho más convincentes de lo que esperaba, y Raúl se lo ha tragado todo. Creo que su esposa también, pero al final con la jugada de despiste de Laura no lo tengo del todo claro.

El coche quedó aparcado casi delante del portal del edificio. No era demasiado tarde y tampoco me habría importado caminar un poco hasta llegar a casa para evitar el incómodo momento de irnos a la cama.

— Vale. Esto no sirve para Víctor pero sí para nuestros padres. ¿Con eso conseguiremos algo? —le pregunté, bajándome del coche cuando me abrió la puerta. Había comprendido que le gustaba comportarse como un caballero a la hora de ayudarme a entrar y salir del vehículo, y era algo a lo que me podía acostumbrar sin ningún problema.

Oziel me puso su chaqueta sobre los hombros y colocó su mano a mi espalda para indicarme que caminara. No hacía frío pero la ropa que llevaba puesta no ofrecía apenas calor e imagino que no era difícil darse cuenta de que se me había erizado la piel nada más salir a la calle.

Aunque el motivo de mi escalofrío era otro.

— ¿Serviría de algo con Víctor que me acostara contigo?

Oziel interrumpió el paso y se giró sobre los talones para mirarme. Por una vez en toda la noche no sonreía. Traté de mantenerle la mirada pero tras contar diez segundo en silencio tuve que mirar al suelo. Conté otros cinco segundos hasta que me levantó la barbilla para que volviera a enfrentarle la mirada.

<<Uno, dos, tres, cuatro...>>

Llegué hasta diez con sus ojos clavados en los míos. Imagino que él también estaba contando, porque los tiempos los marcaba a la perfección.

Y me besó en los labios.

No fue un beso apasionado ni obsceno, sino más bien del tipo que se dan dulcemente antes de dormir en las películas, cuando la pareja está bien enamorada y ha terminado la sesión de sexo. Si hubiera tenido la mente para ponerme a contar no creo que hubiera llegado a pronunciar el tres, pero se me fue la cabeza mientras sus labios húmedos acogían los míos para que no pasaran frío.

— Creo que te falta todavía mucho por aprender sobre los hombres —respondió el abogado, tomándome de la mano para que comenzara a andar otra vez.

¿Eso qué significaba? ¿Que vendría bien que nos acostáramos? ¿Que ni en broma iba a provocar otra vez a Víctor para que quisiera probar la resistencia de su nariz? ¿Que él ya no me deseaba como aquella tarde, cuando aún no sabía qué había exactamente entre su amigo y yo?

— ¿Serviría de algo? —volví a la carga.
— ¿Te serviría a ti?
— ¿Y a ti?

Paramos dentro del portal, a la tenue luz de una bombilla escondida en el aplique de cortesía para poder buscar las llaves y no errar al introducirlas en la cerradura.

— Si hubiera querido acostarme contigo ten por seguro que no te habría llevado esta noche a cenar a casa.

Vale, ya no me deseaba. Si mantenía el juego era porque le resultaba más divertido tentar a Víctor que tentarme a mí.

— ¿Te serviría a ti de algo que otro hombre se metiera entre tus piernas?

¿Por qué escucharlo hablar de esa forma me alteraba tanto? Sentí la punzada de deseo en el vientre mientras me imaginaba probando a desnudarme delante de Oziel. Tenía miedo a estar metiendo la pata en todos los pasos que iba dando y forzar más de la cuenta la situación. Tenía miedo de no conseguir que Víctor reaccionara, que Oziel se cansara del juego y que al final me quedara sola con el enfado de mis padres y ni una sola amiga a la que poder contarle por lo que estaba pasando.

Me asustaba que Oziel no me deseara... porque eso implicaba que Víctor podía dejar de hacerlo también.

O tal vez el mayor de mis problemas era que no estaba segura de lo que sentía, y las dudas me hacían dar bandazos de un hombre a otro como si yo fuera un coche de choque. Cada vez que me daba un golpe contra uno rebotaba contra el otro. Después de todo creía estar enamorada de Víctor... pero estaba claro que sentía deseo por Oziel.

<<¿Cómo no iba a despertar deseo un hombre como este?>>

Si las relaciones de pareja siempre estaban tan cargadas de dudas encontraba normal que hubiera tantos divorcios en cuanto la cosa se ponía un poco complicada. Me dolía una barbaridad preguntarme tan a menudo si lo que sentía por Víctor era amor o sólo necesitaba tenerlo encima de mi cuerpo por mi maraña de hormonas revolucionadas. Que deseara tanto a Oziel algunas veces me indicaba que probablemente no estuviera tan enamorada como yo quería creer, pero había visto demasiadas películas como para no pensar que era algo bastante habitual.

<<¿Y si acostándome con Oziel descubro que todo esto es una idiotez y que lo que necesito es sexo?>>

— Sólo he estado con Víctor dos veces...

Confesión dura, pero el abogado ni se inmutó. Sacó las llaves del bolsillo de su pantalón y abrió la puerta, invitándome a entrar. Me siguió y seguí caminando hasta el ascensor. Escuché el sonido del portal al quedar nuevamente cerrado mientras pulsaba el botón de llamada. Quedé mirando hacia la pared mientras Oziel apoyaba los brazos a ambos lado de mi cabeza, y apretaba su cuerpo contra el mío, acorralando mi necesidad entre la frialdad del mármol y la calidez de su cuerpo.

Gemí en respuesta a su acercamiento.

Suspiró contra mi oreja izquierda, arrancándome otro escalofrío.

— ¿Y quieres probar conmigo?

Tragué saliva. De pronto la garganta se me había secado para dejar que toda la humedad bajara a mi entrepierna. Observé las manos del abogado apoyadas contra la pared, las palmas abiertas y un anillo plateado en el primer dedo de la izquierda. Estaban tan cerca de mi rostro que sentí el impulso de lamerlas como respuesta a lo que sentía, pero fui incapaz de realizar ningún movimiento o de pronunciar un lastimero "sí".

Ante la falta de respuesta apretó más su pelvis contra mis nalgas, haciéndome comprobar que también estaba excitado.

— Quiero dejar de estar echa un lío...

Oziel me dio la vuelta, llevó mis manos a sus nalgas y me arrancó un gemido al besarme con la pasión que demostró en su día en su cuarto de baño. Sentí sus manos recorrer mi cintura y bajar hasta mi culo, para luego recorrer las caderas y volver a subir en busca de mis pechos. No dejó de besarme mientras exploraba los terrenos que sólo había tocado Víctor, mientras yo jadeaba rendida ante su avance sin que le pusiera la más mínima resistencia.

— ¿Sientes lo mismo que cuando él te besa? —me preguntó, apoyando la frente contra la mía y recorriendo con su lengua mis labios enrojecidos.
— No —logré contestar, dándome cuenta de una sutil diferencia entre el deseo que me despertaba Oziel y el anhelo que me producía Víctor. Me sentí feliz y hasta sonreí por haber descubierto algo que hasta entonces me tenía angustiada.

Entonces las manos de Oziel volvieron a la pared, y las mías subieron a su cintura de la forma más decorosa que pude.

— Es fácil que sientas hambre cuando te ponen el plato de comida delante. No es malo sentir curiosidad por saber a qué sabrá la comida —comentó, sin dejar de tocar su frente con la mía—. Pero no hace falta que comas para que otro piense que te has alimentado.
— Sé que no me estás hablando de un filete pero ahora mismo no tengo la cabeza para metáforas...

Entramos en el ascensor cuando la puerta se abrió a nuestro lado.

— Bea, probablemente seas la primera chica a la que voy a respetar aún teniendo ganas de follarte. Pero eso no quiere decir que Víctor no tenga que sufrir un poco pensando en que estoy dispuesto a saltarme nuestra amistad por descubrir lo que a él lo tiene enganchado.
— ¿Y eso se hace sin que tengas que meterte entre mis piernas?
— Es más divertido hacerlo follándote, pero eso lo haremos sólo si dejas de estar enamorada. Por suerte para ambos no me

gusta que me llamen con otro nombre cuando me besan.

¿Había hecho yo eso?

Cuadragésimo novena parte.
La polla para la que me desnudé

Todavía tenía en los labios el sabor de los de Oziel pero en mi mente seguía rondando la pregunta de si habría cometido la imprudencia de llamarlo Víctor mientras me besaba. Fue él mismo quien abrió la puerta de casa, quien luego la cerró y quien comprobó que mis padres no habían regresado esa noche.

Todavía...

Los dos teníamos bastante claro que los avisarían y que alguno de los dos cogería el coche a la carrera para impedir que pasara la noche a solas en casa con mi supuesto novio mayor que yo. Seguramente vendría mi padre, alegando que si había que echar a Oziel a patadas de casa él se valdría mucho mejor que mi madre, aunque estaba segura de que ella intentaría sacar las uñas y querría acompañarlo.

Hasta podrían cerrar por una noche la tienda.

Acompañé a Oziel al salón, aún excitada tras haberme dejado seducir por sus manos. No esperaba que un par de besos y unos dedos presionando mis carnes pudieran tener tanto efecto en mí. Me sentía mojada e intimidada, pero feliz porque por fin había podido entender la diferencia. El hecho de ser tan inexperta en ese terreno me había producido tanto desasosiego como para llegar a plantearme que no estaba enamorada de Víctor, o que por el contrario estaba enamorada de los dos.

¡Aunque eso también podía pasarme!

— Deja de sonrojarte —me pidió Oziel, tomándome de la mano y llevándome hacia la entrada del pasillo—. Hace que desee todavía más lo que estoy a punto de hacer.

Tragué saliva, me encendí como una llama y me dejé llevar hasta la entrada de los dormitorios. Mi cama permanecía revuelta tras el momento que habíamos compartido el arquitecto y yo, lo que hizo que me pusiera aún más nerviosa. La bolsa de la ropa que había comprado esa tarde estaba guardada, pero el conjunto de lencería parecía llamarme desde el fondo del armario, pidiendo que lo liberara de su encierro.

— ¿En tu dormitorio o en el mío? —preguntó, sonriendo de forma perversa.

<<¿Para qué?>>

Si ya de por sí me sentía subir por las paredes, si me imaginaba la cantidad de cosas que podían ocurrir si nos metíamos en una habitación los dos solos, no sabía si además sería capaz de caminar cabeza abajo pegada al techo.

O si querría probar la diferencia entre follar con alguien de quien estás enamorada o hacerlo con alguien que simplemente era el hombre más erótico y sexual que me cruzaría en la vida.

<<Todo habría sido más fácil si me llego a fijar en él primero.>>

Pero mis compañeras de clase no conocían a Oziel, sino a Víctor. Era mi cuidador el que me llevaba y traía del instituto. Era él quien se sentía como mi hermano cuando alguien me había hecho daño y había abierto los brazos para acogerme en un tierno abrazo. Era el arquitecto el que me había hablado alguna vez de sexo, al que había espiado en la ducha y al que le había robado películas porno mientras se iba de juerga con sus amigos.

Ellas lo habían visto a él... y me habían hecho mirarlo como ellas.

Ojalá Oziel se hubiera puesto antes al alcance de las miradas obscenas de mis compañeras. Con Oziel todo habría sido mucho más sencillo...

— ¿Para qué? —conseguí articular, sintiendo que temblaba

como una hoja.

Cualquier respuesta iba a hacer que dejara de respirar.

Lo sabía.

— Para desnudarte.

Esa, además, hizo que mi corazón dejara de latir. O, al menos, así lo sentí yo cuando volvió a señalar con la mano las dos entradas de las habitaciones.

Preferí meterme en la suya, la de Víctor, la de invitados, el antiguo cuarto de la plancha... Esa que quería ocupar ahora Laura y que tantos recuerdos atesoraba de la primera vez que Víctor me tuvo entre sus brazos, contra la pared, o en su cama. Le indiqué con la mirada que elegía la suya, y me pidió que cogiera el conjunto de lencería que me había regalado.

— Vamos a jugar...

Y mientras yo cogía las dos prendas de ropa hechas de fino encaje —lo más erótico que había tenido en las manos sin ser la polla de Víctor y las nalgas de Oziel hacía un rato— él se desabrochó dos botones de la camisa y se apoyó en el escritorio donde tantas horas había pasado estudiando el arquitecto. Cuando entré tenía el móvil en las manos, y mandaba un par de mensajes por lo que pude entender tras verlo teclear tan rápido.

Me quedé parada en el centro de la habitación, mirándolo. Seguía temblando cuando levantó la vista, sonrió con malicia y extendió la mano para pedirme la lencería.

Nuestros dedos se rozaron cuando se la pasé. Su piel ardía...

Pero no tanto como la mía.

— Esto va a ser divertido...

Colocó cuidadosamente las dos prendas sobre la cama,

extendiéndolas para que quedaran bien visibles. Tenía que reconocer que el conjunto era verdaderamente bonito, y que si no hubiese tenido tanto jaleo aquella tarde seguramente me lo habría querido ver puesto. Era de mi talla, sujetador pequeño y braguita pequeña también, por lo que aunque no tuviera un cuerpo concebido para el pecado seguramente realzaría mi figura y me haría parecer más adulta de lo que era.

Estaría bien sentirse objeto de deseo por una vez...

Cuando Oziel terminó de preparar la tela cogió el móvil y le hizo una fotografía. En silencio lo vi otra vez teclear con rapidez sobre la pantalla, y no me quedó ninguna duda de a dónde iba a ir a parar el mensaje con la foto adjunta. Imaginé la cara de Víctor al abrir el mensaje y me estremecí.

— Ahora sí que la has hecho buena...
— Sólo acabo de empezar.

Retiró el cobertor de la cama y revolvió las sábanas. Dejó en el suelo el conjunto, hecho un ovillo, y puso la almohada contra la pared. Volvió a sacar otra fotografía a la imagen que había montado en un momento.

Y volvió a mandarla.

— ¿De verdad piensas que se lo va a tragar?
— Probablemente no... pero seguro que se está revolviendo en la cama.

Estaba convencida de que a esa hora Víctor estaba leyendo acostado, enfadado por nuestro montaje, desnudo como le gustaba dormir, cubierto tan solo por una sábana. Hacía calor y no porque tuviera la piel ardiendo por los besos de Oziel precisamente. La habitación se había convertido en un escenario perfecto para perder la cabeza con el abogado, pero de momento se comportaba como lo que era.

Una farsa...

— ¿Puedo leer lo que le estás poniendo?

Me pasó el móvil con la pantalla desbloqueada en la conversación de chat que estaba teniendo con Víctor. Toqué el teléfono para ver el inicio de la conversación y poder leer todos los comentarios desde el principio. No quería perderme ninguno. La ocasión se merecía que disfrutara de todas las palabras de aquella mente perversa.

"¿Estás despierto, boxeador?"

"Tú debieras estar ya dormido para que no vaya allí a partirte otra vez la cara".

"Ya sabes que soy un bicho nocturno, y precisamente esta noche no tengo demasiado sueño. ¿Por qué será?"

"¿Demasiadas emociones fuertes después de haberte comportado como un crío?

¿Qué coño quieres, Oziel?"

"Enseñarte una cosa..."

Ahí aparecía entonces la primera fotografía del conjunto de lencería. Le había quedado bastante bien para tener tan poca luz, pero recordé que el teléfono era de los caros, que tenía cobertura incluso dentro de los ascensores, por lo que la cámara de fotos tenía que ser también bastante decente.

"Eres un hijo de puta. No vas a poder picarme con eso".

"¿Y con ésta?"

La segunda fotografía apareció en escena. Cama revuelta, lencería en el suelo. Incluso vi que el abogado había puesto sus zapatos junto a la ropa interior sin darme cuenta. Cuando alcé la vista para mirarlo se estaba terminando de desabrochar la camisa, tirándola al suelo junto con la lencería.

¿Cómo podía estar ese hombre tan bueno?

Me obligué a no mirarle el torso desnudo, mucho más atlético que el de Víctor, y volví la vista otra vez hacia la pantalla del móvil. Seguían llegando mensajes del hermano de Laura.

"Ni con esa tampoco.

Métete en la cama y deja de fantasear con Bea si no quieres que el médico tenga que arreglarte otra vez la nariz, imbécil.

Y haz que Bea también se acueste, que mañana tiene clase y no se va a enterar de nada si llega con sueño".

"Ya está metida en la cama, en mi cama..."

"Y tú aquí conmigo perdiendo el tiempo en vez de hacerle caso a ella. Vete a tomar por el culo.

Te la estás buscando..."

— Desnúdate.

Me retiró el móvil de las manos y volvió a apoyarse contra el escritorio, sin camisa y ya sin pantalones. ¿Cómo se había desnudado ese hombre y yo no le había echado cuenta? Me había dejado raptar la mente por los mensajes de aquellos dos machos alfa enfrentándose a unas manzanas de distancia y no me había fijado en el momento en el que desapareció el pantalón que le cubría las piernas.

Estaba empalmado

— No le eches mucha cuenta —me comentó, notando que se me iban los ojos a su tremenda erección y me ponía lívida—. Tiene la fea tendencia de ponerse así cuando me excito.
— ¿Y estás excitado? —le pregunté, como una tonta, como si no fuera más que obvio.
— Me excita la situación —susurró, acercándose un poco—. Me excita saber que vas a hacer todo lo que te diga, y que te vas a desnudar ahora mismo.

No sabía si había vuelto a temblar o si acababa de empezar otra vez, pero lo cierto fue que cuando me quité la camiseta por encima de la cabeza sabía que no era por el frío.

— ¿Completamente? —le pregunté, dejando la prenda encima de la cama. Él la recogió y la mantuvo entre sus manos.
— No sería divertido que lo hicieras sólo a medias...

Le di la espalda y continué con la tarea. Desabroché la falda y cayó a mis pies, cubriendo los zapatos. Como no llevaba bragas bajo la falda le mostré mis nalgas temblorosas al abogado. Solté los enganches del sujetador y dejé al descubierto mis pechos, ocultándolos con las manos aunque Oziel los había visto ya en su momento en el salón de casa. Sentí vergüenza por estar desnudándome delante de un hombre que no tenía muy claro qué intenciones escondía. De la misma forma me quité los zapatos, dejando toda la ropa a mi lado en el suelo.

Era el momento justo para que entraran mis padres.

<<*Si es que me lo tendría merecido.*>>

Escuché la cámara de Oziel sacar nuevas instantáneas, aunque a él no le oí pronunciar una sola palabra. Pasé desnuda junto a la cama más de un minuto, con los brazos cruzados sobre el pecho, temblando como una cría. El abogado podría acercarse por detrás, inclinarme sobre la cama y follarme sin que yo pudiera poner resistencia, como tantas veces había visto en las películas que se había llevado Víctor consigo en su ordenador. Era una de las posturas que más me excitaban, pero que todavía no había tenido la oportunidad de practicar. Me gustaba demasiado mirar a Víctor mientras se corría...

Sería tan fácil inclinarme yo para ofrecerme...

— Vístete si no quieres que deshagamos esa cama de verdad...

Por un momento me había seducido la idea de provocarlo. Menos mal que Oziel se mantenía en su promesa de no meterse entre mis piernas, porque yo no hubiera sabido —ni querido— pararle los pies.

No esa noche.

397

No estando yo desnuda.

No estando él tan erecto y dispuesto.

Suspiré, de alivio y de pena, por no ser capaz de hacer que Oziel perdiera la cabeza, o precisamente porque era capaz de contenerse, de la misma forma en la que a veces no había conseguido que se entrara Víctor. Al menos, con eso me quedaba claro que no era sólo cosa del arquitecto.

<<*Puede que el problema sea yo.*>>

— Vamos a ver cómo se le queda el cuerpo al caballero después de ver esta foto.

Quincuagésima parte.
La polla que nos odió a los dos

Fui directa a mi dormitorio con las prendas de ropa entre los brazos. Llevaba también conmigo el conjunto de lencería y los zapatos. Cerré la puerta y lo dejé todo sobre mi cama, sintiéndome un poco más segura poniendo algo de pared entre los dos. Había sentido la necesidad de entregarme a Oziel y eso me tenía aterrada en ese momento.

Había sido muy excitante desnudarme para él...

Para Víctor...

Para los dos.

Me abracé mientras terminaba de temblar, apoyada contra la puerta de mi ropero. Traté de pensar en lo que tenía que hacer a continuación y lo único que se me ocurrió fue que debía de ponerme un pijama. Mis padres podían llegar en cualquier momento y no tenía ganas de que me encontraran desnuda... estando en calzoncillos Oziel en el otro cuarto.

Y empalmado.

Maldije mientras repasaba los que tenía en el cajón.

No había ni uno decente para poder llevar aquella noche sin que a Oziel se le escapara una sonrisa. La Pantera Rosa, Mafalda, Pitufina... El último que me había comprado lo había puesto a lavar esa mañana. Estuve tentada de ir a la cesta de la ropa sucia, impregnarlo con un poco de colonia y hacer como que no había pasado nada.

Ya me veía yendo con él otra vez de compras, buscando en las mismas tiendas de lencería algún conjunto que no fuera gritando que tenía doce años.

Ganó Mafalda.

Estaba terminando de ponerme la camiseta cuando el abogado llamó a la puerta. Le indiqué que pasara y apareció el diablo con una camiseta interior blanca sobre el torso y unos pequeños pantalones cubriendo poco más abajo de la ingle. Quise levantar la vista y no reparar demasiado en el bulto de su entrepierna, pero me costó horrores hacerlo. Sólo cuando Oziel me tendió otra vez el teléfono móvil fui capaz de mirarlo a los ojos.

— Borra tú misma las fotos que te he sacado.

El hecho de que me diera la oportunidad de comprobar que no se iba a quedar con ninguna imagen de mi cuerpo desnudo en la memoria de su teléfono me inspiró una tranquilidad que no puedo describir con palabras. Supe con ese gesto que a poco que me esforzara por no pensar en Víctor sería capaz de enamorarme de él. Por suerte el abogado había decidido no ponerme nuevamente las manos encima si yo no se lo pedía.

Lo que faltaba por ver era si yo no llegaría a pedírselo.

Las fotografías habían quedado muy bien, mucho mejor de lo que esperaba en verdad. Aparecía la mitad de mi espalda, las nalgas desnudas y las piernas rodeadas de la ropa de ambos. Y la ropa interior. Sólo faltaban los calzoncillos de Oziel en el marco, pero por algún extraño motivo había tenido el suficiente pudor para no quitárselos. La cama, de fondo, lucía revuelta. Era la típica fotografía que, si ponías en blanco y negro, se utilizaría más de quinientas veces para compartir alguna frase picante en el Facebook.

"Si piensas marcharte ya al menos haz la cama... que yo me encargo de doblar la ropa".

Me quedó pena darle al icono de "borrar", pero no era una buena idea tener mi culo desnudo en el móvil de un hombre, por mucho que me fiara de él.

— ¿Puedo leer los mensajes?
— Depende... ¿Estás dispuesta a venirte conmigo a un hotel?

La pregunta me tomó desprevenida por completo.

— ¿Por qué?
— Porque creo que si no han llamado ya a tus padres va a hacerlo él... además de venirse, claro.

Me pasó el teléfono y lo tomé con cuidado porque estaba nuevamente temblando. Aquel día estaba siendo demasiado largo para mi gusto y si encima tenía que hacer otra vez un bolso para dormir fuera de casa sabía que no iba a conseguir dormir nada esa noche.

<<La primera maleta me la hizo Víctor de todas formas...>>

También era cierto que no iba a ser fácil pegar ojo teniendo las imágenes del cuerpo de Víctor encima del mío metidas en la cabeza. Cada vez que recordaba sus caderas metidas entre mis piernas, llenándome una y otra vez, mientras me mordía y besaba a partes iguales, el estómago amenazada con echar todo lo que había ingerido en la cena.

Por culpa de la forma en la que había terminado todo.

Terco arquitecto.

Y teniendo en cuenta que no había sido mucho, y que la mitad del arroz me lo había dado Oziel de sus dedos después de recogerlo de mi falda, me hacía falta todo el alimento para conseguir afrontar la noche sin desmayarme.

Creo que nunca había visto a Víctor tan ofuscado como cuando Oziel se dedicó a rescatar el arroz de la tela que medio cubría mis muslos, para luego dejarlo delante de mis labios. Había dudado la primera vez, sin saber bien qué esperaba Oziel que hiciera con sus dedos. De primeras pensé que me estaba reprendiendo por tener tan poco pulso comiendo, pero cuando vi que me miraba con ojos lascivos, acercando mucho sus dedos a mis labios, entendí que lo que me ofrecía era que los envolviera con la lengua.

Y eso hice...

Pasé los labios por ellos y los apresé con toda la sensualidad que me permitía el hecho de saber que en cualquier momento Raúl podía levantarse de la mesa y mandarme a uno de los dormitorios mientras él se encarga de Oziel.

O Víctor...

Escuché gruñir al arquitecto la primera vez, y aunque el resto de las veces trató de no hacer ningún ruido no pudo apartar sus ojos de mis labios... y sus dedos. Lo de los nudillos apretados hasta casi dejarlos blancos se había convertido en un signo muy característico del hermano de Laura.

¡Y mientras ella se lo pasaba bomba!

Jamás había visto a mi amiga sonreír tanto en una cena. Y era que se estaba divirtiendo mucho con los juegos de Oziel... O imaginando que se los dedicaba a ella.

Volví a la realidad, encendí la pantalla del teléfono y empecé a leer los mensajes por donde me había quedado antes de desnudarme.

"Manda todo lo que quieras, que no vas a conseguir lo que te propones.

¿Y tú te haces llamar amigo? Se te debiera caer la cara de la vergüenza".

"Precisamente porque soy tu amigo y sabes que no tengo vergüenza te pasa lo que te pasa. Y menos mal que he tomado cartas en el asunto, porque lo vuestro roza lo patético".

Levanté la vista para mirarlo, agradecida. Se había apoyado en el dintel de la puerta, de brazos cruzados. Ni siquiera llevando unas horribles zapatillas de cuadros escoceses de estar por casa dejaba de estar encantadoramente sexy. Me observaba con una sonrisa pícara en el rostro y aunque imaginaba que muy relajado no podía estar si se pensaba que de un momento a otro aparecería mi padre o Víctor para ponerlo de patitas en la calle, no lo aparentaba para nada.

Volví a la lectura de los mensajes.

Faltaba la parte más interesante.

"Deja de sacar fotos y manda a Bea a dormir de una puñetera vez".

"Espera, que me queda una por enviarte.

Bea te manda saludos".

Y allí aparecía la fotografía. Mis nalgas, mis muslos y mis pies rodeados de la ropa de Oziel y la mía. De verdad que era una pena no quedarme con una copia de esa fotografía.

Aunque sabía que Víctor la tenía y podría pasármela si se le pasaba el enfado que estaba a punto de descubrirle.

Contuve la respiración mientras seguía leyendo.

"Hijo de puta. Yo te mato...

Sal de esa casa ahora mismo o te mato".

"No seas tan melodramático, hombre.

¿Qué vas a hacer? ¿Venirte?"

"Estoy cogiendo el coche".

Quincuagésimo primera parte.
La polla que me hizo decidir

Le tendí el teléfono a Oziel y me quedé a la espera. Ya daba igual que estuviera temblando. Se había vuelto algo tan habitual aquel día que no lo notaba.

— ¿Qué hacemos ahora?
— Prepara un bolso. Estoy seguro de que tu padre viene de camino, y si en verdad queremos que Víctor entienda que vamos a llegar hasta el final con esto no nos podemos dejar intimidar por él. Probablemente esté enfadado contigo una buena temporada, por desobedecerlo, pero todos los adolescentes nos hemos revelado alguna vez contra nuestros padres. Es ley de vida —comentó, girándose y caminando hacia su alcoba—. Tú desobedeces, él se enfada, estáis sin hablaros una temporada y luego él entiende que ya no eres su pequeña... Y pactáis.

La voz me llegaba desde su cuarto, mientras volvía a ponerse algo de ropa y hacía la maleta. Escuchándolo hablar sobre las relaciones de padres e hijos parecía que estaba muy seguro de que todo iba a salir bien. Imaginé su época de rebeldía cuando no contaría con más de veinte años. Imaginé a su familia adinerada llevarse las manos a la cabeza cuando el "pequeño Oziel" empezó a hacer de las suyas. No contemplaba la posibilidad de que a mí me fuera a temblar la voz si mi padre me mandaba a mi cuarto.

Exactamente como lo había hecho Víctor cuando me quedé desnuda delante de sus amigos.

A él había sido capaz de enfrentarme, pero no estaba tan segura de que fuera a ser tan fácil con mis padres.

No habían pasado ni tres minutos cuando Oziel volvió a mi cuarto, con la maleta que había traído el día anterior consigo. Parecía que llevaba allí años por lo lento que estaba yendo el día. Me miró desde la puerta, dejándome la oportunidad de decidir sobre lo que quería hacer a continuación.

Estaba bloqueada.

— Es sencillo. Tú le dices a tus padres que ya no eres ninguna niña y que puedes tomar tus propias decisiones. Ellos te dirán que mientras vivas bajo su techo vas a obedecer sus normas te guste o no. Y es entonces cuando les dices que te vas, y que hasta que no entiendan que tienen que respetarte como adulta que eres no piensas volver a casa.

— ¿Y te das cuenta de que estás decidiendo por mí ahora, como harían ellos obligándome a quedarme.

Oziel sonrió con dulzura, de esa que de vez en cuando mostraba y que pareciera entonces que le sobraba.

— No estoy eligiendo por ti —comentó, sin malicia—. Te estoy dando opciones. Siempre puedes quedarte, ir a casa con Víctor y pedirle que te deje el sofá o venirte conmigo.

— ¿Y a dónde vamos a ir?

Oziel dejó el bolso en el suelo y volvió a adoptar la postura relajada contra el marco de la puerta.

— Esta noche a un hotel. Y ya mañana será otro día.

Ojalá fuera tan fácil de hacer como lo planteaba el abogado.

— En el peor de los casos, y si tus padres no entran en razón con una noche que pases fuera, los padres de Víctor se marchan pasado mañana. Podrías venirte a casa conmigo. O Víctor termina por mandarme al hospital o deja de hacer el idiota y proclama a los cuatro vientos que comparte tu cama.

Me estremecí al escucharlo hablar así. El problema fuera que de momento era lo único que hacíamos Víctor y yo, y dolía mucho oírlo en voz alta.

— Casi que si lo va a decir así mejor que no diga nada — confesé.

No me esperaba el abrazo con el que me reconfortó Oziel entonces. Simplemente se acercó a mí, sonrió de forma dulce —para variar— y me rodeó con sus brazos cariñosamente.

Me acababa de salir otro hermano mayor.

¿Por qué no podía despertar otro sentimiento en los hombres? Aunque fuera muy agradable que en ese momento Oziel me respetara y me apoyara me dejaba un sabor amargo ese cambio de un momento a otro. En el portal de casa me había recorrido el cuerpo con sus manos como si el planeta fuera a implosionar en cualquier instante. Me había besado como si no hubiera nada más importante para él, y lo había sentido completamente empalmado contra mi pelvis, deseando levantar la falda y aprovecharse de que no llevara bragas debajo de ella.

— Seguro que él lo dice de otra forma... tranquila.

Pero no había tranquilidad en aquel momento, en el que Oziel se erigía como mi defensor, ocupando el puesto que hasta entonces había ostentado Víctor, mientras pensaba que el arquitecto lo único que quería de mí era sexo.

— No creo que vaya a decirlo de ninguna de las maneras.
— Si no tuviera intención de tomar cartas en el asunto no vendría de camino.
— Viene porque le divierte partirte la cara.
— Viene para que no te olvides de que eres de él... y no mía.
— No soy suya...

Oziel se separó de mí y cogió mi maleta para dejarla a mi alcance. Tenía que ser yo la que tomara la decisión de ir con él o renunciar a nuestro plan. A su plan.

A su juego...

— Que no lo haya dicho en voz alta no quiere decir que no te considere suya. Víctor te siente así, aunque le pese horrores.
— ¿Y si viene sólo a echarte de casa a patadas y a mí no me dice nada?
— No dejes que me desangre en el suelo inconsciente... Llama a una ambulancia.

Y me guiñó un ojo.

Cogí el bolso, metí un par de prendas para cubrir las necesidades de ropa durante un par de días y cerré la cremallera, sabiendo que si necesitaba cualquier cosa Oziel no tendría ningún problema en acompañarme a hacer alguna compra. Estaba poniéndome otra vez algo decente para poder salir a esa hora a la calle, llegarme a un hotel con Oziel y que no se pensara el recepcionista que el abogado acababa de contratar los servicios de una chica a la que se había encontrado en la calle cuando sentí que se abría la puerta de casa.

— Hola, Eduardo. ¿Qué haces por aquí? ¿No tenías guardia esta noche?

La voz de Oziel sonó resuelta y agradable. Me apresuré a pasarme la camiseta por la cabeza para que no me pudiera encontrar desnuda en mi dormitorio.

— ¡Fuera ahora mismo de mi casa! —gritó mi padre, cerrando la puerta de golpe. El corazón se me desbocó, pensando en que empezaría la pelea antes de que yo pudiera salir por la puerta y llegar al salón de casa. Abroché el pantalón vaquero a la carrera, y mientras buscaba unos zapatos cómodos continuó la conversación entre los dos hombres.
— Iba saliendo precisamente ahora. No quiero abusar de tu confianza, pero quería agradecerte que me hayas abierto las puertas de tu casa así como lo bien que me habéis tratado tu esposa y tú en estos días.

Imaginé a Oziel extendiendo la mano para que mi padre se la estrechara. Imaginé la cara de indignación que pondría mi padre cuando empezara a temblarle el ojo de la rabia.

Y mientras imaginaba y terminaba de ponerme los zapatos y salir por la puerta llegó el golpe. Oziel chocó contra algún mueble del salón, cayó al suelo y rompió algo de cristal. El abogado blasfemó desde el suelo, con la voz amortiguada.

— ¡Papá!

Acababa de llegar a la entrada del pasillo. Llevaba la bolsa de equipaje en la mano y creo que eso fue lo primero que vio mi padre. Me miró luego a los ojos, enfurecido, y me hizo exactamente el mismo gesto que hizo en su momento Víctor para mandarme a mi cuarto. Oziel estaba en el suelo. Había volcado la mesilla que soportaba el teléfono al lado del sofá y lo que se había roto era una lámpara.

— A tu cuarto, Bea.

Aferré con fuerza las asas de la maleta, rezando por no ser tan cobarde como para obedecerlo...

Al menos a la primera orden.

Y mientras contaba hasta tres... apareció Víctor en la puerta.

Quincuagésimo segunda parte.
Dos pollas... y mi padre

Vale. No creo haber tenido que pasar por una situación tan tensa en toda mi vida. Aunque, tal vez, el momento en el que me encontró Víctor lamiendo la sábana bajera de su cama nada más levantarse él había sido muy tensa.

<<*Y la vez que me encontró masturbándome con el cepillo en su dormitorio, mientras tenía puesto el vídeo de la mamada que había terminado ensuciando mis braguitas.*>>

Bueno. Tal vez últimamente estaba teniendo demasiadas situaciones embarazosas, pero como se iban sucediendo una tras otra la última hacía que olvidara la anterior.

Allí estaba Víctor, en la puerta. Había abierto con su juego de llaves copiado sin que mis padres lo supieran. Era un detalle sin importancia que seguramente para mi padre pasaría inadvertido, y más teniendo en cuenta que tenía a Oziel en el suelo tras acabar de golpearlo. Casi ni se dio la vuelta para comprobar quién había abierto la puerta. No le quitaba el ojo de encima al abogado, que se había sentado tranquilamente al lado del sofá, y se mesaba la barbilla como si comprobara que no tenía nada roto.

Por lo menos no le había golpeado la nariz.

Sólo pude hacer una cosa y fue actuar como una chica asustada por la integridad física de su novio. Corrí a su lado, con el bolso en la mano, y me arrodillé para preguntarle si se encontraba bien. Oziel levantó la vista, me sonrió con malicia y asintió para tranquilizarme. Estaba claro que tenía que dolerle el golpe, o al menos que lo había cogido de imprevisto. Porque si de algo estaba convencida era de que mi padre no tenía demasiada fuerza, y que por más que quisiera golpear a alguien como el abogado era complicado que consiguiera derribarlo.

— Sí, preciosa. Tranquila —me contestó, levantándose y ayudándome a mí a hacerlo—. Tu padre tiene un buen gancho.

— ¿Cómo se te ocurre, papa? —le espeté, haciéndome la ofendida—. ¿Qué te ha hecho para que lo agredas?

Oziel aprovechó para pasarme la mano por encima del hombro, apoyándome con ese gesto. La verdad es que sí me reconfortó bastante, mientras mi padre y Víctor me miraban de frente. El arquitecto había ido avanzando hasta ponerse casi a su altura y nos miraban a ambos con cara de muy pocos amigos.

Más bien tirando a ninguno.

— Bea, vete a tu habitación ahora mismo. Oziel ya se larga.

Habría vuelto a temblar al escucharlo si no llega a ser porque seguía temblando de antes. Era el momento en el que yo tenía que soltar mi frase, aceptar el plan de Oziel al pie de la letra y esperar al chaparrón. Nunca había visto a mi padre tan enfadado, por lo que no sabía qué podía pasar en el momento en el que le llevara la contraria de forma seria por primera vez en mi vida.

Cogí aire...

Pero no conseguí decir nada.

Pero tampoco me moví. Eso ya fue todo un logro.

Miré a Víctor, desafiante. Me habría encantado decirle que todo aquello era culpa suya, que Oziel había vuelto a estar por los suelos por querer apostar por una relación que él daba por perdida —aunque el aliciente del juego para él fuera más que suficiente para acabar recibiendo otra tanda de golpes— y que a mí me esperaba una buena por su cobardía. Que yo sí era capaz de enfrentarme al enfado de mis padres, y que le iba a demostrar que no era tan pequeña como para no saber lo que quería... y como conseguirlo.

Habría estado bien decir todas esas cosas, pero tampoco fui capaz de articular una sola palabra.

Los dos me miraban, esperando que obedeciera la orden. Probablemente lo esperaba más mi padre que Víctor, que ya se había dado cuenta de cómo me las gastaba cuando me ponía en modo desafiante. Pero pasaron los segundos y no moví un músculo, y Oziel apretó mi hombro para hacerme notar que seguía allí conmigo.

— Fuera, Oziel. No quiero volver a verte en esta casa.
— Una pena que vaya a opinar así sin habernos escuchado.
— No tengo nada que escucharte. Bea es una niña y sólo pretendes aprovecharte de ella.

Mis palabras y las de Oziel se entremezclaron al contestar los dos al tiempo. Creo que el abogado dijo algo parecido a que era comprensible y muy de padre que consideraran que yo era una niña, aunque resultaba poco realista, pero como me había dado por gritar tampoco podía asegurarlo.

— ¡No soy ninguna niña, por el amor de Dios! ¿Cuándo van a dejar de tratarme todos de esta forma?
— Cuando dejes de comportarte como tal.

Había contestado Víctor por mi padre. Sonó seco y rudo, enfadado hasta el extremo. Últimamente sólo conocía al arquitecto en dos estados completamente opuestos: enfadado y excitado. Y creo que incluso cuando estaba excitado también continuaba estando enfadado, ya fuera porque no le gustaba sentirse atraído por mí o porque la paz mundial no era un hecho en pleno siglo veintiuno.

Levanté el mentón, ofendida. Lo miré con odio por primera vez en mi vida. Si tenía que ser la mujer más desagradable del planeta con el hombre del que me había enamorada no me iba a quedar más remedio, y estaba dispuesta a serlo.

Aunque sólo fuera por dejar claro que no era ninguna cría.

Volví a tomar aire.

— Papá, estoy enamorada de un hombre que es diez años mayor que yo. Espero que seas capaz de entenderlo, asumirlo y confiar en que tu hija no es ninguna estúpida como para querer pasar su tiempo con alguien que no merece la pena.

Víctor se dio por aludido. En verdad se le desencajó el rostro al escucharme plantarle cara a mi padre, confesando lo que había entre nosotros sin decir su nombre. Imagino que tuvo que sentir vergüenza por escucharme mostrarme mucho más adulta de lo que él estaba siendo, pero no dijo absolutamente nada. Por el contrario, Oziel me dio un beso en la sien, me abrazó aún con más fuerza y me susurró un "bien hecho" que me llegó al alma.

Por fin le había dicho que estaba enamorada.

<<*Para lo que va a servirme...*>>

— A tu cuarto, Bea. Ya hablaremos más tarde.

Mi padre no estaba dispuesto a dar su brazo a torcer y lo entendía perfectamente. Era un golpe demasiado fuerte como para asimilarlo en cinco minutos. Probablemente llegaría con la cabeza llena de las palabras de Raúl, explicándole lo provocativo que se había mostrado Oziel conmigo en la cena. Yo seguía siendo su pequeña, después de todo, y probablemente no me veían capaz de desear a un hombre. Simplemente veían en Oziel una amenaza para la inocencia de su hija.

Y no era el momento indicado para decirle que ya no era nada inocente.

Miré a Oziel, asentí, y el abogado volvió a tenderle la mano a mi padre.

— Entiendo su enfado y acepto sus disculpas —le dijo, con toda su caradura. Pero por muy dura que la tuviera seguía estando tremendamente atractivo.

No obtuvo respuesta.

Los dos cogimos los bolsos del suelo y empezamos a caminar en dirección a la puerta.

— No te atrevas, Bea.

Miré a mi padre con ganas de llorar, pero conseguí mantener la compostura. Si no llego a tener el brazo de Oziel aún rodeándome probablemente me habría desmoronado en el suelo. Era lo más difícil que había tenido que hacer en la vida. Pasé a su lado y se quedó atónito. No se esperaba que no fuera a obedecerle.

Tampoco Víctor.

Cuando Oziel abrió la puerta y me dejó paso por fin lo escuché decir algo.

— Bea... —pronunció Víctor, casi en un susurro.

Sólo me llamó.

Me volví para mirarlo, esperé unos segundos, y tras comprobar que no iba a decir nada más, continué andando hasta el ascensor.

Y Oziel cerró la puerta tras nosotros.

Quincuagésimo tercera parte.
La polla que me llevó a un hotel

— ¿Te duele mucho?

Oziel me miró sonriendo. Se tocó la barbilla e hizo luego el gesto de ir a golpearme la mía con el puño cerrado. La puerta del ascensor se abrió y nos deslizamos con rapidez hasta la entrada del portal.

— Víctor golpea mucho más fuerte. Me tiré al suelo a posta.

Asombrada y sin entender mucho de qué iba la confesión del abogado, detuve la marcha para que se explicara. Cogió mi bolsa y se la echó al hombro, mientras que con la otra mano cargaba la suya.

— Para un padre debe ser muy duro querer enfrentarse por el honor de su hija con un hombre al que no puede derribar. Imaginé que al menos, ya que le íbamos a dar ese disgusto, se merecía la satisfacción de tirarme al suelo de un golpe. No creo que eso ahora mismo haga que deje de sentirse una mierda, pero tal vez mañana lo recuerde y se le escape una sonrisa.

Saber que Oziel podía ser tan considerado con mi padre como conmigo hizo que aceptara su brazo para colgarme de él y seguir avanzando. Si el plan del abogado era enamorarme poco a poco lo estaba consiguiendo. SI Víctor no se daba prisa acabaría enredada en los entresijos de las buenas maneras y el morbo que desprendía el abogado. Caminé hasta la calle, sabiendo que probablemente mi padre y Víctor nos estuvieran mirando desde la ventana. Pensé hasta en parar a Oziel en medio de la acera y plantarle un beso en los labios que pudieran escuchar hasta en mi casa.

Pero no lo hice.

Mi padre, al final, me daba pena. Aquello podía haberse hecho de forma mucho más suave si no fuera porque el plan de Oziel estaba lleno de brusquedades y prisas para precipitar los acontecimientos. Eso de ir despacio no iba con él y podía hasta entender que era un método bastante eficaz. Tenía a todo el mundo disgustado con sus formas y con la única con la que se mostraba comprensivo y simpático era conmigo.

Llegamos al coche en un momento. No me permití el lujo de mirar hacia el balcón de casa para comprobar si estaban asomados o no. Oziel abrió la puerta, la cerró cuando estuve dentro, colocó las dos bolsas en el portabultos y entró por la suya.

— ¿Alguna preferencia para el hotel?
— ¿Me creerías si te dijera que no conozco ninguno de la ciudad?
— Eso es porque no has tenido todavía la necesidad de ir a follar fuera de casa.

Lo miré de reojo y él me devolvió la mirada con un guiño y una sonrisa pícara.

— Si tus padres trabajaran en un despacho en tu casa ya verías si conocerías los hoteles de la ciudad.
— Recuerda que he follado más bien tirando a poco…
— Eso es porque Víctor no está bien de la cabeza. Ya sabes… es arquitecto.

Me reí por su comentario, halagador a toda vista, y mientras arrancaba el coche y nos poníamos en movimiento saqué el móvil del bolso que había llevado a la cena para echarle un vistazo. Si no recordaba mal no lo había mirado en toda la tarde.

Me encontré con catorce mensajes de Víctor en el whatsapp.

"Por favor, no hagas ninguna tontería".

"Bea, vete a la cama directa. Mañana hablamos".

"Mira, de verdad que me parece que todo esto es una chiquillada. Lo que estáis haciendo no va a funcionar".

"Bea, ¿quieres decirme algo, por favor?"

"Bea, haz el favor de dejar de jugar con Oziel y vete a la cama".

"Como me entere de que no estás durmiendo ahora mismo te doy un par de azotes".

"¡Qué coño haces desnuda en mi cuarto, Bea!"

"Sal de una vez de ahí. ¡Vístete, joder!"

"Bea, voy para allá. Te aseguro que te voy a arrastrar a tu cama por los pelos".

"¡Contesta Bea!"

"Estoy llegando. Espero que estés ya en la cama".

"Llamando al ascensor. Que sepas que voy a matar a Oziel".

"Bea, estoy en la puerta. ¿Abres o la abro yo?"

"¡Bea!"

Me los leí del tirón, sabiendo que entre el primero y el último había transcurrido una hora. Víctor había intentado comunicarse conmigo desde que había cogido el ascensor en su edificio. Estaba completamente alterado al final, tras mi foto desnuda.

Se lo merecía.

— ¿Ya has decidido a qué hotel vamos?
— Pues si me preguntas ahora mismo lo que me pide el cuerpo es ir al que esté más cerca, pero ya te digo que no conozco ninguno.
— ¿Nos damos un homenaje? —me preguntó, sonriendo con

malicia.

Temí preguntarle que qué entendía él por homenaje, porque como me fuera a soltar otro de sus comentarios morbosos después de haber tenido que salir de mi casa sin que Víctor nos parara iba a acabar besándolo.

— Pagas tú, ¿no?

Quincuagésimo cuarta parte.
La polla que me arrancó un orgasmo

— Una habitación doble, por favor.

El recepcionista nos echó una mirada furtiva a los dos, más a mí que a Oziel, para luego volver a fijar su mirada penetrante en el abogado. Habíamos acabado en un hotel de cinco estrellas en pleno centro, en el que nunca había reparado por más veces que había pasado caminando por delante de la puerta. Era verdad que me habían llamado la atención los setos de la entrada, muy verdes y con una vistosa forma de espiral, pero más allá de la anécdota de encontrarlos en medio de la acera, no me había percatado de que se trataba de un hotel.

Oziel había dejado el coche en la puerta y un aparcacoches había cogido las llaves para hacerse cargo de él. Nosotros sólo tuvimos que hacernos con los dos pequeños bultos —en verdad él cogió los dos— para luego dárselos a un botones que apareció de inmediato por la puerta de cristal. Me llevó de la mano hasta el enorme mostrador de mármol y madera que había justo frente a la entrada y mientras saludaba sacó su cartera para buscar su documento de identificación y una tarjeta de crédito.

— Por supuesto, señor. ¿Sólo para una noche?
— No lo hemos decidido aún —respondió, dejando los documentos sobre el mostrador—. De momento al menos dos noches, y ya veremos después. Avisaré cuando sepamos si dejamos la habitación o seguimos en ella.
— No hay problema, señor. ¿Qué tipo de habitación deseaban?
— No fumador. Con vistas al jardín.

Pude ver al recepcionista dudar entre hacer o no la siguiente pregunta. Casi se puso a sudar mientras cogía la tarjeta de crédito y la contrastaba con el documento de identificación.

— ¿Cama de matrimonio, señor?

Oziel me miró, sopesando la posibilidad de pedir lo que le exigía el cuerpo o, por el contrario hacer lo correcto.

Y ganó el caballero que había detrás del canalla.

— Dos camas, por favor.

Nos asignó la habitación 232, con vistas al jardín y un pequeño salón. Las camas se encontraban ocultas tras unos paneles que hacían las veces de biombos para separar los dos ambientes. Estaban juntas, con mesillas de noche a ambos lados, sin separación entre ellas. Pensé que eso y pedir una cama de matrimonio era exactamente lo mismo, pero lo cierto era que el hecho de que hubiera dos colchas y una separación entre ellas daba algo de sensación de intimidad.

— ¿Te gusta?
— Mucho.

No había estado nunca en una habitación de cinco estrellas. No había querido enterarme de cuánto costaba cada noche en el hotel, más que nada porque no quería resultar grosera espiando la factura que había firmado Oziel con un elegante bolígrafo que no sé de dónde demonios salió. La rúbrica que dejó plasmada en el folio blanco me pareció lo más equilibrado y refinado que se podía hacer con una firma.

Tenía que practicar mucho para conseguir algo medianamente parecido.

Y también quería un móvil como el suyo, por descontado.

— ¿Una ducha?

Me apetecía, y mucho, pero estaba tan cansada después del día tan largo que habíamos tenido que lo único que me llamaba la atención de verdad era meterme debajo de las sábanas e intentar dormir algo para no dar cabezazos en clase al día siguiente.

— Por la mañana... seguro que agradezco más el agua fría para despertarme.

Fue hasta su bolso y sacó una especie de pijama que se echó al hombro.

— Yo necesito una ducha. Lo de pelearme con tanta gente hoy me ha dejado algo sudado. No tardaré, pero si estás dormida cuando salga no haré ruido, aunque no puedo prometer que no te meta mano.

Le saqué la lengua, burlándome de él. Me picó un ojo como respuesta.

Entró al cuarto de baño y abrió el grifo de la ducha sin cerrar la puerta. No quise mirar hacia él mientras se desnudaba, pero supe que lo hizo así precisamente para hacerse desear.

Y lo deseé...

Me quité la ropa, busqué mi pijama de Mafalda en el bolso y, eligiendo cama sin preguntarle qué lado prefería, me metí bajo las sábanas. Iba a ser la primera vez que compartía una cama con un hombre, aunque no sé si a aquello se le podía llamar compartir.

Me obligué a mirar hacia el otro lado de la habitación para no ver a Oziel desnudarse, para no tener la tentación de espiarlo cuando saliera de la ducha y se secara, y se pusiera el escueto pijama con el que me había regalado unas magníficas vistas de su cuerpo.

Incluso tenía ganas de volver a ver sus horribles zapatillas de cuadros.

Apreté los ojos y empecé a contar ovejas. Pero en vez de animales lanudos empezaron a desfilar al lado de la valla Ozieles y Víctores, en calzoncillos negros.

Horrible para quedarse una dormida.

<<Ya me vale...>>

— ¿Duermes?

Hice un gesto negativo con la cabeza y Oziel se dio por enterado. No quise abrir los ojos para ver si iba vestido, aunque el esfuerzo de mantenerlos tan fuertemente cerrados hizo que me doliera la cabeza.

— ¿Estás bien?
— Intento dormir... pero creo que me va a costar un poco.
— ¿Por qué?
— ¿Tú qué crees?

Sentí a Oziel sentarse en su cama, apartar la colcha y acostarse. La luz de la mesilla de noche seguía encendida. Me llegó el olor a jabón y cabello mojado. Me dio rabia tener tanto miedo a perder los papeles si los abría y lo miraba a los ojos.

Mi padre y Víctor estaban enfadados conmigo, había desobedecido a mi padre y me había ido de casa y estaba en una habitación de hotel con alguien que se hacía pasar por mi novio mientras mi madre se tiraba de los pelos y le gritaba a mi padre que por qué me había dejado marchar.

No sabía lo que estaría haciendo Víctor.

Todos estaban pasándolo mal por mi culpa.

— Porque estás excitada.

<<Tierra, trágame.>>

Y era verdad. Podían mis padres estar llamando ahora mismo a todos los hoteles de la ciudad, buscándome. Podía estar Víctor mandando todos los mensajes a mi móvil, tratando de que regresara. Podía estar Laura castigada por haberse comportado como una cría para ayudarme.

Y yo estaba excitada.

El sexo con Víctor, la pelea entre los dos amigos, el hacerme pasar por la novia de Oziel y haber dejado que me diera de comer de sus dedos, el haber tentado a Víctor en la cocina, el estar acorralada en el portal de casa por el abogado, el desnudarme para que me sacara una fotografía...

¿Podía pasar algo más aquel día que me pudiera tener más alterada?

Sí, tenerlo a él acostado a mi lado, sin saber si estaba desnudo debajo de las sábanas.

¿Y cómo demonios sabía Oziel que, de entre todas las cosas que me debían de tener atormentada aquella noche, la que más me afectaba era el calor que desprendía mi entrepierna?

— ¿Y qué si lo estoy?

Lo sentí moverse en la cama, girarse hacia mí, porque de pronto sentí su respiración acariciarme el rostro y moverme los cabellos, haciéndome cosquillas en la nariz.

— Que puedo ayudarte.
— ¿A qué? —Volvía a tener la garganta seca.
— A que dejes de estarlo y puedas dormir.
— ¿No dijiste que no pensabas tocarme mientras estuviera enamorada de otro? —Las palabras salieron temblorosas de mi boca, temiendo que respondiera que habían cambiado las reglas del juego, y que eso era lo que le divertía en ese momento.
— Vas a tocarte tú...

No pude dejar los ojos cerrados. Lo miré, a escasos centímetros de mi rostro, con la cara más atónita que creo haber puesto en la vida. Creo que me mordí el labio, y que me sonrojé tanto que me ardieron hasta las orejas. Pero la expresión de Oziel no cambió un ápice. Seguía mirándome con una pasión en los ojos que era imposible de apaciguar con un beso obsceno y un par de caricias dadas a la carrera en cualquier descansillo.

— Te ayudará a enfrentarte a Víctor estar más serena. La cabeza no piensa bien cuando manda el coño, y estoy convencido de que si meto los dedos entre tus piernas te encontraría mojada.

¿Qué podía responderle? ¿Qué se equivocaba? ¿Qué no me afectaba para nada su presencia allí, o cualquiera de las situaciones que había vivido —y que recordaba con extrema claridad— aquel día?

— Me da vergüenza...

Lo más estúpido que podía decir en ese momento. Si empezaba a entender que era normal que Víctor y mi padre me consideraran una cría.

— ¿Acaso no te masturbas cuando estás a solas?

Asentí con la cabeza, con la lengua demasiado rasposa como para poder decir mucho más después de la genialidad que acababa de soltar por la boca.

— Pues ahora lo vas a hacer igual... con la salvedad de que vas a escuchar mi voz mientras lo haces.
— ¿Y qué vas a decirme?

Oziel se apoyó en el brazo para elevar la cabeza y mirarme desde cierta altura sobre la cama. Estaba tan serio como cuando me escuchó preguntarle si serviría de algo que me acostara con otro hombre.

Con él...

— Obscenidades.

Tragué, pero no había saliva que suavizara la garganta.

— Cierra los ojos, separa las piernas y déjate llevar.

Imagino que vio lo ruborizada que estaba y se apiadó de mí, porque apagó la luz para ofrecerme cierta intimidad. De pronto me vi rodeada de oscuridad, sin poder verlo mirarme, cubierta por la sábana que me daba un calor horrible, y teniendo unas irresistibles ganas de dejarme llevar y seguir aquellas nuevas reglas del juego.

Pero no separé las piernas.

— Imagina que en vez de llegar tu padre a casa hubiera llegado Víctor. Imagina que en vez de darme tu padre un golpe asumible descarga tu amante toda su rabia sobre mi nariz y me deja tirado en el suelo, inconsciente. Imagina que se acerca a ti, furioso, y que en vez de darte un bofetón por desobedecerlo te agarra de los cabellos, hace tu cabeza hacia atrás, y te muerde los labios con tanta rabia que hasta te hace daño... Pero te gusta.

No entiendo cómo logró llevarme todas esas imágenes a la mente, pero sentí a Víctor tirarme del pelo y besarme de forma ruda y posesiva, tal y como me lo narraba Oziel.

— Separa las piernas, Bea. No te lo voy a decir una tercera vez...

Tuve ganas de preguntar que qué tenía pensado hacerme si lo desobedecía, pero supe que no valía la pena tentar a ese hombre. Sólo con su voz había conseguido enloquecerme, así que no podía ni imaginar en lo que me abandonaría si sus labios llegaban a apoderarse de los míos, queriendo en verdad hacerme suya.

<<Caerás cuando yo quiera que lo haga.>>

Y yo estaba a punto de caer, aunque fuera de una forma tan extraña.

Oziel y sus juegos.

Separé las piernas.

— Bien. Ahora lleva tu mano a tu coño y nota lo mojado que lo tienes, y sigue pensando en ese beso de Víctor. En sus dientes mordiendo y en la otra mano haciendo exactamente lo que vas a hacer tú ahora. Víctor va a meter sus dedos entre tus pliegues para asegurarse de que lo que está haciendo te gusta. Aunque está seguro de que nada de lo que él haga puede desagradarte... le gusta comprobarlo de primera mano.

La voz de Oziel era demasiado seductora como para que mi cuerpo no reaccionara a sus palabras. Sentí mis pezones duros contra la tela con el dibujo de Mafalda, los músculos de las nalgas contraerse y mi coño pedir carne que rellenara ese vacío tan doloroso que sentía. Llevé mis dedos a mi entrepierna para darme cuenta de que, en verdad, no podía estar más mojada. Gemí al rozarme, despertando una leve risa en el abogado. Estaba muy sensible como para poder disimular, por más que necesitara que no se notara tanto.

Casi seguro que también podía olerme...

— Tócate. Quiero escucharte gemir mientras lo haces. Mientras Víctor te mete un par de dedos dentro, mientras te folla con ellos. Sé que se correrá en tu boca, que está deseando hacerlo. Pero antes quiere follarte, de espaldas, contra la pared, como te acorralé yo antes. Quiere tener tus nalgas redondas expuestas, sujetarte las manos sobre la cabeza mientras te aprieta el culo con la que le queda libre. ¿Sientes sus manos? Una sujetándote las muñecas contra la pared y la otra aferrándote las nalgas, pasando de una a otra, metiendo varios dedos entre ellas para buscar la humedad que sabe que reina allá abajo...

No contesté, más que nada porque no sabía si era una pregunta retórica o en verdad esperaba que lo hiciera.

— No estás gimiendo...

No había podido volver a rozarme tras probar la sensibilidad de la zona la primera vez. Mi boca se había quedado cerrada, escuchándolo absorta. De vez en cuando abría los ojos, pero sabía que no conseguiría ver absolutamente nada.

— Si no te masturbas tú te tocaré yo...

<<¿Lo prometes?>>

428

Menos mal que no se me escapó la pregunta porque dudo que Oziel hubiera tardado mucho en tomarme la palabra, colocarse encima de mí y empezar a manosearme como hacía un par de horas.

Volví a comprobar que estaba demasiado excitada como para que la misión suicida de tocarme fuera a llegar a buen puerto.

— Duele...
— No roces. Presiona. Lento y profundo. Así duele menos...

¿Cómo coño podía saber él cómo tenía que masturbarme? Pero hice exactamente lo que me exigía y el resultado fue tan placentero que no pude dejar de regalarle un prolongado gemido.

— Eso está mejor. Seguro que a Víctor le encanta escucharte gemir mientras te folla. Se acaba de abrir la braguueta y se ha sacado la polla. La tiene en la mano, y te la está restregando por las nalgas. ¿La sientes?
— Sí... —Esta vez no pude evitar responderle, más que nada porque había dejado todo el pudor a un lado y me estaba gustando horrores pensar en Víctor a mi espalda, a punto de empalarme, sujetándome las muñecas y gimiendo sobre mi cuello. Mis dedos se movieron con la experiencia que habían demostrado durante aquellos años de adolescencia pensando y deseando sin tregua la polla del hermano de Laura. Por una vez no tenía que imaginármelo sola, sino que Oziel me lo dibujaba para que yo solamente tuviera que sentirlo.

Y era sumamente placentero.

La polla de Víctor me empotró contra la pared en el mismo momento en el que así me lo contó Oziel.

— Duro, muy duro, y muy caliente. Te acaba de meter toda la verga entre las nalgas y ha llegado hasta el fondo. ¿No lo sientes? ¿No te gusta?
— ¡Sí! Por favor... me gusta.
— Eso es. Sigue gimiendo, que Víctor tiene ganas de que lo hagas. Te va a sacar la polla y te la va a meter tantas veces

como necesites hasta que te corras, y lo va a hacer de la misma forma. Con fuerza, haciendo que suene, gimiendo contra tu espalda, aferrándote por un hombro para atraerte hacia él. Le encanta sacarla y meterla, sacarla y meterla otra vez, y seguir perforándote el coño cada vez con más fuerza.

La vergüenza era un espejismo en ese momento. Estaba gimiendo tan alto que en cualquier momento alguno de los huéspedes llamaría al estirado recepcionista para quejarse de nuestra habitación, y mientras subía en el ascensor se preguntaría por qué demonios habíamos pedido unas camas separadas si al final íbamos a formar tanto jaleo.

— Córrete, Bea. Córrete para Víctor. Córrete para mí.

Fue delicioso estallar con su voz exigiéndome que llegara al orgasmo, sintiendo casi sus dedos guiar a los míos entre mis pliegues, presionando duro, metiéndose en mi interior como lo haría la polla de Víctor como si estuviera presente. Fue un orgasmo súbito, largo y extenuante, que me dejó desmadejada sobre la cama, con las piernas abiertas y el rostro vuelto hacia la voz cálida y sensual de Oziel.

Unos segundos de silencio acompañaron a mis últimos temblores, mientras escuchaba al abogado respirar a escasos centímetros de mi cabeza.

— Si no quieres que salte sobre ti y te folle exactamente como te lo ha hecho Víctor, la próxima vez que te corras grita su nombre... y no el mío.

Quincuagésimo quinta parte.
La polla que me despertó con un beso

<<Y ahora quiero correrme en tu boca.>>

Víctor repetía esa frase una y otra vez en mi sueño. Yo acababa de correrme, gimiendo contra la pared, mientras él me follaba con una fuerza mucho menos real de la que sabía que podía soportar mi cuerpo. Y, mientras lo hacía, soltaba la frase lapidaria.

<<Me gusta, Oziel. Me voy a correr.>>

Por consiguiente, Víctor se empotraba contra mí de forma salvaje, luego me decía que quería terminar en mi boca, pero en vez de hacerlo me negaba su polla. Era como si maquinara una cruel venganza por haberlo llamado con otro nombre. Normal, al fin y al cabo, que estuviera molesto.

Y así una y otra vez. Víctor se corría delante de mí, derramando su leche en el suelo del salón de mi casa. Y yo no sabía si debía ir e intentar recogerla o esperar a que, en el siguiente pase del sueño, quisiera entregármela en la boca.

Un bucle muy malo...

— Hora de despertar, preciosa.

Sentí el beso de Oziel rozarme la mejilla, suavemente, como quien despierta a una hija cuando se tiene una pesadilla. Tratando de no sobresaltarme más de lo que me tenía sobresaltada el sueño, apartó unos mechones de cabello de mi rostro y volvió a recitar su frase.

— Hora de despertar, Bea.

Supongo que a la cuarta vez que lo escuché ya no pude seguir fingiendo que permanecía dormida, y no me quedó más remedio que abrir los ojos y mirarlo. Desde que apagara la luz antes de hacer que me corriera no lo había podido ver, pero ya había amanecido y la luz entraba entre las cortinas a medio abrir de la habitación. El jardín del hotel se despertaba a la vez que nosotros, aunque Oziel tenía pinta de haber dormido más bien poco.

— No tienes buen aspecto —le comenté, sin mala intención.
— Recuérdame que la próxima vez te despierte con una jarra de agua helada sobre la cabeza…

Oziel me picó un ojo, y yo sonreí abiertamente, olvidando por unos instantes que hacía unas horas había gemido su nombre mientras disfrutaba de un orgasmo tan necesario como el comer o el respirar.

Pero en cuanto lo recordé volví a sonrojarme.

— ¿En qué habíamos quedado con lo de ponerte colorada?
— Es que me da vergüenza que yo haya dormido tan a pierna suelta mientras que tú parece que no has pegado ojo en toda la noche.

Oziel apartó la colcha y se levantó de la cama, alejando su cara de mi rostro. Continuaba llevando el escueto pijama que tan bien marcaba su físico. Y, por más que busqué en los pantalones, no había ni rastro de la erección matutina de la que se hablaba en todas las webs especializadas.

— Apenas he descansado. Alguien tenía que planear el siguiente movimiento, y no ibas a ser tú, que te quedaste dormida nada más correrte.
— No hace falta que seas tan específico…

Sonrió mientras iba al baño. Se echó agua a la cara, humedeció sus cabellos negros, alborotándolos un poco y regresó a la habitación para retirarme las sábanas de encima.

— Podría ser aún más específico, pero me lo reservo para

cuando tengamos nuestra primera noche loca... y te vuelva a escuchar gemir.

— Ni en sueños...

— En sueños también has gemido... y también has estado diciendo mi nombre.

<<*Tierra, trágame...*>>

Me encendí hasta las orejas, pero Oziel no permitió que me regodeara en mi vergüenza. Me sacó de la cama tirando de mis brazos, me empujó hasta la ducha y abrió el grifo del agua caliente. Por un momento temí que pretendiese desnudarse conmigo dentro del baño.

— ¿No decías que te darías una ducha por la mañana?

Asentí, mirándome al espejo y comprobando que mis cabellos necesitaban un poco más de atención de lo acostumbrado. Luego volví a mirarlo a él, que lucía unas intensas ojeras en el rostro. Nunca lo había visto con mal aspecto, ni en la época de estudiante con los exámenes a la vuelta de la esquina.

— Vas a necesitar un corrector de ojeras para ir al trabajo.

— No te creas. Mis compañeros pensarán que no he dormido porque he estado ocupado en cosas más interesantes y podremos gastar unas cuantas bromas.

— Pero no vas a decir la verdad...

— ¿Y cuál es la verdad?

— Que has estado vigilando la puerta por si mi padre o Víctor nos localizaban y la echaban abajo de una patada.

Estaba claro que Oziel tenía el don de la improvisación, y que lo que más le divertía era ir cambiando las reglas del juego a cada acontecimiento que se cruzaba en nuestro camino. Por lo tanto, no podía ser cierto que lo de planear nuestros siguientes pasos le hubiera podido quitar el sueño.

Como mucho... era capaz de creerme que el no haber tenido un orgasmo estando, probablemente, igual de excitado que yo lo había desvelado al principio de la noche.

Pero eso lo podía haber arreglado yendo unos cuantos minutos al cuarto de baño...

O masturbándose a mi lado, mientras me hablaba, aferrando su polla envarada y venosa y meneando su mano arriba y abajo. Mientras me decía cómo me follaría Víctor. Mientras se imaginaba espiándonos durante nuestras embestidas. Mientras se imaginaba que era él, y no su amigo, el que me separaba las nalgas y se enterraba con toda la fuerza que era capaz de proporcionarle sus caderas.

Habría gemido conmigo.

Habría susurrado mi nombre al igual que yo el suyo.

Habría manchado la colcha de la cama, esa que todos los reportajes de televisión decían que no se lavaban y que estaban siempre llenas de restos que mejor uno ni se planteaba.

Como la leche de Oziel.

Sacudí esa imagen de la cabeza y me alegré de que no lo hubiera hecho. Ya era bastante locura que me hubiera masturbado yo como para saber que al final, y a través del cuerpo de Víctor no presente, habíamos acabado teniendo sexo entre los dos.

Una locura.

El abogado sonrió, me revolvió el cabello como si volviera a acariciar a un perro que acabara de encontrarse en su camino, haciéndome rabiar con ello. Y me hizo un gesto para que atendiera a la ducha.

— Al final voy a entender que Víctor no sea capaz de verte como a una niña...

Quincuagésimo sexta parte.
La polla que se topó de bruces con la otra polla

Oziel me había avisado, y lo cierto era que yo también estaba convencida de lo que sugería.

— Prepárate. Tu padre, Víctor o los dos, van a estar esperándonos delante de la facultad.

Después de ver que tenía un millar de llamadas perdidas, tanto de mis padres como de Víctor, no me quedaba la menor duda. Si la policía no andaba ya buscándome era porque yo, aunque les pesara, era mayor de edad. Y, probablemente porque Víctor les habría convencido de que no lo hicieran. Al final Oziel era su amigo, y a mí me conocía lo suficiente como para saber que no hacía locuras...

Salvo con él.

Si tenía que enumerar todas las que había cometido para conseguir que el arquitecto me mirara al menos un poquito me faltaban dedos en las manos... y en las manos de Laura. Menos mal que no tenía la obligación de confesarme con ningún párroco, porque podían echarme del confesionario si llegaba a contar todo lo que había hecho desde que puse los ojos en Víctor.

Imaginé que, por eso mismo, las Primeras Comuniones se hacían a los diez, y no a los dieciocho. Nadie podría salir con el perdón concedido a esa edad.

Desayunamos en silencio; yo ruborizada y él pensativo. Imagino que rumiaba los siguientes movimientos. Que hubiera pasado la noche en vela en tensión no le habría dejado la mente demasiado despejada para poder diseñar la estrategia a seguir, al menos la de la siguiente hora. Cuando dimos cuenta del café y un par de dulces del servicio de habitaciones dio por concluido el desayuno, se ajustó la corbata y me condujo a la salida.

El trayecto en coche fue tortuosamente largo.

— O me dices en qué andas pensando o la noche de hotel que nos queda la pagas tú —me comentó, riéndose suavemente.
— Como no la pague en carne...
— No me tientes, que me parece la mejor de las maneras de pagarme.

<<*Eso porque he seguido susurrando su nombre durante mi sueño.*>>

O mi pesadilla...

Allí estaba Víctor, aparcado delante justo de la entrada a la facultad. Para coger ese sitio tenía que llevar allí por lo menos dos horas. Me dio cierta pena pensar que tal vez no había dormido nada aquella noche, mientras yo me masturbaba con las palabras de Oziel.

Tal vez había recorrido todos los hoteles y llamado a casa de los padres de su amigo para saber si conocían su paradero, aunque no lo veía del tipo de hombres que asustarían a unos familiares para poder dormir más tranquilo. Y más sabiendo que yo no me perdería las clases al día siguiente.

Era normal que acabara apareciendo allí a esa hora.

Sí, me dio cierta pena.

Pero se me pasó muy rápido.

Se merecía sufrir un poco —bastante— y lo estábamos consiguiendo. Bueno, en verdad lo conseguía sólo Oziel, y yo me dejaba llevar por lo que planeaba.

O lo que se le ocurría sobre la marcha.

Había sido todo un detalle que permaneciera despierto vigilando, aunque no lo fuera a reconocer ni muerto. Así podía enfrentarse a Víctor en igualdad de condiciones, que también tenía pinta de no haber dormido absolutamente nada. Una discusión entre dos mentes con falta de descanso podía ser incluso más interesante que verlos enzarzarse en una pelea a puñetazos.

Víctor hizo un gesto para que parara el coche justo a su lado. Eso implicaba aparcar en doble fila, pero a Oziel pareció resultarle buena idea. No había terminado de detener el coche cuando el arquitecto abrió la puerta de mi lado y trató de desabrocharme sobre la marcha el cinturón de seguridad. Tuve que golpearlo en el brazo un par de veces para que se estuviera quieto.

Fue entonces cuando me besó.

No fue un beso suave. Tampoco fue uno de esos sexys que conseguían calentarme desde lo alto de la coronilla a la punta de los pies. Más bien fue un beso que pedía perdón por todo, por lo pasado y lo futuro, y no me gustó para nada su sabor.

— ¡Iros a un hotel! —comentó Oziel a mi lado, divertido.
— A un hotel ya te la has llevado tú, capullo —respondió él, soltando mis labios y volviendo a la dificultosa tarea de despojarme del sistema de anclaje—. Al menos podías haberme dicho a dónde la llevabas.
— ¡Sí, hombre! Para que aparecieras a las dos de la mañana a ponerte a soplar desde el otro lado de la puerta, en plan lobo feroz. No me gustaba nada la idea, perdona que te lo comente.
— Y a mí me gusta menos que la sacaras de casa anoche.

Oziel se bajó por su puerta y yo traté de apartar a Víctor para poder salir por mis propios medios por la mía.

— Te recuerdo que nadie me sacó a rastras. Fui yo la que quiso marcharse. Si mi padre hubiera sido más razonable...
— ¿Pero qué coño esperabas, Bea? —me interrumpió—. ¿Creíste de verdad que a tu padre le podía gustar la idea de

que te echaras un novio de la edad de Oziel? Ya te dije que no van a permitirnos estar juntos, y que si llegan a enterarse de que te he puesto los ojos encima me echarán a patadas de vuestras vidas. Tus padres y los míos. Que ellos también llevan lo suyo y confiaban ciegamente en que iba a ser una buena influencia para ti.

— Creo que le has puesto más de un ojo encima, Víctor.

Lo fulminó con la mirada, con ganas renovadas de seguir su pelea del día anterior.

— No hagas que te estropee ese bonito traje de chaqueta antes de ir a trabajar.

En ese momento eran como el día y la noche. Oziel iba impecablemente vestido, con un nudo de corbata tan perfecto que hasta los maniquíes de las tiendas de ropa para bodas envidiaban su secreto. Víctor, por el contrario, lucía vaqueros deslucidos y un jersey de cuello en pico, tan gris como su sentido del humor aquella mañana. Los dos llevaban las mismas ojeras, pero no se les ocurría dar ni un solo bostezo. Oziel, por lo menos, se había servido tres cafés en el saloncito de la habitación de hotel aquella mañana.

— Si quieres esta noche la pasas con ella en la habitación. No le he cogido excesivo cariño aún, aunque la cama es bastante cómoda...

— Si supieras las ganas que tengo de matarte...

Me puse en medio de los dos gallos de pelea mientras un par de compañeras de clase cruzaban por el paso de peatones y se nos quedaban mirando.

<<Perfecto. Hoy voy a ser la comidilla a la hora del almuerzo.>>

— ¡Ya está bien por hoy! Es demasiado temprano como para aguantaros a los dos con estas tonterías. ¡Y después la infantil soy yo!

— Vete a clase, Bea. Le diré a tus padres que estás bien, que estaban desesperados sin noticias tuyas. A duras penas he conseguido que no vinieran a montarte una escena.

— Claro, ese derecho te lo has reservado para ti...

— La escena que pienso montar con Oziel te la vas a perder, porque ya vas a estar metida en clase.

— Yo tengo una reunión importante a primera hora —comentó el abogado, divertido—. ¿Podemos posponer el hecho de que me mates hasta la una? Pero tendrá que ser rapidito, que he de recoger a Bea a las dos para el almuerzo.

— A Bea la recogeré yo después de clase...

— Nadie me va a recoger. Hoy almuerzo con Laura. Y puedo llegar a la pizzería perfectamente en autobús.

Los dos me miraron con cara de estar fastidiando los planes del día. Era como si no tuvieran otra cosa mejor que hacer que vigilarme durante toda la tarde. Entonces me pareció mi vida mucho más intensa y estimulante que las suyas, dependiendo de una chiquilla que aún no contaba con veinte años.

— Te llevo yo.

— Pues yo en vez de llevarte te acompaño.

Empecé a sospechar que aquello ya no iba conmigo, sino que era una rivalidad que llevaban ejerciendo desde hacía mucho tiempo. Eran como hermanos que se querían y se odiaban con un intervalo de un par de segundos entre las dos emociones. Dos niños pequeños que luchaban por la posesión del juguete, que en este caso era yo.

Faltaba por ver si se iban a cargar el juguete antes de aprender a compartirlo...

O antes de decidir a quién pertenecía.

Por suerte llegó una de las compañeras con la que había compartido mi primer beso con Oziel aquella noche que nos encontramos en verano con el grupo de amigos de Víctor. Se paró a nuestro lado, a la espera de que le dejara paso para que pudiera saludar con sendos besos a los chicos a gusto. Cuando me vio con cara de pocos amigos se lo pensó dos veces y simplemente saludó con la mano.

Me despedí de Víctor con un beso rápido en la boca.

Y con Oziel hice exactamente lo mismo.

Ya tenían motivo para seguir regañando toda la tarde.

— ¿Con cuál de los dos sales? —me preguntó, con la boca abierta y los ojos saliendo de sus órbitas.
— Con los dos.
— Las hay con suerte…

Quincuagésimo séptima parte.
Laura y yo... y ninguna polla

Sí, había llamado a mis padres para avisarlos de que estaba bien. Sí, había pedido que avisaran a los suyos para que también supieran que estaba viva. Y sí, esa noche tampoco pensaba volver a casa.

El interrogatorio de Laura era el esperado dadas las circunstancias. Después de que Oziel y yo nos marcháramos de la cena sin el postre —con el comentario de Oziel de que nos lo íbamos a tomar en casa— el ambiente se había enrarecido. Víctor se había ido pronto a la cama, su padre había llamado al mío, y habían tenido una fuerte discusión con ella por los comentarios del cambio de universidad.

— Mis padres estaban que no cabían en su asombro con Oziel —comentó, tomándose su primer vaso de cola—. Que si parecía tan formal el año pasado, que si Víctor no lo había visto venir, que si tú eras aún muy joven para salir con alguien que te sacara tantos años... No quiero ni imaginar la cara de tu padre cuando entró en tu casa.
— Yo lo que no quiero es recordarlo —le dije a Laura, abriendo la carta del menú y echando un primer vistazo a la selección de pizzas del restaurante. Nuestra asignación semanal no nos permitía el derroche, por lo que a nuestra edad elegir entre una marinera y una romana dejaba claro que los champiñones eran mucho más baratos.
— ¿Y qué hizo Oziel?

Traté de contarle todo lo que había pasado desde que salimos del piso de soltero de los chicos anoche. Cuando quedó satisfecha con la narración —en la que había omitido la escabrosa escena de tocarme mientras Oziel exigía que lo hiciera— empezaron las preguntas más difíciles de resolver.

— ¿Y por qué no me contaste nada antes?
— A eso ya te contesté anoche. Es un palo estar hablando de estas cosas, cuando ni siquiera sabíamos si saldría bien. Y queríamos mantenerlo en secreto al menos durante las primeras semanas, porque sabíamos lo que iba a pasar en cuanto saliera a la luz.
— ¿Y cómo conseguiste ligarte a ese hombre? Y no me vengas con tonterías, que lo he visto más veces de las que seguro recuerdo, y no es del tipo del que se fija en chicas como nosotras.

Eso lo tenía claro. Víctor tampoco era de ese estilo, pero ahí estaban los dos. Que Oziel se hubiese excitado un par de veces pensando en mí no era exactamente que lo tuviera en el bote. Y menos si a ese hecho le añadíamos que lo que más le interesaba al abogado era estar en el meollo del asunto, complicándolo todo, para que Víctor cogiera rabietas y pudieran hacer los dos algo de ejercicio con el boxeo.

Pero que Víctor hubiera acabado teniendo necesidad de mí era mucho más extraño aún.

Y más sintiéndose como se sentía. Casi un hermano...

— Le hice gracia. Opina que tengo un sentido del humor muy vivo. Le hacía algún comentario cuando venía a casa con Víctor, casi siempre sin que tu hermano se diera cuenta, y una noche en la que coincidimos su grupo y el mío... me invitó a una copa. Luego, supongo que todo fue ir cayéndonos bien.
— ¿Y cómo es en la cama?

Casi se me cae la carta al suelo cuando escuché la pregunta. Luego, para intentar bromear con ella, oculté la cabeza detrás de las hojas donde venían los ingredientes de las pizzas y su correspondiente foto, y comencé a silbar, disimulando.

Lo cierto es que no sabía silbar.

Laura bajó la carta y me pellizcó la nariz, riendo.

— O respondes o pagas mi almuerzo.
— Pues pide una pizza margarita.

Las dos reímos de buena gana, escandalosamente en verdad. Los otros comensales nos miraron con cara de pocos amigos, como si aquel fuera un restaurante de postín donde las excentricidades sólo están permitidas a golpe de billetera.

— ¡Déjate de tonterías y desembucha!

Pedimos al camarero una *"Cuatro Estaciones"* sin alcachofas y una ensalada. En cuanto se alejó volvió a mirarme como si con la mirada pudiera inyectarme en sangre suero de la verdad.

— Qué buen tiempo hace, ¿no?
— ¡Bea!
— No hemos hecho nada. No me he acostado con él. ¿Contenta?
— No me lo creo.

Se enfurruñó sentándose contra el respaldo de la silla con tanta fuerza que temí que se cayera de espaldas y tuviera que recogerla del suelo.

— Pues sí, aún no hemos hecho nada. Nos hemos metido mano y nos besamos mucho... pero Oziel está yendo despacio conmigo. Precisamente porque tengo la edad que tengo, y porque tampoco hemos disfrutado de demasiadas oportunidades.
— ¿Y anoche? Hotel y soledad. ¿Qué más necesitabais?
— Anoche yo estaba demasiado nerviosa por haber desobedecido a mi padre como para tener ganas de hacer nada. Y Oziel lo sabía perfectamente. Necesitaba mimos y abrazos, y eso fue exactamente lo que hizo. Es muy tierno... cuando quiere.

<<*Y cuando no... es un demonio.*>>

Laura aceptó mi palabra, pero me siguió interrogando cuando llegó la ensalada, cuando nos pusieron la pizza humeante en medio de las dos —y refunfuñamos por tener que quitarle a mano las alcachofas, que se habían olvidado de que no las queríamos— y mientras compartimos un tiramisú y una tarta de queso a la que le habían echado demasiados arándanos y apenas sabía a queso.

Me dio pena que el almuerzo hubiera llegado a su fin tan pronto. Estábamos con el café cuando me di cuenta de que al día siguiente Laura se iría y que volvería a quedarme a solas conmigo misma y mis coches de choque, rebotando entre Oziel y Víctor hasta que con alguno de esos golpes me rompiera la cabeza. La distancia nos había separado un poco, el hecho de que me hubiera enamorado de su hermano había influido drásticamente en que tuviera pocas cosas que contarle —que no fueran a enfadarla— y eso contribuyó a que la llamara y mensajeara cada vez menos.

Pero cuando se tenía una buena amiga sólo había que mirarla a los ojos para recordar lo que nos unía... que era más de lo que nos separaba.

Aunque lo que nos tenía separadas era algo más complicado que los ochocientos kilómetros de tierra árida y montañosa que había entre su ciudad y la mía.

Laura echó mano a su teléfono cuando lo sintió vibrar en el bolso. Pidió la cuenta al camarero y contestó que ya estábamos terminando de almorzar a su interlocutor. Colgó un minuto después, aunque poco caso le hice mientras hablaba ya que estaba buscando la cartera en mi mochila. Temí que fuera su padre queriendo venir a buscarnos y aprovechando para llevarme a rastras a mi casa.

La cuenta era asumible; más si teníamos en cuenta que no tenía que pagar la parte de Laura al haber respondido aceptablemente a sus preguntas.

Pero no llegué a poner el dinero en la cestita donde nos habían pasado el papel con la minuta.

— Pago yo —comentó Víctor, cogiendo la cuenta y sacando la tarjeta de crédito.

Quincuagésimo octava parte.
Derretirse por una polla...

Daba igual que me hubiera dejado marchar con Oziel la noche anterior sin decir ni pío. Daba igual que no se atreviera a decirle a mi padre que en verdad el que se acostaba conmigo era él y no su mejor amigo. Daba igual que se pegara con Oziel en vez de enfrentarse a la situación que me tenía en una montaña rusa de emociones. Daba igual que no fuera capaz de admitir lo que sentía por mí, si es que sentía algo.

Cada vez que lo veía me pasaba lo mismo.

Me derretía...

Víctor fue hasta el camarero en busca del datáfono sin quitarme los ojos de encima, como si temiera que me fuera a escapar por la puerta en cuanto se diera la vuelta. Lo cierto es que me entraron ganas de hacer exactamente eso. No me gustaban las encerronas, y aquella era bastante fea. Víctor sabía perfectamente que no quería que apareciera ninguno de los dos en el rato que iba a estar con mi amiga.

En cuanto pude fulminé con la mirada a Laura.

— ¿Por qué le has dicho dónde estábamos?
— Me lo preguntó hace un par de horas, diciéndome que vendría a buscarnos para llevarnos a casa. No me pareció mala idea. Así llegamos antes. ¿Te molesta?

Laura recogió su bolso del respaldo de la silla y se lo colgó al hombro. Tampoco parecía mucho molestarle que su hermano pagara la cuenta del almuerzo.

— Pensé que volveríamos en autobús. Podríamos seguir

447

hablando tranquilamente las dos—. No sé si la excusa le parecía razonable, pero fue la única que se me ocurrió tras mostrar lo molesta que estaba.

— Tampoco es que tengas algo mucho más jugoso que contarme sobre tu relación con Oziel. Si al menos me dieras detalles del sexo salvaje que dices que no has tenido...

Laura me picó un ojo, dejando entender que no se creía que yo no le hubiera bajado los pantalones a Oziel ni que él no me hubiera levantado la falda. En cuanto tuve la mochila colgada me dirigí hacia la puerta, pero fui interceptaba por Víctor a medio camino. Me sujetó del brazo y me hizo darme la vuelta para mirarlo mientras hablaba.

— ¿A dónde vas tan deprisa y sola?
— Pues a tomar un poco el aire. No me gusta sentirme espiada.
— No te he estado espiando. He esperado pacientemente en la puerta hasta que habéis terminado de almorzar. Sólo he llamado para asegurarme de que ya ibais terminando, porque Laura me dijo que a las cuatro y media quería estar de regreso para hacer la maleta.

Miré el reloj; eran las cuatro y veinte. Lo que no tenía muy claro es si Víctor llevaba en la puerta todo el almuerzo.

— Quería un rato de tranquilidad con tu hermana, nada más.
— ¿Y ya habéis hablado de todo lo que teníais que hablar?

Fue entonces cuando, al escuchar el tono preocupado de Víctor, entendí qué le angustiaba. Seguramente estaba pensando que había quedado con Laura a solas para confesarle con quién tenía en verdad una relación. Imagino que no había obtenido información de Laura, y que en vez de preguntarle directamente a su hermana si tenía algo que contarle o preguntarle, era más fácil confiar en que yo cantara como un canario.

Pues se iba a quedar con las ganas de que le dijera algo.

— Sí, ya hemos hablado de todo.
— ¿Y te ha servido para desahogarte mucho o poco?

Lo miré de reojo y sonreí con malicia. Estaba en lo cierto; Víctor estaba preocupado por lo que le podía haber contado a su hermana.

Sabía de sobra que Laura tenía muy buena relación con Víctor. Todo lo protector que había sido conmigo también se multiplicaba por tres cuando de defender a su hermana pequeña se había tratado en la adolescencia. Realmente el primer recuerdo que tenía de Víctor era peleándose con un par de niños que le habían quitado la muñeca a Laura, estando las dos en primer curso de primaria. Creo que es una imagen que nunca iba a faltar en mi cabeza cuando lo veía ahora, alto y atlético, nada que ver con el chiquillo desgarbado que había sido en el colegio.

— Sí, me ha ayudado mucho, la verdad. Hacerle confesiones a una buena amiga es siempre muy gratificante.

En su cuello se movió la nuez al tragar. Me habría gustado decir que me dio lástima, pero no fue así. Me regodeé un poco en sus nervios aunque tampoco quise darle demasiada importancia. Mi prioridad era que se acostumbrara a la sensación de que nuestras familias supieran que estábamos liados, pero tampoco conseguiría nada bueno con el juego si entraba en estado de pánico y salía huyendo.

— ¿Y tú qué? ¿Quedaste ya en un duelo a muerte al amanecer con Oziel por llevarme al hotel anoche?

Esa pregunta consiguió sacar cierta sonrisa de sus labios. Desde luego lo prefería así de atractivo y despreocupado.

— No he tenido ocasión. Preferí venir y que no te escaparas esta tarde.

Lo de escaparme sonaba bien. Pensé en correr hacia la puerta y ver si era capaz de ponerse en evidencia y salir corriendo detrás de mí, pero quería despedirme antes de Laura y eso me lo impediría.

— ¿Y qué es lo que tienes pensado para esta tarde que no puedes dejar que me escape?

Le brillaron los ojos y a mí sé que me brilló una parte de mi cuerpo que no podía ver a simple vista. También me puse roja, y ardí. Pleno en sensaciones con un solo gesto de su rostro.

Eso no podía estar pasando por una simple sonrisa.

Laura nos esperaba en la puerta, hablando por el teléfono móvil. Me había confesado que había echado bastante de menos a su novio durante el trayecto ddel viaje pero que, tras ver lo guapo que era Oziel y lo bien que me trataba, le habían entrado ganas de romper con él y buscarse un abogado que le sacara unos cuantos años.

— Chica, llámame celosa. Es lo que hay. Se te ve tan bien con él…

<<*Si yo te contara…*>>

Podía estar diciéndole a su novio en ese mismo momento que su relación no tenía futuro y que se buscara a otra.

<<*O podía estar reservando hora en la peluquería para el viernes.*>>

— Creo que lo de probar todas las camas de tu casa o de la mía va a estar complicado por el momento. Pero había pensado en enseñarte las posibilidades que puede ofrecernos el coche…

Quincuagésimo novena parte.
La polla que me hizo hervir en el coche

Aunque parezca mentira, decirle "adiós" a mi mejor amiga —sin saber cuándo volveríamos a vernos otra vez— fue lo más fácil que tuve que hacer en el coche de Víctor. Nos paramos delante del portal de la casa que tenían ocupada sus padres y su hermana, y tras un sincero abrazo se despidió de mí y fue casi corriendo para llamar al telefonillo. Su hermano se quedó parado al lado de la puerta abierta del coche, vigilándola mientras se perdía en el interior del portal. Ella le hizo un gesto con la mano para que nos fuéramos, y acto seguido subió en el ascensor.

— A mí me parece que fue ayer cuando os escoltaba hasta el colegio —comentó, con rostro serio—. Y ahora de pronto me doy cuenta de que tendría que preguntarle si el chico con el que se acuesta la trata bien. Antes sólo tenía que preocuparme de que no os quitaran los juguetes...
— Pues si no has permanecido en coma durante diez años no fue precisamente ayer cuando te peleabas con los niños que nos hacían llorar robándonos las muñecas.

No contestó. Sonrió con pesadumbre, sabiendo que lo que le decía era cierto y que si se le había pasado por alto que el tiempo pasaba era porque había andado demasiado ocupado sacando año por año la carrera de arquitectura. Y peleándose como un hermano conmigo. Eso también lo habíamos pasado.

— Era más divertido pelearme con esos chiquillos a hacerlo ahora con Oziel para que deje de mirarte como lo hace.
— No me mira tan mal...
— Si lo dejara te miraría mucho más.

<<*Y mucho peor...*>>

Le puse un dedo desafiante en el centro del pecho y presioné como si pretendiera tumbarlo hacia atrás con la fuerza del empuje. Observó el dedo hundirse en su jersey, en esa zona que el día anterior había mimado con mi lengua mientras él se movía enterrándose entre mis caderas.

Había pasado una eternidad desde ese recuerdo.

Nos había pillado Oziel, no lo había acompañado tras decirme que no sabía qué había entre nosotros, había empezado a fingir que tenía novio delante de su familia, había desafiado a mi padre al irme de casa, me había masturbado mientras Oziel me hablaba y aquella mañana se habían enfrentado los dos para ir a buscarme a la salida de la facultad.

Y allí estaba él, mirando mi dedo.

— Yo también tendría que dejar que me mirara, ¿no te parece?

Me cogió el dedo entre los suyos y lo apartó de su pecho.

— Fíjate que yo soy el que parece estar en coma, pero tú tienes amnesia. Anoche mismo te desnudaste delante de él para que te sacara unas fotografías...

Menos mal que no se le había ocurrido decir que me había desnudado para follar con Oziel. Podría haberlo abofeteado si se le llega a escapar esa sugerencia.

— Me desnudé para ti... no para él.

Se lo dije mirándolo a los ojos, con toda la seriedad de la que fui capaz mientras por los suyos pasaban todos los sentimientos que se habían despertado en aquellos días. Creo que fue la primera vez que me creyó con respecto a Oziel, pero aún así les quedaban todavía muchas cosas que solucionar entre ambos...

Y la tensión sexual era una de ellas.

No dejaba de darle vueltas a su invitación a enseñarme los placeres que se podían obtener en un coche, e imagino que él tenía lo mismo en la cabeza. Por más que me había visto haciendo eso exactamente tantos meses atrás no había pensado que fuera a desnudarme un día en esos sillones.

No teniendo camas disponibles.

No sabiendo que cualquiera podría vernos, siendo mucho menos discretas las ventanillas que las paredes.

No estando segura de que cada vez que teníamos sexo algo muy malo nos pasaba.

Habría sido demasiado arriesgado darme el gusto de besarlo en ese momento, pero me faltó muy poco para hacerlo. Seguía allí parado, como si estuviera dudando entre volver al interior del vehículo y llevarme a que mis padres vieran que estaba bien u ocuparse de que realmente tuvieran motivos por los que preocuparse...

Era un buen momento para soltar un chiste, pero no se me ocurría ninguno.

— Pues no vuelvas a desnudarte para mí delante de nadie, ¿entendido?

Tuve ganas de decirle que sonaba muy eterno, que para eso tendría que decirme que me quería, que comprometerse conmigo, tal vez incluso casarnos. Pero de pronto entendí que había hecho la aclaración de que no me desnudara para él delante de nadie, y no que no me desnudara nunca para nadie más. Se me bajó el alma a los pies con la misma fuerza con la que me había subido la emoción a la cabeza. Habría sido simplemente perfecto que Víctor de pronto me sintiera de su propiedad...

Como sugería Oziel.

— No te preocupes. La próxima vez que me desnude delante de alguien será para que ese alguien disfrute, y no para ponerte celoso.

Si había alguien de su familia mirando por la ventana tuvo que quedarse con la boca abierta al ver a Víctor agarrarme por las muñecas, acercarme a su cuerpo y besarme con la misma despreocupación con la que se besa a una novia en la calle. Posesivo, obsceno y demandante. Me dejó sin aire, pero tampoco lo necesité. Mi cerebro había dejado de funcionar y no le hacía falta demasiado oxígeno para el poco uso que iba a darle mientras me besaba.

No sé cómo llegué al interior del coche.

No sé cómo me vi follando con él mientras me abrochaba el cinturón de seguridad y encendía el motor. Pensé que acabaríamos en algún descampado apartado de la ciudad, lleno de basura y electrodomésticos que se oxidaban al la intemperie. Arrancándonos la ropa del cuerpo, haciéndola jirones. Descubriendo nuestros sexos necesitados. Llevándome su polla a la boca para ensalivarla antes de ponerme a cuatro patas y pedirle, por Dios bendito, que no me hiciera esperar más.

Que me follara. Que me hiciera olvidar al otro al que había nombrado en sueños.

Que me follara. Que me arrancara el orgasmo más brutal del que fueran capaces sus dedos.

Que me follara. Que se enterrara con tanta fuerza y tantas veces que no pudiera sentarme erguida durante los primeros horribles días de clase, que todo el mundo me lo notara, que yo lo recordara por lo que me escocería.

Lo quería rudo, lo quería pervertido, lo quería como él se imaginaba follándome allí dentro, en ese espacio tan minúsculo y tan nuestro.

Necesitaba que se corriera en mi piel y que resbalara al asiento, para tener una excusa y estrenar el puñetero limpiatapicerías.

Pero mientras me imaginaba todo aquello no fui consciente de que no salíamos de la ciudad, sino que paramos en todos los semáforos en rojo posibles. Y también en los que estaban en ámbar. Creo, incluso, que en alguno que señalaba verde también.

No sé cómo de pronto estábamos delante de la puerta de mi casa.

Y no sé cómo subimos en el ascensor si creo que ninguno de los dos tuvo dedos para otra cosa que no fuera recorrernos el cuerpo por encima de la ropa...

Con la esperanza de recorrerlo en breve debajo de ella.

Una cama. No importaba cuál. Una cama y tratar de que no terminara de forma tan funesta como las anteriores.

<<*Prométemelo, Víctor. Prométeme que no va a terminar tan mal.*>>

No tengo ni idea de cuál de los dos abrió la puerta con su juego de llaves. Ni de quién fue el que la cerró en cuanto entramos.

Y tampoco recuerdo qué cara tenía cuando entré en el salón y me encontré allí de bruces con mis padres.

Lo que sí recuerdo es que Víctor se situó justo a mi lado, que me miró un momento y que me revolvió el cabello disculpándose por la encerrona.

Y un instante después me había cogido de la mano.

— Hay una cosa que tengo que contaros...

Y ahora... ¿QUÉ?

¡No me lo puedo creer!

Después de todo este tiempo... ¡se va a atrever!

¿Estás preparada para leer el desenlace de la historia? Bea está deseando que lo hagas. Víctor necesita de tu comprensión. Y Oziel quiere seguir jugando... ¿Quieres saber cómo continua la historia?

Gracias por haber llegado hasta aquí, por haber leído mi novela más emblemática y por haberte enamorado de la historia de "SU HERMANO". ¡La segunda y última parte de la saga ya está disponible!

"SU HERMANO.
LUCHARÁS POR LO PROHIBIDO"

¿Te vas a rendir... sin luchar?

Mándame un correo a suhermano@magelagracia.com y te suscribiré a mi web, con todas las novedades del mundo Magela Gracia, y te enviaré el primer capítulo de la segunda parte como regalo. No te quedes con las ganas de saber lo que le pasará a Bea, que está a punto de cambiar su vida para siempre

También puedes unirte al grupo de Facebook "Pervers@s con Magela Gracia". Allí tienes todos los avances de la saga, noticias y fotografías de los personajes de mis historias. ¿Quieres conocerlos mejor? ¿Adentrarte más en los entresijos de la historia? Anímate a ser pervers@. Te estoy esperando.

Hasta pronto. Besos perversos.

Magela Gracia

Acerca de Magela Gracia.

Si es la primera vez que lees algo mío te doy la bienvenida a mis fantasías, a mis realidades, a mis historias.

Soy escritora erótica desde el 2005. Por aquella época los relatos los escribía para mí o como mucho para compartirlos con mi pequeño grupo de amigos. Llegó un momento en el que alguien me incitó a abrir mi primer blog, en el 2011. Se llamó *"Cartas de mi Puta"* y, aunque al principio era un pequeño proyecto, se fue haciendo grande gracias a lectores como tú, que fui atesorando. También, coincidiendo con el inicio de mi incursión en el mundo virtual, fui cambiando el género y del erotismo pasé a algo que podría catalogarse más bien como pornografía con sentido.

No es sólo sexo... pero yo no insinúo nada.

Puedo gustarte, puedo horrorizarte... pero siempre espero que sientas algo con lo que escribo.

En el 2014 lancé mi propia web, con varios blogs que abarcan temáticas tan dispares como el humor o el relato corto, pasando por mi especialidad, el sexo. Te invito a que te acerques al mundo magelagracia.com, una web hecha para olvidarte de todo y volver a lo primario, a los instintos más básicos, a la excitación sin más... aunque no sólo va de eso.

Espero verte por allí y que quieras compartir mis fantasías.

También, en 2014, lancé mi primera recopilación de relatos cortos, *"Una Mancha en la Cama"*, un libro lleno de morbo, contado por una voyeur que imagina sexo allá donde mira, porque tiene la mente perversa. Espero que te animes a manchar las sábanas con este libro, también disponible en Amazon, y que disfrutes al leer sus historias tanto como yo disfruté al escribirlas.

En el 2015 empecé a publicar la saga *"La Otra"*, que verá la luz a finales de 2016 bajo el sello ZAFIRO PLANETA. "Historia de la Amante es el primero de los tres tomos. ¿Querrás probarte la piel de la amante?

En 2015 salió a la venta mi saga *"Su hermano"*, con cuatro libros que ha hecho las delicias de las lectoras estos últimos dos años. Lo tienes también en edición especial de dos libros, por si te decides a pecar con Bea y desear a Víctor. ¿A qué estás esperando?

También en el 2015 escribí otra recopilación de relatos, esta vez centrados en la enfermería. Sí, lo has adivinado: soy de las que se dedica a hacer daño con una aguja –pero sólo a los hombres, tranquila, que las mujeres ya tenemos bastante-. Se titula *"De enfermeras y pacientes… (y algún que otro médico)"* ¿Le das una oportunidad para emocionarte?

Y aquí sigo, siempre con ideas en la cabeza, siempre pensando en tener un ratito para ponerme a escribir palabras sobre un folio en blanco.

Espero que vuelvas a buscarme. Tengo muchas ganas de que lo hagas.

Besos perversos.

Magela Gracia
La autora erótica que nadie reconoce que lee…

¿Otra historia? ¿Más morbo?

¿Quieres conocer a más personajes de Magela Gracia?

Sigue leyendo...

... aunque después no lo reconozcas.

La Otra. Historia De La Amante

Prólogo.

Se me atragantaron sus palabras. Realmente, la sensación fue más como si hubiera recibido una patada en el centro del pecho, impidiéndome la respiración. No me lo esperaba, y más después de los meses que llevábamos juntos.

Dolía...

Mi mente luchó entre la incredulidad del momento, pensando que simplemente era una broma de mal gusto, y la necesidad de no parecer tan descompuesta como me imaginé que se me veía. Tenía ganas de vomitar, pero desde luego no era de las cosas que se podían catalogar como lucir impertérrita. No sabía si debía guardarme el disgusto, o reconocerle que había sido tan cruel que no estaba segura de poder perdonarle.

¿Cómo podía ser tan imbécil? ¿Perdonarle? ¿Estaba loca?

Llevaba saliendo con este hombre casi un año. ¡Doce jodidos meses! Y en ese momento me miraba con ojos caídos, como si en verdad mereciera que le acariciara con ternura el rostro y le dijera que nada había cambiado. Que le quería y que podría superar por él todas las adversidades.

Sabía mentir francamente bien, el muy mal nacido. Si por lo menos no estuviera tan enamorada... Yo no sabía hacerlo tan bien, y lo necesitada en ese momento más que nada en el mundo. Mentir me era tan necesario como respirar.

El que creía mi novio me tomó de la mano y la envolvió entre las suyas. Eran manos gruesas y fuertes, aunque bien cuidadas. Se notaba que habían trabajado poco en la vida, salvo para aferrar el manillar de su pesada Ducatti, trabajar con las mancuernas y manejar mi cabeza mientras me guiaba para que le envolviera la polla con los labios en el interior de la boca. Esas manos, que me habían aferrado tantas veces el cabello para follarme, eran mi perdición. Siempre me había gustado sentir su contacto, y entonces luchaba por rechazarlo, apartar la mía y propinarle el fuerte bofetón que merecía, que le dejara la cara marcada durante lo que restaba de día.

Y con el que la otra le viera mis dedos pintados de rojo, decorándole la mejilla.

Al final logré apartar mi piel de la suya, y aunque de repente se me helaron las manos sabía que era lo correcto. Necesitaba tiempo para asimilarlo todo. La cabeza no paraba de darme vueltas y tomar decisiones sin reposar los sentimientos nunca solía salirme bien. Y a pesar de tener claro que en esa ocasión no habría respuestas acertadas o equivocadas, simplemente porque con los sentimientos nunca las hay, necesité salir del interior del coche. Después de esos largos minutos tras su confesión ya me había convencido que no era una broma, y de que el dolor que sentía en el fondo del pecho iba a durarme mucho más que cualquiera de los golpes que me había dado mi profesor de defensa personal en el gimnasio.

Aquello era real, y mi novio no dejaba de mirarme, esperando, con rostro lastimero.

¡El muy hijo de puta!

El cuero de la tapicería amenazó con hacerme sudar con su contacto en los muslos, donde otras veces tanto lo había agradecido, mientras me aferraba a él en la intimidad de un aparcamiento en penumbra, cuando nos abandonábamos al olor a sexo. Poco importaba si nos retrasábamos con la reserva de la mesa para cenar en esos momentos. Me sentí la tela del vestido pegada a la piel de la espalda, y de repente no me gustó nada la idea de dejarle las marcas en el coche, signo de mi maldita debilidad.

Un año engañada...

Ciertamente necesitaba coger un poco de aire, escabullirme entre el bullicio del tráfico y no parar antes de sentir el dolor punzante del roce de los zapatos nuevos, de un escandaloso charol rojo e imposibles tacones. Me imaginé arrojándoselos a la cabeza si se atrevía a perseguirme con el coche...

Un año era mucho tiempo. Ese dato no podía, sencillamente, pasar desapercibido. En un año se presentaban muchas oportunidades para sincerarse, para tomar la opción correcta, por dolorosa que pudiera ser para ambos, y comportarse como un adulto asumiendo las consecuencias de los actos. En un año habían muchos abrazos en la cama tras las interminables horas de sexo, muchos almuerzos rápidos compartiendo confidencias, y hasta un par de mini vacaciones de un fin de semana, alejados del estrés diario. Incluso un par de días separados por la visita que acababa de hacerle a mi hermana en Navidades.

Un año daba para mucho...

Me estaba asfixiando.

Abrí la puerta del coche y puse los pies en el asfalto. No recuerdo si fui yo la que recordé coger mi bolso o si fue él quien me lo tendió, entendiendo que no conseguiría meterme nuevamente en el habitáculo para hablar. La calle me dio vueltas, y los olores no me lo pusieron más fácil. De pronto estuve al otro lado del suelo asfaltado, en la acera, y lo miré con ojos perdidos, como si lo viera por primera vez.

Era un perfecto desconocido.

Había salido por su puerta y me miraba, sin atreverse a decir nada.

Su imagen recortada sobre el fondo oscuro del coche me evocó el recuerdo de la primera vez que me recogió a la salida del trabajo, hacía ya tantos meses. Entonces el automóvil era otro, él vestía ligeramente diferente y su sonrisa, desde luego, era mucho más excitante que el rictus de incredulidad que le adornaba en ese momento la cara. Teníamos muchas historias a las espaldas, muchos encuentros, muchas emociones.

Mucho sexo...

Lo miré como si lo viera por vez primera, observando al capullo que me acababa de decir que tenía una amante desde hacía un año.

Simplemente no podía creerlo.

Las lágrimas me empezaron a rodar por las mejillas, estropeando el maquillaje de día; ese maquillaje que había esperado descomponer con la saliva de su boca al besarme, con el sudor despertado con sus embestidas y mis lágrimas escapadas por descuido durante un magnífico orgasmo. En la entrepierna aún sentía el escozor de su polla, follándome minutos antes en el cuarto de baño de mi oficina. Olía a corrida apresurada. Ahora podía entender que deseara con tanta ansia empotrarme contra los azulejos del baño, abrirme de piernas mientras deslizaba con rapidez el bajo de mi falda hasta la cadera, para enterrarse de frente aun a riesgo de mancharse los pantalones del traje. La sorpresa de su deseo me había encendido, y no había encontrado resistencia en la decena de embestidas que duró hasta me llenó por entera de leche.

Aún podía escucharlo gemir contra mi cara.

Mi novio tenía una amante.

Me había follado antes de contármelo por si mi reacción acababa siendo precisamente la que había tenido. Quería correrse, simplemente por si era la última vez que conseguía hacerlo dentro de mi cuerpo.

La última vez que obtenía el placer que tanto le gustaba.

En ese momento su leche resbalaba por el interior de mis muslos y no sabía bien qué necesitaba hacer con ella. Mi lado vicioso me decía que podía retener a ese hombre a mi lado, y que lo único que tenía que hacer era comportarme como la puta que había sido siempre en el sexo. Llevarme un par de dedos a los muslos, sin quitarle los ojos de encima, y luego probarlo mezclado con el sabor que desprendía yo. Octavio no podría resistirse a eso, y yo podría olvidar todo el daño que me había hecho en unos insignificantes minutos.

Pero no quería ni pensar en olvidar el daño de doce meses. Eso era muy complicado de asimilar. Bastaba con olvidar lo que acababa de confesarme, sin más...

Hacer como si nada hubiera pasado.

Pero mi lado enojado me arrastraba a bajarme las bragas, limpiarme en medio de la calle con ellas y arrojárselas lo más fuerte posible, tratando de acertarle en la cara. Sabía que estaba demasiado lejos como para que la tela no acabara cayendo en el parabrisas de cualquiera de los coches que circulaban por la calle, y que afortunadamente nos hacían en ese momento de barrera.

Lo odié con todas mis fuerzas...

Empecé a llorar sin poder controlarlo. Y con la poca dignidad que me quedaba conseguí darme la vuelta y empezar a avanzar sin rumbo, con la única necesidad de alejarme de él. No podía apostar si se quedó, mirándome marchar o si volvió al interior de su Audi para alejarse de mí, arrancándome de su vida.

Pero a ese hombre siempre le había encantado mi trasero, y apostaré a que, aunque fuera sólo por si no volvía a verlo, esperó hasta que doblé la primera esquina, donde me derrumbé en el suelo y lloré amargamente durante lo que me parecieron horas.

Mi novio tenía una amante...

Y era yo.

Próximamente podrás encontrar
"La Otra. Historia De La Amante"
en

www.ingramcontent.com/pod-product-compliance
Lightning Source LLC
Chambersburg PA
CBHW031025030726
47497CB00004B/1007